Im Land der leeren Häuser

Die Autorin

P. D. James, seit 1991 Baroness James of Holland Park, heißt mit bürgerlichem Namen Phyllis Dorothy White und wurde 1920 geboren. Nach dem Zweiten Weltkrieg arbeitete sie in einer Krankenhausverwaltung und später in der Kriminalabteilung des Britischen Innenministeriums.
Seit 1980 widmet sie sich ausschließlich der Schriftstellerei; sie lebt in London oder in ihrem Cottage in Suffolk.

P. D. James

Im Land der leeren Häuser

Roman

Aus dem Englischen
von Christa Seibicke

Scherz

Wiederum meinen Töchtern
Clare und Jane
für ihre Mithilfe

Besuchen Sie uns im Internet:
www.scherzverlag.de

Die Originalausgabe erschien 1992 unter dem Titel
«The Children of Men» bei Faber & Faber, London

Taschenbuchausgabe Scherz Verlag, Bern, München, Wien, 2002
Deutsche Erstausgabe Droemersche Verlagsanstalt
Th. Knaur Nachf., München

ISBN 3-502-51827-0
Umschlaggestaltung: ja Design, Bern:
Julie Ting & Andreas Rufer
Umschlagbild: Howard Kingsnorth/Getty-Images, Stone,
München
Gesamtherstellung: Ebner Ulm

Erstes Buch OMEGA

Januar – März 2021

1. Kapitel

Freitag, 1. Januar 2021

Heute früh, am 1. Januar 2021 um null Uhr drei, ist bei einer Kneipenschlägerei in einem Vorort von Buenos Aires der mutmaßlich letzte auf Erden geborene Mensch im Alter von fünfundzwanzig Jahren, zwei Monaten und zwölf Tagen ums Leben gekommen. Ersten noch unbestätigten Berichten zufolge starb Joseph Ricardo, wie er gelebt hatte. Mit der Ehre, falls man es überhaupt so nennen kann, der letzte Mensch zu sein, dessen Geburt amtlich erfasst wurde – was freilich nicht im Mindesten sein Verdienst war –, hatte er sich immer schwer getan. Und jetzt ist er tot. Wir hier in Großbritannien erfuhren es aus den Neun-Uhr-Nachrichten des staatlichen Rundfunksenders, die ich eher zufällig eingeschaltet hatte. Ich hatte mich eben hingesetzt, um dieses Tagebuch über die zweite Hälfte meines Lebens zu beginnen, als ich merkte, dass es gleich neun war, also gerade Zeit für den Nachrichtenüberblick zur vollen Stunde. Die Meldung über Ricardos Tod kam erst zum Schluss, und auch nur ganz kurz, in wenigen Sätzen, gleichmütig verlesen von der unaufdringlichen Stimme eines geschulten Nachrichtensprechers. Aber als ich sie hörte, sah ich darin doch einen Grund mehr dafür, mein Tagebuch gerade heute anzufangen; am ersten Tag eines neuen Jahres, der zugleich mein fünfzigster Geburtstag ist. Als Kind war ich immer ein bisschen stolz auf diese Besonderheit, auch wenn ein Geburtstag so kurz nach Weihnachten den leidigen Schönheitsfehler hatte, dass ein Geschenk – zumal nie merklich größer als das, was ich sowieso bekommen hätte – für beide Feste herhalten musste.

Jetzt, beim Schreiben, bin ich allerdings nicht mehr so sicher, ob die drei Ereignisse – das neue Jahr, mein fünfzigster Geburtstag und Ricardos Tod – Grund genug dafür sind, die ersten Seiten dieses neuen Loseblattbuches voll zu kritzeln. Trotzdem werde ich fortfahren und sei es nur, um der eigenen Trägheit vorzubeugen. Wenn es nichts zu berichten gibt, werde ich das Nichts protokollieren, und wenn ich alt bin, vorausgesetzt, ich werde es – womit die meisten von uns rechnen können, denn in puncto Lebensverlängerung haben wir es ja weit gebracht –, dann mache ich eine von meinen Blechbüchsen mit den gehorteten Streichhölzern auf und entfache still für mich mein kleines Fegefeuer der Eitelkeiten. Ich habe nämlich nicht die Absicht, mein Tagebuch als Zeugnis der letzten Jahre eines Menschenlebens zu hinterlassen. Selbst in Anwandlungen höchster Eitelkeit würde ich mich nie zu einer solchen Selbstüberschätzung versteigen. Denn was könnte schon interessant sein an den Aufzeichnungen von Theodore Faron, Doktor der Philosophie, Fellow am Merton College der Universität Oxford, Dozent für viktorianische Geschichte, geschieden, kinderlos, einsam und bemerkenswert allenfalls wegen seiner Verwandtschaft mit Xan Lyppiatt, dem Diktator und Staatschef, genannt Warden of England.

Persönliche Erinnerungen sind sowieso überflüssig. Weltweit schicken die Nationalstaaten sich derzeit an, die Zeugnisse ihres kulturellen Schaffens für eine Nachwelt zu bewahren, von der wir uns gelegentlich immer noch vorgaukeln, dass es sie geben wird – jene Wesen von einem anderen Stern, die vielleicht einmal in dieser grünen Wildnis landen werden und dann wissen möchten, was für beseeltes Leben einst hier gehaust hat. Wir archivieren unsere Bücher und Manuskripte, die großen Gemälde, die Partituren und Instrumente, die Artefakte. In spätestens vierzig Jahren werden die berühmtesten Bibliotheken der Welt verwaist und versiegelt sein und die Bauwerke sprechen, soweit sie noch stehen, für sich selbst.

Freilich dürfte der weiche Oxforder Stein kaum mehr als zwei, drei Jahrhunderte überdauern. Schon jetzt streitet man sich an der Universität darüber, ob es sich noch lohnt, die Fassade des baufälligen Sheldonian Theatre zu erneuern. Aber ich stelle mir gern vor, wie diese Fabelwesen auf dem Petersplatz landen und die mächtige Basilika betreten, in der unter dem Staub der Jahrhunderte die Stille widerhallt. Ob sie wohl erkennen, dass dies einst der größte unter all den Tempeln war, die der Mensch niemals einem seiner vielen Götter geweiht hat? Ob sie neugierig sein werden auf diesen Gott, der mit so viel Pomp und Prunk verehrt wurde, und herumrätseln am Mysterium seines Symbols, den beiden gekreuzten Hölzern, an sich so schlicht, dass man es überall in der Natur wiederfindet, hier aber goldstrotzend und mit funkelnden Juwelen besetzt? Oder werden ihre Werte und Denkprozesse den unseren bereits so fremd sein, dass nichts sie mehr in Staunen oder Ehrfurcht versetzt? Doch trotz der Entdeckung eines Planeten – war das nicht 1997? –, auf dem die Astronomen organisches Leben für denkbar halten, glauben nur die wenigsten von uns, dass dessen Bewohner tatsächlich kommen werden. Sicher, geben muss es sie. Es wäre doch wider alle Vernunft, sich einzubilden, dass im ganzen weiten Universum nur ein einziger kleiner Planet fähig ist, denkendes Leben hervorzubringen und zu erhalten. Aber wir werden nicht zu ihnen gelangen und sie werden nicht zu uns kommen.

Vor zwanzig Jahren, als die Welt schon halbwegs davon überzeugt war, dass der Mensch die Fähigkeit zur Fortpflanzung endgültig verloren habe, wurde die Suche nach dem Letztgeborenen seiner Spezies weltweit zur fixen Idee, wurde hochstilisiert zu einer Frage des Nationalstolzes, ja einem internationalen Wettstreit, der letzten Endes sinnlos war, aber deshalb nicht weniger heftig und unerbittlich verlief. Berücksichtigt wurden nur amtlich bescheinigte Geburten, mit Datum und genauer Zeitangabe. Damit schied von vornherein ein hoher Prozentsatz aus, nämlich all diejenigen, die zwar den Geburtstag, nicht aber die Stunde nachweisen konnten. Dass man auf diese Weise nie zu einem definitiven Ergebnis kommen konnte, wurde stillschweigend in Kauf genommen. Mit ziemlicher Sicherheit ist irgendwo in einem entlegenen Urwald, in einer primitiven Hütte der letzte Mensch geboren worden, ohne dass die Öffentlichkeit davon Notiz genommen hätte. Nach monatelangen Kontrollen und Gegenproben hat man dann schließlich Joseph Picardo, einen unehelichen Mischling, der am 19. Oktober 1995 um drei Uhr zwei Minuten westlicher Zeitrechnung in einer Klinik in Buenos Aires zur Welt kam, offiziell zum Sieger erklärt. Als das Ergebnis erst einmal bekannt gegeben war, überließ man es ihm, das Beste aus seinem Ruhm zu machen, indes die Welt, als sei ihr plötzlich die Nutzlosigkeit des Unterfangens klar geworden, sich anderen Dingen zuwandte. Und jetzt, wo Ricardo tot ist, bezweifle ich, dass irgendein Land sich darum reißen wird, die übrigen Anwärter noch einmal aus der Versenkung zu zerren.

Was uns schockiert und zermürbt, ist nicht so sehr das drohende Ende der Menschheit oder unsere Ohnmacht, es zu verhüten, als vielmehr unser Unvermögen, die Ursache zu ergründen. Westliche Wissenschaft und Medizin haben uns weder auf das Ausmaß dieses elementaren Fehlschlags vorbereitet noch auf die Demütigung, die er uns zufügt. Es hat in unserer Geschichte viele Krankheiten gegeben, die schwer zu diagnostizieren oder zu heilen waren und von denen eine fast zwei Kontinente entvölkert hat, ehe sie abklang. Aber am Ende waren wir doch immer imstande zu erklären, warum. Wir haben Namen für die Viren und Bakterien, die auch heute noch von unserem Körper Besitz ergreifen – sehr zu unserem Leidwesen, halten wir es doch fast für einen persönlichen Affront, dass sie uns immer noch anfallen wie alte Feinde, die den Kampf hartnäckig fortsetzen und gelegentlich auch mal ein Opfer zur Strecke bringen, obwohl ihr Sieg längst garantiert ist. Die westliche Wissenschaft war unser Gott. In seiner Machtvielfalt hat er uns behütet, getröstet, geheilt, gewärmt, ernährt und unterhalten und wir haben uns die Freiheit genommen, ihn zu kritisieren und bisweilen auch abzulehnen, wie Menschen zu allen Zeiten gegen ihre Götter revoltiert haben, freilich in der Gewissheit, dass dieser Gott, unser Geschöpf und Sklave, sogar uns Abtrünnige weiter versorgen würde; mit Schmerzbetäubungsmitteln, Ersatzherzen und -lungen, Antibiotika, rollenden Rädern und beweglichen Bildern. Das Licht wird immer angehen, wenn wir den Schalter betätigen, und wenn es doch einmal nicht funktioniert, können wir feststellen, warum. Ich bin in den Naturwissenschaften nie sehr bewandert gewesen. In der Schule habe ich in den einschlägigen Fächern nur wenig begriffen, und jetzt, als Fünfzigjähriger, verstehe ich auch nicht viel mehr davon. Aber obwohl ihre Errungenschaften mir weitgehend unbegreiflich sind, war die Wissenschaft auch mein Gott und ich teile die universelle Trauer derjenigen, deren Gott gestorben ist. Ich erinnere mich noch ganz deutlich an die zuversichtliche Prognose eines Biologen, als endlich offenkundig war, dass es nirgendwo auf der Welt mehr eine schwangere Frau gab: «Es kann einige Zeit dauern, bis wir die Ursache dieser offenbar globalen Unfruchtbarkeit aufgedeckt haben.» Seitdem sind fünfundzwanzig Jahre vergangen und wir rechnen mit keinem Erfolg mehr. Wie ein von plötzlicher Impotenz geschlagener Sexprotz fühlen wir uns zutiefst gedemütigt und in unserem Selbstvertrauen erschüttert. Mit all unserem Wissen, unserer Intelligenz und Überlegenheit schaffen wir nicht einmal mehr das, was jedes Tier ohne zu überlegen tut. Kein Wunder, dass wir die Tiere gleichzeitig vergöttern und hassen. Das Jahr 1995 wurde bekannt als Jahr Omega, eine Bezeichnung, die sich inzwischen weltweit durchgesetzt hat. Ende der neunziger Jahre entbrannte eine große Diskussion darüber, ob das Land, das ein Mittel gegen die allgemeine Unfruchtbarkeit fände, dieses mit der übrigen Welt teilen würde, und wenn ja, zu welchen Bedingungen. Es herrschte Einigkeit darüber, dass es sich hier um eine globale Katastrophe handele, auf die man mit vereinten Kräften reagieren müsse. Damals sprachen wir von Omega immer noch wie von einer Krankheit, einer Funktionsstörung, die mit der Zeit diagnostiziert und anschließend behoben werden würde, so wie der Mensch ja auch ein Mittel gegen Tuberkulose gefunden hatte oder gegen Diphtherie, gegen Kinderlähmung und am Ende sogar, wenngleich zu spät, gegen AIDS. Doch als Jahr um Jahr verging, ohne dass die gemeinschaftlichen Anstrengungen unter Schirmherrschaft der Vereinten Nationen zum Erfolg führten, zerbrach die Allianz, und mit der feierlich gelobten Offenheit war es vorbei. Fortan wurde im Geheimen geforscht und die Entwicklung in den anderen Ländern gespannt und argwöhnisch verfolgt. Die Europäische Gemeinschaft entschloss sich immerhin zu konzertierten Aktionen und geizte nicht mit Forschungsmitteln oder Fachkräften. Das vor den Toren von Paris gelegene Zentrum zur Erforschung der Fruchtbarkeit beim Menschen zählte zu den renommiertesten in der Welt. Dieses Institut wiederum arbeitete, zumindest offiziell, mit den Vereinigten Staaten zusammen, die womöglich noch größere Anstrengungen unternahmen als wir hier in Europa. Zu einer rassenübergreifenden Kooperation kam es allerdings nicht; dafür stand zu viel auf dem Spiel. Darüber, zu welchen Bedingungen man die Lösung des Rätsels weitergeben könne, gab es allerlei Spekulationen und leidenschaftliche Debatten. Man einigte sich zwar darauf, dass der Entdecker des Heilmittels es der übrigen Welt zugänglich machen müsse, handelte es sich doch um wissenschaftliche Erkenntnisse, die kein Volk auf die Dauer für sich behalten konnte oder durfte. Trotzdem beobachteten wir einander über Kontinente, Staats- und Rassengrenzen hinweg mit geradezu zwanghaftem Misstrauen und stürzten uns gierig auf jedes neue Gerücht, jede neue Theorie. Das marode Gewerbe der Spionage kam wieder in Gang. Greise Agenten krochen aus ihren gemütlichen Alterssitzen in Weybridge oder Cheltenham hervor und gaben ihr Wissen an den Nachwuchs weiter. Das gegenseitige Bespitzeln hatte natürlich nie aufgehört, nicht einmal nach dem offiziellen Ende des Kalten Krieges, 1991. Der Mensch ist dieser berauschenden Melange aus jugendlichem Freibeutertum und Erwachsenenperfidie schon zu sehr verfallen, als dass er sie völlig aufgeben könnte. Ende der neunziger Jahre blühte die Spionagetätigkeit aber wieder auf wie zu Zeiten des Kalten Krieges und brachte neue Helden, neue Schurken und neue Legenden hervor. Besonders auf die Japaner hatten wir ein wachsames Auge, fürchtete man doch, dieses übertechnisierte Volk könne der Lösung bereits auf der Spur sein.

Heute, rund zwanzig Jahre später, liegen wir immer noch auf der Lauer, aber inzwischen weniger gespannt und bar jeder Hoffnung. Man spioniert zwar weiter, aber da seit fünfundzwanzig Jahren kein Mensch mehr zur Welt gekommen ist, glaubt im Grunde seines Herzens kaum noch jemand daran, dass auf unserem Planeten je wieder der Schrei eines neugeborenen Kindes zu hören sein wird. Unser Interesse am Sex lässt nach. Romantische, idealisierte Liebe ist an die Stelle kruder Fleischeslust getreten, so sehr sich der Warden of England auch bemüht, uns mit Hilfe von Pornoshops wieder auf den Geschmack zu bringen. Aber wir haben ja unsere Ersatzdrogen; über den staatlichen Gesundheitsdienst sind sie jedermann zugänglich. Unsere alternden Körper werden geknetet, gestreckt, gewalkt, getätschelt, eingeölt und parfümiert. Wir werden manikürt und pedikürt, gemessen und gewogen. In Lady Margaret Hall, dem ehemaligen Mädchencollege, ist das Massagezentrum Oxford untergebracht, und dort liege auch ich jeden Dienstagnachmittag auf der Couch, blicke hinaus in den vorläufig noch gepflegten Park und genieße meine staatlich finanzierte, gewissenhaft bemessene Stunde sinnlicher Streicheleinheiten. Und wie beharrlich, mit welch zwanghaftem Eifer klammern wir uns an die Illusion, versuchen, wenn schon nicht die Jugend, so doch wenigstens die Vitalität der so genannten besten Jahre festzuhalten. Golf ist zum Nationalsport geworden. Ohne Omega würden die Naturschützer dagegen protestieren, dass man so viele Morgen Land, darunter einige unserer schönsten Naturgebiete, gewaltsam verändert und umgemodelt hat, bloß um immer noch anspruchsvollere Plätze bauen zu können. Sie sind übrigens alle gebührenfrei; das gehört zu der vom Warden propagierten Politik der Lebensfreude. Ein paar exklusive Clubs schaffen es trotzdem, unwillkommene Mitglieder fern zu halten, denn wo das Gesetz Beitrittsbeschränkungen verbietet, bleiben ja immer noch jene subtilen Signale eisiger Ablehnung, die selbst der unsensibelste Brite von klein auf zu deuten gelernt hat. Wir brauchen unsere Snobismen; Gleichstellung ist ein politisches Axiom, das vor der Praxis nicht besteht, nicht einmal in Xans egalitärem Großbritannien. Ich habe es übrigens auch einmal mit Golf versucht, fand das Spiel aber von Anfang an völlig reizlos, vielleicht weil ich zwar reihenweise Divots in den Rasen geschlagen, aber partout keinen Ball getroffen habe. Jetzt bin ich aufs Joggen umgestiegen. Fast täglich drehe ich meine Runden auf dem weichen Boden von Port Meadow oder den verlassenen Spazierwegen im Wytham Wood, zähle die Meilen, notiere anschließend den Puls und führe Buch über Gewichtsverlust und Kondition. Ich hänge genauso am Leben wie alle anderen, bin genau wie sie auf den eigenen Körper fixiert.

Viele Aspekte dieser Fitnessmanie lassen sich bis in die frühen neunziger Jahre zurückverfolgen: die Suche nach einer alternativen Medizin, die Duftöle und Massagen, das Walken und Salben, der Glaube an die magische Heilkraft von Steinen, Sex ohne Penetration. In Film und Fernsehen, in der Literatur und auch im Leben nahmen Pornographie und sexuelle Gewalt immer mehr Raum ein und wurden zunehmend brutaler, während zumindest bei uns im Westen immer weniger Kinder gezeugt wurden. Damals, in einer durch Überbevölkerung massiv geschädigten Welt, begrüßte man diese Entwicklung sogar. Ich als Historiker sehe darin freilich den Anfang vom Ende.

Hätten wir doch nur die Warnungen Anfang der neunziger Jahre beherzigt. Bereits 1991 verzeichnete ein Bericht der Europäischen Gemeinschaft einen drastischen Rückgang der Geburtenziffern in Europa – 8,2 Millionen waren es 1990, mit besonders starkem Gefälle in den römisch-katholischen Ländern. Wir meinten die Gründe zu kennen, glaubten an einen gezielten Geburtenschwund, verursacht durch eine liberalere Einstellung zu Empfängnisverhütung und Abtreibung, durch den Trend berufstätiger Frauen, den Kinderwunsch der Karriere unterzuordnen, sowie durch den generellen Anspruch der Familien auf einen höheren Lebensstandard. Auch die Ausbreitung von AIDS, besonders in Afrika, galt als mitverantwortlich für die sinkenden Bevölkerungszahlen. Einige europäische Länder starteten massive Kampagnen zur Geburtenförderung, aber den meisten von uns schien die rückläufige Tendenz wünschenswert, ja sogar notwendig. Die Masse Mensch verseuchte den Planeten Erde; da konnte man doch nur froh sein, wenn wir weniger Kinder in die Welt setzten. Über die sinkende Geburtenrate im Allgemeinen regte man sich also nicht sonderlich auf; wer sich Sorgen machte, das waren die einzelnen Nationen, die ihr Volk, ihre Kultur, ihre Rasse erhalten und genügend Nachwuchs zur Sicherung ihres Wirtschaftssystems heranziehen wollten. Doch soweit ich mich erinnere, wies niemand auf eine dramatische Veränderung der menschlichen Fertilität hin. Omega brach wie aus heiterem Himmel über uns herein und wurde entsprechend ungläubig aufgenommen. Scheinbar über Nacht hatte die Menschheit ihre Zeugungsfähigkeit eingebüßt. Als man im Juli 1994 entdeckte, dass sogar die für Experimentalzwecke und künstliche Befruchtung eingefrorenen Spermaproben ihre Potenz verloren hatten, war das Entsetzen so groß, dass Omega in den Dunstkreis von Aberglauben und Hexerei geriet; man sprach von einer Schicksalsfügung. Die alten Götter standen wieder auf, furchtbar in ihrer Macht.

Die Welt gab dennoch die Hoffnung nicht auf, bis der Jahrgang 1995 zur Geschlechtsreife gelangte. Aber als nach Auswertung aller Testreihen feststand, dass auch nicht einer aus dieser Generation fruchtbaren Samen produzieren konnte, da mussten wir uns mit dem Ende des Homo sapiens abfinden. In dem Jahr, 2008, nahmen denn auch die Selbstmorde zu. Nicht nur unter den Alten, sondern auch in meiner Generation, also bei den mittleren Jahrgängen, dereinst die Hauptleidtragenden in einer überalterten und aussterbenden Gesellschaft mit all ihren Nöten und peinlichen Pflichten. Xan, der inzwischen als Warden of England die Macht übernommen hatte, versuchte der drohenden Epidemie Einhalt zu gebieten, indem er die nächsten Verwandten eines Selbstmörders mit empfindlichen Geldstrafen belegte. (Heute ist es genau umgekehrt. Da zahlt der Staatsrat den Angehörigen behinderter und pflegebedürftiger alter Menschen, die sich das Leben nehmen, eine ansehnliche Pension.) Die Rechnung ging auf, damals. Die Selbstmordrate bei uns hielt sich in Grenzen, verglichen mit den schwindelerregenden Zahlen anderer Länder, allen voran die, deren Religion im Ahnenkult und Fortbestand der Familie wurzelt. Die Lebenden aber verfielen scharenweise jenem Negativismus, den die Franzosen *ennui universel* nennen. Er kam über uns wie eine schleichende Krankheit; ja, es war eine Krankheit, deren Symptome uns bald geläufig wurden: Mattheit, Depression, diffuses Unwohlsein, erhöhte Anfälligkeit für unbedeutsame Infektionen und lähmende, chronische Kopfschmerzen. Wie viele andere kämpfte ich dagegen an.

Einige wenige, darunter auch Xan, blieben gänzlich verschont; vielleicht schützte sie ihre mangelnde Phantasie oder, wie in seinem Fall, eine Überheblichkeit, an der jede äußere

Katastrophe wirkungslos abprallt. Ich muss mich immer noch ab und zu zur Wehr setzen, damit die Krankheit nicht Besitz von mir ergreift, aber ich fürchte mich jetzt nicht mehr so vor ihr. Die Waffen, mit denen ich sie bekämpfe, sind sogleich auch mein Trost: Bücher, Musik, gutes Essen, Wein, die Natur.

Diese erquickenden Annehmlichkeiten erinnern allerdings auch schmerzlich an die Vergänglichkeit menschlicher Freude; aber wann wäre die je von Dauer gewesen? Ich kann mich immer noch, wenngleich mehr intellektuell als sinnlich, ergötzen am seidigen Glanz unseres Oxforder Frühlings, an den Blumen in der Belbroughton Road, die mir mit jedem Jahr schöner vorkommen, am Sonnenlicht, das über eine Steinmauer wandert, an windbewegten Kastanienkerzen, am Duft eines blühenden Bohnenfeldes, an den ersten Schneeflocken, der zarten Festigkeit einer Tulpe. Man braucht sich die Freude an alledem nicht vergällen zu lassen, nur weil hunderte von Frühlingen kommen werden, deren Knospen kein menschliches Auge mehr sieht, weil die Mauern einstürzen werden, die Bäume absterben und vermodern, die Gärten dem Unkraut weichen, und weil alle Schönheit auf Erden den menschlichen Intellekt, der sie beschreibt, der sich an ihr erfreut und sie besingt, überdauern wird. Das sage ich mir immer wieder, aber glaube ich es auch, jetzt, wo die Freude sich nur noch so selten einstellt und, wenn sie kommt, kaum mehr vom Schmerz zu unterscheiden ist? Ich verstehe, warum die Adeligen und Großgrundbesitzer ohne Hoffnung auf Nachkommenschaft ihre Güter verfallen lassen. Unsere Wahrnehmung ist auf den Augenblick beschränkt, nicht um eine Sekunde können wir diesen überschreiten und wer das begreift, der ist der Ewigkeit schon so nahe wie irgend möglich.

Aber der Geist streift durch die Jahrhunderte zurück, um sich seiner Wurzeln zu vergewissern, und ohne Hoffnung auf ein Weiterleben des Geschlechts, wenn schon nicht der eigenen Familie, ohne die Gewissheit, dass wir auch im Tod noch weiterleben werden, erscheinen mir alle geistigen und sinnlichen Freuden manchmal bloß wie ein kläglich bröckelnder Schutzwall gegen den eigenen Untergang.

Wie gramgebeugte Eltern haben wir in unserer weltweiten Trauer alle schmerzlichen Erinnerungen an den Verlust ausgelöscht. Die Kinderspielplätze in unseren Parks wurden abgebaut. In den ersten zwölf Jahren nach Omega waren die Schaukeln nur festgestellt und gesichert, die Rutschen und Klettergerüste blieben ungestrichen. Jetzt hat man sie endlich demontiert, die asphaltierten Spielplätze sind in Rasenflächen umgewandelt oder mit Blumen bepflanzt wie kleine Massengräber. Die Spielsachen haben wir verbrannt, bis auf die Puppen, die ein paar halb verrückten Frauen zum Kinderersatz geworden sind. Die Schulen, die längst schließen mussten, sind mit Brettern vernagelt oder wurden in Zentren für Erwachsenenbildung umgewandelt. Aus unseren Bibliotheken hat man die Kinderbücher systematisch entfernt. Kinderstimmen hören wir nur mehr vom Band oder auf Schallplatte, und das heitere, rührende Bild der Jugend sieht man bloß noch im Kino oder im Fernsehen. Manche bringen es nicht übers Herz, sich das anzuschauen, doch die meisten trösten sich damit wie mit einer Droge.

Die Kinder, die im Jahre 1995 geboren wurden, nennt man Omegas. Keine Generation hat man gründlicher studiert und untersucht, um keine hat man mehr gezittert und keine wurde mehr gerühmt oder verwöhnt. Sie waren unsere Hoffnung, unser Rettungsanker und sie waren – ja sind es noch – über die Maßen schön. Man könnte meinen, die kaltherzige Natur wollte uns noch einmal besonders deutlich vor Augen führen, was wir verloren haben. Die Knaben, inzwischen fünfundzwanzigjährige Männer, sind stark, individualistisch, intelligent und schön wie junge Götter. Viele sind außerdem grausam, arrogant und gewalttätig. Merkmale, die sich bei Omegas überall auf der Welt wiedergefunden haben.

Man munkelt, die gefürchteten Banden der Papageiengesichter, so genannt wegen ihrer Kriegsbemalung, die des Nachts über Land fahren und unvorsichtige Reisende aus dem Hinterhalt überfallen, seien Omegas. Und weiter heißt es, dass ein Omega, der geschnappt wird, straffrei ausgeht, wenn er der Staatssicherheitspolizei beitritt. Die übrigen aber, obwohl sie nichts Schlimmeres verbrochen haben, werden abgeurteilt und landen in der Sträflingskolonie auf der Isle of Man, wohin heutzutage alle überführten Gewalttäter, auch Einbrecher oder mehrfache Diebe abgeschoben werden. Doch wenngleich es sich nicht empfiehlt, schutzlos auf unseren schlechten Nebenstraßen herumzugondeln, unsere Gemeinden und Städte sind jedenfalls sicher, denn mit der Rückkehr zur Deportationspolitik des neunzehnten Jahrhunderts sind wir des Verbrechens endlich Herr geworden.

Die weiblichen Omegas sind nicht mit ihren männlichen Pendants zu vergleichen. Ihre Schönheit ist klassisch entrückt, matt und unbeseelt, ohne Feuer. Sie haben ihren unverwechselbaren Stil, den andere Frauen nie kopieren, vielleicht weil sie sich nicht trauen. Sie tragen ihr Haar lang und offen; ein Zopf oder Band, mal glatt, mal geschlungen, hält die Stirn frei. So eine Frisur steht nur dem klassisch schönen Gesicht mit der hohen Stirn und den großen, weit auseinander liegenden Augen. Auch die weiblichen Omegas sind anscheinend keiner tieferen Gefühlsregung fähig. Ob Mann, ob Frau, die Omegas sind eine Klasse für sich, verwöhnt, gegängelt, gefürchtet, mit einer halb abergläubischen Scheu respektiert. In manchen Ländern, so wird uns berichtet, opfert man sie bei wiederbelebten Fruchtbarkeitsriten, die jahrhundertelang von einer hauchdünnen Zivilisationskruste verdeckt waren. Ich frage mich mitunter, was wir in Europa tun werden, falls uns eines Tages die Nachricht erreicht, dass die alten Götter diese Opfergaben angenommen und wahrhaftig ein Kind auf die Erde entsandt haben.

Vielleicht hat erst unsere Torheit die Omegas zu dem gemacht, was sie sind; ein System, das ständige Überwachung mit unerschöpflicher Nachsicht verquickt, kann ja wohl kaum für eine gesunde Entwicklung bürgen. Und wenn man Kinder von klein auf wie Götter behandelt, neigen sie als Erwachsene eben dazu, sich wie Teufel zu gebärden. Ich habe eine besonders lebhafte Erinnerung an sie, die Omegas, eine Szene, die ebenso mein Bild von ihnen verdeutlicht wie das ihre von sich selbst. Es war im letzten Juni, an einem heißen, aber nicht schwülen Tag mit klarer Sicht und langsam ziehenden Wolken, die wie weiße Tücher vor dem hohen, azurblauen Himmel dahinsegelten. Da ein angenehm kühles Lüftchen ging, hatte der Tag nichts von der feuchtwarmen Trägheit, die ich normalerweise mit einem Oxforder Sommer assoziiere. Ich war auf dem Weg zu einem Kollegen in Christ Church, und als ich durchs Wolsey-Torhaus trat, um den Tom Quad, den Innenhof des Colleges, zu überqueren, da sah ich sie am Sockel der Merkurstatue, vier weibliche und vier männliche Omegas in eleganter Pose. Die Frauen mit ihrer Aureole schimmernder Locken über der hohen Stirn und den raffiniert gefältelten Rüschen an ihren fast durchsichtigen Kleidern sahen aus, als wären sie geradewegs den präraffaelitischen Fenstern der Kathedrale entstiegen. Die vier jungen Männer standen breitbeinig, mit verschränkten Armen, hinter ihnen und sahen starr über ihre Köpfe hinweg, als wollten sie mit dieser arroganten Attitüde ihre Oberhoheit über den ganzen Hof geltend machen. Als ich vorbeiging, begegneten die Mädchen mir mit leerem, gleichmütigem Blick, in dem aber sekundenlang unverhohlene Verachtung aufblitzte. Die Männer wandten sich nach einem flüchtigen, finsteren Blick ab wie von einem Gegenstand, der keine Beachtung verdient, und sahen wieder starr hinaus auf den Hof. Ich dachte damals, und ich denke es heute wieder: Nur gut, dass ich sie nicht mehr unterrichten muss. Die meisten Omegas legten das erste Examen ab und damit Schluss; sie sind an keiner Weiterbildung interessiert. Die Omega-Studenten, die noch bei mir Vorlesungen besuchten, waren intelligent, aber sprunghaft, disziplinlos und sehr schnell gelangweilt. Ich war froh, dass ich ihre unausgesprochene Frage: «Wozu das Ganze?» nicht zu beantworten brauchte. Die Geschichtswissenschaft, die die Vergangenheit interpretiert, um die Gegenwart zu verstehen und sich der Zukunft stellen zu können, ist die undankbarste Disziplin für eine aussterbende Spezies.

Ein Kollege, der sich durch Omega überhaupt nicht aus der Ruhe bringen lässt, ist Daniel Hurstfield. Aber als Professor für statistische Paläontologie denkt er natürlich in ganz anderen Zeiträumen. Gleich dem Gott des Psalters sind auch ihm tausend Jahre wie eine Nachtwache. In dem Jahr, als mir der Weinkeller unterstand, saßen wir einmal bei einem College-Bankett nebeneinander. «Und was kredenzen Sie uns zum Moorhuhn, Faron?», erkundigte er sich. «Aha. Nun, fürwahr ein guter Tropfen. Manchmal haben Sie, fürchte ich, einen etwas verwegenen Geschmack. Übrigens hoffe ich doch, Sie haben ein vernünftiges Trinkprogramm aufgestellt, damit wir den Keller beizeiten leer kriegen. Ich könnte nicht ruhig sterben bei dem Gedanken, dass diese barbarischen Omegas sich an den College-Vorräten gütlich tun.»

Ich entgegnete: «Wir denken darüber nach. Vorerst wird natürlich immer noch eingelagert, aber in reduzierten Mengen. Einige meiner Kollegen meinen freilich, wir seien zu pessimistisch.»

«Oh, ich glaube, man kann überhaupt nicht pessimistisch genug sein. Ich begreife nicht, warum ihr euch alle so über Omega wundert. Schließlich sind von den vier Milliarden Lebensformen, die es einmal auf diesem Planeten gab, inzwischen drei Milliarden und neunhundertsechzig Millionen ausgestorben. Warum, wissen wir nicht. Manche durch mutwillige Ausrottung, andere durch Naturkatastrophen, wieder andere fielen Meteoriten und Asteroiden zum Opfer. Angesichts dieses massenhaften Aussterbens wäre es doch wirklich töricht anzunehmen, ausgerechnet der Homo sapiens würde verschont bleiben. Nein, unsere Spezies wird einmal zu den kurzlebigsten überhaupt gehören, nur ein Blinzeln, gewissermaßen, im Auge der Zeit. Übrigens wäre es, Omega hin oder her, durchaus möglich, dass eben jetzt ein Asteroid Kurs auf uns nimmt, der groß genug ist, diesen Planeten zu zerstören.» Und als ob diese Aussicht ihm die allerhöchste Befriedigung verschaffe, machte er sich schmatzend über sein Moorhuhn her.

2. Kapitel

Dienstag, 5. Januar 2021

Während der zwei Jahre, in denen ich, auf Ersuchen Xans, als eine Art beobachtender Berater an den Sitzungen des Staatsrats teilnahm, war es unter Journalisten Usus zu schreiben, wir seien zusammen aufgewachsen und einander geschwisterlich verbunden. Das entspricht nicht der Wahrheit. Ab unserem zwölften Lebensjahr verbrachten wir die Sommerferien miteinander, aber das war auch schon alles. Der Irrtum ist gleichwohl verständlich. Ich bin ihm ja selbst beinahe aufgesessen. Bis heute erscheint mir das Sommertrimester, das den Ferien vorausging, in der Rückschau wie eine langweilige Kette genau berechenbarer Tage, regiert von Stundenplänen, weder qualvoll noch gefürchtet, aber bis auf die wenigen erfreulichen Erlebnisse, die ich meiner Intelligenz und leidlicher Beliebtheit verdankte, eben durchzustehen bis zum ersehnten Augenblick der Erlösung. Erst verbrachte ich ein paar Tage daheim, dann schickte man mich nach Woolcombe.

Selbst jetzt beim Schreiben ist mir noch nicht klar, was ich damals für Xan empfand, warum das Band zwischen uns so fest blieb und so lange hielt. Es hatte nichts mit Erotik zu tun, wenn man einmal davon absieht, dass in fast jeder engen Freundschaft unterschwellig auch sexuelle Anziehungskraft mitschwingt. Wir haben uns nie berührt, soweit ich mich erinnere, nicht einmal im ausgelassenen Spiel, bei Raufereien. Aber dazu kam es sowieso fast nie, denn Xan hasste es, angefasst zu werden, und ich erkannte und respektierte frühzeitig das unsichtbare Niemandsland, in dem er lebte, genau wie er das meine respektierte. Es war auch nicht die übliche Geschichte vom überlegenen Partner, wo der Ältere, und sei es auch nur um vier Monate, den Jüngeren, seinen Schüler und Bewunderer, am Gängelband führt. Xan gab mir nie das Gefühl, der Unterlegene zu sein, das war nicht sein Stil. Er nahm mich ohne besondere Herzlichkeit auf, aber so, als bekäme er in mir seinen Zwilling, einen Teil seiner selbst zurück. Selbstverständlich hatte er Charme; den hat er noch. Dass eine Eigenschaft wie Charme oft so geringschätzig abgetan wird, ist mir unbegreiflich. Schließlich hat ihn keiner, der nicht auch imstande wäre, andere Menschen aufrichtig gern zu haben, zumindest im direkten Kontakt und Gespräch. Charme ist immer echt; er mag oberflächlich sein, aber man kann ihn nicht vortäuschen. Wenn Xan sich mit jemandem unterhält, dann hat man den Eindruck, er steht mit diesem Menschen auf vertrautem Fuß, interessiert sich für ihn, ja würde sich keine andere Gesellschaft wünschen. Bereits am nächsten Tag könnte er den Tod dieses Menschen gleichmütig hinnehmen, ihn womöglich ohne Skrupel selber umbringen. Wenn ich heutzutage am Bildschirm verfolge, wie Xan den Vierteljahresbericht an die Nation verliest, dann sehe ich den gleichen Charme am Werk.

Unsere Mütter, die Schwestern waren, sind inzwischen beide tot. Gegen Ende, als sie pflegebedürftig wurden, kamen sie nach Woolcombe, das heute ein Privatsanatorium für die Angehörigen und Günstlinge des Staatsrats ist. Xans Vater wurde ein Jahr nach Xans Ernennung zum Warden of England bei einem Autounfall in Frankreich getötet. Die Umstände waren ziemlich rätselhaft; die Protokolle wurden nie freigegeben. Ich habe damals viel über den Unfall nachgegrübelt, ja tue es noch, und das sagt mir eine Menge über mein Verhältnis zu Xan. Ein bisschen bin ich immer noch geneigt, ihm einfach alles zuzutrauen, ja fast ist es mir ein Bedürfnis, ihn für skrupellos und unbesiegbar zu halten, jenseits normaler Verhaltensnormen, so wie ich ihn gesehen habe, als wir noch Kinder waren.

Das Leben der Schwestern war sehr unterschiedlich verlaufen. Meine Tante hatte dank einer lukrativen Kombination von Schönheit, Ehrgeiz und Glück einen Baronet mittleren Alters geheiratet, meine Mutter einen Beamten im mittleren Dienst. Xan wurde auf Woolcombe geboren, einem der schönsten Herrensitze in Dorset; ich in Kingston, Surrey, auf der Entbindungsstation des Ortskrankenhauses, von wo man mich heimbrachte in eine viktorianische Doppelhaushälfte an einer langen, trostlosen Straße, die zum Richmond Park führte und in der ein Haus aussah wie das andere. Ich wuchs in einer Atmosphäre verbiesterter Unzufriedenheit heran. Ich brauche nur daran zu denken, wie meine Mutter mir den Koffer für die Sommerferien auf Woolcombe packte. Sorgfältig sortierte sie die sauberen Hemden aus, hielt mein bestes Jackett gegen das Licht, schüttelte und musterte es nachgerade feindselig, als ärgere sie sich doppelt über das gute Stück, weil es sie so viel Geld gekostet hatte, ohne den gewünschten Zweck zu erfüllen: Neu war es eine Nummer zu groß gewesen, damit ich hineinwachsen könne und ehe man sich's versah, spannte es überall. Ihre Ansicht über die glänzende Partie ihrer Schwester tat sie in einer Reihe oft wiederholter Bemerkungen kund: «Ich bin ja froh, dass sie in Woolcombe keinen Abendanzug zum Dinner tragen. Ich werfe nämlich kein Geld für einen Smoking raus, nicht in deinem Alter! Lächerlich!» Und dann die unvermeidliche Frage, mit abgewandtem Blick gestellt, denn sie war nicht ohne Schamgefühl: «Es ist doch alles in Ordnung bei ihnen, oder? Getrennte Schlafzimmer sind in diesen Kreisen ja ganz normal.» Und zum Schluss: «Na ja, für Serena ist es bestimmt in Ordnung so.» Sogar mit meinen zwölf Jahren begriff ich, dass es so nicht in Ordnung war für Serena.

Ich habe den Verdacht, dass meine Mutter sehr viel öfter an ihre Schwester und ihren Schwager dachte als umgekehrt. Und sogar meinen altmodischen Vornamen habe ich Xan zu verdanken. Er wurde nach seinem Großvater und Urgroßvater getauft; der Name Xan war bei den Lyppiatts seit Generationen in der Familie. Mich taufte man ebenfalls nach meinem Großvater väterlicherseits. Meine Mutter sah keinen Grund, warum sie sich ausstechen lassen sollte, wenn es galt, einem Kind einen exzentrischen Namen zu verpassen. Aber Sir George war und blieb ihr ein Rätsel. Ich habe noch ihre gereizte Klage im Ohr: «Für mich sieht er nicht aus wie ein Baronet.» Er war der einzige Baronet, den wir kannten, und ich frage mich, welch heimliches Idealbild sie wohl heraufbeschwor – ein aus seinem Rahmen herabgestiegenes bleiches, romantisches Van-Dyck-Porträt, düstere byronische Arroganz oder einen bramarbasierenden Squire mit hochrotem Kopf und dröhnender Stimme, der bei der Fuchsjagd brilliert? Aber ich wusste trotzdem, was sie meinte; auch für mich sah er nicht aus wie ein Baronet. Und wie der Besitzer von Woolcombe erst recht nicht. Er hatte ein spatenförmiges, rot geflecktes Gesicht mit schmalen, feuchten Lippen unter einem Schnurrbart, der ebenso lächerlich wie unecht wirkte, rötliches Haar, das Xan geerbt hatte, das aber bei ihm fahl und ausgebleicht war wie dürres Stroh, und Augen, die halb verdutzt, halb traurig über seine Ländereien schweiften. Doch er war ein guter Schütze – das hätte meiner Mutter imponiert. Xan schlug ihm auch darin nach. Die Purdeys seines Vaters durfte er zwar nicht anrühren, aber er besaß zwei eigene Flinten, mit denen wir auf Kaninchenjagd gingen, und dann konnten wir noch zwei Pistolen benutzen, allerdings nur mit Platzpatronen. Wir nagelten Zielscheiben an die Bäume und übten stundenlang, um unsere Trefferquote zu verbessern. Nach ein paar Tagen war ich sowohl mit dem Gewehr als auch mit der Pistole besser als Xan. Mein Geschick überraschte uns beide, mich noch mehr als ihn. Ich hatte nicht damit gerechnet, dass Schießen mir Spaß machen würde oder dass ich Talent dazu hätte; fast verwirrt registrierte ich an mir eine halb schuldbewusste, beinahe sinnliche Freude am Umgang mit der Waffe, an der Berührung des Metalls, dem griffigen, wohl bemessenen Gewicht in der Hand.

Xan hatte während der Ferien keine Gesellschaft außer mir und schien auch kein Bedürfnis danach zu haben. Freunde von Sherborne kamen nicht nach Woolcombe. Wenn ich ihn nach der Schule fragte, antwortete er ausweichend: «Ist ganz in Ordnung. Besser als Harrow gewesen wäre.»

«Auch besser als Eton?»

«Das kommt für uns nicht mehr in Frage. Urgroßvater hatte einen Mordskrach mit denen, öffentliche Anschuldigungen, wütende Briefe, entrüsteter Abgang. Ich hab vergessen, worum es eigentlich ging.»

«Bist du nie traurig, wenn du wieder ins Internat zurück musst?»

«Warum sollte ich? Bist du's etwa?»

«Nein, ich gehe ganz gern zur Schule. Wenn ich nicht hier sein kann, dann ist mir die Schule lieber als Ferien.»

Er schwieg einen Moment und sagte dann: «Das dumme ist, dass die Lehrer einen immer verstehen wollen. Sie glauben, dafür werden sie bezahlt. Aber aus mir werden sie nicht schlau. Ein Trimester lang bienenfleißig, glänzende Noten, Liebling des Internatsbetreuers, das Stipendium für Oxford schon so gut wie in der Tasche; im nächsten Trimester Mordsscherereien.»

«Was denn für Scherereien?»

«Nicht so schlimm, dass sie mich rausschmeißen können, und natürlich bin ich im Trimester drauf wieder der Musterknabe. Das verwirrt sie, macht ihnen Kopfzerbrechen.»

Ich verstand ihn auch nicht, aber das beunruhigte mich nicht weiter. Ich verstand mich selber nicht.

Heute weiß ich natürlich, warum er mich gern auf Woolcombe zu Gast hatte. Geahnt habe ich es wohl schon fast von Anfang an. Er hatte mir gegenüber keinerlei Verpflichtung, nicht einmal Freundschaft oder persönliche Wahl banden ihn an mich. Denn er hatte mich ja nicht gewählt. Ich war sein Vetter, ich wurde ihm aufgehalst, ich war einfach da. Solange ich auf Woolcombe war, brauchte er nie die ansonsten unvermeidliche Frage zu fürchten: «Warum lädst du in den Ferien nicht einmal deine Freunde zu uns ein?» Warum sollte er? Er musste sich doch um seinen vaterlosen Cousin kümmern. Ich befreite ihn, das reizende Einzelkind, von der Last übermäßiger elterlicher Fürsorge. Von der merkte ich zwar nie sonderlich viel, aber ohne mich hätten seine Eltern sich vielleicht genötigt gefühlt, sie zu zeigen. Schon als Junge konnte er neugierige Fragen nicht leiden und duldete nicht, dass man sich in sein Leben einmischte. Ich hatte Verständnis dafür; mir ging es ganz ähnlich. Wenn man die Zeit hätte und die Gewissheit, dass etwas dabei herauskommt, wäre es interessant, einmal unsere gemeinsamen Vorfahren zurückzuverfolgen, um die Wurzeln dieser zwanghaften Unabhängigkeit aufzudecken. Heute weiß ich, dass sie mit ein Grund war, warum meine Ehe gescheitert ist. Und wahrscheinlich ist sie auch der Grund dafür, dass Xan nie geheiratet hat. Es bedürfte schon einer Macht, die stärker wäre als geschlechtliche Liebe, um den Schutzwall vor diesem wehrhaften Herzen und Verstand zu durchbrechen.

Seine Eltern sahen wir in diesen langen Sommerwochen nur selten. Wie die meisten jungen Leute schliefen wir morgens lange, und wenn wir herunterkamen, hatten sie schon gefrühstückt. Für mittags stellte man uns in der Küche ein Picknick zusammen: eine Thermoskanne hausgemachter Suppe, Brot, Käse, Pastete und zum Nachtisch selbst gebackenen Obstkuchen. Die Köchin, die das für uns herrichtete, war eine ewig jammernde Person, die die Ungereimtheit fertig brachte, sich über das bisschen Mehrarbeit zu beschweren, das wir verursachten, und gleichzeitig zu beklagen, dass es nicht genug vornehme Dinnerpartys auf Woolcombe gab, bei denen sie ihr Talent hätte entfalten können. Abends kamen wir rechtzeitig zurück, um uns zum Essen umzuziehen. Mein Onkel und meine Tante hatten nie Gäste, jedenfalls nicht, wenn ich dort war, und das Tischgespräch bestritten sie fast ausschließlich allein. Xan und ich langten unterdessen zu und wechselten hin und wieder verstohlen einen kritischen Blick. Die sprunghafte Unterhaltung zwischen Onkel und Tante drehte sich regelmäßig um Pläne für uns und wurde geführt, als ob wir gar nicht da wären.

Meine Tante, während sie vornehm einen Pfirsich schälte und ohne den Blick zu heben: «Vielleicht würden die Jungs sich gern mal Maiden Castle anschauen.»

«Gibt nicht viel zu sehen auf Maiden Castle. Jack Manning könnte sie in seinem Boot mit rausnehmen, wenn er die Hummer einholt.»

«Ich glaube, vor diesem Manning sollte man sich in Acht nehmen. Morgen ist in Poole ein Konzert. Vielleicht würden sie da gern hingehen.»

«Was denn für ein Konzert?»

«Ich weiß nicht mehr. Das Programm habe ich doch dir gegeben.»

«Vielleicht würden sie gern mal für einen Tag nach London fahren.»

«Aber doch nicht bei diesem herrlichen Wetter. Da sind sie an der frischen Luft viel besser aufgehoben.»

Als Xan siebzehn wurde und den Wagen seines Vaters benutzen durfte, fuhren wir hinunter nach Poole, Mädchen aufreißen. Ich fand diese Streifzüge schrecklich und machte nur zweimal mit. Es war, als beträte man eine andere Welt; das Gekichere, die Mädchen, die paarweise auf Männerfang gingen, die frechen, herausfordernden Blicke, die anscheinend belanglose, aber obligatorische Plauderei. Nach dem zweiten Mal sagte ich: «Wir spielen ihnen keine Gefühle vor. Wir mögen sie nicht mal; und sie uns erst recht nicht. Wenn also beide Parteien bloß auf Sex aus sind, warum sagen wir's dann nicht frei heraus und sparen uns all dieses peinliche Drumherum?»

«Oh, sie brauchen das anscheinend. Und die einzigen Frauen, die du so direkt angehen kannst, verlangen Barzahlung im Voraus. In Poole kommen wir mit einer Kinokarte und zwei Stunden Kneipenhocken zum Zuge.»

«Ich glaub, ich fahre nicht mehr mit.»

«Wahrscheinlich hast du Recht. Ich hab am nächsten Morgen meistens auch das Gefühl, dass es nicht der Mühe wert war.»

Es war typisch für ihn, dass er, obwohl er mich bestimmt durchschaut hatte, mein Sträuben nicht als Mischung von Verlegenheit, Versagensängsten und Scham entlarvte. Ich konnte Xan kaum dafür verantwortlich machen, dass ich meine Unschuld unter hochnotpeinlichen Bedingungen auf einem Pooler Parkplatz an eine Rothaarige verlor, die sowohl während meines tapsigen Vorspiels als auch danach kein Hehl daraus machte, dass sie den Samstagabend schon mal amüsanter verbracht hatte. Und ich kann auch nicht behaupten, dass dieses Erlebnis sich negativ auf mein Sexualleben ausgewirkt hat. Du meine Güte, wenn unser Sexualleben von den ersten Jugendexperimenten abhinge, dann würden wir uns bald alle zum Zölibat bekehren. Erfahrungsgemäß sind aber die Menschen auf keinem Sektor mehr davon überzeugt, dass noch was Besseres kommt, wenn sie nur am Ball bleiben.

Abgesehen von der Köchin besinne ich mich nur auf wenige Dienstboten in Woolcombe. Sie hatten einen Gärtner, Hobhouse, mit einer krankhaften Abneigung gegen Rosen, besonders wenn sie mit anderen Blumen zusammengepflanzt waren. Die überwuchert alles, grummelte er, als ob die Strauch- und Kletterpflanzen, die er ebenso widerstrebend wie geschickt beschnitt, sich auf geheimnisvolle Weise von selbst vermehrten. Und dann war da noch Scovell mit seinem hübschen, naseweisen Gesicht. Ich bin nie dahinter gekommen, als was genau er eingestellt war: Chauffeur, Gärtnerbursche, Faktotum? Xan behandelte ihn entweder wie Luft oder kränkte ihn vorsätzlich. Da ich nie erlebt hatte, dass er einen anderen Dienstboten schlecht behandelte, hätte ich ihn gern gefragt, was er ausgerechnet gegen Scovell hatte, wenn ich nicht, wie immer wachen Sinns für die kleinsten Gefühlsschwankungen meines Vetters, gespürt hätte, dass die Frage besser unterblieb.

Ich nahm es nicht übel, dass Xan der Liebling unserer Großeltern war. Ich fand es sogar ganz natürlich, dass sie ihn bevorzugten. Ich erinnere mich an ein paar Gesprächsfetzen, die ich bei dem einen Weihnachtsfest aufschnappte, das wir unglücklicherweise alle zusammen auf Woolcombe verbrachten.

«Ich frage mich manchmal, ob Theo es am Ende nicht weiterbringen wird als Xan.»

«O nein! Theo ist ein gut aussehender, intelligenter Junge, gewiss, aber Xan ist brillant.»

Xan und ich teilten stillschweigend dieses Urteil. Als ich den Sprung nach Oxford schaffte, freute sich die Familie, aber man war überrascht. Als Xan in Balliol aufgenommen wurde, fanden alle das nur recht und billig. Als ich mein Examen mit Auszeichnung bestand, hieß es, ich hätte Glück gehabt. Als Xan bloß mit Gut abschnitt, wurde moniert – aber durchaus nachsichtig –, er habe es eben an Fleiß fehlen lassen.

Xan verlangte nichts von mir, behandelte mich nie wie einen armen Verwandten, den man alljährlich für seine Gesellschaft oder Unterwürfigkeit mit Essen, Trinken und Gratisferien entschädigt. Wenn ich allein sein wollte, dann akzeptierte er das wortlos und ohne zu murren. Ich zog mich dann meistens in die Bibliothek zurück, die ich hinreißend fand mit ihren Regalwänden voll ledergebundener Bücher, den Pilastern und geschnitzten Kapitellen, dem wuchtigen gemauerten Kamin, auf dem das Familienwappen eingemeißelt war, den Marmorbüsten in den Nischen, dem riesigen Kartentisch, auf dem ich meine Bücher und Ferienaufgaben ausbreiten konnte, den tiefen Ledersesseln und hohen Fenstern mit Blick über den Rasen bis hinunter zum Fluss und der

Brücke. Hier war es auch, wo ich beim Blättern in den Chroniken des Countys entdeckte, dass im Bürgerkrieg ebendiese Brücke Schauplatz eines Gefechts gewesen war, in dem fünf junge Royalisten den Flussübergang bis zum letzten Mann gegen die Roundheads verteidigt hatten. Sogar ihre Namen waren verzeichnet, ein Zeugnis romantischen Heldenmuts: Ormerod, Freemantle, Cole, Bydder, Fairfax.

Ich lief in heller Aufregung zu Xan und schleppte ihn in die Bibliothek. «Sieh nur, der Kampf jährt sich nächsten Mittwoch, am 16. August. Das sollten wir feiern.»

«Und wie? Willst du vielleicht Blumen ins Wasser streuen?»

Aber er sagte das weder geringschätzig noch verächtlich und amüsierte sich nur ein kleines bisschen über meine Begeisterung.

«Wie wär's, wenn wir einfach auf sie trinken? Einen Toast ausbringen?»

Wir taten beides. Bei Sonnenuntergang gingen wir mit einer Flasche Bordeaux seines Vaters und den beiden Pistolen zur Brücke. Ich hatte außerdem noch einen Arm voll Blumen aus dem ummauerten Garten dabei. Gemeinsam leerten wir die Flasche, und dann balancierte Xan auf dem Brückengeländer und feuerte beide Pistolen ab, wozu ich die Namen der Gefallenen ausrief. Das ist ein Augenblick aus meiner Kindheit, der mir geblieben ist, ein Abend ungetrübter, reiner Freude, weder von Schuld noch von Überdruss oder Reue geschmälert und für mich verewigt im Bild Xans, der mit flammend rotem Haar vor der untergehenden Sonne balanciert, im Bild der zarten Rosenblätter, die unter der Brücke flussabwärts treiben, bis sie unseren Blicken entschwinden.

3. Kapitel

Montag, 18. Januar 2021

Ich erinnere mich noch an meine ersten Ferien auf Woolcombe. Ich folgte Xan über eine zweite Treppe am Ende des Korridors in ein Zimmer im obersten Stock mit Blick über die Terrasse und den Park bis hinunter zum Fluss und der Brücke. Pikiert und angesteckt vom Groll meiner Mutter fragte ich mich schon, ob man mich in den Dienstbotentrakt abschieben wolle.

Da sagte Xan: «Mein Zimmer ist gleich daneben. Wir haben unser eigenes Bad, hinten am Ende des Flurs.»

Ich sehe dieses Zimmer noch in allen Einzelheiten vor mir. Während meiner ganzen Schulzeit, und bis ich Oxford verließ, bekam ich es jeden Sommer wieder. Ich veränderte mich, aber der Raum blieb immer gleich, und im Geiste sehe ich eine ganze Phalanx von Schuljungen und Studenten, deren jeder eine geradezu unheimliche Ähnlichkeit mit mir hat, Sommer für Sommer diese Tür öffnen und sein rechtmäßiges Erbe antreten. Seit dem Tod meiner Mutter vor acht Jahren bin ich nicht mehr auf Woolcombe gewesen, und jetzt werde ich wohl nie mehr hinfahren. Trotzdem habe ich manchmal die Vision, dass ich als alter Mann nach Woolcombe zurückkehre und in diesem Zimmer sterbe; ich sehe mich die Tür zum letzten Mal aufstoßen, sehe wieder das Himmelbett mit den geschnitzten Bettpfosten, die Patchwork-Tagesdecke aus verschossener Seide; den Wiener Schaukelstuhl mit dem Kissen, das eine längst verstorbene Lady Lyppiatt bestickt hat; die Patina des georgianischen Schreibtisches, der schon ein bisschen abgenutzt, aber stabil, solide und praktisch ist; das Bücherbord mit Knabenbüchern des neunzehnten und zwanzigsten Jahrhunderts: Henty, Fenimore Cooper, Rider Haggard, Conan Doyle, Sapper, John Buchan; die bauchige Kommode mit dem Spiegel voller Fliegendreck darüber; und die alten Stiche, Schlächterszenen mit verängstigten Pferden, die vor den Kanonen scheuen, wild augenrollenden Kavallerieoffizieren, dem sterbenden Nelson. Am deutlichsten aber erinnere ich mich an den Tag, an dem ich zum ersten Mal in dieses Zimmer kam und, ans Fenster tretend, hinuntersah auf die Terrasse, die schräg abfallenden Rasenflächen, die Eichen, den schimmernden Flusslauf und die kleine, buckelige Brücke.

Xan stand in der Tür. Er sagte: «Wenn du Lust hast, können wir morgen einen Ausflug machen, mit dem Rad. Der Bart hat dir ein Fahrrad gekauft.»

Ich sollte noch lernen, dass er von seinem Vater selten anders sprach als so, qua Abkürzung seines Titels. Ich sagte: «Das ist sehr nett von ihm.»

«So nett auch wieder nicht. Er hatte schließlich keine andere Wahl, wenn er will, dass wir zusammen was unternehmen.»

«Ich habe selbst ein Fahrrad. Ich radle immer zur Schule damit. Das hätte ich ja mitbringen können.»

«Der Bart meinte, es sei weniger umständlich, gleich eines hier zu deponieren. Ich mache mich tagsüber gern dünn, aber du brauchst nicht mitzukommen, wenn du keine Lust hast. Radeln ist nicht obligatorisch. Nichts ist obligatorisch auf Woolcombe, außer Unglücklichsein.»

Mit der Zeit kam ich dahinter, dass er sich in solch hämischen, altklugen Bemerkungen gefiel. Er wollte mir damit imponieren und tat es auch. Trotzdem glaubte ich ihm nicht.

In der naiven Verzauberung jenes ersten Aufenthalts war es mir unvorstellbar, dass jemand in einem solchen Haus unglücklich sein könnte. Und sich selbst hatte er doch bestimmt nicht gemeint.

Ich sagte: «Ich würde mir gern irgendwann mal das Haus

ansehen» und wurde rot, aus Angst, ich hätte mich angehört wie ein potenzieller Käufer oder wie ein Tourist.

«Sicher, das läßt sich einrichten. Falls du bis Samstag warten kannst, da macht Miss Maskell vom Pfarrhaus die Führung. Es kostet dich ein Pfund, aber dafür ist auch der Park dabei. Der ist jeden zweiten Samstag zugunsten des Kirchenfonds für Publikum geöffnet. Was Molly Maskell an historischem und kunstgeschichtlichem Wissen fehlt, das macht sie mit Phantasie wett.»

«Ich fände es schöner, wenn du mich herumführst.»

Ohne darauf zu antworten, sah er zu, wie ich meinen Koffer aufs Bett wuchtete und anfing auszupacken. Für diesen ersten Besuch hatte meine Mutter mir einen neuen Koffer gekauft. Ich schämte mich, weil ich spürte, dass er zu groß, zu modisch und zu schwer war, und wünschte mir, ich wäre mit meiner alten Segeltuchreisetasche gekommen. Natürlich hatte ich zu viel zum Anziehen eingepackt und obendrein noch die falschen Sachen, aber er sagte nichts dazu; ich weiß nicht, ob das Feingefühl war oder Takt oder ob es ihm einfach nicht auffiel. Während ich mein Unterzeug hastig in eine der Schubladen stopfte, fragte ich: «Ist es nicht merkwürdig, hier zu wohnen?»

«Es ist unbequem und manchmal langweilig, aber merkwürdig – nein. Meine Vorfahren haben seit dreihundert Jahren hier gelebt.» Und er fügte hinzu: «Eigentlich ist es ein ziemlich kleines Haus.»

Es hörte sich an, als setze er sein Erbe herab, um mir die Befangenheit zu nehmen, aber als ich ihn anschaute, sah ich zum ersten Mal jenen Ausdruck, der mir noch vertraut werden sollte, eine stille innere Erheiterung die Augen und Mund zwar erreichte, aber nie ein offenes Lächeln hergab. Damals wusste ich genauso wenig wie heute, wie viel ihm wirklich an Woolcombe lag. Es dient noch immer als Sanatorium und Seniorenheim für die oberen Zehntausend – Verwandte und Freunde der Staatsrats, Mitglieder der Landes-,

Bezirks- und Kommunalräte, Leute, die sich angeblich um das Wohl des Staates verdient gemacht haben. Bis meine Mutter starb, absolvierten Helena und ich regelmäßig unsere Pflichtbesuche. Ich sehe sie noch vor mir, die beiden Schwestern, wie sie beisammen auf der Terrasse saßen, warm eingemummt gegen die Zugluft, die eine unheilbar krebskrank, die andere mit Herzasthma und Arthritis geschlagen, Neid und Missgunst zwischen ihnen vergessen im Angesicht des großen Gleichmachers Tod. Wenn ich mir die Welt ohne einen einzigen lebenden Menschen denke, dann kann ich mir die großen Kathedralen und Tempel vorstellen – wer könnte das nicht? –, die Paläste und Schlösser, die durch unbelebte Jahrhunderte fortbestehen, die British Library, die erst kurz vor Omega eröffnet wurde, mit ihren sorgsam archivierten Manuskripten und Büchern, die niemals mehr jemand aufschlagen oder lesen wird. Aber was mir zu Herzen geht, ist einzig der Gedanke an Woolcombe; ich sehe seine muffigen, verlassenen Räume, die moderne Täfelung in der Bibliothek, den Efeu, der sich über die bröckelnden Mauern rankt, die Gras- und Unkrautwildnis, die Kieswege, Tennisplatz und Ziergarten verschlingt. Das geht mir zu Herzen, ja, das und die Erinnerung an jenes kleine Hinterzimmer, verwaist und unverändert, bis endlich die Tagesdecke ganz vermodert ist, die Bücher zu Staub zerfallen und das letzte Bild von der Wand rutscht.

4. Kapitel

Donnerstag, 21. Januar 2021

Meine Mutter hatte künstlerische Ambitionen. Nein, das klingt überheblich und ist nicht einmal wahr. Eigentlich hatte sie überhaupt keine Ambitionen, außer dass sie brennend gern gesellschaftsfähig gewesen wäre. Aber sie besaß ein gewisses künstlerisches Talent, auch wenn ich sie nie ein eigenes Bild habe malen sehen. Ihr Hobby war es, alte Stiche zu kolorieren, meist viktorianische Szenen aus schadhaften Zeitschriftenbänden wie *Girls Own Paper* oder *Illustrated London News.* Ich glaube nicht, dass es sehr schwierig war, aber sie bewies doch einiges Geschick dabei und bemühte sich, wie sie mir erklärte, den historisch richtigen Farbton zu treffen, auch wenn ich nicht weiß, wie sie das beurteilen konnte. Mir scheint, sie kam dem Glück am nächsten, wenn sie mit ihrem Malkasten und zwei Marmeladengläsern am Küchentisch saß, die verstellbare Lampe direkt auf den vor ihr auf einer Zeitung liegenden Stich gerichtet. Ich beobachtete sie gern, wenn sie so in ihre Arbeit vertieft war, behutsam den dünneren Pinsel ins Wasser tauchte und die Farben auf ihrer Palette anrührte, bis Blau-, Gelb- und Weißgrundierungen ineinander flossen. Der Küchentisch war ziemlich groß und wenn auch nicht all meine Hausaufgabenhefte darauf Platz hatten, so reichte es doch, um meinen wöchentlichen Aufsatz zu schreiben oder zu lesen. Zwischendurch riskierte ich gern einen Blick, der mir auch nicht verübelt wurde, und sah zu, wie die leuchtenden Farben sich langsam über den Stich verteilten und die trübgrauen, winzigen Pünktchen sich in eine lebendige Szenerie verwandelten; eine belebte Bahnstation, auf der Frauen mit bestickten Hauben auf dem Kopf von ihren

Liebsten Abschied nehmen, die in den Krimkrieg ziehen; eine viktorianische Familie, die Frauen mit Pelzen und Turnüren, beim weihnachtlichen Ausschmücken der Kirche; Queen Victoria, begleitet von ihrem Gemahl und umringt von Kindern in Reifröcken, bei der Eröffnung der ersten Weltausstellung; Ruderpartien auf der Isis mit längst ausrangierten College-Booten im Hintergrund und davor schnurrbärtige Männer in Clubjacken und vollbusige Mädchen mit Wespentaille in Miederjäckchen und Strohhut; Dorfkirchen mit einer weit auseinander gezogenen Prozession von Gläubigen, allen voran der Squire und seine Lady, wie sie zur Ostermesse schreiten, und im Hintergrund die Gräber, festlich mit Frühlingsblumen geschmückt. Vielleicht hat meine kindliche Freude an diesen Genrebildern mich bewogen, mein Interesse als Historiker dem neunzehnten Jahrhundert zu widmen, einer Epoche, die mich heute, nicht minder als seinerzeit im Studium, anmutet wie eine Welt durchs Teleskop betrachtet, also ganz nah und doch unendlich fern, faszinierend mit ihrer Energie, ihrem moralischen Ernst, ihrem sprühenden Geist und ihrer Verworfenheit.

Das Hobby meiner Mutter war durchaus einträglich. Zusammen mit Mr Greenstreet, dem Küster der Ortskirche, die sie gemeinsam regelmäßig besuchten, während ich nur widerstrebend mitging, rahmte sie die fertigen Bilder und verkaufte sie an Antiquitätengeschäfte. Ich werde nun nie mehr erfahren, welche Rolle Mr Greenstreet im Leben meiner Mutter spielte, abgesehen von seinem Geschick im Umgang mit Holz und Leim, oder welche Rolle er gespielt haben könnte, wäre ich nicht dauernd dazwischengekommen; und ich kann auch nicht mehr feststellen, wie viel meine Mutter für die Bilder bekam und ob, wie ich jetzt annehme, diese Nebeneinkünfte meine Schulausflüge finanzierten, die Kricketschläger und die zusätzlichen Bücher, um die ich nie zu feilschen brauchte. Ich steuerte allerdings auch mein Teil bei; ich war es nämlich, der die Stiche aufspürte. Auf dem Heimweg von der Schule oder an unterrichtsfreien Samstagen durchstöberte ich die Kisten in den Trödelläden von Kingston und noch weiter draußen, ja radelte manchmal zwanzig, fünfundzwanzig Kilometer bis zu einem Laden mit den besten Beutestücken. Die meisten waren spottbillig, und ich kaufte sie von meinem Taschengeld. Die besten klaute ich. Ich erwarb mir großes Geschick darin, schonend die Mittelseiten aus gebundenen Büchern herauszutrennen oder einen Stich aus dem Passepartout zu entfernen und in meinem Schulatlas zu verstecken. Ich brauchte diese Akte mutwilliger Zerstörung, so wie wahrscheinlich die meisten Jungs ihre kleinen Straftaten brauchen. Ich wurde nie verdächtigt, ich, der uniformierte, höfliche Gymnasiast, der seine unbedeutenderen Funde zur Kasse trug und ohne Hast oder spürbare Beklemmung dafür zahlte, und der gelegentlich auch billigere Secondhandbücher aus den Kisten mit den vermischten Schriften draußen vor der Ladentür kaufte. Ich hatte Spaß an diesen einsamen Ausflügen, dem Nervenkitzel, der Erregung, wenn ich einen Schatz entdeckte, der triumphalen Heimkehr mit meiner Beute. Meine Mutter sagte nicht viel dazu, fragte nur, wie viel ich ausgegeben hätte, und erstattete mir die Kosten. Falls sie argwöhnte, dass einige der Stiche mehr wert waren, als ich vorgab, dafür bezahlt zu haben, nahm sie mich doch nie ins Verhör, aber ich wusste, dass sie sich freute. Ich liebte sie nicht, aber ich stahl für sie. Früh schon lernte ich dort an diesem Küchentisch, dass es Mittel und Wege gibt, sich ohne Schuldgefühle den Banden der Liebe zu entziehen.

Ich weiß, oder glaube zu wissen, wann meine schreckliche Angst davor, Verantwortung für Glück oder Leben anderer Menschen zu übernehmen, einsetzte, auch wenn ich mich da vielleicht täusche. Ich habe mich immer schon meisterhaft darauf verstanden, Entschuldigungen für meine Charakterfehler zu erfinden. Jedenfalls folge ich den Wurzeln gern bis ins Jahr 1983, das Jahr, in dem mein Vater seinen Kampf gegen den Magenkrebs verlor. So jedenfalls hörte ich es, wenn ich die Gespräche der Erwachsenen belauschte. «Er hat seinen Kampf verloren», sagten sie. Und heute begreife ich, dass es ein Kampf war und dass er ihn mit einigem Mut führte, auch wenn ihm kaum eine andere Wahl blieb. Meine Eltern bemühten sich, das Schlimmste von mir fern zu halten. «Wir versuchen den Jungen zu schonen», lautete ein anderer oft aufgeschnappter Satz. Aber den Jungen zu schonen bedeutete, mir nichts weiter zu sagen, als dass mein Vater krank sei, einen Spezialisten konsultieren müsse, ins Krankenhaus käme, um sich operieren zu lassen, bald wieder daheim sein würde, zurück ins Krankenhaus müsse. Manchmal sagte man mir nicht einmal das; dann kam ich aus der Schule heim, er war nicht mehr da, und meine Mutter hielt fieberhaft und mit versteinertem Gesicht Hausputz. Den Jungen schonen hieß, dass ich ohne Geschwister in einer Atmosphäre unverstandener Bedrohung lebte, in der wir drei unerbittlich auf eine unvorstellbare Katastrophe zutrieben, eine Katastrophe, an der, wenn sie eintrat, ich schuld sein würde. Kinder sind immer bereit zu glauben, sie trügen die Schuld am Unglück der Erwachsenen. Meine Mutter sprach mir gegenüber das Wort «Krebs» nie aus, erwähnte Vaters Krankheit immer nur indirekt, beschönigend. «Dein Vater ist heute Morgen ein bisschen müde.» – «Dein Vater muss heute wieder ins Krankenhaus.» – «Hol deine Schulbücher aus dem Wohnzimmer und geh nach oben, bevor der Doktor kommt. Er will sicher noch mit mir reden.» Sie sprach in solchen Fällen mit abgewandtem Blick, als sei die Krankheit etwas Peinliches, ja Unanständiges, und damit nicht geeignet als Gesprächsthema für ein Kind. Oder hatte diese Verlegenheit einen tieferen Grund, war das geteilte Leid so sehr Bestandteil ihrer Ehe geworden, dass sie mich davon mit Recht ebenso fern hielten wie aus ihrem Schlafzimmer? Heute frage ich mich, ob hinter dem Schweigen meines Vaters, das ich damals als Ablehnung verstand, wirklich Absicht lag. Waren es am Ende nicht so sehr Krankheit, Erschöpfung und langsam versiegende Hoffnung, was uns entfremdete, als vielmehr sein Wunsch, den Trennungsschmerz nicht noch zu vergrößern? Aber gar so sehr kann er mich nicht gemocht haben. Ich war kein Kind, das man ohne weiteres lieb gewann. Und wie hätten wir uns verständigen sollen? Die Welt der unheilbar Kranken ist weder die der Lebenden noch die der Toten. Ich habe nach meinem Vater noch andere Todgeweihte beobachtet und immer gespürt, dass etwas Fremdes von ihnen ausging. Sie sitzen da und reden und werden angesprochen und hören zu und lächeln sogar, aber innerlich sind sie schon von uns abgerückt, und wir haben nun einmal keinen Zutritt zu ihrem schattenhaften Niemandsland.

An den Tag, an dem er starb, kann ich mich heute nicht mehr erinnern, abgesehen von einem Zwischenfall: Meine Mutter sitzt am Küchentisch und lässt den Tränen der Wut und Enttäuschung endlich freien Lauf. Als ich ungeschickt und verlegen versuchte, sie zu umarmen, wimmerte sie: «Warum hab ich immer nur Pech im Leben?» Mir als Zwölfjährigem erschien das damals wie auch heute noch als unangemessene Reaktion auf eine persönliche Tragödie, und die Banalität dieses Satzes beeinflusste mein Verhältnis zu meiner Mutter für den Rest meiner Kindheit. Das war ungerecht und überheblich, aber Kinder sind nun einmal ungerecht und überheblich ihren Eltern gegenüber.

Während ich mit dieser einen Ausnahme alle Erinnerungen an den Todestag meines Vaters vergessen und verdrängt habe, kann ich mich dagegen noch auf jede einzelne Stunde des Tages besinnen, an dem er eingeäschert wurde: auf den Nieselregen, der den Park des Krematoriums wie ein pointillistisches Gemälde erscheinen ließ; die Warterei in dem antikisierten Kreuzgang, bis die vorhergehende Trauerfeier vorbei war und wir hintereinander einmarschieren und in den kahlen Kiefernbänken unsere Plätze einnehmen konnten; den Geruch meines neuen Anzugs, die Kränze, die an der Kapellenwand aufgereiht waren, und darauf, wie klein der Sarg war – es schien unglaublich, dass da tatsächlich der Leichnam meines Vaters drin lag. Die Sorge meiner Mutter, ob auch alles glatt gehen würde, verstärkte sich noch durch die Befürchtung, ihr Schwager, der Baronet, werde kommen. Er kam aber nicht, und Xan, der in seinem Internat war, auch nicht. Doch meine Tante erschien, zu elegant gekleidet und als einzige Frau nicht überwiegend in Schwarz, was meiner Mutter einen nicht unwillkommenen Grund zur Klage bot. Es war nach dem Hauptgang des Leichenschmauses, dass die beiden Schwestern sich darauf einigten, ich solle die nächsten Sommerferien in Woolcombe verbringen, womit das Modell für alle künftigen Sommerferien geschaffen war.

Aber die deutlichste Erinnerung an diesen Tag ist die einer Atmosphäre unterdrückter Erregung und starken Missfallens, welches sich, wie ich glaubte, gegen mich richtete. An dem Tag hörte ich zum ersten Mal von Freunden und Nachbarn, die ich im ungewohnten Schwarz kaum wiedererkannte, immer wieder den Satz: «Jetzt bist du der Mann in der Familie, Theo. Deine Mutter wird auf dich zählen.» Damals konnte ich noch nicht formulieren, was mir nun seit fast vierzig Jahren klar ist. Ich will nicht, dass irgendjemand auf mich zählt, egal, ob er Schutz sucht oder Glück oder Liebe oder sonst was.

Ich wünschte, ich hätte fröhlichere Erinnerungen an meinen Vater, hätte eine klare oder wenigstens überhaupt eine Vorstellung vom Wesen dieses Mannes, die ich mir aneignen und verinnerlichen könnte; ich wünschte, ich könnte zumindest drei Eigenschaften nennen, die ihn charakterisieren. Aber jetzt, da ich zum ersten Mal seit Jahren wieder an ihn denke, fallen mir keine Adjektive ein, die ich ihm guten Gewissens zuordnen könnte, nicht einmal, dass er gütig, freundlich, intelligent, liebevoll gewesen sei. Vielleicht war er all das, nur weiß ich es eben nicht. Alles, was ich von ihm weiß, ist, dass er im Sterben lag. Sein Krebs war kein rascher oder barmherziger – wann ist Krebs schon je barmherzig? –, und er brauchte fast drei Jahre zum Sterben. Es scheint, als sei meine Kindheit in diesen Jahren hauptsächlich vom Anblick, Geräusch und Geruch seines Sterbens bestimmt gewesen. Es war sein Krebs. Ich konnte damals nichts anderes sehen, und ich sehe auch heute nichts anderes. Jahrelang hat mich bei der Erinnerung an ihn, die weniger Erinnerung als Reinkarnation war, das Grausen gepackt. Wenige Wochen vor seinem Tod verletzte er sich beim Öffnen einer Dose am linken Zeigefinger und die Wunde entzündete sich. Durch den unhandlichen Baumwollgazeverband, den meine Mutter ihm anlegte, sickerten Blut und Eiter. Ihm schien das nichts auszumachen; beim Essen – benutzte er nur die rechte Hand und ließ die linke auf dem Tisch liegen, wo er sie von Zeit zu Zeit nachsichtig und mit einem Anflug von Verwunderung betrachtete, als sei sie von seinem Körper getrennt, habe nichts mit ihm zu schaffen. Aber ich konnte den Blick nicht von ihr wenden, und dabei kämpften Hunger und Übelkeit in mir. Mir war dieser Finger zuwider, ein Gegenstand aus einem Gruselkabinett. Vielleicht projizierte ich auf die verbundene Hand meines Vaters meine ganze uneingestandene Furcht vor seiner todbringenden Krankheit. Nach seinem Tod wurde ich monatelang von einem Albtraum heimgesucht, in dem ich ihn am Fußende meines Bettes stehen sah, wie er mit einem blutigen gelben Stumpen auf mich zeigte, der aber nicht bloß ein Finger war, sondern eine ganze Hand. Er sprach nie, stand nur stumm da in seinem gestreiften Pyjama. In seinem Blick lag manchmal die flehende Bitte um etwas, das ich ihm nicht geben konnte, weit öfter aber klagte er mich an, genau wie diese auf mich gerichtete Hand. Heute erscheint es mir ungerecht, dass die Erinnerung an ihn so lange nur aus Schrecken bestand, aus tropfendem Eiter und Blut. Und auch der Albtraum gibt mir Rätsel auf, wenn ich ihn heute, als Erwachsener, mit meinen Amateurkenntnissen in Psychologie zu analysieren versuche. Er ließe sich leichter erklären, wenn ich ein Mädchen gewesen wäre. Der Versuch, ihn zu analysieren, war natürlich versuchter Exorzismus. Und zumindest teilweise muss er auch gelungen sein. Nachdem ich Natalie getötet hatte, erschien mir mein Vater jede Woche; jetzt kommt er nie mehr. Ich bin froh, dass er endlich fort ist mitsamt seinen Schmerzen, seinem Blut und seinem Eiter. Aber ich wünschte, er hätte mir eine andere Erinnerung hinterlassen.

5. Kapitel

Freitag, 22. Januar 2021

Heute ist der Geburtstag meiner Tochter, nein, wäre ihr Geburtstag, wenn ich sie nicht überfahren und getötet hätte. Das war 1994, als sie fünfzehn Monate alt war. Helena und ich bewohnten damals die Hälfte eines Doppelhauses im edwardianischen Stil in der Lathbury Road. Es war zu groß und zu teuer für uns, aber Helena hatte, als sie erfuhr, dass sie schwanger war, auf einem Haus mit Garten und südseitigem Kinderzimmer bestanden. Ich erinnere mich heute nicht mehr an den genauen Hergang des Unfalls und ob ich nun auf Natalie hätte Acht geben müssen oder annahm, sie sei drinnen bei ihrer Mutter. Bestimmt ist das in der gerichtlichen Untersuchung alles zur Sprache gekommen, aber dieses ganze amtliche Schuldzuweisungsverfahren ist radikal aus meinem Gedächtnis getilgt. Ich erinnere mich wohl noch, dass ich das Haus verließ, um ins College zu fahren, und dass ich den Wagen, den Helena tags zuvor ungeschickt geparkt hatte, zurücksetzte, damit ich leichter durch das enge Gartentor käme. Wir hatten keine Garage in der Lathbury Road, dafür aber zwei Stellplätze vor dem Haus. Ich muss die Haustür offen gelassen haben, und Natalie, die mit dreizehn Monaten laufen gelernt hatte, wackelte hinter mir her. Auch diese Fahrlässigkeit wird bei der Untersuchung zur Sprache gekommen sein. Aber an ein paar Dinge erinnere ich mich schon: an die leichte Unebenheit unter dem linken Hinterrad, wie eine Rampe, nur weicher, nachgiebiger, federnder als jede Rampe. An die schlagartige Erkenntnis, zweifelsfrei, absolut, entsetzlich, was es war. Und an die fünf Sekunden vollkommener Stille, bevor das Schreien losging. Ich wusste, es war Helena, die schrie, und doch fiel es mir schwer zu glauben, dass es menschliche Laute waren, die ich hörte. Und an die Schmach erinnere ich mich. Ich konnte mich nicht rühren, konnte nicht aussteigen, ja nicht einmal die Hand nach der Tür ausstrecken; es war so demütigend. Und dann hämmerte plötzlich George Hawkins, unser Nachbar, an die Scheibe und brüllte: «Komm raus, du Mistkerl, komm raus!» Ich kann mich sogar an meinen ersten, völlig nebensächlichen Gedanken erinnern, als ich dieses grobe, wutverzerrte Gesicht gegen die Scheibe gepresst sah: «Er hat mich nie leiden können.» Jedenfalls kann ich mir nichts vormachen. Weder dass es nicht passiert wäre, noch dass ein anderer es getan hätte oder dass es nicht meine Schuld gewesen wäre.

Entsetzen und Schuldgefühle unterdrückten in mir jeglichen Schmerz. Wenn Helena es fertig gebracht hätte zu sagen: «Für dich ist es noch schlimmer, Darling», dann hätten wir vielleicht noch etwas von dem Wrack einer Ehe retten können, die von Anfang an nicht besonders seetüchtig gewesen war. Aber natürlich konnte sie das nicht, weil sie es nämlich nicht glaubte. Sie dachte, es würde mir nicht so viel ausmachen, und sie hatte Recht. Sie dachte, es würde mir nicht so viel ausmachen, weil ich weniger liebte, und hatte auch damit Recht. Dabei war ich gern Vater geworden. Als Helena mir sagte, dass sie schwanger sei, da erfüllte mich das, wie wahrscheinlich jeden werdenden Vater, mit törichtem Stolz, Zärtlichkeit und Verwunderung. Oh, und ich empfand durchaus Zuneigung für meine Tochter, auch wenn ich sie lieber gehabt hätte, wäre sie hübscher gewesen – sie war eine winzige Karikatur von Helenas Vater –, hübscher und zutraulicher und nicht so wehleidig. Ich bin froh, dass kein fremdes Auge diese Zellen lesen wird. Seit siebenundzwanzig Jahren ist sie nun schon tot, und noch immer kann ich nicht an sie denken, ohne mich über sie zu beklagen. Aber Helena war völlig vernarrt in sie, ja machte sich regelrecht zu ihrer Sklavin, und ich weiß, dass es Eifersucht war, was mir

Natalie verleidet hat. Mit der Zeit wäre ich darüber hinweggekommen oder hätte mich zumindest damit abgefunden. Aber die Zeit bekam ich nicht. Wahrscheinlich hat Helena nie ernsthaft geglaubt, dass ich Natalie absichtlich überfahren hätte, wenigstens nicht, solange sie bei klarem Verstand war. Selbst in der größten Verbitterung hütete sie sich davor, das Unverzeihliche auszusprechen, so wie eine Frau, die mit einem kranken und streitsüchtigen Mann geschlagen ist, sich aber aus Aberglauben oder einem letzten Rest von Freundlichkeit die Worte verbeißt: «Ich wünschte, du wärest tot.» Aber wenn sie hätte wählen können, dann hätte sie lieber Natalie lebendig gesehen als mich. Ich nehme ihr das nicht übel. Ich fand und finde es sogar ganz natürlich.

Des Nachts lag ich weitab von ihr in dem großen Bett und wartete darauf, dass sie einschlafen würde, wohl wissend, dass das noch Stunden dauern konnte, und derweil grauste mir vor dem übervollen Terminkalender des nächsten Tages, fragte ich mich, wie ich bei diesen ewigen schlaflosen Nächten mein Pensum schaffen sollte, und sandte immer wieder meine stumme Rechtfertigungslitanei in die Dunkelheit: «Herrgott noch mal, es war ein Unfall. Ich hab's nicht mit Absicht getan. Ich bin nicht der einzige Vater, der sein Kind überfahren hat. Sie hätte auf Natalie aufpassen müssen, sie war für das Kind verantwortlich, nicht ich, das hat sie mir doch oft genug unter die Nase gerieben. Da hätte sie doch wenigstens ordentlich auf sie aufpassen können.» Aber derlei wütende Selbstrechtfertigung ist so banal und belanglos wie die Entschuldigung eines Kindes für eine zerbrochene Vase.

Wir wussten beide, dass wir aus der Lathbury Road fortziehen mussten. Helena sagte: «Hier können wir nicht bleiben. Wir sollten uns nach einem Haus im Zentrum umsehen. Du wolltest doch schon immer in die Stadt. In diesem Haus hat es dir ja nie richtig gefallen.»

Da war sie, die unausgesprochene Beschuldigung: du bist froh, dass wir wegziehen, froh, dass ihr Tod das ermöglicht hat.

Sechs Monate nach dem Begräbnis zogen wir in die St. John Street, in ein hohes georgianisches Haus mit Eingang direkt an der Straße, wo es sich schwer parken lässt. Die Lathbury Road war ein Familienheim; das hier ist ein Haus für ein agiles kinderloses Paar oder für einen Einsiedler. Mir kam der Umzug zustatten, weil ich gern zentrumsnah wohne, und georgianische Architektur, auch wenn sie reparaturanfällig ist und dauernd instand gehalten werden muss, hat allemal mehr Prestige als edwardianische. Seit Natalies Tod hatten wir nicht mehr miteinander geschlafen, aber erst jetzt bezog Helena ein eigenes Zimmer. Es kam zwar nie zur Sprache, aber ich wusste, dass sie uns keine zweite Chance gab, dass ich in ihren Augen nicht nur ihre geliebte Tochter getötet hatte, sondern auch jede Hoffnung auf ein weiteres Kind, auf den Sohn, den ich mir ihrer Meinung nach eigentlich gewünscht hatte. Doch zu dem Zeitpunkt, im Oktober 1994, hatten wir ohnehin keine Wahl mehr. Natürlich war es nicht für immer aus zwischen uns; so einfach lassen sich Sex und Ehe nicht abtun. Also überquerte ich von Zeit zu Zeit die paar Meter teppichbespannten Bodens zwischen ihrem und meinem Zimmer. Sie hieß mich weder willkommen noch wies sie mich ab. Aber es gab da noch eine breitere, dauerhaftere Kluft zwischen uns und die zu überwinden, machte ich keine Anstalten.

Dieses schmalbrüstige, fünfstöckige Haus ist natürlich zu groß für mich allein, aber bei unserem Bevölkerungsschwund wird man es mir kaum ankreiden, dass ich meinen überschüssigen Wohnraum nicht mit anderen teile. Es gibt keine Studenten mehr, die sich die Hacken nach einem möblierten Zimmer ablaufen, keine obdachlosen jungen Familien, die das soziale Gewissen der besser Gestellten wachrütteln. Und ich benutze durchaus das ganze Haus, steige im Lauf des Tages von Stockwerk zu Stockwerk, wie um systematisch meinen Besitzerstempel auf Vinyl, Teppichen, Läufern und blankem Holz zu hinterlassen. Esszimmer und Küche liegen im Kellergeschoss, letztere mit einer breiten, geschwungenen Steintreppe zum Garten. Die beiden kleinen Wohnzimmer darüber sind in ein großes umgewandelt worden, das auch als Bibliothek, Fernseh- und Musikzimmer dient und sich außerdem gut für meine Studentensprechstunde eignet. Im ersten Stock befindet sich ein geräumiger, L-förmiger Salon. Auch der ist aus zwei kleineren Räumen entstanden, was man noch an den beiden ungleichen Kaminen erkennt. Aus dem rückwärtigen Fenster kann ich hinunterschauen auf das ummauerte Gärtchen mit der einzelnen Silberbirke. Die beiden eleganten, raumhohen Fenster an der Stirnseite, mit dem Balkon davor, gehen auf die St. John Street hinaus.

Jeder, der zwischen den beiden Fenstern auf und ab ginge, könnte den Bewohner des Zimmers unschwer beschreiben. Offensichtlich ein Akademiker, denn drei Wände sind vom Boden bis zur Decke mit Büchern voll gestellt. Historiker; das ergibt sich aus den Titeln der Bücher. Ein Mann, der sich vornehmlich mit dem neunzehnten Jahrhundert beschäftigt; nicht nur die Bücher, sondern auch Bilder und Zierrat verraten diese Passion: die Staffordshire-Gedenkfiguren, die viktorianischen Genremalereien, die William-Morris-Tapete. Und es ist das Zimmer eines Mannes, der seine Bequemlichkeit liebt und der alleine lebt. Es gibt keine Familienfotos, keine Brettspiele, keine Unordnung, keinen Staub, kein weibliches Durcheinander, ja in der Tat wenig Anzeichen dafür, dass der Raum überhaupt benutzt wird. Ein Besucher könnte auch vermuten, dass hier nichts ererbt, sondern alles neu angeschafft wurde. Er findet nämlich keines dieser einzigartigen oder ausgefallenen Andenken, die in Ehren gehalten oder auch geduldet werden, weil es Erbstücke sind, keine Ahnenporträts, mittelmäßige Ölgemälde, die lediglich bezeugen sollen, dass man aus guter Familie stammt. Nein, das hier ist das Zimmer eines Aufsteigers, der sich mit den Früchten eigener Leistung und seinen kleinen Passionen umgibt. Mrs

Kavanagh, die Frau eines der College-Hausdiener, kommt dreimal die Woche zum Putzen und sie macht ihre Sache ganz ordentlich. Ich habe daher nicht vor, einen Zeitgänger anzustellen, worauf ich, als Exberater des Warden of England, Anspruch hätte.

Das Zimmer, das mir am besten gefällt, liegt gleich unterm Dach, eine kleine Mansarde mit einem hübschen schmiedeeisernen Kamin mit Zierkacheln. In diesem Zimmer habe ich nur einen Schreibtisch, einen Stuhl und die notwendigen Utensilien zum Kaffeekochen. Durch ein vorhangloses Fenster sieht man über den Glockenturm der St.-Barnabas-Kirche bis hinauf zu den grünen Hängen von Wytham Wood. Hier oben schreibe ich Tagebuch, bereite mich auf meine Vorlesungen und Seminare vor, verfasse meine Referate. Die Haustür liegt vier Treppen tiefer, was lästig ist, wenn es klingelt, aber ich habe inzwischen dafür gesorgt, dass keine unangemeldeten Besucher bis in meine Einsiedelei vordringen.

Im Februar letzten Jahres hat Helena mich wegen Rupert Clavering verlassen. Er ist dreizehn Jahre jünger als sie, sieht aus wie ein fanatischer Rugbyspieler und hat zugleich, es lässt sich nicht leugnen, die Sensibilität eines Künstlers. Er entwirft Poster und Buchumschläge, sehr schöne Arbeiten. Bei einer unserer Diskussionen im Vorfeld der Scheidung, die ich ganz sachlich und unverbittert zu halten bemüht war, sagte Helena einmal, dass ich nur in genau geregelten Abständen mit ihr geschlafen hätte, weil ich meine Affären mit meinen Studentinnen von differenzierteren Bedürfnissen stimuliert wissen wollte als ordinärer Triebbefriedigung. Natürlich hat sie das nicht wörtlich gesagt, aber das war's, was sie meinte. Ich glaube, sie überraschte uns beide mit ihrem Scharfsinn.

6. Kapitel

Die Pflicht des Tagebuchschreibens – und Theo betrachtet es als Pflicht, nicht als Vergnügen – war Teil seines überorganisierten Lebens geworden, die allabendliche Ergänzung einer wöchentlichen Routine, halb durch die Umstände diktiert, halb bewusst ersonnener Versuch, in der Eintönigkeit seines Daseins Sinn und Ordnung zu stiften. Der Staatsrat von England hatte verfügt, dass alle Bürger zusätzlich zu ihrer eigentlichen Arbeit pro Woche zwei verschiedene Praktika absolvieren mussten, die ihnen helfen würden zu überleben, wenn und falls sie eines Tages zur Restzivilisation gehören sollten. Die Wahl des Übungsfeldes war jedem freigestellt. Xan hatte immer schon gewusst, wie klug es war, den Menschen da, wo es nicht darauf ankam, Entscheidungsfreiheit zu lassen. Theo hatte ein Praktikum im John-Radcliffe-Hospiz belegt, nicht etwa, weil er sich in diesen aseptischen Gefilden zu Hause gefühlt hätte oder sich einbildete, seine Pflegedienste an dem siechen, welken Fleisch, das ihn zugleich erschreckte und anekelte, seien den Patienten angenehmer als ihm, sondern weil er glaubte, das hier erworbene Wissen am besten für den Eigenbedarf nutzen zu können, und weil es kein Schaden war zu wissen, wo er im Ernstfall mit ein bisschen Grips an Morphium kommen konnte. In dem anderen zweistündigen Praktikum fühlte er sich wohler. Hier ging es um Sanierung von Haus- und Wohnungsbau, und Theo betrachtete den Mutterwitz und die unverblümte Kritik der Handwerksmeister, bei denen er lernte, als erfrischende Abwechslung zu den spitzfindigen Akademikerplänkeleien. Bezahlt wurde er dafür, dass er die Studenten und Gasthörer der reiferen Jahrgänge unterrichtete, die zusammen mit den wenigen Examinierten, die jetzt noch an einem Forschungsprojekt saßen oder einen höheren akademischen Grad anstrebten, die Daseinsberechtigung der Universität ausmachten. An zwei Abenden die Woche, immer dienstags und freitags, speiste er in seinem College. Mittwochs versäumte er nie die Drei-Uhr-Vesper in der Kapelle von Magdalen. Eine Hand voll Colleges mit überexzentrischen Zöglingen oder solche, die sich störrisch weigerten, die Realität zu akzeptieren, hielten in ihren Kapellen weiter Andachten ab, ja manche griffen sogar wieder auf das alte Gebetbuch der anglikanischen Kirche zurück. Aber der Chor von Magdalen gehörte zu den renommiertesten des Landes und Theo ging hin, um ihn singen zu hören, nicht um an einem archaischen Kult teilzunehmen.

Es geschah am vierten Mittwoch im Januar. Auf seinem gewohnten Gang nach Magdalen war er von der St. John Street in die Beaumont Street eingebogen und näherte sich eben dem Eingang zum Ashmolean Museum, als eine Frau auf ihn zukam, die einen Kinderwagen schob. Der feine Nieselregen hatte aufgehört, und als sie auf gleicher Höhe mit ihm war, blieb sie stehen, um den Regenschutz des Wagens abzunehmen und das Verdeck herunterzuklappen. Die Puppe kam zum Vorschein, aufrecht in den Kissen sitzend, die beiden Arme, mit den Händen in Fäustlingen, auf der Steppdecke, eine Parodie von einem Kind, mitleiderregend und unheimlich zugleich. Schockiert und angewidert, wie er war, konnte Theo gleichwohl die Augen nicht von der Puppe wenden. Die glänzende Iris, unnatürlich groß, blauer als die jedes menschlichen Auges, ein schimmerndes Azur, schien ihn mit starrem, leerem Blick zu fixieren, hinter dem man gleichwohl eine verborgene Intelligenz vermutete, fremd und Furcht erregend. Die dunkelbraunen Wimpern lagen wie Spinnenbeine auf den zart getönten Porzellanwangen, und eine Erwachsenenhaarpracht blonder Locken quoll unter dem eng anliegenden, spitzenbesetzten Mützchen hervor.

Theo hatte schon lange keine so aufgeputzte Puppe mehr gesehen, aber vor zwanzig Jahren waren sie der letzte Schrei gewesen und man begegnete ihnen überall. Die Puppenfabrikation war der einzige Zweig der Spielzeugindustrie, der, zusammen mit der Kinderwagenherstellung, noch ein Jahrzehnt lang floriert hatte und Puppen für das ganze Spektrum frustrierter mütterlicher Sehnsüchte produzierte, einige billig und geschmacklos, andere dagegen so kunstvoll und schön, dass sie zu begehrten Erbstücken hätten werden können, wenn Omega nicht gewesen wäre, dem man sie ironischerweise überhaupt erst zu verdanken hatte. Die teureren – er erinnerte sich, dass manche weit über zweitausend Pfund gekostet hatten – konnte man in verschiedenen Stadien kaufen: das Neugeborene, das Baby von sechs Monaten, das Einjährige, das Kind von achtzehn Monaten, das stehen und, dank raffinierter Antriebskraft, sogar laufen konnte. Jetzt fiel Theo auch ein, dass sie Six-Monthlies geheißen hatten. Eine Zeit lang war es unmöglich, die High Street entlangzugehen, ohne dass einem Kinderwagen und Grüppchen bewundernder Pseudomütter den Weg versperrten. Er meinte sich zu erinnern, dass es sogar Pseudogeburten gegeben hatte und dass kaputte Puppen feierlich in geweihter Erde beigesetzt wurden. Drehte sich einer der kleineren kirchenrechtlichen Dispute kurz nach der Jahrhundertwende nicht darum, ob es zulässig sei, Gotteshäuser für solche Scharaden zu benutzen, ja, ob womöglich sogar ordinierte Priester daran teilnehmen dürften?

Als die Frau spürte, wie er sie anstarrte, lächelte sie, ein schwachsinniges Lächeln, das ihn aufforderte, mitzuspielen, ja ihr Glück zu wünschen. Aber dann, als ihre Blicke sich trafen und er die Augen niederschlug, um sie sein schwaches Mitleid und die noch stärkere Verachtung nicht merken zu lassen, zog sie den Kinderwagen ruckartig zurück und breitete schützend den Arm darüber, wie um seine männliche Zudringlichkeit abzuwehren. Eine aufgeschlossenere Passantin blieb stehen und sprach sie an. Es war eine Frau mittleren Alters in gut sitzenden Tweedsachen, das Haar wohlfrisiert; sie trat an den Kinderwagen, lächelte der Puppenbesitzerin zu und überhäufte sie mit infantilem Glückwunschgebrabbel. Die erste Frau lächelte dümmlich vor Freude, bückte sich, um die Satinsteppdecke glatt zu streichen, rückte das Mützchen zurecht und schob eine widerspenstige Haarlocke darunter. Die zweite kitzelte die Puppe unterm Kinn, wie sie es vielleicht bei einer Katze gemacht hätte, und brabbelte weiter in ihrer Babysprache.

Theo, den diese Scharade ärger deprimierte und anwiderte, als so ein harmloses Spielchen das verdient hätte, wollte eben weitergehen, als es passierte. Blitzschnell packte die zweite Frau die Puppe und zerrte sie aus dem Wagen. Zweimal schwang sie sie an den Beinen über ihrem Kopf herum, ehe sie sie mit voller Wucht gegen eine Mauer schleuderte. Das Gesicht brach in Stücke, und Porzellanscherben fielen klirrend aufs Pflaster. Zwei Sekunden lang blieb die Puppenbesitzerin vollkommen stumm. Und dann schrie sie. Es klang entsetzlich, der Schrei der Gefolterten, der Trauernden, ein gepeinigtes, schrilles Kreischen, unmenschlich und allzu menschlich zugleich, durch nichts zu unterbinden. Ihr Hut war verrutscht, der Kopf in den Nacken geworfen, und aus dem weit aufgerissenen Mund stiegen ihre Qual, ihr Leid, ihr Zorn himmelwärts. Sie schien zuerst gar nicht zu merken, dass ihre Angreiferin immer noch dastand und sie mit stiller Verachtung musterte. Schließlich machte die andere Frau kehrt und ging raschen Schritts durchs offene Tor und über den Hof ins Ashmolean. Die Puppenbesitzerin, die plötzlich gewahr wurde, dass die Frevlerin geflohen war, setzte ihr zuerst unter unablässigem Geschrei nach. Aber dann sah sie wohl ein, dass es sinnlos war, und kehrte zum Kinderwagen zurück. Sie hatte sich ein wenig beruhigt und ließ sich auf die Knie nieder, um die Scherben aufzusammeln. Unter leisem Schluchzen und Stöhnen versuchte sie, die Stücke zusammenzufügen, als handele es sich um ein Puzzlespiel. Zwei funkelnde Augen, Furcht erregend echt, durch eine Sprungfeder verbunden, rollten auf Theo zu. Spontan regte sich in ihm das Bedürfnis, sie aufzuheben, zu helfen, wenigstens ein paar Trostworte zu finden. Er hätte ihr zum Beispiel empfehlen können, sich doch ein anderes Kind zu kaufen. Das war ein Trost, den er seiner Frau nicht hatte bieten können.

Aber sein Zögern währte nur sekundenlang. Dann ging er rasch weiter. Niemand sonst näherte sich ihr. Frauen mittleren Alters, mündig geworden im Jahr Omega, waren notorisch labil.

Er kam gerade noch rechtzeitig zum Anfang der Vesper. Der Chor aus acht Männern und acht Frauen zog im Gänsemarsch ein, und mit ihnen kam die Erinnerung an die Chöre von früher, an Chorknaben mit feierlicher Miene und jener kaum merklichen kindlichen Koketterie. Mit gekreuzten Armen hatten sie die Notenblätter vor der schmächtigen Brust gehalten, ihre glatten Gesichter strahlten wie von einer inneren Flamme erhellt, ihr Haar war zu glänzenden, eng anliegenden Kappen zurückgebürstet, die Augen über den gestärkten Kragen blickten unnatürlich ernst. Theo verscheuchte das Bild und wunderte sich, warum es ihn wohl so hartnäckig verfolgte, wo er sich doch nie etwas aus Kindern gemacht hatte. Er richtete sein Augenmerk auf den Kaplan und erinnerte sich an den Zwischenfall vor ein paar Monaten, als er zu früh zur Vesper gekommen war. Irgendwie hatte sich ein junges Reh von der Magdalen-Wiese in die Kapelle verirrt und stand nun friedlich neben dem Altar, als sei das sein angestammter Platz. Unter lautem Rufen war der Kaplan auf das Tier losgegangen, wobei er wahllos Gebetbücher packte, sie durch die Luft schleuderte und das Tier mehrfach an den seidigen Flanken traf. Verwirrt hatte das Reh den Angriff einen Moment lang erduldet und war dann mit grazilen Sprüngen aus der Kapelle getänzelt.

Der Kaplan hatte sich mit tränenüberströmtem Gesicht an Theo gewandt. «Mein Gott, wieso können sie denn nicht warten? Verdammte Viecher. Es dauert doch nicht mehr lange, bis ihnen alles hier gehört. Warum können sie also nicht warten?»

Jetzt, wo das Gesicht des Kaplans wieder seinen gewohnt ernsten, selbstgefälligen Ausdruck trug, inmitten dieser friedlichen, von Kerzenlicht erhellten Szenerie, erschien Theo die Episode von damals so unwirklich wie eine phantastische Sequenz aus einem halb vergessenen Albtraum.

Die Gemeinde zählte wie üblich noch nicht einmal dreißig Leute, und viele der Anwesenden, treue Mitglieder wie er selbst, waren Theo bekannt. Aber ein Neuling war doch dabei, eine junge Frau, die in dem Kirchenstuhl ihm direkt gegenüber saß. Von Zeit zu Zeit maß sie ihn mit einem starren Blick, dem auszuweichen ihm schwer fiel, auch wenn sie keinerlei Zeichen des Erkennens gab. Die Kapelle war nur schwach erleuchtet, und im Schein der flackernden Kerzen erstrahlte ihr Antlitz in einem sanften, fast durchsichtigen Licht. Einen Moment lang sah er es klar, im nächsten schon war es unwirklich wie eine Geistererscheinung. Aber es war ihm nicht fremd: Irgendwo hatte er die Frau schon gesehen, und das nicht nur flüchtig im Vorübergehen, sondern von Angesicht zu Angesicht und über eine gewisse Zeitspanne. Er versuchte, seinem Gedächtnis abwechselnd mit Gewalt und Tricks auf die Sprünge zu helfen; beim Sündenbekenntnis heftete er den Blick starr auf ihr gesenktes Haupt, bei der ersten Bibellesung tat er so, als ob er in frommer Sammlung an ihr vorbeisähe, während er sie in Wirklichkeit nicht aus den Augen ließ und das unbotmäßige Netz der Erinnerung über ihr Bild warf. Als er gegen Ende der zweiten Lesung immer noch im Dunkeln tappte, stieg Unmut in ihm auf, aber dann, als die Sänger, die meisten schon mittleren Alters, ihre Noten ordneten und den Dirigenten anblickten, auf den Einsatz der Orgel wartend und darauf, dass die schmächtige Gestalt im Chorhemd vor ihnen die tatzenhaften Hände heben und feinsinnig damit durch die Luft rudern würde, fiel Theo doch noch ein, woher er die junge Frau kannte. Sie hatte vorübergehend an Colin Seabrooks Seminar «Die Viktorianer – ihr Leben und ihre Zeit» teilgenommen, einem Kurs mit dem Untertitel «Frauen im viktorianischen Roman», den er vor achtzehn Monaten von Colin übernommen hatte. Seabrooks Frau hatte sich einer Krebsoperation unterziehen müssen; den beiden bot sich die Chance auf einen gemeinsamen Urlaub, falls Colin einen Ersatz für diese eine viersemestrige Veranstaltung fand, die er noch hielt.

Theo erinnerte sich noch gut an ihr Gespräch damals, an seinen halbherzigen Protest.

«Sollten Sie sich nicht lieber von einem Anglisten vertreten lassen?»

«Nein, alter Junge, das habe ich schon versucht. Aber da hat jeder eine andere Ausrede. Einer mag keine Abendkurse. Ein anderer hat zu viel zu tun. Der dritte sagt, es sei nicht sein Spezialgebiet – glauben Sie bloß nicht, dass nur die Historiker sich mit solchem Scheiß drücken. Wieder ein anderer könnte ein Semester übernehmen, aber nicht vier. Dabei geht's nur um eine einzige Stunde, donnerstags von sechs bis sieben. Und Sie brauchen sich auch nicht extra vorzubereiten, denn ich habe nur vier Bücher auf die Liste gesetzt, und die kennen Sie wahrscheinlich auswendig: *Middlemarch, Bildnis einer Dame, Jahrmarkt der Eitelkeit* und *Cranford.* Der Kurs hat bloß vierzehn Teilnehmer, vorwiegend Frauen um die Fünfzig. Normalerweise würden sie ihre Enkelkinder betüteln, aber so, wie die Dinge liegen, müssen sie sich einen anderen Zeitvertreib suchen, na, Sie wissen ja, wie das ist. Übrigens ganz reizende Damen, wenn auch etwas konservativ im Geschmack. Sie gefallen Ihnen bestimmt. Na, und Ihnen werden die Ladys zu Füßen liegen. Trost in der Kunst, das ist es, was sie suchen. Ihr Herr Vetter, unser hoch geschätzter Warden, legt ja großen Wert auf den Beistand der Kunst. Meine Hörer wollen nichts weiter, als sich vorübergehend in eine angenehmere und dauerhaftere Welt flüchten. Und das tun wir doch schließlich alle, mein Lieber, nur dass Sie und ich es Forschung nennen.»

Schließlich waren es nicht vierzehn Studenten gewesen, sondern fünfzehn. Sie war zwei Minuten zu spät hereingekommen und hatte sich still auf ihren Platz in der letzten Reihe gesetzt. Damals wie jetzt hatte er ihren Kopf bei Kerzenschein gesehen, als Silhouette vor geschnitztem Holz; als die letzten Neuzugänge die Universität verlassen hatten, waren nämlich die hochheiligen Collegesäle Gasthörern reiferen Alters zugänglich gemacht worden, und dieses Seminar fand in einem angenehmen, holzgetäfelten Hörsaal im Queen's College statt. Die junge Frau hatte sich anscheinend aufmerksam seinen Einleitungsvortrag über Henry James angehört, aber zunächst nicht an der anschließenden Diskussion teilgenommen, bis eine dicke Frau in der ersten Reihe überschwänglich Isabel Archers moralische Tugenden zu preisen begann und rührselig ihr unverdientes Schicksal beklagte.

Da hatte die Junge plötzlich eingeworfen: «Ich verstehe nicht, warum Sie ausgerechnet eine Figur bedauern, die eine so gute Stellung in der Gesellschaft hat und so wenig daraus macht. Sie hätte Lord Warburton heiraten und sehr viel Gutes tun können für seine Pächter, für die Armen. Na schön, sie liebte ihn nicht, das war eine Entschuldigung, und außerdem hatte sie sich ein ehrgeizigeres Ziel gesetzt als die Ehe mit Lord Warburton. Aber was wollte sie denn eigentlich? Sie hatte kein schöpferisches Talent, keinen Beruf, keine Ausbildung. Und als ihr Vetter sie reich macht, was tut sie da? Treibt sich in der Welt herum, und noch dazu ausgerechnet mit Madame Merle. Und dann heiratet sie diesen eingebildeten Heuchler und schwärmt für Salonabende in großer Toilette. Wo ist denn da der ganze Idealismus geblieben? Da ist mir doch Henrietta Stackpole zehnmal lieber!»

Die andere Frau hatte widersprochen: «Oh, aber die ist doch so ordinär!»

«Das denken Mrs Touchett und der Verfasser auch. Aber sie hat wenigstens Talent, im Gegensatz zu Isabel, und sie benutzt es, um sich ihren Lebensunterhalt zu verdienen und ihre verwitwete Schwester zu unterstützen.» Sie setzte hinzu: «Isabel Archer und Dorothea lassen beide annehmbare Freier fallen, um aufgeblasene Laffen zu heiraten, aber der Leser bringt Dorothea mehr Sympathie entgegen. Das liegt vielleicht daran, dass George Ellot ihre Heldin respektiert, während Henry James die seine insgeheim verachtet.»

Möglicherweise, hatte Theo geargwöhnt, trat sie absichtlich so provozierend auf, um der Langeweile vorzubeugen. Aber welches Motiv sie auch haben mochte, der nachfolgende Streit war jedenfalls lautstark und lebhaft gewesen, und die restlichen dreißig Minuten waren endlich einmal rasch und unterhaltsam verstrichen. Theo war traurig gewesen und ein bisschen gekränkt, als sie am nächsten Donnerstag, obwohl diesmal schon erwartet, nicht wiederkam.

Nun, da der Groschen gefallen und seine Neugier gestillt war, konnte er sich entspannt zurücklehnen und dem zweiten Choral lauschen. In Magdalen war es seit zehn Jahren Brauch, bei der Vesper einen Choral vom Band zu spielen. Theo entnahm dem gedruckten Liturgiezettel, dass heute Nachmittag der Auftakt zu einer Reihe englischer Choräle des sechzehnten Jahrhunderts gegeben werde, eingeleitet von zwei William-Byrd-Kompositionen: *Teach me, O Lord* und *Exult Thyself, O God.* Erwartungsvolles Schweigen trat ein, als der *informator choristarum* sich niederbeugte, um das Tonband einzuschalten. Knabenstimmen, rein, klar, geschlechtslos, ungehört, seit der letzte Chorknabe in den Stimmbruch gekommen war, erhoben sich und füllten die Kapelle. Er sah zu dem Mädchen hinüber, aber sie saß reglos, den Kopf zurückgeworfen, den Blick starr auf das Spitzbogengewölbe des Daches gerichtet, so dass er nichts weiter sehen konnte als die vom Kerzenlicht beschienene Rundung ihres Halses. Doch am Ende der Reihe saß noch jemand, den er plötzlich erkannte: der alte Martindale, der als Dozent am Englischen Seminar schon kurz vor der Pensionierung gestanden hatte, als Theo selbst noch im ersten Semester war. Jetzt saß er vollkommen still, das alte Gesicht emporgewandt, und der Kerzenschein schimmerte auf den Tränen, die ihm so reichlich über die Wangen flossen, dass die tiefen Falten aussahen wie mit Perlen behangen. Der alte Marty, unverheiratet, der sein Leben lang – freilich nur platonisch – die Schönheit der Knaben geliebt hatte. Warum, fragte sich Theo, kamen er und seinesgleichen Woche für Woche hierher, um sich diesem masochistischen Vergnügen auszusetzen? Kinderstimmen vom Band konnten sie sich genauso gut auch zu Hause anhören, warum also musste es hier sein, wo Vergangenheit und Gegenwart in Schönheit und Kerzenschein verschmolzen, was die Trauer nur noch schmerzlicher machte? Und er selbst, warum kam er? Doch, die Frage konnte er beantworten. Gefühl, dachte er bei sich, Gefühl und noch einmal Gefühl. Auch wenn es wehtut, egal, Hauptsache, du fühlst noch etwas.

Die junge Frau verließ vor ihm die Kapelle; sie ging rasch, fast so, als wolle sie nicht gesehen werden. Aber als er in die kühle Luft hinaustrat, stellte er überrascht fest, dass sie offenbar auf jemanden wartete.

Sie kam auf ihn zu und fragte: «Könnte ich Sie bitte kurz sprechen? Es ist wichtig.» Ihre Stimme zitterte ein wenig.

Das helle Licht aus der Vorhalle der Kapelle strömte hinaus in die spätnachmittägliche Dämmerung, und zum ersten Mal sah er die junge Frau deutlich. Ihr dunkles, volles Haar, tiefbraun mit goldenen Sprenkeln, war zurückgebürstet und zu einem kurzen, dicken Zopf gebändigt. Eine Strähne fiel ihr in die hohe sommersprossige Stirn. Sie hatte einen erstaunlich hellen Teint für jemand so Dunkelhaariges, eine honigfarbene Frau mit Schwanenhals, hohen Wangenknochen, weit auseinander stehenden Augen, deren Farbe unter den kräftigen geraden Brauen er nicht bestimmen konnte, mit langer, schmaler, leicht höckriger Nase und einem breiten, wunderschön geformten Mund. Es war ein Präraffaelitengesicht. Rossetti hätte es bestimmt gern gemalt. Sie war nach der für alle außer den Omegas geltenden Mode gekleidet – kurze, taillierte Jacke über wadenlangem Wollrock, unter dem er farbenfrohe Strümpfe aufblitzen sah, der letzte Schrei in diesem Jahr. Ihre waren knallgelb. Über der linken Schulter trug sie eine lederne Umhängetasche. Sie hatte keine Handschuhe an und er konnte sehen, dass ihre linke Hand verkrüppelt war. Mittel- und Zeigefinger waren zu einem nagellosen Stumpf verwachsen, und der Handrücken war wulstartig aufgetrieben. Sie hielt sie wie zum Trost oder Beistand in die Rechte gebettet, machte aber keine Anstalten, sie zu verbergen. Man hätte sogar meinen können, sie zeige ihre Missbildung absichtlich vor einer Welt, die körperlichen Gebrechen gegenüber zunehmend intolerant geworden war. Aber einen Vorteil, dachte er, hat sie wenigstens davon. Keine Frau, die auch nur im Geringsten verunstaltet beziehungsweise geistig oder körperlich nicht ganz gesund war, kam auf die Liste derer, mit denen man den neuen Menschen züchten würde, sollte je ein fortpflanzungsfähiger Mann gefunden werden. Dieser Frau hier blieben zumindest die halbjährlichen, ebenso Zeit raubenden wie demütigenden Wiederholungsuntersuchungen erspart, denen sich alle gesunden Frauen bis fünfundvierzig unterziehen mussten.

Sie sagte, gefasster jetzt: «Es dauert auch nicht lange. Aber bitte, Dr. Faron, ich muss mit Ihnen reden.»

«Wenn es denn so dringend ist.» Seine Neugier war geweckt, doch er konnte nichts Herzliches in seine Stimme legen.

«Vielleicht könnten wir ein Stück durch den neuen Kreuzgang gehen.»

Beide machten schweigend kehrt. Sie sagte: «Sie kennen mich nicht.»

«Nein, aber ich erinnere mich an Sie. Sie waren in der zweiten Sitzung des Seminars, das ich in Vertretung für Dr. Seabrook hielt. Sie haben die Diskussion ganz schön belebt.»

«Ich fürchte, ich bin ziemlich heftig aufgetreten.» Und als sei die Erklärung wichtig, fügte sie hinzu: «Ich bewundere *Bildnis einer Dame* wirklich sehr.»

«Aber ich darf doch wohl annehmen, dass Sie diese Unterredung heute Abend nicht herbeigeführt haben, um mich Ihres literarischen Geschmacks zu versichern.»

Kaum dass die Worte gesprochen waren, bereute er sie auch schon. Die junge Frau wurde rot und er spürte ein instinktives Zurückweichen, als habe ihr Selbstvertrauen gelitten und vielleicht auch das Vertrauen zu ihm. Die Naivität ihrer Bemerkung hatte ihn aus der Fassung gebracht, aber hatte er deshalb gleich mit solch verletzender Ironie parieren müssen? Ihr Unbehagen war ansteckend. Er hoffte bloß, dass sie nicht vorhatte, ihn mit privaten Enthüllungen oder seelischen Nöten in Verlegenheit zu bringen. Es fiel schwer, die selbstsichere, redegewandte Diskutantin von damals mit ihrem jetzigen, fast kindisch anmutenden Kleinmut in Einklang zu bringen. Ein Wiedergutmachungsversuch war sinnlos und so gingen sie eine halbe Minute schweigend nebeneinander her.

Dann sagte er: «Ich bedauerte, dass Sie nicht wiederkamen. Das Seminar kam mir die Woche drauf sehr langweilig vor.»

«Ich wäre schon wiedergekommen, aber man hat mich für eine andere Schicht eingeteilt. Ich musste arbeiten.» Sie erklärte nicht wo oder was, ergänzte aber stattdessen: «Ich heiße Julian. Ihren Namen kenne ich natürlich.»

«Julian. Das ist aber ungewöhnlich für eine Frau. Hat man Sie nach Julian von Norwich benannt?»

«Nein, von der hatten meine Eltern wahrscheinlich nie gehört. Mein Vater ging aufs Standesamt, um die Geburt eintragen zu lassen, und gab als Vornamen Julie Ann an. Den hatten meine Eltern ausgesucht. Der Standesbeamte muss ihn falsch verstanden haben, oder vielleicht sprach mein Vater auch nicht sehr deutlich. Jedenfalls dauerte es drei Wochen, bis meine Mutter den Fehler bemerkte, und da dachte sie, es sei zu spät, ihn rückgängig zu machen. Außerdem glaube ich, dass ihr der Name ganz gut gefiel, und so blieb es denn bei Julian.»

«Aber ich nehme an, die Leute sagen Julie zu Ihnen.»

«Welche Leute?»

«Ihre Freunde, Ihre Familie.»

«Ich habe keine Familie. Meine Eltern sind 2002 bei den Rassenkrawallen umgekommen. Aber warum sollten sie mich Julie rufen? Ich heiße nicht Julie.»

Sie war tadellos höflich, friedfertig. Er hätte annehmen können, dass sie sich über seine Bemerkung wunderte, doch Verwunderung war hier gewiss fehl am Platz. Sein Kommentar war unpassend gewesen, gedankenlos, vielleicht herablassend, aber in keiner Weise lächerlich. Und falls sie ihn angesprochen hatte, um ihn zu bitten, einen Vortrag über die Sozialgeschichte des neunzehnten Jahrhunderts zu halten, dann war das zumindest ein ungewöhnlicher Auftakt.

Er fragte: «Warum wollten Sie mich sprechen?»

Jetzt, da der Moment gekommen war, spürte er ihr Zögern. Aber das kommt nicht daher, dachte er, dass sie sich geniert oder es bedauert, mich angesprochen zu haben, sondern weil sie etwas sehr Wichtiges zu sagen hat und erst die richtigen Worte finden muss.

Zögernd blickte sie ihn an. «Es geschehen Dinge in England – in Großbritannien –, die nicht sein dürften. Ich gehöre einer kleinen Gruppe von Freunden an, die der Ansicht sind, wir sollten den Verantwortlichen Einhalt gebieten. Sie waren doch einmal Mitglied des Staatsrates von England. Und der Warden ist Ihr Vetter. Wir dachten uns, Sie könnten vielleicht mit ihm reden, bevor wir handeln. Wir sind nicht direkt überzeugt davon, dass Sie helfen können, aber zwei von uns, Luke – er ist Priester – und ich, wir denken, Sie schaffen es vielleicht. Der Anführer der Gruppe ist mein Mann, Rolf. Er war einverstanden, dass ich mit Ihnen spreche.»

«Warum Sie? Warum ist er nicht selbst gekommen?»

«Ich nehme an, er dachte – sie alle dachten –, dass es mir vielleicht gelingen könnte, Sie zu überreden.»

«Mich überreden? Wozu?»

«Sich mit uns zu treffen, weiter nichts, damit wir Ihnen erklären können, was wir tun müssen.»

«Warum können Sie mir das nicht gleich jetzt erklären und ich entscheide dann, ob ich zu einem solchen Treffen bereit bin? Um was für eine Gruppe handelt es sich denn überhaupt?»

«Bloß ein Verband von fünf Leuten. Wir haben noch keine Aktionen gestartet. Und vielleicht müssen wir das auch gar nicht, wenn Aussicht besteht, den Warden zum Handeln zu überreden.»

Theo sagte vorsichtig: «Ich bin nie vollgültiges Mitglied im Staatsrat gewesen, nur der persönliche Berater des Warden of England. Seit über drei Jahren nehme ich nicht mehr an den Sitzungen teil und mit dem Warden treffe ich mich auch nicht mehr. Die verwandtschaftliche Beziehung bedeutet uns beiden nichts. Mein Einfluss ist wahrscheinlich nicht größer als der Ihre.»

«Aber Sie können zu ihm gehen. Wir nicht.»

«Versuchen könnten Sie's. Er ist nicht absolut unerreichbar. Man kann ihn anrufen, ihn manchmal auch persönlich sprechen. Selbstverständlich muss er sich schützen.»

«Vor dem Volk? Aber wenn wir ihn aufsuchen oder auch nur mit ihm telefonieren würden, dann wüssten er und die Staatssicherheitspolizei, dass es uns gibt, vielleicht sogar, wer wir im Einzelnen sind. Das dürfen wir nicht riskieren, es wäre zu gefährlich für uns.»

«Glauben Sie das wirklich?»

«O ja», entgegnete sie traurig. «Sie etwa nicht?»

«Nein, eigentlich nicht. Aber wenn Sie Recht haben, dann

gehen Sie auch jetzt ein sehr großes Risiko ein. Wieso denken Sie denn, dass Sie mir trauen können? Sie werden sich doch wohl nicht aufgrund eines Seminars über viktorianische Literatur in meine Hand begeben?»

«Nein. Aber zwei von uns, Luke und ich, haben einige Ihrer Bücher gelesen.»

Er sagte kühl: «Es empfiehlt sich nicht, die persönliche Rechtschaffenheit eines Akademikers nach seinen Publikationen zu beurteilen.»

«Wir hatten sonst keinen Anhaltspunkt. Wir wissen, dass es riskant ist, aber das müssen wir in Kauf nehmen. Bitte treffen Sie sich mit uns. Hören Sie sich doch wenigstens an, was wir zu sagen haben.»

Das Flehen in ihrer Stimme war unmissverständlich, einfach und direkt und plötzlich glaubte er zu begreifen. Die Idee, sich an ihn zu wenden, stammte von ihr. Der Rest der Gruppe hatte nur widerstrebend zugestimmt, vielleicht war sie sogar gegen den Wunsch des Anführers zu ihm gekommen. Wenn er sie abwies, würde sie gedemütigt und mit leeren Händen zurückkehren. Er fand, das könne er nicht zulassen.

Er sagte, und wusste schon im selben Moment, dass es ein Fehler war: «Also gut, ich werde mit Ihren Leuten reden. Wo und wann findet Ihr nächstes Treffen statt?»

«Am Sonntag um zehn in der St.-Margaret-Kirche in Binsey. Wissen Sie, wo das ist?»

«Ja, ich kenne Binsey.»

«Um zehn. In der Kirche.»

Sie hatte erreicht, weshalb sie gekommen war, und hielt sich nun nicht länger auf. Kaum verstand er noch ihr gemurmeltes «Danke. Ich danke Ihnen». Dann war sie so rasch und leise verschwunden, als wäre sie nur einer unter den vielen beweglichen Schatten des Kreuzgangs.

Er verweilte noch eine Minute, damit er sie nicht womöglich überholen würde, und machte sich dann still und in sich gekehrt auf den Heimweg.

7. Kapitel

Samstag, 30. Januar 2021

Heute früh um sieben rief Jasper Palmer-Smith an und bat um meinen Besuch. Es sei dringend. Um was es ging, sagte er nicht, aber das tut er ja selten. Ich versprach, sofort nach dem Lunch zu ihm hinauszufahren. Diese von Mal zu Mal gebieterischer formulierten Aufforderungen werden auch immer mehr zur Gewohnheit. Früher zitierte er mich etwa alle Vierteljahre einmal zu sich, mittlerweile ist es schon einmal im Monat. Er war mein Geschichtsprofessor, ein fabelhafter Lehrer, jedenfalls für den begabten Schüler. Damals, als einfacher Student, habe ich nie zugegeben, dass ich ihn mochte, sondern höchstens lässig konzediert: «Jasper ist gar nicht so übel. Ich komm gut klar mit ihm.» Dass es so war, hatte seinen guten, wenn auch nicht eben rühmlichen Grund: In meinem Jahrgang war ich sein Lieblingsschüler. Er hatte immer einen Favoriten, wobei das Verhältnis zu seinen bevorzugten Schülern fast immer rein akademischer Natur war. Er ist weder schwul noch besonders jugendfreundlich, ja seine Abneigung gegen Kinder war so stadtbekannt, dass die Gastgeber in den seltenen Fällen, da er sich herabließ, eine private Dinnereinladung anzunehmen, ihren Nachwuchs tunlichst außer Sicht- und Hörweite hielten. Aber jedes Jahr suchte er sich einen Studenten, grundsätzlich männlichen Geschlechts, den er unter seine Fittiche nahm und förderte. Wir glaubten, seine Auswahlkriterien seien erstens Intelligenz, zweitens gutes Aussehen und drittens Esprit. Er ließ sich Zeit mit seiner Wahl, aber einmal getroffen, war sie unwiderruflich. Der Favorit konnte das Verhältnis unbesorgt eingehen, denn wer einmal gekürt war, der konnte nichts mehr verkehrt machen.

Nicht einmal den Groll oder Neid der Kommilitonen brauchte er zu fürchten. Zum einen war JPS zu unbeliebt, als dass man ihn umworben hätte, zum anderen mussten fairerweise alle zugeben, dass der Favorit ganz ohne eigenes Zutun gewählt wurde. Gewiss, man erwartete von ihm, dass er später sein Examen mit Auszeichnung ablegte; alle Favoriten taten das. Damals, als die Wahl auf mich fiel, war ich eingebildet und selbstbewusst genug, dies auch in meinem Fall als wahrscheinlich anzusehen, freilich ohne dass mich das besonders belastet hätte, zumindest nicht in den beiden nächsten Jahren. Aber ich arbeitete sehr fleißig für ihn, wollte ihm gefallen, seine Wahl rechtfertigen. Es tut immer gut, aus der Masse herausgehoben zu werden; das stärkt das Selbstvertrauen. Man hat das Bedürfnis, sich zu revanchieren, ein Phänomen, das eine ganze Reihe ansonsten befremdlicher Eheschließungen erklärt; vielleicht sogar Jaspers Ehe mit einer um fünf Jahre älteren Mathematikdozentin vom New College. Man hatte, zumindest in Gesellschaft, den Eindruck, als ob die beiden sich ganz gut verstanden, aber im Allgemeinen war er bei Frauen ausgesprochen unbeliebt. Anfang der neunziger Jahre, als die Klagen über sexuelle Belästigungen an der Universität sich häuften, startete er eine erfolglose Kampagne, in der er für alle Tutorenkurse mit Studentinnen eine Anstandsdame forderte, mit der Begründung, dass er und seine männlichen Kollegen sich anders nicht gegen verleumderische Anschuldigungen zur Wehr setzen könnten. Niemand verstand sich so meisterhaft wie er darauf, das Selbstvertrauen einer Frau durch überkorrekte, ja fast kränkende Höflichkeit und Rücksichtnahme zu untergraben.

Jasper war die Karikatur der gängigen Vorstellung von einem Oxforder Don: hohe Stirn, Geheimratsecken, feine, leicht höckrige Nase, schmale Lippen. Beim Gehen reckte er das Kinn vor, wie um einem heftigen Sturm zu trotzen, und krümmte den Rücken, dass der verschossene Talar sich blähte. Man konnte ihn sich direkt als Figur aus dem *Jahr-*

markt der Eitelkeit vorstellen, mit hochgeschlossenem Kragen, in den schmal zulaufenden Händen eines seiner selbstverfassten Bücher, in dem er mit spitzen Fingern blätterte.

Er zog mich gelegentlich ins Vertrauen, ja behandelte mich überhaupt so, als würde er mich zu seinem Nachfolger aufbauen. Das war natürlich blanker Unsinn; er gab mir vieles, aber für Berufungen war er nun mal nicht zuständig. Dass sein jeweiliger Günstling sich trotzdem immer wie eine Art Kronprinz fühlte, brachte mich später auf den Gedanken, ob dies womöglich seine Art war, Alter, Zeit und geistigem Verfall die Stirn zu bieten, und ob er sich so seine persönliche Illusion der Unsterblichkeit schuf.

Seine Meinung über Omega, die er oft genug verkündet hatte, lief auf eine beschwichtigende Trostlitanei hinaus, in die etliche seiner Kollegen einstimmten, allen voran die, die daheim einen ansehnlichen Weinvorrat oder Zugang zum College-Keller hatten.

«Ich mache mir deswegen keine großen Sorgen. Ich bestreite nicht, dass es mich momentan bedrückt hat, als ich erfuhr, dass Hilda unfruchtbar sei; sind wohl die Gene, die da ihre atavistischen Herrschaftsansprüche behaupten. Aber im Großen und Ganzen bin ich ganz froh drum; man kann keinen ungeborenen Enkeln nachtrauern, wenn nie die Hoffnung bestand, dass man welche haben würde. Unser Planet ist sowieso dem Untergang geweiht. Über kurz oder lang wird die Sonne explodieren oder erkalten, und ein kleines, unbedeutendes Partikel des Universums wird, nur mit einem Flackern, verlöschen. Wenn die Menschheit dem Untergang geweiht ist, dann lässt sich das wohl kaum schmerzloser regeln als durch weltweite Unfruchtbarkeit. Im Übrigen gibt es ja Kompensationsmöglichkeiten genug. Die letzten sechzig Jahre haben wir ausgerechnet den stupidesten, kriminellsten und egoistischsten Teil der Gesellschaft – nämlich die Jugend – wie eine Gottheit verehrt. Jetzt bleiben wir für den Rest unseres Lebens verschont von ihrer aufdringlichen Barbarei, von ihrem Krach, ihrer dröhnenden, monotonen, computererzeugten so genannten Musik, von ihrer Brutalität, ihrer als Idealismus getarnten Selbstsucht. Mein Gott, vielleicht gelingt es uns sogar, Weihnachten loszuwerden, dieses alljährliche Ritual elterlicher Schuldgefühle und jugendlicher Gier. Ich beabsichtige jedenfalls, mir mein Leben angenehm zu machen, und wenn es das nicht mehr ist, dann werde ich meine letzte Kapsel mit einer Flasche Bordeaux runterspülen.»

Diesen persönlichen Überlebensplan nach der Devise: angenehm und komfortabel so lange wie irgend möglich und dann abtreten, verfolgten Tausende in den ersten Jahren nach Omega, bevor Xan an die Macht kam. Was man damals am meisten fürchtete, war ein Zusammenbruch der öffentlichen Ordnung. Stadtflucht war angesagt. Man zog – in Jaspers Fall vom Clarendon Square – in ein kleines Landhaus oder Cottage in bewaldeter Gegend mit einem Nutzgarten, einem nahen Fluss mit halbwegs unbelastetem Wasser, das man abgekocht trinken konnte, mit offenem Kamin und Holzvorrat, sorgfältig ausgewählten Lebensmittelkonserven, Streichhölzern für etliche Jahre, einem Arzneischrank mit Medikamenten und Spritzen und, nicht zu vergessen, stabilen Türen und Fenstern für den Fall, dass die weniger gut Gerüsteten eines Tages neidisch nach einem derart wohlorganisierten Haushalt schielen würden. In diesem letzten Punkt treibt Jasper es in den letzten Jahren allerdings entschieden zu weit. Den Holzschuppen im Garten hat er durch einen Ziegelbau mit Metalltür ersetzt, die sich nur per Fernbedienung öffnen lässt. Rings um den Garten führt eine hohe Mauer und die Kellertür sichert ein Vorhängeschloss.

Wenn er weiß, dass ich komme, ist das schmiedeeiserne Tor normalerweise unverschlossen, und ich kann es aufschieben und den Wagen in der kurzen Auffahrt parken. Heute Nachmittag aber war das Tor abgeschlossen und ich musste klingeln. Als Jasper kam, um mich hereinzulassen, sah ich mit

Entsetzen, wie sehr er sich in nur einem Monat verändert hatte. Er hielt sich immer noch gerade, und sein Schritt war fest, aber aus der Nähe wirkte die straff gespannte Haut über den vorspringenden Wangenknochen grauer als beim letzten Mal, und in den tief liegenden Augen flackerte die Angst stärker, ja fast mit einem Anflug von Paranoia, den ich bisher nicht bemerkt hatte. Gewiss, der Alterungsprozess lässt sich bei niemandem aufhalten, aber er vollzieht sich auch nicht gleichmäßig. Vielmehr gibt es Stabilitätsphasen, die sich über Jahre hinziehen können und in denen die Gesichter von Freunden und Bekannten uns buchstäblich unverändert erscheinen. Aber dann gibt die Zeit plötzlich Gas, und binnen einer Woche kommt es zu auffallenden Veränderungen. Mir schien, als sei Jasper in etwas mehr als sechs Wochen um zehn Jahre gealtert.

Ich folgte ihm nach hinten in das große Wohnzimmer, dessen Terrassentüren auf den Garten hinausgehen. Hier, wie in seinem Arbeitszimmer, waren alle Wände mit Bücherregalen voll gestellt. Es war wie immer peinlich sauber, Möbel, Bücher, Nippes standen exakt an ihrem Platz. Gleichwohl entdeckte ich zum ersten Mal die kleinen verräterischen Anzeichen beginnender Nachlässigkeit: die ungeputzten Fenster, ein paar Krümel auf dem Teppich, eine dünne Staubschicht auf dem Kaminsims. Obwohl im Kamin ein Heizstrahler brannte, war es kühl im Zimmer. Jasper bot mir etwas zu trinken an, und auch wenn ich so früh am Nachmittag nicht besonders gern Wein trinke, ließ ich mir ein Glas einschenken. Ich sah, dass der Beistelltisch reichlicher mit Flaschen bestückt war als bei meinem letzten Besuch. Jasper ist einer der wenigen Menschen aus meinem Bekanntenkreis, die ihren besten Bordeaux als Rund-um-die-Uhr- und Allzweckgesöff verwenden.

Hilda saß am Feuer, eine Strickjacke um die Schultern. Sie starrte vor sich hin, ohne mich zu begrüßen oder auch nur anzusehen, und als ich ihr guten Tag sagte, antwortete sie nur mit einem kurzen Nicken. Bei ihr war die Veränderung sogar noch deutlicher als bei Jasper. Seit Jahren hatte sie immer gleich ausgesehen, jedenfalls für mich: die linkische, aber aufrechte Gestalt, der gut geschnittene Tweedrock mit den drei Kellerfalten in der Mitte, die hochgeschlossene Seidenbluse unter dem Kaschmirjäckchen, das dichte graue Haar, sorgfältig hochgesteckt und zum Knoten geschlungen. Jetzt klebten vorn auf der halb von ihren Schultern gerutschten Strickjacke angetrocknete Speisereste, ihre Strumpfhosen, die über ungeputzten Schuhen Wasser zogen, waren schmuddelig, und das Haar hing ihr in Strähnen ins Gesicht. Sie stierte missbilligend und mit Leichenbittermiene vor sich hin. Nicht zum ersten Mal überlegte ich, was ihr eigentlich fehlen mochte. Alzheimer kann sie kaum haben, denn der ist ja seit Ende der neunziger Jahre so ziemlich eingedämmt. Doch es gibt andere Arten von Verkalkung, die selbst wir mit unserem Faible für die Geriatrie noch nicht in den Griff bekommen haben. Vielleicht ist Hilda aber auch bloß einfach alt und müde und hat mich gründlich satt. Ich denke mir, es hat etwas für sich, wenn man sich im Alter in seine eigene Welt zurückziehen kann, vorausgesetzt, man findet sich nicht in der Hölle wieder.

Ich hätte gern gewusst, warum man mich herzitiert hatte, wollte aber nicht direkt danach fragen. Endlich sagte Jasper: «Ich möchte da was mit Ihnen besprechen. Ich trage mich mit dem Gedanken, wieder nach Oxford zu ziehen. Der letzte Fernsehauftritt des Warden hat mich dazu bewogen. Anscheinend ist langfristig vorgesehen, dass alle wieder in die Städte zurück sollen, damit der Pflege- und Dienstleistungsbetrieb zentralisiert werden kann. Der Warden sagte, es stünde zwar jedem frei, draußen auf dem Lande wohnen zu bleiben, aber dort könne er die Strom- und Benzinversorgung nicht garantieren. Und wir sind hier doch ziemlich isoliert.»

Ich fragte: «Was hält denn Hilda davon?»

Jasper machte sich nicht einmal die Mühe, sie anzusehen.

«Hilda kann es sich kaum leisten, dagegen zu sein. Ich bin es, der hier den Haushalt besorgt. Wenn ich es durch einen Umzug leichter habe, dann sollten wir von hier fortgehen. Ich hab mir gedacht, es könnte für uns beide – ich meine Sie und mich – nett sein, wenn ich zu Ihnen in die St. John Street käme. Sie brauchen doch eigentlich gar kein so großes Haus. Im obersten Stock ist reichlich Platz für eine separate Wohnung. Den Umbau würde selbstverständlich ich bezahlen.»

Der Gedanke entsetzte mich. Ich hoffe, man hat mir das nicht angemerkt. Ich zögerte, als dächte ich über den Vorschlag nach, und sagte dann: «Ich glaube nicht, dass es wirklich das Richtige wäre für Sie. Der Garten würde Ihnen fehlen. Und Hilda würde sich schwer tun mit den Treppen.»

Nach kurzem Schweigen sagte Jasper: «Ich nehme an, Sie haben schon vom Quietus gehört, dem Massenselbstmord der Alten?»

«Ich weiß davon nur aus der Zeitung oder vom Fernsehen.»

Ich erinnerte mich an ein Bild, das einzige, glaube ich, das je im Fernsehen gezeigt wurde: weiß gekleidete alte Menschen, die, im Rollstuhl geschoben oder auf einen Pfleger gestützt, an Bord einer flachen Barke gehen, die hohen, schrillen Singstimmen, das Boot, das langsam ins Zwielicht davongleitet, eine verführerisch friedliche Szene, raffiniert gefilmt und ausgeleuchtet.

Ich sagte: «Ich könnte mich nicht für einen Gemeinschaftstod erwärmen. Selbstmord sollte, genau wie Sex, eine Privatangelegenheit sein. Wenn wir uns umbringen wollen, sind die Mittel dazu stets greifbar, warum sollte man's also nicht bequem im eigenen Bett tun? Ich würde meinen Abgang am liebsten mit einem blanken Dolch bewerkstelligen.»

Jasper erwiderte: «Ach, ich weiß nicht, es gibt Menschen, die diese Übergangsriten gern festlich gestalten. In der einen oder anderen Form wird das auf der ganzen Welt so gemacht. Ich denke, der Einzelne findet Trost in der Menge, Halt in der

Zeremonie. Und die Hinterbliebenen kriegen außerdem diese Pension vom Staat. Auch nicht gerade ein Pappenstiel, oder? Nein, ich glaube, ich sehe schon, was einen daran reizen könnte. Hilda sprach erst dieser Tage davon.»

Das hielt ich für unwahrscheinlich. Ich konnte mir vorstellen, was die Hilda, die ich gekannt hatte, von solch einer öffentlichen Zurschaustellung gefühlsduseliger Selbstaufopferung gehalten hätte. Sie war zu ihrer Zeit eine ernst zu nehmende Wissenschaftlerin gewesen, klüger, hieß es, als ihr Mann, mit einer scharfen Zunge, die Gift verspritzte, wenn es galt, ihn zu verteidigen. Nach ihrer Heirat hatte sie ihre Lehrtätigkeit eingeschränkt und weniger publiziert, und ihr Talent und ihre Persönlichkeit waren im Dienste einer erschreckend unterwürfigen Liebe deutlich geschrumpft.

Bevor ich ging, sagte ich: «Mir scheint, Sie könnten Hilfe gebrauchen. Warum beantragen Sie nicht ein paar Zeitgänger? Die Bedingungen würden Sie bestimmt erfüllen.»

Er wollte nichts davon wissen. «Ich glaube nicht, dass ich Fremde im Haus haben möchte, und schon gar keine Zeitgänger. Denen traue ich nicht über den Weg. Ich will doch nicht unter meinem eigenen Dach ermordet werden. Außerdem wissen die meisten von denen ja gar nicht, was Arbeit heißt. Nein, nein, wenn schon, dann soll man sie als Straßen- und Kanalarbeiter oder als Müllkutscher beschäftigen, in Jobs, wo man sie unter Aufsicht halten kann.»

Ich erwiderte: «Die Haushaltshilfen werden aber sehr sorgfältig ausgewählt.»

«Mag sein, ich will trotzdem keine.»

Es gelang mir, fortzukommen, ohne irgendwelche Versprechungen zu machen. Auf der Fahrt zurück nach Oxford habe ich hin und her überlegt, wie sich Jaspers Plan durchkreuzen ließe. Er ist immerhin daran gewöhnt, seinen Kopf durchzusetzen. Wie es aussieht, bekomme ich nun nachträglich die dreißig Jahre alte Rechnung für empfangene Vergünstigungen, Privatunterricht, teure Diners, Theater- und Opernkarten präsentiert. Aber der Gedanke, die St. John Street nicht mehr für mich allein zu haben, jemanden in meine Privatsphäre einbrechen zu lassen und die wachsende Verantwortung für einen schwierigen alten Mann zu übernehmen, ist mir zuwider. Ich schulde Jasper eine Menge, aber das schulde ich ihm nicht.

Als ich in die Stadt kam, sah ich vor dem Prüfungszentrum eine etwa hundert Meter lange Warteschlange; lauter gesittete, gut gekleidete Bürger, alte Menschen und mittlere Jahrgänge, aber mehr Frauen als Männer. Sie warteten ruhig, diszipliniert und einträchtig, mit der maßvollen Vorfreude und Gelassenheit von Leuten, die ihre Eintrittskarte schon in der Tasche haben und fest damit rechnen dürfen, dass sie etwas geboten bekommen, wofür sich das Anstehen lohnt. Einen Moment lang war ich ratlos, doch dann fiel es mir wieder ein: Rosie McClure, die Evangelistin, ist in der Stadt. Ich hätte gleich darauf kommen sollen; die Anzeigen waren schließlich auffällig genug. Rosie ist die neueste und erfolgreichste unter den Fernsehkünstlern, die Erlösung verkaufen und sehr gut verdienen an einem Artikel, der immer gefragt ist und den bereitzustellen sie nichts kostet. Die ersten beiden Jahre nach Omega hatten wir Roaring Roger und seinen Spezi Soapy Sam, und Roger hat heute noch ein Publikum für seinen wöchentlichen Fernsehauftritt. Er war – und ist – der geborene Redner, ein eindrucksvoller Hüne mit weißem Bart, der sich bewusst nach dem gängigen Bild vom alttestamentarischen Propheten stylt und das göttliche Strafgericht mit einer Donnerstimme verkündet, die merkwürdigerweise durch einen ganz leichten nordirischen Akzent noch an Autorität gewinnt. Seine Botschaft ist leicht verständlich, wenn auch nicht originell: Gott hat den Menschen für seinen Ungehorsam und seine Sündhaftigkeit mit Unfruchtbarkeit gestraft. Reue allein kann das berechtigte Missfallen des Allmächtigen beschwichtigen, und Reue zeigt sich am besten durch einen großzügigen Spendenbeitrag zu den Unkosten von Roaring

Rogers Feldzug. Er selbst treibt nie Geld ein; das bleibt Soapy Sams Job. Ursprünglich waren die beiden ein ungewöhnlich erfolgreiches Team, und ihre Villa auf dem Kingston Hill ist der steingewordene Beweis dafür. In den ersten fünf Jahren nach Omega hatte ihre Botschaft sogar einen gewissen erzieherischen Wert, denn da wetterte Roger noch gegen gewalttätige Ausschreitungen in den Slums der Großstädte, gegen Überfälle und Vergewaltigung alter Frauen, sexuellen Missbrauch von Kindern, gegen die Reduzierung der Ehe auf einen Finanzvertrag, das überhand Nehmen der Scheidungen, die grassierende Unredlichkeit und die Pervertierungen des Sexualtriebs. Eine nach der anderen dröhnten die Verwünschungen des Alten Testaments von seinen Lippen, während er seine zerlesene Bibel in die Kamera hielt. Aber er verkaufte ein Produkt von begrenzter Haltbarkeit. Es ist schwer, in einer an Überdruss erstickenden Welt erfolgreich gegen sexuelle Ausschweifungen zu wettern, den sexuellen Missbrauch von Kindern zu brandmarken, wo es keine Kinder mehr gibt, die Gewalttätigkeit in den Großstadtslums anzuprangern, wenn die Städte mehr und mehr zur friedlichen Gruft geläuterter Greise werden. Roger ist nie gegen die Brutalität und den Egoismus der Omegas zu Felde gezogen; sein Selbsterhaltungstrieb ist gut entwickelt.

Jetzt, da sein Stern zu sinken beginnt, haben wir Rosie McClure. Sweet Rosie hat bekommen, was ihr zusteht. Sie stammt ursprünglich aus Alabama, hat die Staaten aber 2019 verlassen, wohl weil dort schon ein Überangebot an religiösem Hedonismus ihrer Marke bestand. Rosie predigt ein schlichtes Evangelium: Gott ist die Liebe und die Liebe rechtfertigt alles. Sie hat einen alten Popsong der Beatles ausgegraben, einer Liverpooler Band aus den sechziger Jahren des vorigen Jahrhunderts: *All You Need is Love,* und es ist dieser Jingle, der anstelle einer Hymne ihre Versammlungen einleitet. Die Wiederkunft Christi liegt nicht in der Zukunft, sondern im Hier und Jetzt, da die Gläubigen der Reihe nach am

Ende ihres irdischen Lebens versammelt und in die himmlische Herrlichkeit entrückt werden. Rosies Angaben über die zu erwartenden Freuden sind erstaunlich präzise. Wie alle gottesfürchtigen Evangelisten weiß sie, dass der Gedanke, ins Himmelreich einzugehen, einem nur halb so viel Freude macht, wenn man sich nicht gleichzeitig vorstellen kann, wie andere in der Hölle schmoren. Aber die Hölle, wie Rosie sie schildert, ist weniger ein Ort der Seelenqual als das Äquivalent eines schlecht geführten und unbequemen viertklassigen Hotels, in dem unverträgliche Gäste gezwungen sind, sich gegenseitig bis in alle Ewigkeit zu erdulden und eigenhändig, ohne brauchbare Spülmittel, wenn auch vermutlich nicht ohne beliebig viel kochendes Wasser, den Abwasch zu machen.

Ihre Angaben über die Freuden des Himmels sind nicht minder präzise: «In meines Vaters Haus sind viele Wohnungen», und Rosie versichert ihren Anhängern, dass Wohnungen für jeden Geschmack und jeden Tugendgrad zur Verfügung stehen werden, auch wenn der höchste Gipfel der Seligkeit nur für die wenigen Auserwählten reserviert ist. Aber jeder, der Rosies Ruf folgt und sich zur Liebe bekennt, wird ein angenehmes Plätzchen finden, eine ewige Costa del Sol mit Essen, Trinken, Sonne und Sex. Das Böse hat keinen Platz in Rosies Philosophie. Die schlimmste Anschuldigung ist die, dass jemand gestrauchelt sei, weil er die Gesetze der Liebe nicht verstand. Gegen Kummer verordnet sie ein Betäubungsmittel oder Aspirin, dem Einsamen hilft die Versicherung, dass Gott persönlich sich seiner annehmen wird, und dem Trauernden die Gewissheit der Wiedervereinigung mit den geliebten Verblichenen. Kein Mensch wird zu übermäßiger Selbstverleugnung angehalten, da ein Gott, der die personifizierte Liebe ist, sich nichts weiter wünscht, als dass seine Kinder glücklich sind. Wichtig ist, dass wir diesen irdischen Körper verwöhnen und zufrieden stellen, und Rosie scheut sich nicht, während ihrer Predigten auch ein paar

Schönheitstipps weiter zu gehen. Diese Predigten werden als große Galas inszeniert: der weiß gekleidete, hundertköpfige Chor im Blitzlichtgewitter, mit Blaskapelle und Gospelsängern. Die Gläubigen stimmen in den fröhlichen Chorgesang mit ein, lachen, weinen und fuchteln mit den Armen wie verrückte Marionetten. Rosie selbst wechselt ihre schillernden Roben mindestens dreimal während jeder Veranstaltung. Liebe, verkündet Rosie, alles, was ihr braucht, ist Liebe. Und niemand muss auf sein Liebesobjekt verzichten. Es muss ja nicht unbedingt ein Mensch sein: Es kann ein Tier sein, eine Katze, ein Hund; es kann ein Garten sein; es kann eine Blume sein; es kann ein Baum sein. Die ganze irdische Welt ist eins, verbunden durch Liebe, aufrechterhalten durch Liebe, versöhnt durch die Liebe. Man möchte meinen, Rosie hätte nie eine Katze mit einer Maus spielen sehen. Gegen Ende der Versammlung fallen die glücklichen Neubekehrten einander gewöhnlich um den Hals und werfen in trunkener Begeisterung Geldscheine in die Kollekte.

Mitte der neunziger Jahre wechselten die etablierten Kirchen, allen voran die anglikanische, von der Theologie der Sünde und Buße zu einer weniger kompromisslosen Doktrin: kollektive soziale Verantwortung gepaart mit einem rührseligen Humanismus. Rosie ist noch weiter gegangen, hat die zweite Figur der Trinität mitsamt dem Kreuz praktisch abgeschafft und sie durch eine goldene Sonne mit Strahlenkranz ersetzt, die aussieht wie ein grelles viktorianisches Wirtshausschild. Der Wechsel fand sofort Anklang. Selbst Ungläubigen wie mir ist das Kreuz, Stigma der Barbarei des Beamtentums und der unentrinnbaren Grausamkeit des Menschen, immer ein unangenehmes Symbol gewesen.

8. Kapitel

Am Sonntagmorgen machte Theo sich kurz vor halb zehn auf den Weg über Port Meadow nach Binsey. Er hatte Julian sein Wort gegeben, und das nicht zu brechen, gebot ihm schon sein Stolz. Aber er gestand sich ein, dass er sein Versprechen auch aus einem zweiten, weniger achtbaren Grund halten wollte. Diese Leute wussten, wer er war und wo man ihn finden konnte. Besser, er sprang einmal über seinen Schatten, traf sich mit der Gruppe und brachte es hinter sich, als dass er die kommenden Monate jedes Mal, wenn er zur Vesper oder zum Einkaufen in die Markthalle ging, auf eine peinliche Begegnung mit Julian gefasst sein musste. Es war ein schöner Tag, die Luft kalt, aber trocken, der klare Himmel tiefblau; das Gras, noch steif vom Frost, knisterte unter seinen Füßen. Der Fluss war ein gekräuseltes Band, in dem sich der Himmel widerspiegelte, und als Theo auf der Brücke innehielt und hinuntersah, näherten sich schnatternd, mit weit aufgerissenem Schnabel, ein Flug Enten und zwei Gänse, als ob da immer noch Kinder sein könnten, die ihnen Brotkrusten zuwarfen und dann in halb gespielter Angst vor den vorwitzigen Schnäbeln des Federviehs davonrannten. Das Dörfchen war wie ausgestorben. Die wenigen Bauernhäuser zur Rechten der ausgedehnten Grünfläche standen noch, aber ihre Fenster waren größtenteils mit Brettern vernagelt. Hier und da war die Verschalung zertrümmert, und durch die Späne und Splitter ausgezackten Glases, das die Fensterrahmen spickte, sah Theo die Reste abblätternder Tapeten Blumenmuster, die einst mit Sorgfalt ausgewählt worden waren, nun aber in Fetzen herunterhingen, schwache, hinfällige Banner vergangenen Lebens. Auf einem der Dächer lösten sich die Ziegel und entblößtem morsche Balken, und die Gärten waren eine einzige Wildnis aus schulterhohem Gras und Unkraut.

Das Perch Inn war, wie Theo wusste, schon lange geschlossen, weil die Gäste immer weniger geworden waren. Der Weg über Port Meadow nach Binsey war einer seiner liebsten Sonntagsspaziergänge gewesen, mit dem Gasthaus als Ziel. Als er jetzt durch das Dörfchen ging, fühlte er sich wie sein eigenes Gespenst, und die schmale Kastanienallee, die knapp einen Kilometer nordwestlich von Binsey nach St. Margaret's Church führte, kam ihm ganz fremd vor. Er versuchte sich zu erinnern, wann er diesen Weg zuletzt gegangen war. War es sieben Jahre her, oder schon zehn? Er konnte sich weder an den Anlass erinnern noch an seinen Begleiter, falls er überhaupt einen gehabt hatte. Die Allee hatte sich jedenfalls verändert. Die Kastanien standen noch, aber die Straße, dunkel unter den ineinander verschlungenen Ästen der Bäume, hatte sich zu einem Fußweg verengt, auf dem gefallenes Laub moderte und den Holunder und Eschen ungebändigt überwucherten. Er wusste, dass der Kommunalrat angeordnet hatte, bestimmte Wege regelmäßig zu räumen, aber deren Zahl hatte sich nach und nach immer weiter reduziert. Die Alten waren für solche Arbeiten zu schwach, die mittleren Jahrgänge, die am meisten dazu beitragen mussten, das Gemeinwesen in Gang zu halten, waren überlastet, und die Jungen kümmerten sich kaum um Landschaftspflege. Warum eigens hegen, was ihnen ja doch im Übermaß zufallen würde? Nur zu bald würden sie eine Welt voll unbewohnter Hochebenen, unverseuchter Flüsse, ausgedehnter Waldgebiete und verlassener Strände erben. Junge Leute sah man nur selten auf dem Lande, das ihnen offenbar Angst machte. Insbesondere die Wälder waren bedrohliche Orte geworden, die zu betreten viele sich scheuten, als fürchteten sie, wer sich einmal zwischen diesen starren, dunklen Stämmen und vergessenen Pfaden verirrte, der würde nie wieder ans Licht zurückfinden. Und das galt nicht nur für die Jugend. Immer mehr Menschen suchten die Nähe von ihresgleichen, verließen die abgelegenen Dörfer und zogen in die ausgewiesenen Stadtbezirke, deren Licht- und Kraftstromversorgung der Warden zugesichert hatte – wenn möglich, bis ganz zum Ende.

Das einsame Haus, an das Theo sich erinnerte, stand noch immer im Garten rechts von der Kirche und er sah überrascht, dass es zumindest teilweise auch noch bewohnt war. An den Fenstern hingen Gardinen, aus dem Kamin stieg eine dünne Rauchfahne, und links vom Weg hatte man versucht, den Boden vom kniehohen Gras zu befreien und einen Gemüsegarten anzulegen. Ein paar schrumpelige Stangenbohnen hingen noch an den Stützpfählen, und in krummen Reihen standen Kohl und halb verlesener Rosenkohl, der schon gelb wurde. Theo erinnerte sich, wie er es bei seinen Ausflügen hierher als Student bedauert hatte, dass das unablässige Dröhnen der Autobahn M40 den Frieden von Kirche und Haus störte, einer Idylle, die man sich so stadtnah schwerlich vorstellen konnte. Jetzt war von der Lärmbelästigung kaum noch etwas zu spüren, und das Haus lag wie eingehüllt in zeitloses Schweigen.

Damit war es aus, als die Tür aufflog, ein uralter Mann in verschossener Soutane herausstürzte und kreischend den Weg entlang gestolpert kam, wobei er mit den Armen fuchtelte, als gelte es, störrisches Viehzeug zu vertreiben. Er rief mit zitternder Stimme: «Kein Gottesdienst! Heute kein Gottesdienst. Ich habe um elf eine Taufe.»

Theo sagte: «Ich komme nicht zum Gottesdienst. Ich wollte mir nur die Kirche ansehen.»

«Das wollen sie alle, sich nur umschauen. Behaupten sie jedenfalls. Aber um elf brauche ich das Taufbecken. Da müssen alle raus. Alle bis auf die Taufgesellschaft.»

«So lange bleibe ich sicher nicht. Sind Sie hier der Gemeindepfarrer?»

Er trat dicht vor Theo hin und funkelte ihn aus bösen, halb wahnsinnigen Augen an. Theo dachte: Ich habe noch nie einen so alten Menschen gesehen. Die pergamentene, fleckige Haut spannte sich wie über einem Totenschädel, als ob der Tod es nicht erwarten könne, sein Opfer einzufordern.

Der alte Mann sagte: «Letzten Mittwoch haben sie hier eine schwarze Messe gehalten und die ganze Nacht gesungen und geschrien. Das gehört sich nicht. Ich kann es nicht unterbinden, aber ich billige es auch nicht. Und sie machen nicht mal sauber hinterher – der ganze Fußboden war voll Blut, Federn und Weinlachen. Und überall schwarzer Kerzenruß. Den kriegt man nicht mehr raus. Geht einfach nicht ab, wissen Sie. Und es bleibt alles an mir hängen. Die denken nicht nach. Es ist nicht recht. Es gehört sich nicht.»

Theo fragte: «Warum schließen Sie die Kirche nicht ab?»

Der alte Mann blinzelte verschwörerisch. «Weil sie mir den Schlüssel gestohlen haben, darum. Und ich weiß auch, wer ihn hat. O ja, ich weiß es.» Er machte kehrt und wankte brummend zum Haus zurück. An der Tür drehte er sich noch einmal um und rief Theo zu: «Um elf müssen Sie raus. Es sei denn, Sie kommen zur Taufe. Sonst muss alles bis elf raus.»

Theo ging hinüber zur Kirche. Der kleine Steinbau mit dem niedrigen Türmchen, das zwei Glocken beherbergte, sah aus wie ein bescheidenes Wohnhaus mit einem einzigen Schornsteinkasten. Der Friedhof war so verwildert wie ein seit langem brachliegendes Feld. Das Gras stand hoch und war fahl wie Heu, die Grabsteine waren so von Efeu überrankt, dass man die Namen nicht mehr entziffern konnte. Irgendwo in dieser wuchernden Wildnis befand sich der St.-Frideswide-Brunnen, einst ein Wallfahrtsort; ein neuzeitlicher Pilger hätte freilich Mühe gehabt, ihn zu finden. Aber die Kirche wurde augenscheinlich noch benutzt. Auf jeder Seite des Portals stand eine Terrakottaschale mit einem einzelnen Rosenstrauch; die fast kahlen Stängel trugen noch ein paar verkümmerte, frostmürbe Knospen.

Julian erwartete ihn am Portal. Sie gab ihm nicht die Hand, lächelte auch nicht, sondern sagte nur: «Danke, dass Sie gekommen sind, wir sind alle hier.» Damit stieß sie die Tür auf. Er folgte ihr in den düsteren Innenraum, wo ihm eine starke Weihrauchwolke entgegenschlug, die einen strengen Wildgeruch überlagerte. Als er vor fünfundzwanzig Jahren zum ersten Mal hier gewesen war, hatte die Stille zeitlosen Friedens in diesem Raum ihn tief berührt, und er glaubte, in der Luft das Echo lang vergessener Choralgesänge, uralter Gebote und verzweifelter Gebete zu hören. All das war dahin. Von einem Ort, an dem Stille einst mehr war als bloß Geräuschlosigkeit, war nichts geblieben als ein steinernes Gehäuse.

Er hatte angenommen, die Gruppe würde ihn geschlossen erwarten, würde in dem schlichten leeren Raum beisammenstehen oder -sitzen. Nun aber sah er, dass sie sich getrennt hatten und in verschiedene Teile der Kirche gewandert waren, als ob ein Streit oder das unstillbare Bedürfnis nach Alleinsein sie auseinander getrieben hätte. Sie waren zu viert, drei Männer und eine hoch gewachsene Frau, die neben dem Altar stand. Als er und Julian hereinkamen, versammelten sie sich still wieder und stellten sich ihm gegenüber im Seitenschiff auf.

Er wusste schon, wer Julians Mann und der Anführer der Gruppe war, noch ehe dieser vortrat und sich vor ihm aufbaute, als wollte er Theo zur Konfrontation zwingen. Sie standen einander gegenüber wie zwei Gegner, die sich gegenseitig taxieren. Keiner lächelte oder bot dem anderen die Hand. Er war sehr dunkel, mit einem gut geschnittenen, wenn auch eher düsteren Gesicht; die tief liegenden, intelligenten Augen blickten unstet und argwöhnisch; die kräftigen, geraden Brauen betonten die vorspringenden Wangenknochen wie Pinselstriche. Auf den schweren Lidern sprossen vereinzelt schwarze Härchen, so dass es aussah, als stießen Wimpern und Brauen zusammen. Er hatte auffallend große Ohren mit spitz zulaufenden Ohrläppchen, Koboldohren, die nicht zu dem unnachgiebigen Mund und den kräftigen, zusammengepressten Kiefern passen wollten. Insgesamt war es nicht das Gesicht eines Mannes, der mit sich oder seiner Welt im Einklang steht, aber wie konnte man das erwarten von einem, der den privilegierten Status der Omegas nur um wenige Jahre verfehlt hat? Seine Generation war wie die der Omegas beobachtet, studiert, verhätschelt, verwöhnt und behütet worden, bis zu dem Augenblick, da sie als erwachsene Männer den begehrten fruchtbaren Samen produzieren sollten. Es war eine zum Scheitern verurteilte Generation, eine ungeheure Enttäuschung für die Eltern, die all ihre Hoffnungen in sie gesetzt hatten.

Als er sprach, war seine Stimme höher, als Theo vermutet hätte, rau und mit einem ganz leichten Akzent, den er nicht einordnen konnte. Ohne abzuwarten, bis Julian sie einander vorstellte, sagte er: «Es ist nicht nötig, dass Sie unsere Nachnamen erfahren. Wir werden uns auf die Vornamen beschränken. Ich heiße Rolf und bin der Anführer der Gruppe. Julian ist meine Frau. Das da sind Miriam, Luke und Gascoigne. Gascoigne ist sein Vorname. Den hat ihm 1990 seine Großmutter ausgesucht, weiß der Himmel warum. Miriam war einmal Hebamme, und Luke ist Priester. Was wir jetzt machen, brauchen Sie nicht zu wissen.»

Die Frau trat als einzige vor und gab Theo die Hand. Sie war eine Schwarze, wahrscheinlich Jamaikanerin, und die älteste der Gruppe, nach Theos Schätzung sogar älter als er selbst, Anfang bis Mitte Fünfzig vielleicht. Ihr hoher Schopf kurzer Krauslocken war weiß gesprenkelt. So eklatant war der Kontrast zwischen Schwarz und Weiß, dass das Haar aussah wie gepudert, was ihr etwas Apartes und zugleich priesterlich Strenges gab. Sie war groß, hatte eine grazile Figur und ein fein geschnittenes, ovales Gesicht, dessen kaffeebraune Haut noch so wenig Falten aufwies, dass sie die weißen Haare hätte Lügen strafen können. Sie trug enge schwarze Hosen, die in Stiefeln steckten, und einen braunen

Rollkragenpulli mit einer Schaffellweste darüber, ein eleganter, beinah exotischer Kontrast zu der groben, strapazierfähigen Kleidung der drei Männer. Sie begrüßte Theo mit festem Händedruck und prüfendem, fast heiter verschwörerischem Blick, so als wären sie bereits Komplizen.

Auf den ersten Blick war nichts Auffallendes an dem Jungen – er sah aus wie ein Junge, obwohl er mindestens Anfang dreißig sein musste –, den sie Gascoigne nannten. Er war klein und dicklich, hatte kurz geschnittenes Haar und ein rundes, freundliches Gesicht mit großen Augen und Stupsnase – ein Kindergesicht, das mit der Zeit älter geworden war, aber sich nicht sonderlich verändert hatte seit damals, als er von seinem Kinderwagen aus zum ersten Mal eine Welt erblickte, die ihm, nach seiner unschuldig verdutzten Miene zu schließen, immer noch merkwürdig, aber nicht feindselig vorkam.

Der Mann namens Luke, den, wie er sich erinnern konnte, auch Julian als Priester bezeichnet hatte, war älter als Gascoigne, schätzungsweise über vierzig. Er war hoch gewachsen, mit bleichem sensiblem Gesicht und schmächtigem Körperbau. Die großen, knorrigen Hände baumelten an zarten Gelenken, so als sei er in der Kindheit zu schnell gewachsen und habe es nie geschafft, den damals erlittenen Kräfteschwund auszugleichen. Die blonden Haare hingen ihm wie ein seidiger Pony in die hohe Stirn; die grauen, weit auseinander stehenden Augen blickten sanft. Seine zarte Konstitution stand in krassem Gegensatz zu Rolfs dunkler Männlichkeit; einen Verschwörer hätte man sich jedenfalls anders vorgestellt. Luke schenkte Theo ein Lächeln, das sein melancholisches Gesicht kurz aufhellte, sagte aber nichts.

Rolf ergriff das Wort: «Julian hat Ihnen ja schon erklärt, warum wir bereit waren, uns mit Ihnen zu treffen.» Es klang, als ob das Treffen auf Theos Wunsch zustande gekommen wäre.

«Sie möchten, dass ich meinen Einfluss beim Warden of England geltend mache», versetzte Theo. «Aber ich muss Ihnen leider sagen, dass ich keinerlei Einfluss besitze. Jeden Anspruch darauf habe ich mit dem Verzicht auf mein Beraterämt verloren. Ich werde mir anhören, was Sie zu sagen haben, aber ich fürchte, dass ich weder den Staatsrat noch den Warden of England irgendwie beeinflussen kann. Diese Macht hatte ich nie. Mit aus dem Grund bin ich ja zurückgetreten.»

Rolf entgegnete: «Sie sind sein Vetter, sein einziger noch lebender Verwandter. Sie beide sind praktisch zusammen aufgewachsen. Es geht das Gerücht, Sie seien in ganz England der einzige, auf den er je gehört hat.»

«Dann ist das Gerücht eben falsch. Was für eine Art Gruppe sind Sie übrigens? Treffen Sie sich immer hier in dieser Kirche? Ist das eine religiöse Gemeinschaft?»

Diesmal antwortete Miriam: «Nein. Wie Rolf schon sagte, ist Luke zwar Priester, aber er ist nicht fest angestellt und hat auch keine eigene Gemeinde. Julian und er sind Christen, wir übrigen nicht. Wir treffen uns in Kirchen, weil sich das anbietet. Sie stehen offen, kosten keinen Eintritt und sind in der Regel leer, zumindest die, die wir uns aussuchen. Diese hier müssen wir vielleicht wieder aufgeben. Andere Leute fangen an, sie zu benützen.»

Rolf fiel ihr ungeduldig und mit Nachdruck ins Wort: «Religion und Christentum haben nichts damit zu tun. Rein gar nichts!» Miriam fuhr fort, als ob sie ihn nicht gehört hätte: «Alle möglichen Exzentriker treffen sich in Kirchen. Wir sind bloß ein Kreis von sonderbaren Käuzen unter vielen. Niemand stellt uns Fragen. Und wenn doch, dann sind wir der Cranmer-Club. Wir kommen zusammen, um das Gebetbuch der anglikanischen Kirche zu lesen und zu studieren.»

Gascoigne ergänzte: «Das ist unsere Tarnung.» Er sagte es mit dem Stolz eines Kindes, das den Erwachsenen ein paar Geheimnisse abgeluchst hat.

Theo wandte sich an ihn: «Ach wirklich? Und was antworten Sie, wenn die Staatssicherheitspolizei Sie auffordert, die

Kollekte für den ersten Adventssonntag aufzusagen?» Gascoigne sah ihn nur verlegen und verständnislos an. «Wohl kaum eine überzeugende Tarnung», ergänzte Theo kühl.

Julian sagte ruhig: «Sie sympathisieren vielleicht nicht mit uns, aber deshalb müssen Sie uns noch lange nicht verachten. Die Tarnung soll ja nicht die SSP überzeugen. Wenn die sich erst einmal mit uns befassen, schützt uns keine Tarnung mehr. Die würden uns in zehn Minuten überführen. Das wissen wir. Der Club dient nur als Begründung, als Vorwand dafür, dass wir uns fast immer in Kirchen treffen. Wir machen keine Reklame damit. Wir haben uns diese Erklärung bloß zurechtgelegt, für den Fall, dass jemand kommt und Fragen stellt.»

«Ich weiß», sagte Gascoigne, «dass die Gebete auch Kollekten genannt werden. Kennen Sie denn das, wonach Sie mich gefragt haben?» Es klang nicht vorwurfsvoll, nur interessiert. Theo antwortete: «Ich bin mit der anglikanischen Liturgie groß geworden. Die Kirche, in die meine Mutter mich als Kind mitnahm, muss eine der letzten gewesen sein, die an dieser Liturgie noch festhielten. Im Übrigen bin ich Historiker. Ich interessiere mich für die viktorianische Kirche, für alte Liturgieformen, erloschene Riten.»

«Das tut alles nichts zur Sache», versetzte Rolf ungehalten. «Julian hat ganz recht, wenn die SSP uns schnappt, wird sie keine Zeit darauf verschwenden, uns den alten Katechismus abzufragen. Noch sind wir aber nicht in Gefahr; es sei denn, Sie verraten uns. Was haben wir bisher schon getan? Nichts als reden, diskutieren. Aber zwei von uns sind eben dafür, bevor wir etwas unternehmen, erst einmal einen Appell an den Warden of England, Ihren Vetter, zu richten.»

«Drei von uns», korrigierte Miriam, «also die Mehrheit. Ich habe mich Luke und Julian angeschlossen. Ich bin der Ansicht, dass es einen Versuch wert ist.»

Wieder ging Rolf über ihren Einwurf hinweg: «Sie herzuholen war nicht meine Idee. Ich will ehrlich zu Ihnen sein.

Ich habe keinen Grund, Ihnen zu trauen und ich bin auch nicht sonderlich scharf darauf, Sie dabei zu haben.»

«Und ich», antwortete Theo, «war nicht erbaut davon herzukommen, womit wir quitt wären. Sie möchten, dass ich mit dem Warden rede. Warum tun Sie das eigentlich nicht selbst?»

«Weil er uns nicht ernst nehmen würde. Auf Sie hört er vielleicht.»

«Angenommen, ich spreche mit ihm und er hört tatsächlich zu, was soll ich ihm denn eigentlich sagen?»

Angesichts dieser unverblümten Frage schienen sie zunächst einmal ratlos. Sie sahen einander an, als überlegten sie, wer wohl den Anfang machen würde.

Schließlich antwortete Rolf: «Als der Warden seinerzeit an die Macht kam, da hatte man ihn gewählt. Aber das ist fünfzehn Jahre her. Seitdem hat er keine Wahlen mehr angesetzt. Er behauptet, dass er im Namen des Volkes regiert, in Wahrheit aber ist er ein Despot und ein Tyrann.»

«Das wäre aber ein tapferer Bote, der sich trauen würde, ihm das zu sagen», konstatierte Theo gelassen.

Gascoigne warf ein: «Die Grenadiergarde ist zu seiner Privatarmee geworden. Ihm schwören sie den Treueid. Er hat nicht das Recht, sie weiterhin unter diesem Namen zu führen. Mein Großvater hat bei den Grenadieren gedient. Er sagte, sie waren damals das beste Regiment in der ganzen britischen Armee.»

Rolf beachtete ihn nicht. «Manches könnte der Warden sogar schon ändern, ohne allgemeine Wahlen abzuwarten. Er könnte Schluss machen mit dem Samentestprogramm. Das ist entwürdigend, reine Zeitverschwendung und noch dazu völlig aussichtslos. Und er könnte die Kommunal- und Bezirksräte ihren eigenen Vorstand wählen lassen. Das wäre zumindest ein erster Schritt hin zur Demokratie.»

«Es geht nicht nur um die Samentests», sagte Luke. «Er sollte auch mit den gynäkologischen Zwangsuntersuchungen aufhören. Die sind erniedrigend für jede Frau. Und wir fordern, dass er den Quietus abschafft. Ich weiß, dass die alten Menschen sich angeblich alle freiwillig dazu melden. Vielleicht war das anfangs tatsächlich so. Möglich, dass immer noch ein paar Freiwillige dabei sind. Aber würden sie denn sterben wollen, wenn man ihnen Hoffnung schenkte?»

«Hoffnung auf was?» Theo konnte sich die Frage nicht verkneifen.

Julian ergriff das Wort: «Und wir fordern eine Neuregelung für das Zeitgängerprogramm. Oder finden Sie es richtig, dass unsere Omegas nicht emigrieren dürfen, während wir junge Leute aus weniger wohlhabenden Ländern importieren, damit sie für uns die Drecksarbeit machen, Kanalreinigung und Müllabfuhr oder die Pflege von Alten und Gebrechlichen?»

Theo wandte ein: «Aber sie kommen schließlich aus eigenem Antrieb, vermutlich, weil sie sich hier mehr Lebensqualität erwarten.»

«Sie kommen, weil es hier genug zu essen gibt», sagte Julian. «Aber wenn sie alt werden – sechzig ist die Altersgrenze, nicht wahr? –, dann schickt man sie zurück, ob sie gehen wollen oder nicht.»

«Diesem Übel könnten ihre Heimatländer abhelfen, indem sie für eine bessere Wirtschaftslage sorgen. Im Übrigen ist der Anteil der Zeitgänger bei uns gar nicht so hoch. Es gibt eine Quote und die wird gewissenhaft eingehalten.»

«Nicht nur eine Quote, sondern auch ein strenges Ausleseverfahren. Sie müssen kräftig und gesund sein, dürfen keine Vorstrafen haben. Wir holen uns die Besten, und wenn wir sie nicht mehr brauchen können, werden sie abgeschoben. Und wer kriegt sie? Nicht die Leute, die sie am meisten nötig hätten, sondern der Staatsrat und dessen Freunde. Und dann: Wer kümmert sich um die Rechte der ausländischen Omegas, solange sie hier sind? Sie arbeiten für einen Hungerlohn, wohnen in Lagern, Männer und Frauen getrennt. Wir geben ihnen nicht mal das Bürgerrecht; das Zeitgängertum ist eine Form von legalisierter Sklaverei.»

«Ich glaube nicht», sagte Theo, «dass Sie mit dem Zeitgängerproblem oder meinetwegen auch mit dem Quietus eine Revolution entfachen können. Diese Themen interessieren die Leute einfach nicht genug.»

«Deshalb wollen wir sie ja gerade aufrütteln», sagte Julian, «damit sie sich dafür interessieren.»

«Warum sollten sie? Sie leben ohne Hoffnung auf einem sterbenden Planeten. Alles, worauf es ihnen noch ankommt, ist Sicherheit, Komfort und ein bisschen Spaß. Das erste und zweite kann der Warden of England ihnen versprechen, und das ist mehr, als die meisten ausländischen Regierungen fertig bringen.»

Rolf, der ihrem Wortwechsel schweigend zugehört hatte, fragte unvermittelt: «Wie ist er eigentlich, der Warden of England? Was für ein Mensch ist er? Sie müssten es wissen, schließlich sind Sie mit ihm aufgewachsen.»

«Deswegen habe ich noch lange keinen freien Zutritt zu seinen Gedanken.»

«Diese ungeheure Macht, mehr als ein Einzelner je zuvor in Händen hatte, jedenfalls in diesem Land – genießt er die?»

«Anzunehmen. Er scheint zumindest nicht erpicht darauf, sie abzugeben. Wenn Sie die Demokratie wollen, dann müssen Sie den Kommunalrat wiederbeleben. Da fängt's an.»

«Und da hört es auch auf», sagte Rolf, «weil nämlich der Warden auch auf dieser Ebene die Fäden zieht. Und kennen Sie unseren Vorsitzenden, Reggie Dimsdale? Er ist siebzig, ein Hosenscheißer und Jammerlappen, der bloß wegen der doppelten Benzinration im Amt bleibt und wegen der paar ausländischen Omegas, die seine Mordsscheune von einem Haus in Ordnung halten und ihm den Hintern wischen, wenn er den Stuhl nicht mehr halten kann. Der meldet sich nicht zum Quietus.»

«Er wurde in den Rat gewählt. Alle Mitglieder sind gewählt.»

«Von wem? Haben Sie abgestimmt? Und überhaupt, wen kümmert das schon? Die Leute sind ja froh, dass irgendeiner die Arbeit macht. Und Sie wissen doch, wie der Hase läuft. Der Vorsitzende des Kommunalrats kann nicht ohne Einverständnis des Bezirksrats ernannt werden. Der wiederum braucht die Zustimmung des Landesrats. Und vom Staatsrat muss der Kandidat oder die Kandidatin natürlich auch noch bestätigt werden. Der Staatsrat aber ist der Warden. Er kontrolliert das System durch alle Instanzen, das wissen Sie doch so gut wie ich. Und er hat auch in Schottland und Wales das Sagen. Die haben zwar jeweils einen eigenen Warden, aber wer ernennt den? Xan Lyppiatt könnte sich leicht Warden of Great Britain nennen, nur hat das in seinen Ohren nicht mehr diesen romantischen Touch.»

Scharfsinnig bemerkt, dachte Theo. Er erinnerte sich an ein lange zurückliegendes Gespräch mit Xan. «Premierminister lieber nicht. Ich will mir nicht den Titel eines anderen aneignen, schon gar nicht, wenn so viel Tradition und Verpflichtung dranhängt. Sonst erwartet man noch, dass ich alle fünf Jahre neu wählen lasse. Lordprotektor empfiehlt sich auch nicht. Der letzte war ja kaum ein berauschender Erfolg. Nein – Warden, Staatshüter sozusagen oder Landesvater, das macht sich bestimmt sehr gut. Aber ‹Warden of Great Britain and Northern Ireland›? Das hat kaum den romantischen Klang, der mir vorschwebt.»

«Nein», sagte Julian, «mit dem Kommunalrat kommen wir nicht weiter. Sie wohnen doch in Oxford und sind ein Bürger wie jeder andere. Bestimmt lesen Sie auch die Aushänge, die nach den Sitzungen geklebt werden und wo der ganze Humbug drinsteht, den sie im Rat diskutieren. Die Pflege von Golfplätzen und Bowlingbahnen. Entsprechen die Clubanlagen noch dem Standard? Bescheide über Jobzuweisungen. Beschwerden gegen die Benzinrationierung. Anträge auf Zuteilung eines Zeitgängers. Vorsingen im örtlichen Laienchor. Liegen genügend Anmeldungen zum Geigenunterricht vor, um die Berufung eines Full-time-Musikers zu rechtfertigen? Manchmal beraten sie sogar über Polizeikontrollen in Wohngebieten, obwohl die kaum noch nötig sind, seit jeder Einbrecher damit rechnen muss, dass man ihn in die Sträflingskolonie verbannt.»

«Sicherheit, Komfort und ein bisschen Spaß. Das kann doch», sagte Luke freundlich, «nicht alles sein.»

«Aber darauf kommt's den Leuten nun einmal an, danach verlangen sie. Was sollte der Rat ihnen sonst noch bieten?»

«Mitgefühl, Gerechtigkeit und Liebe.»

«Kein Staat hat sich je um Liebe gekümmert, das wäre nun auch wirklich zu viel verlangt.»

«Aber um Gerechtigkeit kann er sich kümmern», erwiderte Julian.

«Gerechtigkeit, Mitgefühl, Liebe. Alles leere Worte», warf Rolf ungeduldig ein. «Hier geht es aber um viel mehr, nämlich um Macht. Der Warden ist ein Diktator, der sich als demokratischer Politiker aufspielt. Man müsste ihn dazu bringen, sich dem Willen des Volkes zu unterwerfen.»

«Ah, der Wille des Volkes», sagte Theo. «Wie schön das klingt. Aber wenn wir uns nach dem Willen des Volkes richten, dann zählen gegenwärtig eben bloß Sicherheit, Komfort und Spaß.» Bei sich dachte er: Ich weiß, was dich fuchst; die Tatsache, dass Xan so viel Macht besitzt, nicht die Art, wie er sie ausübt. Der kleinen Gruppe fehlte ein echter Zusammenhalt, und nach seiner Einschätzung hatte sie auch kein gemeinsames Ziel. Gascoigne empörte sich über die Verfälschung des Grenadierbegriffs, Miriams Motiv war bislang noch unklar, Julian und Luke ließen sich von christlichem Idealismus leiten, Rolf von Neid und Ehrgeiz. Als Historiker hätte Theo leicht ein Dutzend Parallelen aufzeigen können.

«Erzähl ihm von deinem Bruder, Miriam», sagte Julian.

»Erzähl ihm von Henry. Aber bevor du anfängst, wollen wir uns erst einmal setzen.»

Sie nahmen alle in einer Bank Platz, und als sie sich vorbeugen mussten, weil Miriam so leise sprach, da dachte Theo: Sie sehen aus wie ein wirr zusammengewürfeltes Häuflein halb widerstrebender Gottesanbeter.

«Henry wurde vor achtzehn Monaten auf die Sträflingsinsel geschickt. Wegen schweren Diebstahls mit Körperverletzung. Dabei hat er eigentlich niemanden verletzt. Er beklaute eine Omega und stieß sie nieder. Es war bloß ein Schubs, weiter nichts, aber sie fiel hin und behauptete später vor Gericht, Henry hätte sie in die Rippen getreten, als sie am Boden lag. Das stimmt aber nicht. Ich bestreite nicht, dass Henry sie geschubst hat. Er hat der Familie von klein auf nur Kummer und Sorgen gemacht. Aber er hat diese Omega nicht getreten, nicht als sie am Boden lag. Er riss ihr die Handtasche weg und stieß sie um und dann ist er getürmt. Das war in London, kurz vor Mitternacht. Er rannte am Ladbroke Grove um die Ecke und der Staatssicherheitspolizei direkt in die Arme. Er war sein Leben lang ein Pechvogel.»

«Waren Sie bei der Verhandlung?»

«Meine Mutter und ich, wir beide. Mein Vater ist vor zwei Jahren gestorben. Wir besorgten Henry einen Anwalt und bezahlten ihn auch gut, aber er interessierte sich nicht richtig für den Fall. Nahm unser Geld und rührte keinen Finger. Es war deutlich zu sehen, dass er mit dem Staatsanwalt einer Meinung war. Henry gehört auf die Insel, das war ausgemacht. Schließlich hatte er eine Omega bestohlen. Das sprach gegen ihn. Und dann ist er auch noch schwarz.»

Rolf fiel ihr ungehalten ins Wort: «Nun komm uns bloß nicht mit diesem ganzen Scheiß von wegen Rassendiskriminierung. Der Schubs hat ihn zur Strecke gebracht, nicht seine Hautfarbe. In die Sträflingskolonie kommt man nur wegen eines Gewaltverbrechens oder wegen wiederholten Eigentumsdelikts. Henry konnte man zwar keinen Bruch nachweisen, dafür aber zweifachen Diebstahl.»

«Ladendiebstahl», korrigierte Miriam. «Nichts wirklich Schlimmes. Er klaute einen Schal als Geburtstagsgeschenk für Mum und eine Tafel Schokolade. Aber damals war er noch ein Kind. Mein Gott, Rolf, er war erst zwölf! Das war über zwanzig Jahre her.»

Theo sagte: «Wenn er sein Opfer niederschlug, dann gilt das als Gewaltverbrechen, egal ob er die Frau hinterher noch getreten hat oder nicht.»

«Aber er hat sie ja nicht niedergeschlagen. Er stieß sie beiseite und sie fiel hin. Es war nicht mit Absicht.»

«Die Geschworenen müssen es anders gesehen haben.»

«Es war kein Geschworenenprozess. Sie wissen doch, wie schwer es ist, Geschworene zu finden. Die Leute haben kein Interesse. Wollen nur ihre Ruhe haben. Henrys Fall wurde nach der neuen Prozessordnung verhandelt, mit einem Richter und zwei Beisitzern. Sie haben Vollmacht, Straftäter auf die Insel zu schicken. Und das heißt lebenslänglich. Es gibt keine Begnadigung. Von dort kommt keiner zurück. Lebenslänglich in dieser Hölle für einen unbeabsichtigten Schubs. Meine Mutter ist daran gestorben. Henry war ihr einziger Sohn, und sie wusste, sie würde ihn nie wiedersehen. Danach hat sie sich einfach fallen lassen. Aber ich bin froh, dass sie gestorben ist. So hat sie wenigstens das Schlimmste nicht mehr mitmachen müssen.» Sie sah Theo an und sagte schlicht: «Mir ist das nicht erspart geblieben, wissen Sie. Er kam nämlich heim.»

«Sie meinen, er ist von der Insel entflohen? Ich dachte, das sei unmöglich.»

«Henry hat's geschafft. Er fand ein kaputtes Schlauchboot, eins, das die Sicherheitspolizei übersehen hatte, als sie die Insel ausbruchsicher machten. Jedes Boot, das fortzuschaffen sich nicht mehr lohnte, verbrannten sie, aber dieses eine war gut versteckt oder wurde übersehen, oder vielleicht dachten sie auch, es sei so hinüber, dass es sich nicht mehr flottmachen ließe. Aber Henry war immer schon sehr geschickt. Er reparierte also heimlich das Boot und bastelte sich auch noch zwei Ruder. Dann vor vier Wochen, genau am dritten Januar, machte er sich im Schutz der Dunkelheit davon.»

«Aber das war ja mehr als tollkühn.»

«Nein, es war klug von ihm. Er wusste, entweder er schafft es, oder er ertrinkt, und Ertrinken war besser, als weiter auf dieser Insel zu vegetieren. Aber er kam nach Hause, er kam zurück. Ich wohne – ach, es tut nichts zur Sache, wo ich wohne. Jedenfalls in einem Cottage am Rand eines Dorfes. Er kam nach Mitternacht. Ich hatte einen schweren Arbeitstag hinter mir und wollte eigentlich früh zu Bett gehen. Ich war müde und doch irgendwie unruhig. Deshalb machte ich mir eine Tasse Tee, als ich heimkam, und dann bin ich im Sessel eingeschlafen. Ich schlief nur etwa zwanzig Minuten, aber als ich aufwachte, konnte ich mich nicht aufraffen, ins Bett zu gehen. Sie kennen das sicher. Vor lauter Übermüdung bringt man's nicht einmal mehr fertig, sich auszuziehen.

Es war eine finstere, sternlose Nacht, und dann frischte auch noch der Wind auf. Normalerweise höre ich den Wind gern, wenn ich gemütlich zu Hause im Warmen sitze, aber in der Nacht hatte er nichts Anheimelndes, sondern fauchte und rumorte richtig bedrohlich im Kamin. Ich kriegte das heulende Elend, das kalte Grausen, wissen Sie, weil ich plötzlich daran denken musste, dass Mutter tot und Henry für immer verloren war. Aber dann sagte ich mir: Reiß dich zusammen und geh ins Bett. Schlafen ist das einzig Vernünftige jetzt. Und dann hörte ich das Klopfen an der Tür. Wir haben eine Klingel, aber die benutzte er nicht, bloß den Türklopfer, zweimal, ganz leise, aber ich hörte es doch. Ich linste durch den Spion, aber ich konnte nichts sehen, bloß Finsternis. Es war inzwischen nach Mitternacht, und ich konnte mir nicht denken, wer so spät noch was von mir wollte. Aber ich wollte doch nachsehen, legte die Kette vor und machte die Tür einen Spaltbreit auf. Eine dunkle Gestalt lag zusammengebrochen auf der Schwelle. Henrys Kraft hatte bloß noch zu zweimal Klopfen gereicht, ehe er das Bewusstsein verlor. Es gelang mir, ihn ins Haus zu zerren und wiederzubeleben. Ich flößte ihm ein wenig Suppe und Brandy ein, und nach einer Stunde konnte er wieder sprechen. Er wollte unbedingt reden, also wiegte ich ihn in meinen Armen und ließ ihn gewähren.»

Theo fragte: «In welchem Zustand war er denn?»

Rolf antwortete ihm: «Er starrte vor Dreck, stank, war blutverschmiert und zum Erbarmen abgemagert. Er hatte sich von der kumbrischen Küste zu Fuß bis nach Hause durchgeschlagen.»

Miriam erzählte weiter: «Ich wusch ihn, verband seine Füße und packte ihn ins Bett. Er fürchtete sich vor dem Alleinsein, deshalb legte ich mich angezogen neben ihn. Ich konnte nicht schlafen. Und dann fing er an zu reden. Er sprach über eine Stunde lang. Ich sagte nichts, hielt ihn nur in meinen Armen und hörte zu. Endlich war er still, und da wusste ich, dass er schlief. Ich lag da, ihn immer noch haltend, und lauschte seinem Atem, seinem leisen Wimmern. Manchmal stöhnte er, und dann schrie er plötzlich und fuhr hoch, aber ich konnte ihn beruhigen wie ein Baby und er schlief wieder ein. Ich lag neben ihm und weinte still über das, was er mir erzählt hatte. Oh, aber ich war auch wütend. Ich brannte vor Zorn, als ob ich glühende Kohlen in der Brust hätte.

Diese Insel ist die Hölle auf Erden. Diejenigen, die als Menschen hinkamen, sind fast alle tot und die übrigen sind Teufel. Der Hunger geht um. Ich weiß, sie haben Saatgut, Korn, Maschinen, aber die Sträflinge dort kommen größtenteils aus der Stadt und verstehen nichts von Landwirtschaft, sind es nicht gewohnt, mit den Händen zu arbeiten. Die Vorräte sind inzwischen alle aufgebraucht, Gärten und Felder abgeerntet. Wenn jetzt welche sterben, essen die anderen manchmal auch die Leichen. Ich schwöre, das ist die Wahrheit. Die stärksten Gefangenen haben sich zu einer Clique zusammengeschlossen und die regiert die Insel. Es sind Schläger, Sadisten, und auf Man können sie ungehindert prügeln und quälen und foltern, ohne dass ein Hahn danach kräht. Die Anständigen, die Rücksichtsvollen, die, die eigentlich nicht da hingehören, halten es nicht lange aus. Und die Frauen treiben es am ärgsten. Henry hat mir Dinge erzählt, die ich nicht wiederholen kann, aber ich werde sie auch nie vergessen.

Und dann, am nächsten Morgen, kamen sie ihn holen. Sie haben das Haus nicht gestürmt, haben nicht mal viel Krach gemacht. Sie umzingelten einfach das Grundstück und klopften an die Tür.»

«Und wer waren diese ‹sie›?», fragte Theo.

«Sechs Grenadiere und sechs Beamte von der Staatssicherheitspolizei. Ein einziger Mann, abgehetzt, zu Tode erschöpft, und die schicken ein Dutzend los, um ihn einzufangen. Die von der SSP waren die schlimmsten. Ich glaube, es waren Omegas. Zu mir haben sie erst gar nichts gesagt. Sie gingen einfach rauf und zerrten ihn aus dem Bett. Er stieß einen Schrei aus, als er sie kommen sah. Diesen Schrei werde ich mein Leben lang nicht vergessen. Dann wollten sie auch auf mich los, aber ein Offizier, einer von der Grenadiergarde, befahl ihnen, mich in Ruhe zu lassen. ‹Sie ist seine Schwester›, sagte er, ‹da ist es nur natürlich, dass er hierher kam. Ihr blieb nichts weiter übrig, als ihm zu helfen.›»

«Wir haben uns nachher gedacht», sagte Julian, «dass er selber eine Schwester gehabt haben muss, von der er wusste, sie würde ihn nie im Stich lassen, würde immer für ihn da sein.»

Rolf warf erbittert ein: «Oder er dachte, wenn er sich ein bisschen menschlich gibt, würde Miriam ihn auf die eine oder andere Art entschädigen.»

Miriam schüttelte den Kopf. «Nein, so war er nicht. Er wollte einfach nett sein. Ich fragte ihn, was mit Henry geschehen würde. Er antwortete nicht, aber einer von der SSP sagte: ‹Was glauben Sie wohl? Aber Sie kriegen die Asche zugeschickt.› Und der Hauptmann von der SSP sagte, sie hätten ihn schon bei der Landung schnappen können, seien ihm aber statt dessen den ganzen Weg von Cumbria bis nach Oxford gefolgt. Einmal um zu sehen, wo er hinwollte, nehme ich an, und dann haben sie ihn wohl auch erst festnehmen wollen, wenn er sich in Sicherheit wähnte.»

«So ein bisschen Grausamkeit erhöht den Lustgewinn», kommentierte Rolf ingrimmig.

«Eine Woche später kam dann das Paket. Es war schwer, etwa so wie ein Pack Zucker, und hatte auch das entsprechende Format; es war in braunes Papier eingewickelt und trug einen maschinegeschriebenen Aufkleber. Drinnen lag dieser Plastikbeutel, gefüllt mit grobem weißem Sand. Es sah aus wie Gartendünger, als hätte es mit Henry gar nichts zu tun. Beigefügt war nur eine maschinegeschriebene Notiz, ohne Unterschrift. ‹Bei Fluchtversuch liquidiert.› Sonst nichts. Ich grub im Garten ein Loch. Ich erinnere mich, dass es regnete, und als ich den weißen Sand in das Loch schüttete, da war es, als ob der ganze Garten weinte. Aber ich habe nicht geweint. Henry war von seinen Leiden erlöst. Jedes Ende war besser, als wenn man ihn auf die Insel zurückgeschickt hätte.»

«Sie hätten ihn natürlich gar nicht zurückschicken können», sagte Rolf. «Es durfte ja niemand erfahren, dass es möglich ist, von Man zu entkommen. Und jetzt geht das auch bestimmt nicht mehr. Sie werden die Küste abpatrouillieren.»

Julian nahm Theo beim Arm und sah ihm offen ins Gesicht. «Sie dürfen Menschen nicht so behandeln. Egal, was einer getan hat und was er ist, so dürfen sie einen Menschen nicht behandeln. Wir müssen dem ein Ende machen.»

«Sicher gibt es soziale Missstände bei uns», räumte Theo ein. «Aber die sind nichts im Vergleich zu dem, was anderswo auf der Welt passiert. Und es kommt darauf an, wie viel ein Land zu tolerieren bereit ist, wenn man ihm dafür eine intakte Regierung garantiert.»

Julian fragte: «Was verstehen Sie unter einer intakten Regierung?»

«Eine, die für öffentliche Ordnung sorgt, Korruption in den Chefetagen unterbindet, Kriegsgefahr bannt, Kriminalität eindämmt, eine einigermaßen vernünftige Vermögens- und Ressourcenverteilung gewährleistet, für den Schutz des individuellen Lebens bürgt.»

«In dem Fall», sagte Luke, «haben wir keine intakte Regierung.»

«Aber vielleicht haben wir die beste, die in dieser Situation möglich ist. Die Gründung der Sträflingskolonie auf der Isle of Man fand seinerzeit große Zustimmung in der Öffentlichkeit. Und keine Regierung kann das Moralempfinden des Volkes steuern.»

«Dann müssen wir eben das Moralempfinden ändern», sagte Julian. «Wir müssen die Menschen ändern.»

Theo lachte. «Das ist also die Art Rebellion, die Ihnen vorschwebt? Nicht das System verändern, sondern die Herzen und Sinne der Menschen. Demnach sind Sie die allergefährlichsten Revolutionäre, die es gibt, das heißt, Sie wären es, wenn Sie nur die geringste Ahnung hätten, wie Sie es anpacken sollen, ja wenn Sie nur die geringste Chance auf Erfolg hätten.»

«Wie würden Sie's denn anfangen?», fragte Julian, als ob sie ernsthaft an seiner Antwort interessiert sei.

«Gar nicht. Die Geschichte lehrt mich, was mit denen geschieht, die es versuchen. Und Sie tragen ja auch ein Memento daran um den Hals.»

Sie hob die entstellte linke Hand und berührte flüchtig das Kreuz. Neben dem wulstigen Stumpf wirkte der Talisman sehr klein und zerbrechlich.

«Man kann immer eine Entschuldigung dafür finden, dass man tatenlos zusieht», sagte Rolf. «Tatsache ist, dass der Warden Großbritannien wie sein Privatleben regiert. Die Grenadiere sind seine Privatarmee und die von der Staatssicherheitspolizei seine Spione und Scharfrichter.»

«Das können Sie nicht beweisen.»

«Wer hat Miriams Bruder umgebracht? War das eine Hinrichtung nach einem ordentlichen Prozess oder Meuchelmord? Was wir fordern, ist eine echte Demokratie.»

«Mit Ihnen an der Spitze?»

«Ich würde es jedenfalls besser machen als er.»

« Ich stelle mir vor, dass der Warden genauso dachte, als er den letzten Premierminister abgelöst hat.»

«Sie wollen also nicht mit ihm reden?», fragte Julian.

«Natürlich nicht», warf Rolf ein. «Er hatte nie die Absicht. Es war reine Zeitverschwendung, ihn herzuholen. Sinnlos, töricht und gefährlich obendrein.»

Theo versetzte gelassen: «Ich habe noch nicht nein gesagt. Aber ich muss ihm mehr bieten können als Gerüchte, besonders, da ich ihm nicht einmal sagen darf, wo und wie ich an meine Informationen gekommen bin. Bevor ich mich entscheide, möchte ich mir einen Quietus ansehen. Wann ist der nächste angesetzt? Weiß das jemand von Ihnen?»

Julian antwortete ihm. «Sie werden nicht mehr öffentlich angekündigt, aber natürlich spricht es sich doch herum. Diesen Mittwoch, also in drei Tagen, findet in Southwold ein Frauenquietus statt. Kennen Sie Southwold? Es liegt etwa hundertdreißig Kilometer südlich von Lowestoft. Der Quietus soll vom nördlichen Pier abgehen.»

«In Southwold? Das liegt aber ungünstig.»

«Für Sie vielleicht», sagte Rolf, «aber nicht für die, im Gegenteil. Kein Bahnanschluss, also nicht zu viele Schaulustige, eine lange Anfahrt, also überlegen die Leute, ob sie so viel Benzin vergeuden sollen, bloß um mit anzusehen, wie Großmama zu den Klängen von *O Welt, ich muss dich lassen* in einem weißen Nachthemd ins Jenseits befördert wird. Und dann gibt's nur die eine Zufahrtsstraße. Man kann also kontrollieren, wie viele Leute kommen, und sie im Auge behalten. Bei Ausschreitungen werden die Rädelsführer sofort festgenommen.»

«Wie lange müssen wir warten, bis Sie sich wieder melden?», fragte Julian.

«Gleich nach dem Quietus werde ich entscheiden, ob ich mit dem Warden spreche. Dann warten wir besser noch eine Woche und verabreden ein neues Treffen.»

«Sagen wir lieber vierzehn Tage», meinte Rolf. «Wenn Sie zum Warden gehen, stellen die Sie vielleicht hinterher unter Beobachtung.»

«Und wie erfahren wir, ob Sie sich mit ihm treffen?», fragte Julian.

«Ich werde Ihnen nach dem Quietus eine Nachricht zukommen lassen. Kennen Sie das Cast-Museum in der Pusey Lane?»

«Nein», sagte Rolf.

«Aber ich!» warf Luke eifrig ein. «Es gehört zum Ashmolean, eine Skulpturensammlung mit Gipsabdrücken und Marmorkopien von griechischen und römischen Statuen. Als Schüler wurden wir im Kunstunterricht öfter hingeführt. Jetzt bin ich schon seit Jahren nicht mehr dort gewesen. Ich wusste nicht mal, dass das Ashmolean die Sammlung noch geöffnet hält.»

«Warum sollte man sie schließen?», sagte Theo. «Man braucht ja kaum Aufseher dafür. Gelegentlich verirren sich ein paar ältere Wissenschaftler hinein. Ach ja, die Öffnungszeiten sind draußen angeschlagen.»

Rolf fragte misstrauisch: »Und warum ausgerechnet dort?»

«Weil ich das Museum hin und wieder gern besuche und die Aufseher an mich gewöhnt sind. Weil es über eine Reihe von leicht zugänglichen Verstecken verfügt. Vor allem aber, weil es mir in den Kram passt – als einziges an diesem ganzen Unternehmen.»

«Und wo werden Sie Ihre Nachricht deponieren?», fragte Luke.

«Im Erdgeschoss, rechte Außenwand, unter dem Kopf des Diadomenos. Er hat die Katalognummer C38 und die finden Sie auch auf der Büste. Falls Sie sich den Namen nicht merken können, dann werden Sie ja wohl die Nummer behalten. Wenn nicht, dann schreiben Sie sie auf.»

«Luke ist achtunddreißig», sagte Julian, «so können wir's uns gut merken. Müssen wir die Statue hochheben?»

«Es ist keine Statue, bloß eine Büste und Sie brauchen sie nicht mal anzurühren. Zwischen Sockel und Sims klafft ein ganz schmaler Spalt. Ich schreibe Ihnen meine Antwort auf ein Kärtchen. Nichts Verfängliches, nur ein schlichtes Ja oder Nein. Sie könnten das von mir auch am Telefon erfahren, aber bestimmt ist Ihnen das zu riskant.»

«Wenn es irgend geht, vermeiden wir es, zu telefonieren», sagte Rolf. «Auch wenn wir noch nicht aktiv geworden sind, treffen wir doch die üblichen Vorsichtsmaßnahmen. Jeder weiß schließlich, dass die Leitungen angezapft sind.»

«Und wenn Sie ja sagen und der Warden zu einem Treffen mit Ihnen bereit ist, wann erfahren wir dann, was er gesagt hat und was er zu tun verspricht?», fragte Julian.

Rolf warf ein: «Wir sollten mindestens zwei Wochen verstreichen lassen. Geben Sie uns Mittwoch, vierzehn Tage nach dem Quietus, Bescheid. Ich treffe mich dann mit Ihnen irgendwo in Oxford, vielleicht am besten irgendwo auf einem freien Platz.»

«Einen offenen Platz kann man durchs Fernglas überwachen», wandte Theo ein. «Zwei Menschen, die sich eigens inmitten eines Parks, einer Anlage oder eines Universitätsgartens treffen, erregen heutzutage Aufsehen. Ein öffentliches Gebäude ist sicherer. Ich treffe mich mit Julian im Pitt-Pivers-Museum.»

«Sie haben anscheinend eine Schwäche für Museen», bemerkte Rolf.

«So ein Museum hat den Vorteil, dass man darin herumschlendern kann, ohne dass sich jemand etwas dabei denkt.»

«Gut», sagte Rolf, «dann treffe ich Sie um zwölf im Pitt Rivers.»

«Nicht Sie, sondern Julian. Sie haben durch Julian mit mir Kontakt aufgenommen. Julian zuliebe bin ich heute hierher gekommen. Ich werde zwei Wochen nach dem Quietus mittwochs gegen elf im Pitt Rivers sein und ich erwarte, dass sie allein kommt.»

Es war kurz vor elf, als Theo aus der Kirche trat. Er blieb einen Moment unter dem Portal stehen, sah nach der Uhr und blickte dann hinaus auf den ungepflegten Friedhof. Er wünschte, er wäre nicht gekommen, hätte sich nicht auf dieses aussichtslose und peinliche Unternehmen eingelassen. Miriams Geschichte hatte ihn mehr auf gewühlt, als er sich eingestehen wollte. Besser, er hätte sie nie gehört. Aber was erwartete man von ihm? Was konnte er oder sonst irgendjemand tun? Es war doch schon zu spät. An eine Gefahr für die Gruppe glaubte er nicht. All die Befürchtungen dieser Leute grenzten ja schon fast an Paranoia. Vergebens hatte er auf eine Gnadenfrist gehofft, sich gewünscht, dass monatelang kein Quietus mehr stattfinden würde. Mittwoch war ein schlechter Tag für ihn. Er würde seine Termine kurzfristig umstellen müssen. Und er hatte Xan seit drei Jahren nicht mehr gesehen. Wie demütigend und unangenehm, die Rolle des Bittstellers übernehmen zu müssen, wenn sie sich nach so langer Zeit wiedertrafen. Er war auf sich genauso böse wie auf die Gruppe. Er mochte sie als Clique unzufriedener Amateure verachten, aber sie hatten ihn überlistet, indem sie ausgerechnet das Mitglied zu ihm schickten, bei dem es ihm schwer fallen würde, nein zu sagen. Das hatten sie natürlich genau gewusst. Der Frage, warum ihm das schwer gefallen wäre, wollte er jetzt lieber nicht nachgehen. Er würde, wie versprochen, zu dem Quietus fahren und ihnen eine Nachricht im Cast-Museum hinterlassen. Blieb nur zu hoffen, dass er guten Gewissens ein klares Nein auf sein Kärtchen würde schreiben können.

Die Taufgesellschaft kam den Weg herauf, geführt von dem greisen Pfarrer, der jetzt eine Stola trug und seine Schäflein mit leisen Ermunterungsrufen antrieb. Ihm folgten zwei Frauen in mittleren Jahren und zwei ältere Männer. Letztere trugen unauffällige blaue Anzüge, die Frauen blumengeschmückte Hüte, die nicht zu ihren Wintermänteln passten. Jede der Frauen hatte ein weißes Bündel im Arm, eingehüllt in ein Umschlagtuch, unter dem die spitzenbesetzten Plisseefalten des Taufkleidchens hervorlugten. Theo wollte mit taktvoll abgewandtem Blick an ihnen vorübergehen, aber die beiden Frauen versperrten ihm fast den Weg und streckten ihm mit dem leeren Lächeln der Debilen bewunderungheischend ihre Bündel entgegen. Die beiden Kätzchen mit den platt gedrückten Ohren unter den bebänderten Hauben wirkten lächerlich und liebenswert zugleich. Ihre weit offenen Augen, kleinen opalenen Seen gleich, blickten verständnislos, aber ihre beengende Verkleidung schien sie nicht zu stören. Theo fragte sich, ob man sie wohl betäubt habe, kam dann aber zu dem Schluss, dass sie wahrscheinlich von Geburt an verhätschelt, herumgetragen und wie Babys behandelt worden waren und sich daran gewöhnt hatten. Auch über den Priester machte er sich Gedanken. Ob rechtmäßig ordiniert oder ein Schwindler – und deren gab es inzwischen jede Menge –, was er hier vorhatte, ließ sich nach orthodoxem Ritus kaum vertreten. Die anglikanische Kirche, die keine allgemeinverbindliche Doktrin und Liturgie mehr hatte, war so zersplittert, dass man nicht wissen konnte, was manche Sekten inzwischen alles glaubten, aber Theo bezweifelte doch, dass die Taufe von Tieren irgendwo befürwortet wurde. Die neue Erzbischöfin, die sich selbst als christliche Rationalistin bezeichnete, hätte vermutlich selbst die Kindstaufe als Aberglauben verboten, falls Kindstaufen noch möglich gewesen wären. Aber sie hatte kaum einen Einfluss darauf, was in all den Sekten passierte, die wie Pilze aus dem Boden schossen. Den Kätzchen würde es vermutlich nicht gefallen, wenn man ihnen nachher das kalte Wasser über den Kopf träufelte, aber sonst würde sicher niemand Einspruch erheben. Die Scharade war ein passender Abschluss für diesen närrischen Vormittag. Eilig machte Theo sich auf den Weg, zurück zur geistigen Normalität und zu jenen leeren, unversehrten vier Wänden, die er sein Zuhause nannte.

9. Kapitel

Als Theo am Morgen des Quietus erwachte, spürte er ein dumpfes Unbehagen auf sich lasten, nicht schwer genug für eine Beklemmung, aber doch eine leichte, diffuse Niedergeschlagenheit, wie die Nachwehen eines schlechten Traums, der einem schon wieder entfallen ist. Und dann, noch bevor er die Hand nach dem Lichtschalter ausstreckte, wusste er, was ihm bevorstand. Sein Leben lang war es seine Gewohnheit gewesen, sich zur Linderung lästiger Pflichten kleine Freuden auszudenken. Normalerweise hätte er jetzt damit begonnen, sorgfältig seine Route zu planen; ein gutes Pub auszuwählen für einen zeitigen Lunch, eine interessante Kirche, deren Besichtigung sich lohnte, ein reizvolles Dorf, das einen Umweg wert war. Aber auf dieser Fahrt, deren Ziel und Zweck der Tod war, verboten sich derlei Kompensationen. Besser, er brachte es so schnell wie möglich hinter sich, sah sich an, was er zu sehen versprochen hatte, fuhr wieder heim, sagte Julian, es gebe nichts, was er oder die Gruppe tun könnten, und versuchte, das ganze freiwillige und unwillkommene Erlebnis aus seinem Gedächtnis zu streichen. Das hieß, er musste die interessantere Route über Bedford, Cambridge und Stowmarket opfern zugunsten der Autobahn M40 bis zur M25, und dann auf der A12 nordöstlich zur Küste von Suffolk fahren. Das war, trotz eines kleinen Umwegs, die schnellere Strecke, aber mit Sicherheit auch die langweiligere; gleichwohl, er versprach sich ja ohnehin kein Vergnügen von dieser Fahrt.

Er kam gut voran. Die A12 war in weit besserem Zustand, als er erwartet hatte, da doch jetzt die Häfen an der Ostküste fast alle aufgelassen waren. Er lag hervorragend in der Zeit und erreichte kurz vor zwei Blythburgh an der Mündung des Blyth. Die Flut ging schon zurück, aber jenseits von Schilfgürtel und Prielen schimmerte das Wasser noch wie ein seidiges Band, und eine launische Mittagssonne übergoss die Fenster der Holy-Trinity-Kirche mit goldenem Glanz.

Theo war seit achtundzwanzig Jahren nicht mehr hier gewesen. Damals, als Natalie gerade sechs Monate alt war, hatten er und Helena ein Wochenende im *Swan* in Southwold verbracht. Zu der Zeit hatten sie sich bloß einen gebrauchten Ford leisten können. Natalies Babytragetasche war auf dem Rücksitz festgeschnallt, und im Kofferraum stapelten sich ihre Siebensachen: große Pakete Wegwerfwindeln, Sterilisierapparat für die Fläschchen, Gläschen mit Babynahrung. Als sie in Blythburgh ankamen, hatte Natalie zu weinen begonnen, und Helena hatte gesagt, die Kleine sei hungrig und könne nicht warten, bis man ins Hotel käme, sondern müsse gleich gefüttert werden. Warum könnten sie nicht im White Hart in Blythburgh halten? Sie könnten beide im Pub lunchen und Natalie die Flasche geben. Aber Theo hatte gesehen, dass der Parkplatz überfüllt war, und überdies grauste ihm vor den Ungelegenheiten, die das Kind und Helenas Extrawünsche verursachen würden. Sein Drängen, die paar Kilometer bis Southwold noch auszuharren, war schlecht aufgenommen worden. Helena, die erfolglos versuchte, das Kind zu beruhigen, hatte kaum einen Blick auf das glitzernde Wasser und die erhabene Kirche geworfen, die wie ein majestätisches Schiff zwischen den Schilfinseln vertäut lag. So hatte der Wochenendausflug mit dem üblichen Missklang begonnen und sich mit mühsam beherrschter Gereiztheit weiter geschleppt. Die Schuld lag natürlich bei ihm. Er war eher bereit gewesen, die Gefühle seiner Frau zu verletzen und seine Tochter darben zu lassen, als in einem Pub voll fremder Leute Umstände zu machen. Wie so oft wünschte er, es gäbe wenigstens eine

Erinnerung an sein totes Kind, die nicht durch Schuldgefühle oder Reue überschattet wäre.

Aus einer spontanen Regung heraus beschloss er, in dem Pub zu Mittag zu essen. Heute war sein Wagen der einzige auf dem Parkplatz. Und in der Gaststube mit dem niedrigen Gebälk hatte man den verrußten offenen Kamin mit dem prasselnden Holzfeuer, an das er sich erinnerte, durch einen Elektroofen ersetzt. Er war der einzige Gast. Der Wirt, ein sehr alter Mann, zapfte ihm ein hier in der Gegend gebrautes Bier. Es schmeckte ausgezeichnet, aber zu essen gab es nur vorgebackene Pasteten, die der Mann in der Mikrowelle aufwärmte, eine unzulängliche Stärkung für die bevorstehende Feuerprobe.

Die Abzweigung zur Straße nach Southwold fand er auf Anhieb. Die Landschaft Suffolks, wellig und kahl unter dem winterlichen Himmel, wirkte unverändert, aber die Straße war schlechter geworden, so dass die Fahrt auf dem holprigen Pflaster beinahe in ein riskantes Rallye-Cross ausartete. Doch als er den Stadtrand von Reydon erreichte, sah er Zeitgänger in kleinen Gruppen mit ihren Aufsehern, die sich offenbar anschickten, die Fahrbahndecke auszubessern. Die dunklen Gesichter wandten sich ihm zu, als er abbremste und vorsichtig vorbeifuhr. Hier draußen auf Zeitgänger zu treffen erstaunte ihn. Southwold war bestimmt nicht als ausgewiesenes Bevölkerungszentrum vorgesehen. Warum machte man sich dann aber die Mühe, für eine passable Verkehrsanbindung zu sorgen?

Jetzt fuhr er an dem hinter Bäumen verborgenen Gelände der St.-Felix-Schule entlang. Ein großes Schild am Tor zeigte an, dass hier nun das East-Suffolk-Handwerkszentrum untergebracht war. Vermutlich war es nur den Sommer über oder an den Wochenenden geöffnet, denn er sah keinen Menschen auf dem weitläufigen, ungepflegten Rasen. Über die Bight Bridge kam er in das Städtchen, dessen hell getünchte Häuser in einem tiefen Mittagsschlaf versunken schienen.

Vor dreißig Jahren hatten hier hauptsächlich ältere Leute gewohnt; pensionierte Soldaten, die ihre Hunde ausführten, Rentnerehepaare, wettergegerbt und mit wachen Augen, die Arm in Arm am Hafen entlangspazierten. Eine Atmosphäre geordneter Ruhe, jenseits aller Leidenschaft. Jetzt war der Ort fast ausgestorben. Auf der Bank vor dem Crown-Hotel saßen zwei alte Männer nebeneinander und starrten in die Ferne, die schwieligen Hände über dem Griff ihrer Spazierstöcke gekreuzt.

Er wollte im Hof des Swan parken und dort Kaffee trinken, bevor er zum Nordstrand hinauffuhr, aber das Restaurant war geschlossen. Als er wieder ins Auto stieg, kam eine Frau mittleren Alters, die eine geblümte Schürze trug, aus dem Nebeneingang und schloss hinter sich ab.

Er sagte: «Ich hatte auf einen Kaffee gehofft. Ist das Hotel für immer geschlossen?»

Sie hatte ein freundliches Gesicht, schaute sich aber nervös nach allen Seiten um, ehe sie antwortete. «Nur heute, Sir. Aus Pietät. Weil doch der Quietus ist, verstehen Sie, aber vielleicht haben Sie das gar nicht gewusst?»

«Doch», sagte er, «das weiß ich.» Und aus dem Wunsch heraus, die Isolation zu durchbrechen, die schwer auf Häusern und Straßen zu lasten schien, fügte er hinzu: «Ich war vor dreißig Jahren das letzte Mal hier. Aber es hat sich nicht viel verändert.»

Sie legte eine Hand ans Wagenfenster und sagte: «O doch, Sir, es hat sich schon allerhand verändert. Aber der Swan ist immer noch ein Hotel. Leider kommen jetzt, wo die Leute aus der Stadt wegziehen, nicht mehr so viele Gäste. Die Stadt soll nämlich evakuiert werden. Die Regierung kann uns Strom und Serviceleistungen nicht bis zum Ende garantieren. Also übersiedeln die Leute nach Ipswich oder Norwich.»

Warum nur diese Eile überall, fragte er sich gereizt. Bestimmt hätte Xan den Ort noch gut zwanzig Jahre halten können. Schließlich parkte er den Wagen auf der kleinen Grünfläche am Ende der Trinity Street und ging zu Fuß über den Klippenhöhenweg zum Pier.

Die schmutzig graue See wogte träge unter einem Himmel von der Farbe dünner Milch. Der Horizont leuchtete schwach herüber, als ob die launische Sonne noch einmal durchbrechen wollte. Über diesem fahlen, transparenten Band türmten sich schiefergraue und schwarze Wolkenberge wie ein halb hochgezogener Vorhang. Knapp zehn Meter unter sich sah Theo den scheckigen Bauch der Wellen, die erst hochschwappten und dann schlapp und müde zurückfielen, wie mit Sand und Kieseln beschwert. Das einst so makellos weiße Promenadengeländer war verrostet und an manchen Stellen eingebrochen, und der Grashügel zwischen Promenade und Strandhütten sah aus, als sei er seit Jahren nicht mehr gemäht worden. Früher hätte Theo unter sich die lange, blitzende Kette hölzerner Chalets mit ihren liebenswert albernen Namen gesehen, bunt gestrichen wie Puppenhäuser und alle mit Meerblick. Jetzt klafften in der Reihe Lücken wie fehlende Zähne in einem faulenden Kiefer; die Hütten, die noch standen, waren baufällig und überall blätterte die Farbe ab. Auch wenn man die Wände notdürftig mit in den Boden gerammten Pfählen abgestützt hatte, warteten sie scheinbar bloß auf den nächsten Sturm, der sie forttragen würde. Die dürren, hüfthohen Gräser, an denen wie Perlen trockene Samenkapseln hingen, bewegten sich unruhig in der Brise, die hier an der Ostküste nie ganz zum Erliegen kam.

Anscheinend sollte das Einschiffen nicht direkt vom Pier erfolgen, sondern von einer eigens daneben errichteten hölzernen Mole. In der Ferne entdeckte er die beiden flachen Boote, die Decks mit Blumengirlanden geschmückt, und am Ende des Piers, von wo man die Mole überblicken konnte, eine kleine Gruppe von Leuten, teilweise, wie ihm schien, in Uniform. Etwa achtzig Meter vor ihm parkten drei Busse an der Promenade. Als er näher kam, stiegen die Passagiere gerade aus. Vorneweg kam eine kleine Musikkapelle in roten

Jacketts und schwarzen Hosen. Sie standen plaudernd in lockeren Grüppchen beisammen, und das Messing an ihren Instrumenten blitzte in der Sonne. Einer gab seinem Nachbarn einen scherzhaften Klaps. Einen Moment lang taten beide so, als würden sie einen kleinen Boxkampf veranstalten, dann verloren sie die Lust an dem Unfug, steckten sich eine Zigarette an und schauten aufs Meer hinaus. Und nun kamen die Alten. Manche konnten noch ohne Hilfe aussteigen, andere stützten sich auf ihre Pfleger. Das Gepäckfach eines Busses wurde aufgeklappt und man zerrte eine Reihe von Rollstühlen heraus. Zuletzt half man den Gebrechlichsten aus dem Bus und setzte sie in die Rollstühle.

Theo hielt sich im Hintergrund und beobachtete, wie die Reihe schmächtiger, gebückter Gestalten mühsam über den abschüssigen Weg, der die Klippe teilte, zu den Strandhütten und der unteren Promenade hinabstieg. Plötzlich begriff er, was geschah. Man benutzte die Hütten als Umkleidekabinen für die alten Frauen. Dort sollten sie ihre weißen Gewänder anziehen, in diesen Hütten, die so viele Jahrzehnte lang von Kinderlachen widergehallt hatten und deren Namen, an die er seit fast dreißig Jahren nicht mehr gedacht hatte, ihm nun unversehens wieder einfielen, lauter alberne, fröhliche Verklärungen glücklicher Familienferien: Pete's Place, Ocean View, Spray Cottage, Happy Hut. Er umklammerte das rostige Geländer oben auf der Klippe und sah zu, wie man die alten Frauen in Zweierreihen die Stufen hinauf und in die Hütten geleitete. Die Musiker hatten auch zugesehen, rührten sich aber nicht von der Stelle. Jetzt besprachen sie sich kurz untereinander, drückten ihre Zigaretten aus, griffen nach ihren Instrumenten und stiegen dann ebenfalls hinunter. Dort stellten sie sich in einer Reihe auf und warteten. Die Stille war fast unheimlich. Hinter Theo ragte die viktorianische Häuserzeile auf, leer, mit geschlossenen Fensterläden, wie heruntergekommene Denkmäler einer glücklicheren Zeit. Der Strand unter ihm lag verlassen; nur das Kreischen der Möwen durchbrach die Stille.

Und jetzt wurden die alten Frauen die Hüttentreppchen hinunter geführt und in einer Reihe aufgestellt. Alle trugen sie lange weiße Gewänder, vielleicht Nachthemden, und darüber, wie es aussah, wollene Umschlagtücher und weiße Mützen, ein notwendiger Schutz gegen den scharfen Wind. Theo war froh, dass er seinen warmen Tweedmantel anhatte. Jede Frau trug ein Blumensträußchen, womit sie aussahen wie ein Schwarm zerzausten Brautjungfern. Er fragte sich unwillkürlich, wer wohl die Blumen bereitgestellt, die Hütten aufgeschlossen und die Nachthemden zurechtgelegt hatte. Das ganze Ereignis, das so planlos wirkte, so spontan, musste sorgfältig organisiert worden sein. Und dann fiel ihm auf, dass die Hütten an diesem Teil der unteren Promenade instand gesetzt und frisch gestrichen waren.

Die Kapelle begann zu spielen, als der Zug langsam die untere Promenade entlang auf den Pier zuschlurfte. Als das erste Schmettern der Bläser die Stille durchbrach, überkam ihn ein Gefühl der Entrüstung und zugleich abgrundtiefes Mitleid. Sie spielten fröhliche Weisen, Melodien aus Großvaters Zeiten, die Marschlieder des Zweiten Weltkriegs, die er wiedererkannte, deren Namen ihm aber nicht gleich einfielen. Dann stellten sich ein paar Titel ein: *Bye bye, Blackbird, Somebody Stole My Girl, Somewhere Over the Rainbow.* Als der Zug sich dem Pier näherte, änderte sich die Musik und er erkannte die Klänge einer Hymne: *O Welt, ich muss dich lassen.* Nachdem die erste Strophe gespielt war und die Weise von neuem begann, erhob sich unter ihm ein zittriges Wimmern wie das Krächzen von Meeresvögeln und er merkte, dass die Alten angefangen hatten zu singen. Während er noch hinuntersah, begannen einige der Frauen sich im Rhythmus der Musik zu wiegen. Sie breiteten ihre weißen Röcke aus und drehten ungeschickte Pirouetten. Theo kam der Gedanke, dass man sie vielleicht mit Drogen ruhig gestellt hatte.

Er hielt mit dem letzten Paar in der Reihe Schritt und folgte so dem Zug zum Pier. Und nun war die Szene unter ihm auch deutlich zu erkennen. Von den etwa zwanzig Leuten waren manche vielleicht Angehörige und Freunde, die meisten aber Mitglieder der Staatssicherheitspolizei. Die beiden flachen Boote könnten, dachte er, früher einmal Barkassen gewesen sein. Nur der Rumpf war jeweils noch erhalten und jetzt mit Ruderbänken bestückt. In jedem Boot standen zwei Soldaten, und als die Frauen an Bord kamen, bückten sich die Männer, vermutlich um ihnen die Knöchel zu fesseln oder sie mit Gewichten zu beschweren. Das Motorboot, das unmittelbar am Pier festgemacht war, verdeutlichte den Plan vollends. Sobald man sie vom Land aus nicht mehr sehen konnte, würden die Soldaten die Ventile öffnen, dann ihr Motorboot besteigen und an Land zurückkehren. Die Kapelle am Strand spielte immer noch, im Augenblick Elgars *Nimrod.* Aber der Gesang war verstummt, jedenfalls hörte er nichts mehr außer dem eintönigen Rauschen der Brandung und hin und wieder einen gedämpften Kommandoruf, den der Wind zu ihm heraufwehte.

In diesem Moment sagte sich Theo, er habe genug gesehen. Nun konnte er mit Fug und Recht zum Wagen zurückkehren. Er wünschte sich nichts sehnlicher, als in rasantem Tempo fortzufahren aus dieser kleinen Stadt, die zu ihm nur von Hilflosigkeit, Verfall, Leere und Tod sprach. Aber er hatte Julian versprochen, sich einen Quietus anzusehen und das hieß wohl ausharren, bis die Boote außer Sicht waren. Wie um seine Absicht zu bekräftigen, stieg er die Betonstufen von der oberen Promenade zum Strand hinunter. Niemand kam, um ihn wegzuscheuchen. Der kleine Trupp Beamter, Pfleger, Soldaten, ja selbst die Musiker schienen so mit ihrer jeweiligen Rolle in der makabren Zeremonie beschäftigt, dass sie ihn nicht einmal bemerkten.

Plötzlich entstand ein Tumult. Eine der Frauen stieß einen Schrei aus, als man ihr auf das Boot helfen wollte, und begann heftig mit den Armen um sich zu schlagen. Die Pflegerin an ihrer Seite war nicht darauf gefasst gewesen, und bevor sie noch eingreifen konnte, war die Frau schon von der Mole ins Wasser gesprungen und schwamm angestrengt in Richtung Land. Ohne zu überlegen, warf Theo seinen schweren Mantel ab und rannte ihr entgegen. Seine Schritte knirschten auf dem groben Kies, dann spürte er, wie seine Fußgelenke im eisigen Wasser erstarrten. Sie war jetzt nur noch knapp zwanzig Meter von ihm entfernt, und er konnte sie deutlich sehen, das struppige weiße Haar, das Nachthemd, das ihr am Körper klebte, den schaukelnden Hängebusen, die schrumpelige Haut an den Armen. Eine mächtige Welle riss ihr das Nachthemd von der linken Schulter, und er sah eine schlaffe Brust auf und nieder hüpfen, Ekel erregend wie eine riesige Qualle. Sie schrie immer noch, ein hoher, durchdringender Pfeifton wie von einem gemarterten Tier. Und im nächsten Augenblick erkannte er sie. Es war Hilda Palmer-Smith. Erschüttert watete er auf sie zu und streckte ihr beide Hände entgegen. Und da geschah es. Er hatte beinahe schon ihre Handgelenke zu fassen bekommen, als ein Soldat von der Mole ins Wasser sprang und ihr den Kolben seiner Pistole mit voller Wucht gegen die Schläfe schlug. Mit hilflos rudernden Armen fiel sie kopfüber ins Meer. Flüchtig sah man einen roten Fleck, bevor der nächste Brecher anrollte, die weiße Gestalt verschlang, emporhob und sie, als er verebbte, mit gespreizten Gliedern im Gischt liegen ließ. Sie versuchte wieder aufzustehen, aber der Soldat schlug abermals zu. Theo hatte sie inzwischen erreicht und umklammerte eine ihrer Hände. Fast im selben Augenblick spürte er, wie man ihn bei den Schultern packte und beiseite stieß. Er hörte eine Stimme, ruhig, befehlsgewohnt, beinahe sanft: «Lassen Sie's gut sein, Sir. Mischen Sie sich nicht ein.»

Der nächste Brecher, größer als der letzte, verschlang sie und zog ihm den Boden unter den Füßen weg. Die Woge verebbte, er rappelte sich auf und sah sie ausgestreckt daliegen.

Das Nachthemd war über den dünnen Beinen hochgerutscht, der ganze Unterleib entblößt. Er stöhnte und taumelte abermals zu ihr hin, aber jetzt bekam auch er einen Schlag gegen die Schläfe und stürzte. Er spürte, wie harte Kiesel sich in seine Wange bohrten, atmete das durchdringende Aroma salzigen Meerwassers, fühlte ein Dröhnen in seinen Ohren. Seine Hände wühlten sich in den Strandkies, suchten nach einem Halt. Aber Sand und Kies wurden unter ihm weggespült. Und dann traf ihn der nächste Brecher, und er spürte, wie er mitgerissen wurde in die Tiefe. Nur noch halb bei Bewusstsein versuchte er doch, den Kopf oben zu halten, versuchte zu atmen und wusste, dass er nahe am Ertrinken war. Und dann kam der dritte Brecher, hob ihn empor und schleuderte ihn zwischen das Geröll am Strand.

Sie hatten nicht die Absicht gehabt, ihn zu ertränken. Vor Kälte zitternd, spuckend und würgend spürte er, wie starke Hände ihn unter den Achseln packten und so mühelos aus dem Wasser hoben, als wäre er ein Kind. Jemand zerrte ihn mit dem Gesicht nach unten über den Strand. Er fühlte, wie seine Zehenspitzen den nassen Sand aufharkten und wie der Kies an seinen triefenden Hosenbeinen scheuerte. Seine Arme pendelten kraftlos, die Knöchel waren aufgeschlagen und wund von den kantigen Steinen auf dem höher gelegenen Grund. Und die ganze Zeit über hatte er den durchdringenden Seegeruch in der Nase und in den Ohren das rhythmische Dröhnen der Brandung. Dann hörte das Gezerre auf, und er plumpste unsanft in lockeren, trockenen Sand. Er spürte das Gewicht seines Mantels, der über seinen Körper geworfen wurde. Verschwommen gewahrte er eine dunkle Gestalt, die über ihn wegstieg und dann war er allein.

Er versuchte den Kopf zu heben, und spürte dabei zum ersten Mal einen hämmernden Schmerz, der sich ausbreitete und wieder zusammenzog wie ein lebendiges Ding, das in seinem Schädel pulsierte. Jedes Mal, wenn es ihm gelang, den Kopf anzuheben, pendelte er schwach von einer Seite zur anderen und plumpste wieder in den Sand zurück. Aber beim sechsten Versuch bekam er ihn doch ein paar Zentimeter weit hoch und öffnete die Augen. Seine Lider waren schwer von verkrustetem Sand, Sand, der sein Gesicht bedeckte und seinen Mund verstopfte. Schlieren schleimiger Gräser umschlangen seine Finger wie mit einem Netz und hingen schwer und triefend in seinen Haaren. Er kam sich vor wie einer, den man aus einem feuchten Grab ausgebuddelt hat und der den ganzen Leichenstaat noch an sich trägt. In dem Moment, bevor er das Bewusstsein verlor, sah er noch, dass jemand ihn in den engen Zwischenraum zwischen zwei Strandhütten gezerrt hatte. Sie standen auf niedrigen Pfählen, und er sah unter den Fußböden den Abfall längst vergessener Ferien, halb vergraben im schmutzigen Sand. Glitzerndes Silberpapier, eine alte Plastikflasche, die morsche Bespannung und die geborstenen Streben eines Liegestuhls und ein zerbrochener Kinderspaten. Unter Schmerzen robbte er näher heran und streckte die Hand aus, als ob er durch die Berührung des Spielzeugs Sicherheit und Frieden zu fassen bekäme. Aber die Anstrengung war zu groß, und so schloss er die schmerzenden Lider und überließ sich mit einem Seufzer der Finsternis.

Als er erwachte, dachte er zunächst, es sei stockdunkel. Aber als er sich auf den Rücken drehte, blickte er hinauf in einen schwach gestirnten Himmel und sah vor sich das fahle Leuchten des Meeres. Er erinnerte sich wieder daran, wo er war und was sich zugetragen hatte. Sein Kopf tat noch immer weh, aber jetzt war es nur noch ein dumpfer, gleich bleibender Schmerz. Als er mit der Hand über seinen Schädel strich, ertastete er eine Beule so groß wie ein Hühnerei, doch er hatte nicht den Eindruck, dass er ernstlich zu Schaden gekommen sei. Er hatte keine Ahnung, wie spät es sein mochte, und es war unmöglich, die Zeiger seiner Uhr zu erkennen. Theo massierte seine erstarrten Glieder, bis er wieder Leben in ihnen spürte, schüttelte den Sand von seinem Mantel, zog ihn über und schleppte sich hinunter ans Wasser, wo er hinkniete und sich das Gesicht wusch. Das Wasser war eiskalt. Das Meer war jetzt ruhiger, und eine schimmernde Lichtbahn ergoss sich unter einem flüchtigen Mond. Die sanft bewegte See dehnte sich gähnend leer vor ihm, und er dachte an die Ertrunkenen, noch immer gefesselt und aufgespießt von den Schiffsplanken, dachte an weißes Haar, das sich anmutig hob und senkte in der Flut. Er ging zurück zu den Strandhütten, ruhte sich ein paar Minuten auf einem Treppchen aus, versuchte Kräfte zu sammeln. Er tastete seine Jackentaschen ab. Die lederne Brieftasche war triefnass, aber wenigstens war sie noch da und ihr Inhalt unversehrt.

Mühsam erklomm er die Stufen zur Promenade. Oben standen nur wenige Straßenlaternen, aber das Zifferblatt seiner Uhr konnte Theo gerade eben erkennen. Es war sieben. Seine Ohnmacht, die vermutlich in Schlaf übergegangen war, hatte weniger als vier Stunden gedauert. Als er zur Trinity Street kam, stellte er erleichtert fest, dass der Wagen noch dastand, weit und breit war niemand zu sehen. Unschlüssig blieb er stehen. Fröstelnd sehnte er sich nach einer warmen Mahlzeit und etwas zu trinken. Der Gedanke, in diesem Zustand nach Oxford zurückzufahren, schreckte ihn, andererseits war sein Bedürfnis, aus Southwold herauszukommen, fast ebenso stark wie Hunger und Durst. Während er noch unschlüssig dastand, hörte er, wie eine Tür zuklappte, und sah sich um. Eine Frau mit einem Hündchen an der Leine kam aus einem der viktorianischen Reihenhäuser, die die kleine Grünanlage säumten. Es war das einzige Haus, in dem er Licht sah, und in einem Fenster im Erdgeschoss entdeckte er ein großes Schild mit der Aufschrift BED AND BREAKFAST.

Spontan ging er auf die Frau zu und sagte: «Verzeihen Sie, aber ich hatte einen Unfall. Ich bin völlig durchnässt und heute Abend wohl auch nicht mehr fahrtüchtig. Hätten Sie vielleicht ein Zimmer frei? Mein Name ist Faron, Theo Faron.»

Sie war älter, als er auf den ersten Blick angenommen hatte, mit einem runden, vom scharfen Wind geröteten Gesicht voll sanfter Runzeln, wie ein Ballon, aus dem man die Luft herausgelassen hat. Sie hatte glänzende Knopfaugen und einen kleinen, wohl geformten Mund, der einmal hübsch gewesen sein musste. Jetzt aber, als Theo auf sie niederblickte, schmatzte sie rastlos mit den Lippen, als koste sie noch den Nachgeschmack ihrer letzten Mahlzeit.

Sie schien nicht überrascht, ja besser noch, nicht einmal erschrocken über sein Ansinnen, und antwortete ihm mit angenehmer Stimme: «Ich habe ein Zimmer frei, wenn Sie sich nur gedulden wollen, bis ich mit Chloe ihren Abendrundgang gemacht habe. Es gibt da ein kleines Plätzchen, das eigens für Hunde reserviert ist. Wir bemühen uns nämlich, den Strand sauber zu halten. Die Mütter haben sich früher immer beklagt, wenn der Strand verdreckt war und alte Gewohnheiten nutzen sich nicht ab. Übrigens gibt es bei mir wahlweise auch Abendbrot. Möchten Sie gern was essen?»

Sie blickte zu ihm hoch, und auf einmal sah er doch eine Spur von Furcht in ihren wachen Augen. Er sagte, er würde sehr gern noch zu Abend essen.

Sie kam nach drei Minuten zurück, und er folgte ihr ins Haus und durch den schmalen Flur in ein rückwärtiges Wohnzimmer. Es war so klein, dass man beinahe hätte Platzangst kriegen können, und voll gestopft mit altmodischen Möbeln. Vage registrierte er verschossenen Chintz, einen Kaminsims mit kleinen Porzellantieren, Patchworkkissen auf den niedrigen Stühlen beim Feuer, Fotografien in Silberrahmen und Lavendelduft. Der Raum erschien ihm wie ein Heiligtum, so als läge zwischen diesen vier Wänden mit ihren Blumentapeten all die Geborgenheit, die er in seiner sorgenbeladenen Kindheit nie gekannt hatte.

Sie sagte: «Leider habe ich heute Abend nicht sehr viel im Kühlschrank, aber ich könnte Ihnen eine Suppe anbieten und ein Omelette.»

«Das wäre wunderbar.»

«Die Suppe ist leider nicht hausgemacht, aber ich mische zwei Dosen, um den Geschmack abzuwandeln, und gebe noch ein bisschen was dazu, gehackte Petersilie oder eine Zwiebel. Ich denke, es wird Ihnen schmecken. Möchten Sie im Speisezimmer essen oder hier im Wohnzimmer vor dem Kamin? Hier hätten Sie's vielleicht wärmer.»

«Ich würde gern hier essen.»

Er nahm in einem der niedrigen Sessel Platz, streckte die Beine vor dem elektrischen Heizstrahler aus und sah zu, wie der Dampf aus seinen trocknenden Hosen aufstieg. Das Essen kam bald, die Suppe vorweg – eine Mischung, wie er feststellte, aus Pilzsuppe und Hühnerbrühe, mit Petersilie bestreut. Sie war heiß und erstaunlich schmackhaft, und das Brötchen nebst der Butter, die es dazu gab, war frisch. Dann brachte die Frau noch ein Kräuteromelette. Sie fragte ihn, ob er Tee, Kaffee oder Kakao wolle. Ihn verlangte es nach Alkohol, aber der war anscheinend nicht im Angebot. Also entschied er sich für Tee, und sie ließ ihn damit allein, wie sie ihn schon während der ganzen Mahlzeit allein gelassen hatte.

Als er fertig war, erschien sie so prompt, als habe sie hinter der Tür gewartet, und sagte: «Ich habe Ihnen das hintere Zimmer hergerichtet. Manchmal ist es ganz angenehm, sich ein bisschen vom Meeresrauschen zu erholen. Und keine Sorge, das Bett ist gelüftet. Mit dem Bettenlüften nehme ich es sehr genau. Ich hab Ihnen auch zwei Wärmflaschen reingelegt. Die können Sie ja dann raustun, wenn es Ihnen zu warm wird. Und ich hab den Boiler angestellt. Es ist also genug heißes Wasser da, falls Sie ein Bad nehmen möchten.»

Seine Glieder schmerzten vom stundenlangen Liegen im feuchten Sand, und die Aussicht, sie in warmem Wasser auszustrecken, war verführerisch. Aber jetzt, da Hunger und Durst gestillt waren, übermannte ihn die Müdigkeit. Er hatte nicht einmal mehr die Kraft, ein Bad einzulassen. «Ich bade morgen früh, wenn's recht ist», sagte er. Das Zimmer lag im

Obergeschoss und nach hinten hinaus, wie sie es versprochen hatte. Sie machte einen Schritt zur Seite, als er eintrat und sagte: «Leider habe ich keinen Pyjama, der groß genug für Sie wäre, aber ein ganz alter Bademantel ist noch da, den könnten Sie nehmen. Er hat meinem Mann gehört.»

Sie schien weder überrascht noch beunruhigt darüber, dass er selber nichts dabei hatte. Dicht bei dem viktorianischen Kamin war ein Elektroöfchen angeschlossen. Bevor sie ging, bückte sie sich und schaltete es aus, und er begriff, dass sie bei ihren gewiss niedrigen Preisen nicht auch noch Heizung für die ganze Nacht bieten konnte. Aber die brauchte er auch gar nicht. Kaum hatte sie die Tür hinter sich geschlossen, da riss er sich auch schon die Kleider vom Leib, schlug die Bettdecke zurück und schlüpfte hinein in Wärme, Behaglichkeit und Vergessen.

Das Frühstück am nächsten Morgen wurde im Erdgeschoss im Speisezimmer an der Straßenseite serviert. Jeder der fünf Tische trug ein blütenweißes Tischtuch und eine kleine Vase mit künstlichen Blumen, doch er war der einzige Gast.

Der Raum mit seiner gähnenden Leere, der aussah, als würde hier mehr versprochen als man halten könne, weckte blitzartig die Erinnerung an seine letzten gemeinsamen Ferien mit den Eltern. Er war elf Jahre alt gewesen, und sie hatten eine Woche in Brighton in einer Bed-and-Breakfast-Pension auf den Klippen Richtung Kemp Town verbracht. Es hatte fast jeden Tag geregnet, und seine Erinnerung an diese Ferien bestand hauptsächlich aus dem Geruch nasser Regenmäntel. Tagein, tagaus hatten sie zu dritt in einem Unterstand gekauert und auf das wogende graue Meer hinausgestarrt, oder sie waren auf der Suche nach erschwinglicher Unterhaltung durch die Straßen geirrt, bis es halb sieben war und sie zum Abendessen in die Pension zurückkehren konnten. Sie hatten in einem Raum wie diesem hier gegessen, lauter Familien, die es nicht gewohnt waren, sich bedienen zu lassen, und die in stummer, verlegener Geduld ausharrten, bis die ostentativ gute Laune verbreitende Besitzerin erschien und reich beladene Tabletts mit Fleisch und zwei Gemüsen auftrug. Theo war die ganzen Ferien über schlecht gelaunt gewesen und hatte sich gelangweilt. Jetzt kam ihm zum ersten Mal zu Bewusstsein, wie wenig Freude seine Eltern in ihrem Leben gehabt hatten und wie wenig er, ihr einziges Kind, zu diesem kümmerlichen Schatz beigetragen hatte.

Die Frau bediente ihn geflissentlich, servierte ein komplettes Frühstück mit Schinken, Eiern und Bratkartoffeln und schwankte offensichtlich zwischen dem Wunsch, ihm zuzusehen, wie er es sich schmecken ließ, und der Einsicht, dass es ihm lieber wäre, allein zu essen. Er aß rasch, denn er hatte es eilig, fortzukommen.

Beim Bezahlen sagte er: «Es war nett von Ihnen, mich aufzunehmen, einen einzelnen Herrn ganz ohne Gepäck. Manch einer hätte da gewiss gezögert.»

«Nicht doch, ich habe mich kein bisschen über Ihr Erscheinen gewundert. Und ich hatte auch keine Angst. Sie waren die Antwort auf mein Gebet.»

«Ich glaube, das hat noch nie jemand von mir gesagt.»

«Aber es ist die Wahrheit. Ich hatte seit vier Monaten keinen Gast mehr und da fühlt man sich allmählich so nutzlos. Es gibt nichts Schlimmeres, als sich nutzlos zu fühlen, wenn man alt ist. Also habe ich gebetet, dass Gott mir sagen möge, was ich tun soll, ob es einen Sinn hat, weiterzumachen. Und er schickte Sie. Ich habe immer die Erfahrung gemacht: Wenn man wirklich in der Klemme steckt, vor Problemen steht, die einem über den Kopf zu wachsen drohen, dann muss man bloß fragen und er antwortet. Finden Sie nicht auch?»

«Nein», sagte er, während er die Münzen abzählte, «nein, die Erfahrung habe ich leider nicht gemacht.»

Sie fuhr fort, als hätte sie ihn gar nicht gehört: «Ich weiß natürlich, dass ich über kurz oder lang doch schließen muss. Das Städtchen stirbt langsam vor sich hin. Wir sind nicht als

Bevölkerungszentrum ausgewiesen. Deshalb kommen die frisch Pensionierten nicht mehr her, und die Jungen ziehen fort. Aber wir werden's schon schaffen. Der Warden hat ja versprochen, dass zum Ende für alle gesorgt werden wird. Ich nehme an, man wird mich in eine kleine Wohnung in Norwich umquartieren.»

Er dachte: Ihr Gott sorgt für den gelegentlichen Übernachtungsgast, aber wenn es ums Wesentliche geht, dann verlässt sie sich auf den Warden. Einer plötzlichen Eingebung folgend fragte er: «Haben Sie gestern den Quietus gesehen?»

«Quietus?»

«Na den, der hier stattfand. Die Boote am Pier.»

Sie entgegnete mit fester Stimme: «Ich glaube, Sie müssen sich irren, Mr Faron. Es gab keinen Quietus. Mit so was haben wir in Southwold nichts zu schaffen.»

Auf einmal spürte er, dass sie ihn jetzt ebenso rasch loswerden wollte, wie es ihn drängte fortzukommen. Er bedankte sich nochmals. Sie hatte ihm ihren Namen nicht genannt und er fragte nicht danach. Er war versucht zu sagen: «Ich habe mich hier sehr wohl gefühlt. Ich muss einmal wiederkommen und ein paar Tage bei Ihnen Ferien machen.» Aber er wusste, dass er nicht wiederkommen würde, und ihrer Freundlichkeit war er mehr schuldig als eine Höflichkeitslüge.

10. Kapitel

Am nächsten Morgen schrieb er das Wort JA auf eine Postkarte, faltete sie akkurat und sorgsam und fuhr eigens noch einmal mit dem Daumen über den Falz. Ohne zu wissen warum, erschien ihm die Niederschrift dieser zwei Buchstaben verhängnisvoll, wie eine Verpflichtung zu mehr als dem versprochenen Besuch bei Xan.

Kurz nach zehn machte er sich über die enge, kopfsteingepflasterte Pusey Lane auf den Weg zum Museum. Der einzige Dienst habende Aufseher saß wie üblich an einem Holztisch gegenüber der Tür. Es war ein sehr alter Mann und er schlief fest. Sein hoch gewölbter, braun gefleckter Kopf, gespickt mit grauen Haarborsten, ruhte auf dem rechten Arm, der angewinkelt auf der Tischplatte lag. Seine linke Hand sah aus wie mumifiziert, ein Bündel Knochen, lose zusammengehalten von einem tüpfeligen Handschuh aus gesprenkelter Haut. Dicht daneben lag ein aufgeschlagenes Tagebuch, Platos *Theaitetos*. Der Alte war also vermutlich ein Gelehrter, einer aus der Schar der Ehrenamtlichen, die sich reihum als Kustoden zur Verfügung stellten, damit das Museum nicht zu schließen brauchte. Seine Anwesenheit, ob schlafend oder wachend, war freilich unnötig, denn niemand würde es riskieren, um der paar Schaumünzen in den Vitrinen willen auf die Isle of Man verbannt zu werden; und wer könnte oder würde schon die Siegesgöttin von Samafaya oder die Flügel der Nike von Samothrake fortschleppen?

Theo hatte Geschichte studiert, und doch war es Xan gewesen, der ihn ins Cast-Museum einführte, leichtfüßig, beschwingt und erwartungsfroh wie ein Kind mit einem neuen

Spielzimmer, das stolz seine Schätze vorzeigt. Auch Theo war dem Zauber der Sammlung verfallen. Aber selbst bei Museen hatten sie jeder einen anderen Geschmack. Xan begeisterte sich für die Strenge und die ernsten, unbewegten Gesichter der frühklassischen Jünglingsstatuen im Erdgeschoss. Theo verweilte lieber im unteren Saal bei den Zeugnissen des weicheren und fließenderen Hellenismus. Nichts, stellte er fest, hatte sich hier verändert. Gipsmodelle und Statuen standen aufgereiht im Licht der hohen Fenster wie der zusammengepferchte Ballast einer ausgedienten Zivilisation, armlose Torsi mit feierlicher Miene, arrogantem Mund und zierlich frisierten Locken über der bekränzten Stirn, augenlose Götter, die verstohlen lächelten, als wüssten sie um eine Wahrheit, die schwerer wog als die Scheinbotschaft dieser steinkalten Glieder: dass nämlich Zivilisationen kommen und gehen, der Mensch aber bleibt.

Soweit Theo wusste, hatte Xan das Museum nach Verlassen der Universität nie mehr besucht, für Theo aber war es mit den Jahren zu einer Zufluchtsstätte geworden. In jenen furchtbaren Monaten nach Natalies Tod und dem Umzug in die St. John Street hatte er hier willkommenen Schutz gefunden vor dem Schmerz und der Ablehnung durch seine Frau. Hier konnte er auf einem dieser harten, zweckmäßigen Stühle sitzen und in der Stille, in die nur selten eine menschliche Stimme drang, ungestört lesen oder nachdenken. Wohl besuchten von Zeit zu Zeit Schulkinder in kleinen Gruppen oder einzelne Studenten das Museum, aber dann klappte er jedes Mal sein Buch zu und ging. Die besondere Atmosphäre, die der Ort für ihn barg, stellte sich nur ein, wenn er allein war. Er tat nicht gleich, was er zu tun gekommen war, sondern machte erst einen Rundgang durchs Museum, teils in dem fast abergläubischen Gefühl, sich sogar an diesem stillen, menschenleeren Ort wie ein zufälliger Besucher geben zu müssen, teils aus dem Bedürfnis heraus, seine alten Lieblinge wieder zu treffen und zu sehen, ob sie ihn noch rühren konnten; der attische Grabstein einer jungen Mutter aus dem vierten vorchristlichen Jahrhundert, der Diener mit dem Wickelkind im Arm, der Leichenstein eines kleinen Mädchens mit seinen Tauben, Leid und Trauer, die über fast drei Jahrtausende hinweg zu ihm sprachen. Er schaute, er besann und erinnerte sich.

Als er wieder ins Erdgeschoss hinaufkam, sah er, dass der Wärter noch immer schlief. Der Kopf des Diadomenos war noch an seinem Platz in der ebenerdigen Galerie, aber sein Anblick bewegte ihn nicht mehr so wie vor zweiunddreißig Jahren, als er ihn zum ersten Mal gesehen hatte. Jetzt war es ein Vergnügen auf intellektuelle Distanz; damals hatte er mit dem Finger über die marmorne Stirn gestrichen und die Linie von der Nase bis zum Hals nachgezeichnet, trunken von jener Mischung aus Ergriffenheit, Ehrfurcht und Erregung, die große Kunst in jenen schwärmerischen Tagen immer in ihm hervorrufen konnte.

Er zog die zusammengefaltete Postkarte aus der Tasche und schob sie so zwischen Marmorsockel und Sims, dass der Rand für ein scharfes, suchendes Auge gerade noch sichtbar war. Wen Rolf auch immer schicken mochte, um sie abzuholen, der- oder diejenige würde sie mit einem Fingernagel, einer Münze oder einem Bleistift herausangeln können. Theo hatte keine Bedenken, dass andere die Karte finden könnten, und wenn doch, dann würden sie mit der Nachricht nichts anfangen können. Als er sich vergewisserte, ob der Kartenrand auch wirklich sichtbar sei, beschlich ihn unversehens wieder jenes Gefühl, halb Ärger, halb Verlegenheit, das er zum ersten Mal in der Kirche in Binsey gespürt hatte. Aber die Überzeugung, dass er ungewollt in ein ebenso lächerliches wie aussichtsloses Unternehmen hineingeschlittert sei, war jetzt nicht mehr so stark. Stärker waren die Bilder vor seinem inneren Auge: Hildas Körper, der halb nackt in der Brandung trieb, die erbärmlich wimmernde Prozession auf der Mole, die Waffe, die dumpf krachend auf einen Schädelknochen niedersauste. Vor diesem Hintergrund erhielt selbst das kindischste Spiel Würde und Bedeutung. Er brauchte bloß die Augen zu schließen, schon hörte er wieder das Dröhnen der Flutwelle, den langen Seufzer, mit dem sie verebbte.

In der selbst gewählten Rolle des Beobachters in den Kulissen lebte es sich ziemlich sicher und man lief kaum Gefahr, sich zu blamieren, aber es gab Gräueltaten, angesichts derer einem keine andere Wahl blieb, als auf die Bühne hinauszutreten. Er würde zu Xan gehen. Und sein Motiv? War seine Empörung über den furchtbaren Quietus am Ende schwächer als der Gedanke an die eigene Demütigung, an den sorgfältig gezielten Schlag und daran, wie man seinen Körper über den Strand geschleift und hingeworfen hatte wie einen lästigen Leichnam?

Als er auf dem Weg zum Ausgang am Tisch des Wärters vorbeikam, erwachte der Alte und setzte sich auf. Vielleicht war das Geräusch der Schritte in sein schlafendes Hirn gedrungen und hatte ihn ermahnt, seine Pflichten nicht zu vernachlässigen. Erschrocken, ja fast entsetzt blickte er Theo an. Und der erkannte ihn. Es war Digby Yule, ein Emeritus für Klassische Philologie vom Merton-College.

Theo stellte sich vor. «Freut mich, Sie wiederzusehen, Sir. Wie geht es Ihnen?»

Die Frage schien Yules Nervosität noch zu steigern. Er begann unkontrolliert mit der Rechten auf die Tischplatte zu trommeln. «Oh, sehr gut», sagte er, «ja, sehr gut, danke, Faron. Ich komme wirklich gut zurecht. Ich besorge meinen Haushalt selbst, wissen Sie. Ich wohne möbliert, gleich bei der Iffley Road um die Ecke, aber ich komme sehr gut zurecht. Ich besorge meinen Haushalt ganz allein. Die Wirtin ist keine sehr umgängliche Frau – na ja, sie hat ihre eigenen Probleme –, aber ich falle ihr nicht zur Last. Ich falle überhaupt niemandem zur Last.»

Wovor hat er denn solche Angst? dachte Theo. Fürchtet er die heimliche Meldung an die SSP, dass hier wieder ein Bürger anfängt, anderen zur Last zu fallen? Theos Sinne schienen mit einem Mal unnatürlich geschärft. Er roch das Desinfektionsmittel, das im Raum schwebte, sah die Seifenschaumflocken an Yules Bartstoppeln und Kinn und auch, dass der Zentimeter Hemdmanschette, der aus dem abgetragenen Jackenärmel vorlugte, sauber, aber ungebügelt war. Und dann fiel ihm ein, dass es ihm freistand zu sagen: «Wenn Sie sich in Ihrer jetzigen Wohnung nicht wohl fühlen, bei mir in der St. John Street ist viel Platz. Ich lebe nämlich inzwischen allein. Es wäre schön für mich, wenn ich Gesellschaft hätte.»

Aber er sagte sich energisch, dass das ganz und gar nicht schön wäre, dass der alte Mann sein Angebot als ebenso anmaßend wie herablassend empfinden würde, dass er mit den Treppen nicht zurechtkäme, diesen praktischen Treppen, die ihn von der Pflicht der Nächstenliebe entbanden. Hilda hätte die Treppen auch nicht geschafft. Aber Hilda war tot.

Yule sagte unterdessen: «Ich komme bloß zweimal die Woche her. Montags und freitags, wissen Sie. Ich vertrete einen Kollegen. Es tut gut, eine nützliche Beschäftigung zu haben und die Stille hier gefällt mir, eine ganz besondere Stille, wie Sie sie in keinem anderen Gebäude in Oxford wiederfinden.»

Theo dachte: Vielleicht wird er friedlich an seinem Tisch hier sterben. Wo könnte er es wohl besser treffen? Und dann hatte er eine Vision von dem alten Mann, der immer noch dort an seinem Tisch saß, indes der letzte Aufseher die Tür abschloss und verriegelte und endlose Jahre ungebrochener Stille verstrichen, bis der schmächtige Körper endlich vertrocknet oder verfault war unter dem Marmorblick dieser leeren, blinden Augen.

11. Kapitel

Dienstag, 9. Februar 2021

Heute habe ich Xan zum ersten Mal seit drei Jahren wiedergesehen. Den Termin bekam ich ohne Schwierigkeiten, auch wenn nicht sein Gesicht auf dem Bildtelefon erschien, sondern das eines seiner Assistenten, eines Grenadiers mit Sergeantenstreifen. Xan wird von einer kleinen Schar seiner Privatarmee bewacht, bekocht, chauffiert, umsorgt; Sekretärinnen, persönliche Assistentinnen, Haushälterin oder Köchin hat es am Hof des Warden nie gegeben. Ich habe mich lange gefragt, ob das eine Vorsichtsmaßnahme sei, um Gerüchten vorzubeugen, oder ob die Loyalität, die Xan fordert, eben zu deutlich maskulin geprägt ist: hierarchisch, bedingungs- und emotionslos.

Er schickte mir einen Wagen. Ich sagte dem Grenadier, dass ich lieber im eigenen Auto nach London fahren würde, aber er entgegnete nur mit ruhiger Entschiedenheit: «Der Warden wird Ihnen einen Wagen mit Chauffeur schicken, Sir. Man wird Sie um neun Uhr dreißig abholen.»

Aus irgendeinem Grund hatte ich angenommen, dass es immer noch George sein würde, der damals, während meiner Zeit als Xans Berater, mein Fahrer gewesen war. Ich mochte George. Er hatte ein fröhliches, sympathisches Gesicht mit abstehenden Ohren, einem großen Mund und einer ziemlich breiten Stupsnase. Er sprach selten und auch dann nur, wenn ich die Unterhaltung begann. Ich vermutete dahinter eine Vorschrift, die für alle Chauffeure galt. Aber George vermittelte so etwas wie Wohlwollen, vielleicht sogar Anerkennung (wenigstens bildete ich mir das ein), ein Gefühl, das unsere gemeinsamen Fahrten zu einer angstfreien

Verschnaufpause zwischen den frustrierenden Ratssitzungen und dem Elend daheim machte. Der Fahrer heute jedoch war drahtiger, sah fesch und draufgängerisch aus in seiner offenbar neuen Uniform, und die Augen, die den meinen begegneten, verrieten nichts, nicht einmal Abneigung.

«Fährt George nicht mehr?», fragte ich ihn.

«George ist tot, Sir. Ein Unfall auf der A4. Mein Name ist Hedges. Ich werde Sie beide Strecken fahren.»

Es war schwer, sich George, diesen erfahrenen und vorsichtigen Chauffeur, in einen tödlichen Unfall verwickelt vorzustellen, aber ich fragte nicht weiter, denn irgendein Instinkt sagte mir, dass es erstens unklug wäre und dass ich zweitens ohnehin keine befriedigende Auskunft bekäme.

Es hatte keinen Zweck, die bevorstehende Unterredung zu proben oder darüber zu spekulieren, wie Xan mich nach dreijähriger Funkstille empfangen würde. Wir hatten uns nicht in Zorn oder Bitterkeit getrennt, aber ich wusste, dass mein Schritt damals in seinen Augen unentschuldbar gewesen war. Nun fragte ich mich, ob er auch unverzeihlich sei. Xan war es gewohnt, seinen Willen durchzusetzen. Er hatte mich an seiner Seite haben wollen und ich war abtrünnig geworden. Doch jetzt hatte er einem Treffen mit mir zugestimmt. In weniger als einer Stunde würde ich wissen, ob er den Bruch zwischen uns als endgültig betrachtete. Ich fragte mich, ob er im Staatsrat etwas von meinem Audienzgesuch hatte verlauten lassen. Ich hatte weder den Wunsch noch rechnete ich damit, jemanden vom Staatsrat wiederzusehen – dieser Lebensabschnitt ist für mich vorbei –, aber ich dachte doch an sie, die Mitglieder dieses Gremiums, während der Wagen zügig, fast geräuschlos Richtung London brauste.

Es sind ihrer vier. Martin Woolvington, verantwortlich für Industrie und Produktion; Harriet Marwood, zuständig für Gesundheit, Sport und Wissenschaft; Felicia Rankin, federführend für die Innenpolitik, eine Art Gemischtwarenladen, zu dem unter anderem die Ressorts Wohnungsbau und Verkehrswesen gehören; und endlich Carl Inglebach, Minister für Justiz und Staatssicherheit. Die Abgrenzung der Geschäftsbereiche dient freilich weniger dazu, Autoritäten abzustecken, als die Arbeitsaufteilung in der Praxis zu erleichtern. Solange ich an den Sitzungen teilnahm, wurde jedenfalls niemand daran gehindert, sich auf das Interessengebiet eines Kollegen vorzuwagen, und Entscheidungen traf ohnehin der Gesamtrat durch Mehrheitsbeschluss. Ich als Xans Berater war nicht stimmberechtigt. War es, so fragte ich mich jetzt, diese demütigende Außenseiterstellung, die mir, mehr als die Einsicht in die eigene Ohnmacht, mein Amt verleidet hatte? Einfluss ist kein gleichwertiger Machtersatz.

Dass Martin Woolvington dem Warden überaus nützlich ist und dass er seinen Sitz im Rat verdient, steht inzwischen außer Zweifel, ja seit meinem Ausscheiden muss seine Stellung sich noch gefestigt haben. Er ist derjenige, mit dem Xan am vertrautesten verkehrt und den er wahrscheinlich noch am ehesten als seinen Freund bezeichnen könnte. Die beiden haben als Subalternoffiziere im selben Regiment gedient, und Woolvington war in Xans Staatsrat ein Mann der ersten Stunde. «Industrie und Produktion« zählt zu den gewichtigsten Portefeuilles, umfasst es doch neben Agrarwesen, Nahrungs- und Energiewirtschaft auch das Arbeitsministerium. In einem als hochintelligent gerühmten Gremium wie dem Staatsrat hatte mich Woolvingtons Ernennung zunächst überrascht. Aber er ist nicht dumm; die britische Armee hat schon lange vor den neunziger Jahren aufgehört, Dummheit bei ihren Kommandeuren hoch zu schätzen, und Martin hat sich seinen Platz durch praktische, nicht intellektuelle Intelligenz und außergewöhnlichen Arbeitsfleiß mehr als verdient. Im Rat sagt er nur wenig, aber seine Beiträge sind dafür stets treffend und durchdacht. Xan kann sich seiner Ergebenheit absolut sicher sein. Während der Sitzungen war er damals im Übrigen der einzige, der Männchen malte. Für mich sind solche Kritzeleien immer ein erstes Anzeichen für Stress gewesen, ein Vorwand für Leute, die ihre Hände nicht ruhig halten können oder die Angst vor Blickkontakt haben, aber Martins Gekritzel hatte mit alledem nichts zu tun. Bei ihm hatte man einfach den Eindruck, dass Zeitverschwendung ihm ein Gräuel sei. Er konnte mit halbem Ohr zuhören und nebenher seine Schlachtlinien skizzieren, seine Manöver planen und seine schmucken Spielzeugsoldaten, meist in der Uniform der napoleonischen Kriege, aufs Papier werfen. Wenn er ging, ließ er seine Zeichnungen auf dem Tisch liegen, und ich war oft verblüfft über ihre Detailtreue und Kunstfertigkeit. Ich mochte ihn recht gut leiden, denn er war immer höflich und ließ nie etwas von der unterschwelligen Voreingenommenheit gegen mich erkennen, die ich, krankhaft empfindlich für Stimmungen, bei allen anderen zu spüren meinte. Aber ich hatte nie das Gefühl, ihn zu verstehen, und ich bezweifle, dass es ihm je in den Sinn kam, mich verstehen zu wollen. Wenn der Warden mich als Berater dabei haben wollte, dann genügte ihm das vollauf. Martin Woolvington ist kaum mehr als mittelgroß und hat blondes, weniges Haar und ein empfindsames, ansprechendes Gesicht, das mich sehr an einen Filmstar aus den dreißiger Jahren, nämlich Leslie Howard, erinnerte, oder vielmehr an ein Foto von ihm, das ich einmal gesehen hatte. Die Ähnlichkeit, einmal entdeckt, tat ihre Wirkung, und ich dichtete Martin eine Empfindsamkeit und Gefühlsintensität an, die seinem durch und durch pragmatischen Wesen völlig fremd sind.

Felicia Rankins ist eine Person, in deren Gegenwart ich nie unbefangen sein konnte. Falls Xan eine Frau im Rat haben wollte, die sowohl jung als auch eine renommierte Anwältin war, dann hätten ihm bestimmt auch weniger kratzbürstige Kandidatinnen zur Auswahl gestanden. Ich habe nie begreifen können, wie er ausgerechnet auf Felicia gekommen ist. Gewiss, sie ist eine außergewöhnliche Erscheinung. Auf Fotos oder im Fernsehen sieht man sie immer nur im Profil, und aus dieser Perspektive erweckt sie den Eindruck einer kühlen, schablonenhaften Schönheit mit ihren klassischen Zügen, den hohen gewölbten Brauen, dem blonden Haar, das sie im Nacken zum Knoten geschlungen trägt. En face gesehen, verschwindet freilich die Symmetrie. Dann könnte man meinen, ihr Gesicht sei aus zwei völlig verschiedenen Hälften geformt, die, so reizvoll sie einzeln sind, zusammengefügt ein Zerrbild ergeben, das bei gewisser Beleuchtung beinahe entstellt wirkt. Das rechte Auge ist größer als das linke, die Stirn darüber wölbt sich leicht vor, das rechte Ohr ist größer als sein Pendant. Trotzdem, ihre Augen sind bemerkenswert, sehr groß mit einer klaren, grauen Iris. Wenn ihr Gesicht dann und wann ganz entspannt war und ich in diese Augen blickte, habe ich mich immer gefragt, was es wohl für ein Gefühl sein mag, wenn man nur um Haaresbreite und doch gleich so verheerend um seine Schönheit betrogen wird. Manchmal, während einer Sitzung, konnte ich den Blick nicht von ihr lösen, und dann wandte sie ganz plötzlich den Kopf und ertappte mich, so hastig ich auch die Lider senkte, mit ihren verächtlichen Argusaugen. Jetzt fragte ich mich, wie sehr meine krankhafte Fixierung auf ihr Äußeres unsere gegenseitige Antipathie wohl geschürt haben mochte.

Harriet Marwood, mit achtundsechzig das älteste Ratsmitglied, verwaltet die Ressorts Wissenschaft, Gesundheit und Sport, aber ihre eigentliche Funktion im Staatsrat war mir schon nach der ersten gemeinsamen Sitzung klar und wird mittlerweile im ganzen Land durchschaut. Harriet ist die weise Stammesälteste, jedermanns Großmutter, beruhigend, tröstend, immer zur Stelle, wenn man sie braucht. Sie hält an ihrem veralteten Moralkodex fest und geht selbstverständlich davon aus, dass die Enkel sich fügen werden. Wenn sie auf dem Bildschirm erscheint, um die neuesten Vorschriften zu erklären, dann muss man ganz einfach glauben, dass bei uns alles zum Besten steht. Sie könnte ein Gesetz, das den Selbstmord weltweit vorschreibt, äußerst vernünftig erscheinen lassen; ich vermute, das halbe Land würde es unverzüglich befolgen. Harriet verkörpert die Weisheit des Alters, zuverlässig, kompromisslos, fürsorglich. Vor Omega leitete sie ein Mädchenpensionat. Sie war eine leidenschaftliche Lehrerin, die auch als Rektorin weiter die sechste Klasse unterrichtete. Viel lieber freilich hätte sie die jüngeren Schüler behalten, und für die Kompromissbereitschaft, mit der ich in die Erwachsenenbildung übergewechselt war, um fortan gelangweilte Schüler mittleren Alters mit volkstümlicher Geschichte und noch volkstümlicherer Literatur zu füttern, empfand sie immer nur Verachtung. Die Energie und der Enthusiasmus, die sie als junge Frau dem Lehrberuf widmete, kommen jetzt dem Staatsrat zugute. Dessen Mitglieder sind ihre Schüler, ihre Kinder, und das Gleiche lässt sich, in einem erweiterten Sinne, aufs ganze Land übertragen. Ich vermute, dass Xan noch andere, mir verborgene Fähigkeiten an ihr entdeckt hat, die er sich zunutze macht. Nicht nur deshalb halte ich sie für äußerst gefährlich.

Leute, die sich die Mühe machen, über die Persönlichkeiten des Staatsrats nachzudenken, sagen, dass Carl Inglebach dessen eigentlicher geistiger Führer ist, dass die brillante Planung und Verwaltung der straff geknüpften Organisation, die das Land zusammenhält, in diesem hoch gewölbten Kopf entworfen werde und der Warden of England ohne sein administratives Genie verloren sei. Das sind die Art Sprüche, die über die Mächtigen kursieren, und Carl hat vielleicht selbst dazu beigetragen, auch wenn ich das bezweifle. Ihn lässt die öffentliche Meinung kalt. Sein schlichtes Kredo lautet: Es gibt Dinge, an denen sich nichts ändern lässt, und wer das nicht einsieht, vergeudet bloß seine Zeit. Und dann gibt es Dinge, die man sehr wohl ändern sollte, und wenn man sich dazu einmal durchgerungen hat, dann darf man sich durch kein Zögern und keine Nachsicht mehr beirren lassen. Carl ist der Unheimlichste im Staatsrat und, nach dem Warden, der Mächtigste.

Ich sprach nicht mit meinem Fahrer, bis wir zum Kreisverkehr von Shepherd's Bush kamen. Da beugte ich mich vor, klopfte an die Trennscheibe und sagte: «Seien Sie doch so freundlich und fahren Sie durch den Hyde Park. Dann den Constitution Hill hinunter und über den Birdcage Walk, bitte.»

Ohne den Kopf zu bewegen, antwortete er mit tonloser Stimme. «Das, Sir, ist die Route, die zu fahren der Warden mir aufgetragen hat.»

Wir fuhren am Palast vorbei. Die Fensterläden waren geschlossen, der Fahnenmast verwaist, die Wachhäuschen standen leer, die großen Tore waren verriegelt. Der St. James's Park sah ungepflegter aus als bei meinem letzten Besuch. Er gehört aber zu den Anlagen, deren Instandhaltung der Staatsrat angeordnet hat, und tatsächlich mühte sich in der Ferne eine Gruppe von Gestalten in den gelb-braunen Overalls der Zeitgänger damit, Abfall einzusammeln und die Ränder der noch kahlen Blumenbeete auszuputzen. Eine fahle Wintersonne beschien den Spiegel des Sees, von dem sich das glänzende Gefieder zweier Mandarinenten wie bemaltes Spielzeug abhob. Am Boden unter den Bäumen lag noch, wie feines Pulver, der Schnee der vergangenen Woche, und ich sah interessiert, aber ohne Herzklopfen, dass auf einem näher zur Straße gelegenen weißen Fleckchen die ersten Schneeglöckchen aus der Erde lugten.

Auf dem Parliament Square herrschte kaum Verkehr, und die schmiedeeisernen Tore vor dem Eingang zu Westminster Palace waren geschlossen. Hier tritt einmal im Jahr das Parlament zusammen, dessen Mitglieder von den Bezirks- und Landesräten gewählt werden. Das Parlament debattiert nicht über Gesetzesvorlagen und erlässt auch keine Gesetze. Großbritannien wird auf dem Verordnungswege regiert, vom Rat von England. Offizielle Aufgabe des Parlaments ist es dagegen, zu diskutieren, zu beraten, Informationen auszuweiten und Empfehlungen auszusprechen. Jedes der fünf Mitglieder des Staatsrats erstattet persönlich seinen Bericht, den die Medien als Jahresansprache an die Nation apostrophiert haben.

Die Sitzungsperiode dauert nur einen Monat, und die Tagesordnung wird vom Rat selbst vorgegeben; die Diskussionsthemen sind unverfänglich. Resolutionen mit einer Zweidrittelmehrheit gehen an den Staatsrat, der sie je nach Gutdünken ablehnen oder annehmen kann. Das System ist dankenswert einfach und vermittelt dem Volk die Illusion von Demokratie, einem Volk, das nicht mehr die Energie hat, sich darum zu kümmern, wie oder von wem es regiert wird, solange es nur bekommt, was der Warden versprochen hat: Befreiung von der Angst, Befreiung von der Langeweile.

In den ersten Jahren nach Omega eröffnete der bis heute ungekrönte König das Parlament mit dem ganzen althergebrachten Pomp, aber er fuhr durch fast leere Straßen. Dieser König ist von einem mächtigen Symbol für Kontinuität und Tradition zum unbrauchbaren, archaischen Mahnmal dessen geworden, was wir verloren haben. Das Parlament eröffnet er immer noch, aber jetzt in aller Stille. Er erscheint im Straßenanzug und schleicht sich fast unbemerkt nach London hinein und wieder heraus.

Ich kann mich an ein Gespräch erinnern, das Xan und ich nur eine Woche, bevor ich von meinem Amt zurücktrat, führten: «Warum lässt du den König nicht endlich krönen? Ich dachte, es käme dir so sehr darauf an, den Normalzustand zu bewahren.»

«Was hätte das für einen Sinn? Die Leute interessiert so was nicht mehr. Sie wären bloß verärgert über die hohen Kosten für eine längst sinnentleerte Zeremonie.»

«Man hört kaum mehr etwas von ihm. Wo ist er eigentlich? Steht er unter Hausarrest?»

Xan hatte sein typisches leises Lachen angestimmt. «Aber nicht doch! Vielleicht Palast- oder Schlossarrest, wenn du's denn so nennen willst. Er kann sich wirklich nicht beklagen. Im Übrigen glaube ich nicht, dass die Erzbischöfin von Canterbury bereit wäre, ihn zu krönen.»

Und ich weiß auch noch, was ich darauf geantwortet habe:

«Das ist kaum verwunderlich. Du wusstest ja, als du Margaret Shivenham in Canterbury einsetztest, dass sie eine glühende Republikanerin ist.»

Gleich hinter dem Parkgitter marschierte eine Gruppe von Flagellanten im Gänsemarsch über den Rasen. Sie waren von den Schultern bis zur Taille nackt und trugen selbst im kalten Februar nichts als einen gelben Lendenschurz und Sandalen an den bloßen Füßen. Im Gehen schwangen sie geflochtene, mit Gewichten beschwerte Peitschen und schlugen damit auf ihre schon blutenden Rücken ein. Selbst durch das geschlossene Autofenster konnte ich das Pfeifen des Leders hören und das Klatschen der Riemen auf nacktem Fleisch. Ich schaute auf den Hinterkopf des Chauffeurs, den Halbmond tadellos kurz geschnittenen dunklen Haars unter der Mütze, das Muttermal über dem Kragen, das meinen Blick irritierenderweise fast die ganze stumme Fahrt lang gefesselt hatte.

Jetzt sagte ich, entschlossen, ihm eine Antwort zu entlocken. «Ich dachte, diese Art öffentlicher Kasteíung sei verboten worden.»

«Nur auf öffentlichen Straßen und Gehwegen, Sir. Wahrscheinlich denken sie, es sei ihr gutes Recht, durch den Park zu laufen.»

Ich fragte: «Finden Sie dieses Spektakel nicht anstößig? Ich nehme doch an, dass die Flagellanten deshalb Auftrittsverbot bekamen, weil die Leute kein Blut sehen wollen.»

«Ich finde es lächerlich, Sir. Wenn es einen Gott gibt, und wenn er meint, er hat genug von uns, dann wird er sich das nicht anders überlegen, bloß weil eine Bande von Versagern sich gelb ankaspert und winselnd durch den Park rennt.»

«Glauben Sie an ihn? Glauben Sie, dass es ihn gibt?»

Wir waren gerade beim ehemaligen Außenministerium vorgefahren. Ehe er ausstieg, um mir den Schlag zu öffnen, drehte der Chauffeur sich um und sah mir ins Gesicht. «Vielleicht ist sein Experiment wahnsinnig danebengegangen, Sir. Vielleicht ist er bloß ratlos. Sieht die Misere und weiß nicht, wie er sie in Ordnung bringen könnte. Vielleicht will er das auch gar nicht. Vielleicht reicht seine Macht bloß noch für den einen finalen Eingriff. Also entschied er sich für den. Ganz gleich, wer und was er ist, ich hoffe, er schmort in seiner eigenen Hölle.»

Er sprach mit ungewöhnlicher Bitterkeit, und dann erstarrte sein Gesicht wieder zur kalten, reglosen Maske. Er nahm Haltung an und öffnete den Wagenschlag.

12. Kapitel

Den Grenadier, der am Hauseingang Posten stand, erkannte Theo wieder. Er sagte: «Guten Morgen, Sir« und lächelte fast so, als wären seit ihrer letzten Begegnung nicht drei Jahre vergangen und Theo käme ganz wie gewohnt, um seinen angestammten Platz einzunehmen. Ein zweiter Grenadier, diesmal ein Unbekannter, trat vor und salutierte. Gemeinsam stiegen sie die reich verzierte Treppe hinauf.

Xan hatte Downing Street Number Ten sowohl als Amts- wie als Wohnsitz abgelehnt und sich statt dessen das ehemalige Außenministerium und Commonwealth-Gebäude mit Blick über den St. James's Park auserkoren. Hier hatte er im Obergeschoss eine Privatwohnung und da lebte er, wie Theo wusste, in einer geordneten und behaglichen Einfachheit, die sich nur mit viel Geld und Personal verwirklichen lässt. Das Zimmer an der Stirnseite des Hauses, vor fünfundzwanzig Jahren noch Büro des Außenministers, diente nun als Xans Arbeitszimmer und als Plenarsaal.

Ohne zu klopfen, öffnete der Grenadier die Tür und meldete Theo mit lauter Stimme an.

Er sah sich nicht nur Xan, sondern dem kompletten Staatsrat gegenüber. Sie saßen an ebendem kleinen ovalen Tisch, den er noch von früher kannte, aber alle an einer Seite und enger beisammen als sonst. Xan war in der Mitte, flankiert von Felicia und Harriet, dann Martin links außen und Carl ganz rechts. Ein einzelner freier Stuhl stand Xans Platz genau gegenüber. Das war ein raffinierter Trick, mit dem sie ihn verunsichern wollten, und im ersten Moment klappte das auch. Theos unwillkürliches Zögern in der Tür, der Anflug von Befangenheit und Ärger war den fünf wachsamen Augenpaaren garantiert nicht entgangen. Aber der Überraschungsschock setzte auch Wut frei, und das kam ihm zugute. Sie hatten die Initiative ergriffen, doch es gab keinen Grund, warum sie sie behalten sollten.

Xans Hände lagen entspannt, mit leicht gebogenen Fingern auf dem Tisch. Theo zuckte zusammen, als er den Ring erkannte, und wusste, dass er ihn wiedererkennen sollte. Er hätte sich auch kaum verbergen lassen. Xan trug am Mittelfinger seiner linken Hand den Krönungsring, sozusagen den Trauring Englands, den großen, brillantenumkränzten Saphir, gekrönt von einem Kreuz aus Rubinen. Xan sah auf den Ring hinunter, lächelte und sagte: «Harriets Idee. Er würde schauderhaft vulgär aussehen, wenn man nicht wüsste, dass er echt ist. Das Volk braucht nun mal seine Fetische. Aber keine Angst, ich habe nicht vor, mich von Margaret Shivenham in Westminster Abbey salben zu lassen. Ich könnte die Zeremonie wohl auch kaum mit dem gebotenen Ernst durchstehen. Die Gute sieht zu albern aus mit der Mitra. Gleichwohl, du denkst jetzt sicher, es gab einmal eine Zeit, wo ich diesen Ring nicht getragen hätte.»

Theo antwortete: «Eine Zeit, da du es nicht für nötig befunden hättest, ihn zu tragen.» Er hätte hinzufügen können: «Und schon gar nicht, mir einzureden, dass es Harriets Idee gewesen sei.»

Xan deutete auf den leeren Stuhl. Theo setzte sich und sagte: «Ich habe um eine vertrauliche Unterredung mit dem Warden of England gebeten, und soviel ich verstanden habe, ist mir die auch zugesichert worden. Ich bewerbe mich weder für ein Amt noch bin ich Kandidat einer mündlichen Prüfung.»

«Drei Jahre sind vergangen», sagte Xan, «seit wir uns das letzte Mal gesehen oder gesprochen haben. Wir dachten, du würdest dich freuen, alte – wie würdest du's nennen, Felicia? – Freunde, Kameraden, Kollegen wieder zu treffen.»

«Ich würde sagen Bekannte», versetzte Felicia kühl. «Ich

habe nie verstanden, worin genau Dr. Farons Beraterfunktion bestand, und seine dreijährige Abwesenheit hat da nicht erhellend gewirkt.»

Woolvington blickte von seinem Gekritzel auf. Der Rat tagte offenbar schon seit geraumer Zeit, denn er hatte bereits eine Kompanie Infanteristen beisammen. Er sagte: «Seine Funktion war nie klar definiert. Der Warden wollte ihn haben und was mich betrifft, mir hat das genügt. Soweit ich mich erinnere, hat er nicht viel beigesteuert, aber er hat uns auch nicht blockiert.»

Xan lächelte, doch das Lächeln erreichte seine Augen nicht. «Lassen wir die Vergangenheit ruhen. Willkommen im Club. Sag uns, was du zu sagen hast. Wir sind hier doch unter uns.» Aus seinem Mund klang die banale Floskel wie eine Drohung.

Es hatte keinen Sinn, um den heißen Brei herumzureden. Also sagte Theo: «Ich war letzten Donnerstag bei dem Quietus in Southwold. Was ich sah, war Mord. Die Hälfte der Kandidaten sah aus, als stünden sie unter Drogen, und diejenigen, die wussten, was vor sich ging, haben nicht alle freiwillig mitgemacht. Ich sah Frauen, die gewaltsam aufs Boot geschleppt und gefesselt wurden. Eine wurde am Strand zu Tode geprügelt. Sondern wir unsere Alten jetzt aus wie Merzvieh? Entspricht diese mörderische Parade dem Slogan des Staatsrats: Sicherheit, Komfort, Spaß? Nennen Sie das in Würde sterben? Kurz und gut, ich bin hier, weil ich dachte, Sie sollten wissen, was im Namen des Rats geschieht.»

Im Stillen sagte er sich: Ich bin zu hitzig. Ich bringe sie gegen mich auf, noch bevor ich richtig angefangen habe. Ich muss es ruhiger angehen.

Felicia ergriff das Wort: «Dieser eine Quietus war schlecht organisiert. Die Beamten verloren die Kontrolle. Ich habe schon einen Bericht angefordert. Es ist nicht auszuschließen, dass einige der Wachen ihre Kompetenzen überschritten haben.»

«Irgendwer hat seine Kompetenzen überschritten», wiederholte Theo. «War das nicht schon immer die Ausrede? Und warum brauchen wir eigentlich bewaffnete Wachen und Handschellen, wenn diese Menschen freiwillig in den Tod gehen?»

Mit mühsam gezügelter Ungeduld erklärte Felicia es noch einmal: «Dieser eine Quietus war schlecht organisiert. Man wird die Verantwortlichen zur Rechenschaft ziehen. Der Staatsrat nimmt Ihre Sorge zur Kenntnis, Ihre verständliche, ja lobenswerte Sorge. Ist das alles?»

Xan schien ihre Frage nicht gehört zu haben. «Wenn die Reihe an mir ist», sagte er, «dann gedenke ich, meine tödliche Kapsel gemütlich daheim im Bett zu schlucken, und das möglichst allein, ohne Zeugen. Ich habe den Sinn des Quietus nie recht begreifen können, auch wenn Sie offenbar sehr viel davon halten, Felicia.»

Felicia entgegnete: «Zu Anfang waren es Spontanaktionen. An die zwanzig Achtzigjährige in einem Heim in Sussex organisierten eine Busfahrt nach Eastbourne und sprangen Hand in Hand von den Beachy-Head-Klippen. Das wurde dann regelrecht Mode, bis schließlich ein oder zwei Gemeinderäte dachten, man sollte dem offensichtlichen Bedürfnis Rechnung tragen und die Sache richtig organisieren. Der Sprung von der Klippe ist möglicherweise ein bequemer Ausweg für die alten Leute, aber an irgendwem bleibt hinterher die unangenehme Aufgabe hängen, die Leichen fortzuschaffen. Ich glaube sogar, ein oder zwei waren damals gar nicht gleich tot. Es war eine rundum unappetitliche und unbefriedigende Angelegenheit. Es ist entschieden sinnvoller, die Alten aufs Meer hinauszuschaffen.»

Harriet beugte sich vor. Ihre Stimme klang überzeugend, was sie sagte, plausibel: «Der Mensch braucht seine Rituale und er möchte jemanden bei sich haben, wenn es zu Ende geht. *Sie* haben die Kraft, allein zu sterben, Warden, aber die meisten Menschen finden es tröstlich, wenn ihnen jemand die Hand hält.»

«Der Frau, die ich gesehen habe», sagte Theo, «hat keiner die Hand gehalten außer mir, und auch das nur einen Sekundenbruchteil lang. Dafür kriegte sie eins mit der Pistole über den Schädel.»

Woolvington machte sich nicht die Mühe, von seinem Gekritzel aufzublicken. «Wir sterben alle allein», murmelte er. «Wir werden den Tod ertragen, wie wir einst die Geburt ertragen haben. Wir können weder die eine noch die andere Erfahrung mit jemandem teilen.»

Harriet Marwood wandte sich wieder an Theo: «Der Quietus ist natürlich ganz freiwillig. Wir beachten alle gebotenen Schutzmaßnahmen. Anwärter müssen ein Formular unterschreiben – in doppelter Ausführung, nicht wahr, Felicia?»

Felicia erwiderte schroff. «In dreifacher. Eine Kopie für den Kommunalrat, eine für die nächsten Angehörigen, damit sie das Blutgeld einfordern können. Das Original verbleibt beim Antragsteller und wird beim Besteigen der Barke eingezogen. Dann geht es ans Einwohnermeldeamt.»

«Wie du siehst», sagte Xan, «hat Felicia alles unter Kontrolle. War's das, Theo?»

«Nein. Da wäre noch die Sträflingskolonie auf Man. Wisst ihr eigentlich, was dort passiert? Es wird gemordet, gehungert, Recht und Ordnung sind völlig zusammengebrochen.»

«Wir wissen das», versetzte Xan. «Fragt sich nur, woher weißt du's?»

Theo antwortete nicht, aber sein geschärftes Bewusstsein reagierte auf die Frage mit einem deutlichen Warnsignal.

«Ich meine mich zu erinnern», sagte Felicia, «dass Sie seinerzeit in Ihrer etwas unklaren Funktion an der Sitzung teilnahmen, auf der wir die Gründung der Strafkolonie diskutierten. Sie erhoben keine Einwände, außer im Interesse der damaligen Inselbewohner, die wir aufs Festland umsiedeln wollten. Inzwischen ist das geschehen, und die Leute sind bequem und zu günstigen Bedingungen in den jeweils von ihnen bevorzugten Landesteilen untergebracht worden. Bis jetzt hat sich noch niemand beklagt.»

«Ich ging davon aus, dass die Kolonie korrekt geführt würde und dass die Grundvoraussetzungen für ein menschenwürdiges Leben vorhanden wären.»

«Sind sie auch. Obdach, Wasser und Saatgut für den Anbau von Nahrungsmitteln.»

«Ich ging ferner davon aus, dass die Kolonie polizeilich überwacht und verwaltet würde. Sogar im neunzehnten Jahrhundert, als man Sträflinge nach Australien deportierte, hatten die Kolonien einen Gouverneur, mal liberal, mal drakonisch, aber in jedem Fall verantwortlich für den Erhalt von Ruhe und Ordnung. Diese Kolonien wurden nicht auf Gedeih und Verderb den Stärksten und Kriminellsten unter den Sträflingen ausgeliefert.»

«Ach nein? Nun, das ist Ansichtssache», entgegnete Felicia. «Im Übrigen haben sich die Zeiten geändert. Sie kennen doch die Logik des Strafvollzugs. Wenn Menschen dafür sind, andere zu töten, zu berauben, zu terrorisieren, zu schänden und auszubeuten, dann lasst sie mit ihresgleichen leben. Wenn das die Gesellschaft ist, die sie haben wollen, bitte schön. Sofern noch ein Funke von Rechtschaffenheit in ihnen steckt, dann werden sie sich schon vernünftig einrichten und in Frieden miteinander leben. Wenn nicht, wird ihre Gesellschaft in genau das Chaos abrutschen, das sie anderswo so skrupellos anzetteln. Es liegt also ganz bei ihnen.»

«Und was den Gouverneur angeht», fiel Harriet ein, «oder Gefängnisbeamte, die für Ordnung sorgen, ja wo finden Sie denn heutzutage noch solche Leute? Sind Sie hergekommen, um sich freiwillig zur Verfügung zu stellen? Und wenn Sie's nicht tun wollen, wer dann? Nein, nein, das Volk hat genug von Verbrechen und Kriminalität. Man ist nicht mehr bereit, sein Leben in Angst und Schrecken zu verbringen. Sie sind 1971 geboren, richtig? Da müssen Sie sich doch noch an die neunziger Jahre erinnern: Frauen, die sich nicht trauten, zu

Fuß durch ihre eigene Stadt zu gehen; drastischer Anstieg von Sexual- und Gewaltverbrechen; alte Menschen, die wie Gefangene in ihren Wohnungen hockten – manche verbrannten hinter ihren verrammelten Wohnungstüren; betrunkene Rowdys, die den Frieden ganzer Gemeinden zerstörten; Kinder, die schon so gefährlich waren wie ihre erwachsenen Vorbilder; Eigentumssicherung nur durch teure Alarmanlagen und Stahlgitter. Man hat alles versucht, um den Menschen zu entkriminalisieren, jede so genannte Therapie, jedes erdenkliche Haftsystem ist ausprobiert worden. Grausamkeit und Strenge verfingen nicht, aber Milde und Nachsicht ebenso wenig. Und seit Omega haben uns die Bürger immer wieder gesagt: ‹Schluss damit, uns reicht's.› Die Priester, die Psychiater, die Psychologen und Kriminologen – keiner hat die Lösung gefunden. Was wir garantieren, ist Befreiung von Angst, Not und Tristesse. Aber Angstfreiheit steht ganz obenan. Ohne sie sind die anderen Freiheiten witzlos.»

«Dabei», warf Xan ein, «war das alte System nicht ganz unrentabel, oder? Die Polizei war anständig bezahlt. Und der Mittelstand fuhr auch gut damit: Bewährungshelfer, Sozialarbeiter, Richter, Vollzugsbeamte, eine recht profitable kleine Industrie, in der alle vom Straftäter abhingen. Ihr Berufsstand, Felicia, hat besonders abgesahnt. Da setzen die einen ihr teures Juristenwissen ein, um Leute für schuldig zu erklären, bloß damit anschließend ihre Kollegen die Genugtuung haben, das Urteil in der Berufung wieder umzustoßen. Heute ist die Begünstigung von Verbrechern ein Luxus, den wir uns nicht mehr leisten können, nicht einmal, um dem liberalen Mittelstand ein angenehmes Leben zu verschaffen. Allein, ich vermute, die Sträflingskolonie auf Man ist noch nicht dein letztes Anliegen.»

Theo sagte: «Die Behandlung der Zeitgänger gibt Anlass zur Sorge. Wir importieren sie wie Heloten und behandeln sie wie Sklaven. Und wozu die Quote? Wenn sie kommen wollen, lasst sie herein. Und wenn sie wieder zurück wollen, lasst sie gehen.»

Woolvington war mit den ersten zwei Reihen Kavallerie fertig; elegant tänzelten die Pferde über den oberen Rand des Papiers. Er blickte auf und fragte: «Sie plädieren doch nicht etwa für unbeschränkte Einwanderung? Erinnern Sie sich noch, was in den neunziger Jahren in Europa los war? England wurde es Leid, von Immigranten überschwemmt zu werden, deren Heimatländer über genauso viele natürliche Ressourcen verfügten wie wir, die aber daran bankrott gegangen waren, dass sie sich aus Feigheit, Trägheit und Dummheit jahrzehntelang mit einer unfähigen Regierung abgefunden hatten. Und dann kamen sie daher und wollten von unserem in Jahrhunderten durch Intelligenz, Fleiß und Mut errungenen Wohlstand profitieren. Und was ist dabei herausgekommen? Dass sie nebenher auch noch die Zivilisation, an der sie doch mit aller Gewalt teilhaben wollten, pervertiert und zerstört haben.»

Theo dachte: Jetzt reden sie sogar schon alle gleich. Aber egal, wer spricht, man hört jedes Mal Xans Stimme. Laut sagte er: «Es geht hier doch nicht um Vergangenheit und Geschichte. Bei uns sind weder Ressourcen knapp noch Arbeitsstellen oder Wohnraum. In einer sterbenden und unterbevölkerten Welt die Einwanderungsquoten zu beschränken, das ist keine sonderlich noble Politik.»

«Nobel war das zu keiner Zeit», entgegnete Xan. «Edelmut ist eine Tugend für Individualisten, aber nicht für Regierungen. Wenn eine Regierung großzügig ist, dann mit dem Geld, der Sicherheit und der Zukunft der ihr anvertrauten Menschen.»

Carl Inglebach ergriff zum ersten Mal das Wort. Er saß, wie Theo ihn x-mal hatte sitzen sehen, ein wenig vorgebeugt, die zu Fäusten geballten Hände nebeneinander, mit den Fingern nach unten, auf dem Tisch liegend, als hielte er darin einen Schatz verborgen, von dem der Rat aber immerhin wissen sollte, dass er ihn besaß. Oder man hätte denken können, dass er ein Kinderspiel vorführen und erst die eine, dann die andere Hand öffnen wolle, um den hinübergewechselten Penny herzuzeigen. Mit seinem hoch gewölbten, blanken Schädel und den wachen dunklen Augen wirkte er wie eine gütige Ausgabe von Lenin, ein Vergleich, den er vermutlich inzwischen nicht mehr hören konnte. Die Ähnlichkeit wurde jedoch noch verstärkt durch den rehbraunen Leinenanzug, den er ständig trug, mit einer Jacke von tadellosem Sitz, hochgeschlossen und auf der linken Schulter geknöpft, was seiner Abneigung gegen einengende Krawatten und Krägen entgegenkam. Aber jetzt fand Theo ihn erschreckend verändert. Er hatte auf den ersten Blick gesehen, dass Carl sterbenskrank, ja vielleicht schon dem Tod nahe war. Der Kopf war ein Totenschädel geworden, und die pergamentene Haut spannte sich straff über den scharf vorspringenden Knochen. Der magere Hals ragte schildkrötenartig aus der Jacke hervor, und die fleckige Haut hatte einen ungesund gelblichen Ton. Theo kannte diese Anzeichen. Allein die Augen waren unverändert und leuchteten, mit winzigen Lichtpünktchen gesprenkelt, aus ihren Höhlen. Und als er sprach, klang seine Stimme so kräftig wie eh und je. Es war, als sei alle ihm noch verbliebene Kraft in seinem Geist konzentriert und in dieser Stimme, schön und volltönend, die dem Geist Ausdruck verlieh.

«Sie sind doch Historiker. Sie wissen, welche Verbrechen im Laufe der Menschheitsgeschichte begangen wurden, um den Fortbestand von Nationen, Sekten, Religionen, ja sogar einzelner Familien zu sichern. Was immer der Mensch Gutes oder Böses getan hat, geschah in dem Bewusstsein seiner historischen Prägung, in dem Bewusstsein, dass die eigene Lebensspanne zwar kurz, ungewiss und unbedeutend ist, dass es aber eine Zukunft für die Nation, die Rasse, den Stamm gibt. Die Hoffnung darauf ist bei uns gestorben, außer in den Köpfen von Narren und Fanatikern. Der Mensch ist wie amputiert, wenn er ohne Wissen um seine Vergangenheit lebt; und ohne Hoffnung auf eine Zukunft wird er zum Tier. In jedem Land der Welt konstatieren wir den Verlust dieser Hoffnung, das Versagen von Wissenschaft und Forschung, mit Ausnahme der Entdeckungen, die das Leben verlängern oder ihm mehr Komfort und Unterhaltung abgewinnen. Die Sorge um die physikalische Welt und um unseren Planeten beschäftigt keinen mehr. Was spielt es noch für eine Rolle, welchen Scheißhaufen wir als Vermächtnis unseres kurzen Gastspiels hinterlassen? Die Massenemigrationen, die großen Volksaufstände, die Religions- und Stammeskriege der neunziger Jahre sind einer weltweiten Anomie gewichen. Getreide bleibt ungesät und ungeerntet, Tiere werden vernachlässigt, Hungersnot und Bürgerkrieg brechen aus und die Starken bedienen sich rücksichtslos bei den Schwachen. Wir erleben die Rückbesinnung auf alte Mythen, Aberglauben, ja sogar Menschenopfer kommen vor, und das nicht nur vereinzelt. Dass unser Land zum großen Teil vor dieser globalen Katastrophe verschont geblieben ist, verdankt es den fünf Menschen hier an diesem Tisch. Und insbesondere verdanken wir es dem Warden of England. Wir haben ein System, das von unserem Gremium bis hinunter in die Kommunalräte wirkt und den wenigen, die sich noch dafür interessieren, ein Rudiment an Demokratie bewahrt. Wir haben humane Arbeitsrichtlinien, die auf individuelle Wünsche und Talente Rücksicht nehmen und die dafür sorgen, dass die Bürger weiterarbeiten, obwohl sie keine Nachkommen haben, die von den Früchten ihrer Arbeit profitieren könnten. Trotz des verständlichen Bedürfnisses, Geld auszugeben, Anschaffungen zu machen, unmittelbare Wünsche zu befriedigen, haben wir eine gesunde Währung und eine niedrige Inflationsrate. Wir haben Pläne ausgearbeitet, die dafür sorgen werden, dass auch die letzte Generation, die das Glück hat, in dem Vielvölkerheim zu leben, das wir Großbritannien nennen, noch über Nahrungsmittelvorräte, Medikamente, Licht,

Strom und Wasser verfügt. Kümmert sich das Land angesichts dieser Errungenschaften noch groß darum, dass ein paar Zeitgänger unzufrieden sind, dass einige Hochbetagte gemeinsam in den Tod gehen, dass die Sträflingskolonie auf Man nicht befriedet ist?»

«Sie haben doch die Planungsebene bewusst verlassen, nicht wahr?», fragte Harriet. «Es ist nicht die feine Art, sich erst der Verantwortung zu entziehen und dann, wenn einem das Resultat der Bemühungen anderer nicht passt, lauthals zu lamentieren. Sie sind auf eigenen Wunsch zurückgetreten, vergessen Sie das nicht. Ihr Historiker seid ja sowieso glücklicher, wenn ihr in der Vergangenheit leben könnt, also warum bleiben Sie nicht da?»

Felicia sagte: «Jedenfalls ist er da am ehesten zu Hause. Sogar als er sein Kind umbrachte, bewegte er sich rückwärts.»

In das kurze, aber lastende Schweigen, das dieser Bemerkung folgte, konnte Theo einwerfen: «Ich leugne nicht, dass Sie Beachtliches geleistet haben. Aber würde es denn wirklich Ordnung, Komfort und Sicherheit, kurz alles, was Sie den Leuten bieten, beeinträchtigen, wenn Sie ein paar Reformen einführten? Schaffen Sie den Quietus ab. Wenn Menschen Selbstmord verüben wollen – und auch ich halte das für eine vernünftige Art, Schluss zu machen –, dann versorgen Sie sie mit den notwendigen Suizidkapseln, aber verzichten Sie auf Massenhypnose oder gar Nötigung. Entsenden Sie Truppen auf die Isle of Man, die dort wieder Ordnung schaffen. Setzen Sie die Samenpflichttests aus und auch die Routineuntersuchung der gesunden Frauen; beides ist menschenunwürdig und im Übrigen ist ja auch nichts dabei herausgekommen. Schließen Sie die staatlichen Pornoshops. Behandeln Sie die Zeitgänger wie Menschen und nicht wie Sklaven. All das ließe sich doch ohne weiteres verwirklichen. Den Warden kostet das nur eine Unterschrift. Das ist alles, was ich fordere.»

Xan sagte: «Der Rat hat den Eindruck, als verlangtest du

sehr viel. Deine Besorgnis würde uns eher einleuchten, wenn du, wie du es könntest, auf dieser Seite des Tisches sitzen würdest. Deine Einstellung unterscheidet sich in nichts von der des restlichen Großbritannien. Du erträumst dir ein Ziel, aber schließt die Augen vor den Mitteln. Du möchtest den Garten schön haben, vorausgesetzt, dass der Mistgeruch nicht an deine empfindliche Nase dringt.»

Xan erhob sich, und, einer nach dem anderen, folgte der Staatsrat seinem Beispiel. Aber die Hand streckte der Warden nicht aus. Theo merkte, dass der Grenadier, der ihn hereingeführt hatte, leise an seine Seite getreten war, wie einem geheimen Signal gehorchend.

Fast erwartete er, dass eine schwere Hand sich auf seine Schulter legen würde. Er machte stumm kehrt und folgte dem Mann aus dem Saal.

13. Kapitel

Der Wagen wartete schon. Als der Fahrer ihn kommen sah, stieg er aus und öffnete den Schlag. Doch plötzlich stand Xan neben ihm. Er sagte zu Hedges: «Fahren Sie runter zur Mall und erwarten Sie uns beim Queen-Victoria-Denkmal.» Und zu Theo gewandt, setzte er hinzu: «Wir gehen durch den Park. Augenblick, ich hole nur meinen Mantel.»

Er war in weniger als einer Minute zurück. Jetzt trug er den gewohnten Tweed, mit dem er immer im Fernsehen auftrat, leicht tailliert mit Doppelkoller, im Regency-Stil, der gleich nach der Jahrtausendwende noch einmal kurze Zeit groß in Mode gekommen und dementsprechend teuer gewesen war. Der Mantel war alt und abgetragen, aber er hatte ihn behalten. Theo erinnerte sich noch an ihr Gespräch damals, als Xan den Mantel in Auftrag gegeben hatte. «Du bist ja verrückt. So viel Geld für einen Mantel.»

«Der hält dafür ewig.»

«Aber du nicht. Und die Mode auch nicht.»

«Ich kümmere mich nicht um Moden. Mir wird der Stil sogar besser gefallen, wenn niemand sonst ihn trägt.»

Und jetzt trug ihn wirklich niemand mehr.

Sie überquerten die Straße zum Park. Xan sagte: «Es war töricht von dir, herzukommen. Ich kann euch nicht unbegrenzt schützen, dich oder die Leute, mit denen du neuerdings Umgang hast.»

«Ich wusste nicht, dass ich Schutz brauche. Ich bin ein freier Bürger, der beim demokratisch gewählten Warden of England Rat sucht. Warum muss ich mich da von dir oder sonst wem beschützen lassen?»

Xan schwieg. Theo fragte spontan. «Warum machst du's eigentlich? Was um alles in der Welt reizt dich an dem Posten?» Nur ich, dachte er, kann mir eine solche Frage erlauben.

Xan antwortete nicht gleich. Er kniff die Augen zusammen und richtete sie starr auf den See, als habe plötzlich etwas, das aber außer ihm niemand sehen konnte, sein Interesse geweckt. Was braucht er da lange zu zögern?, dachte Theo. Über die Frage hat er doch bestimmt selber schon oft genug nachgedacht. Da wandte Xan sich ihm wieder zu und sagte im Weitergehen: «Anfangs dachte ich, es würde mir Spaß machen. Die Faszination der Macht wahrscheinlich. Aber das allein war's nicht. Ich hab's nie ertragen zuzuschauen, wie einer was schlecht macht, wenn ich wusste, ich könnte es gut. Nach den ersten fünf Jahren merkte ich, dass es mir nicht mehr so viel Spaß machte, aber da war es schon zu spät. Irgendjemand muss es machen und die einzigen, die sich anbieten, sind die vier um den Tisch da oben. Wäre dir Felicia lieber? Oder Harriet? Martin? Carl? Carl hätte das Zeug dazu, aber er hat nicht mehr lange zu leben. Die drei anderen könnten den Staatsrat nicht zusammenhalten, geschweige denn das ganze Land.»

«Also das ist der Grund. Uneigennütziger Dienst am Volke?»

«Hast du je erlebt, dass jemand Macht, wirkliche Macht, wieder aus der Hand gegeben hätte?»

«Manch einer tut's.»

«Ach, und hast du sie dir angesehen, diese wandelnden Leichen? Aber es geht ja nicht bloß um die Macht. Komm, ich sag dir den wahren Grund. Ich langweile mich nicht. Ganz gleich wie ich mich fühle heutzutage, langweilig ist mir nie.»

Schweigend gingen sie weiter am Seeufer entlang. Nach einer Weile sagte Xan: «Die Christen glauben, der Jüngste Tag sei angebrochen, nur dass ihr Gott sie nacheinander einsammelt, statt wie versprochen mit großem Theaterdonner auf einer Wolke herniederzuschweben. Aber so kann der Himmel den Zustrom natürlich besser kontrollieren, und die weiß gewandete Schar der Erlösten lässt sich leichter abfertigen. Mir gefällt der Gedanke, dass Gott logistisch vorgeht. Ach ja, die Christen – für ein einziges Kinderlachen würden sie alle ihre Illusion hergeben.»

Theo sagte nichts und nach einer Weile, fragte Xan ganz ruhig: «Wer sind übrigens diese Leute, deine Hintermänner? Besser, du sagst es mir.»

«Da ist niemand. Ich bin von allein gekommen.»

«Also das ganze Geschwafel oben im Saal, das ist doch nicht alles auf deinem Mist gewachsen. Ich will damit nicht sagen, dass du nicht imstande wärest, dir so was auszudenken. Du bist noch zu ganz anderem fähig. Aber drei Jahre lang hast du dich um nichts gekümmert und davor warst du auch nicht besonders engagiert. Da muss dich doch jemand rumgekriegt haben.»

«Nicht so, wie du denkst. Aber ich lebe nun mal in der Realität, auch wenn ich in Oxford wohne. Ich stehe an der Kasse im Supermarkt an, ich gehe einkaufen, ich fahre Bus, ich höre zu. Manchmal reden Leute mit mir. Keine, die mir nahe stehen, einfach bloß Passanten. Ich unterhalte mich mit Fremden, weiter nichts.»

«Was für Fremde? Deine Studenten?»

«Nein, keine Studenten. Niemand Spezielles.»

«Merkwürdig, dass du auf einmal so zugänglich geworden bist. Früher hast du doch immer so auf die Wahrung der Privatsphäre gepocht und dich in dein Schneckenhaus verkrochen, den Ort, an dem du dein ganz persönliches kleines Glück zu finden glaubtest. Wenn du wieder mit diesen geheimnisvollen Fremden sprichst, dann frag sie doch mal, ob sie meinen Job besser machen können als ich. Und wenn ja, dann sollen sie gefälligst zu mir kommen und mir das ins Gesicht sagen. Du bist nämlich kein besonders überzeugender Emissär. Es wäre jammerschade, wenn wir die Erwachsenenbildungsschule in Oxford schließen müssten. Aber wenn daraus ein Zentrum der Volksverhetzung wird, hätten wir natürlich keine andere Wahl.»

«Das kann nicht dein Ernst sein.»

«Felicia würde so argumentieren.»

«Seit wann hörst du auf Felicia?»

Xan verzog den Mund zu jenem altvertrauten kleinen Lächeln. «Du hast natürlich Recht. Ich höre nicht auf Felicia.»

Auf der Brücke, die über den See führte, machten sie Halt und schauten nach Whitehall hinüber. Vor ihnen lag, unverändert, eines der faszinierendsten Panoramen, die London zu bieten hatte: Jenseits des glitzernden Wasserspiegels erhoben sich, von Bäumen umrahmt, die eleganten Prunkbastionen des Empire, ein Bild, das sehr englisch und doch auch exotisch anmutete. Theo fiel ein, dass sie eine Woche nach seiner Aufnahme in den Staatsrat genau an dieser Stelle gestanden und dasselbe Panorama bewundert hatten. Xan hatte sogar denselben Mantel angehabt. Und Theo erinnerte sich an jedes Wort, das sie damals gewechselt hatten, so deutlich, als wäre es eben erst gefallen.

«Du solltest die Samentestpflicht abschaffen. Das ist so erniedrigend und außerdem läuft das Programm jetzt seit zwanzig Jahren ohne den geringsten Erfolg. Im Übrigen testet ihr ja doch nur eine Auswahl der gesunden Männer. Was ist mit den anderen?»

«Wenn sie zeugungsfähig sind, na fein, aber bei unseren beschränkten Testmöglichkeiten wollen wir uns lieber auf die physisch und moralisch Tauglichen konzentrieren.»

«Aha, demnach willst du sie also nicht nur gesund, sondern auch noch tugendhaft?»

«So könnte man sagen, ja. Falls wir einmal die Wahl haben, sollte kein Vorbestrafter und keiner aus einer mit Vorstrafen belasteten Familie sich fortpflanzen dürfen.»

«Dann soll also das Strafrecht Maßstab der Tugend sein?»

«Woran kann man sie denn sonst messen? Der Staat kann einem Menschen schließlich nicht ins Herz schauen. Aber du hast schon Recht, es ist ein provisorischer Raster und wir wollen mal Bagatelldelikte außer Acht lassen. Doch warum sollten wir Dummköpfen, Taugenichtsen und Gewalttätern erlauben sich fortzupflanzen?»

«Demnach wird in eurer neuen Welt also kein Platz sein für den reuigen Sünder?»

«Man kann seine Reue auch schätzen, ohne sich gleich Nachkommen von ihm zu wünschen. Aber lass nur, Theo, es kommt ja ohnehin nicht so weit. Wir planen doch bloß um der Planung willen und tun so, als ob die Menschheit eine Zukunft hätte. Aber wie viele Leute glauben denn wirklich, dass wir jetzt noch auf lebensfähigen Samen stoßen werden?»

«Und angenommen, du kommst irgendwie dahinter, dass ein aggressiver Psychopath fortpflanzungsfähigen Samen hat. Wirst du den dann verwenden?»

«Aber natürlich! Wenn der Mann unsere einzige Hoffnung ist, dann nehmen wir ihn. Wir nehmen, was wir kriegen können. Dafür werden dann die Mütter umso sorgfältiger ausgewählt: Nur gesunde, intelligente und nicht vorbestrafte Frauen kommen in Frage. So würden wir versuchen, die Psychopathie herauszuzüchten.»

«Dann noch was: die Pornozentren. Sind die wirklich notwendig?»

«Du brauchst ja nicht hinzugeben, Pornographie hat es außerdem schon immer gegeben.»

«Staatlich geduldet, ja, aber nicht eigens vom Staat bereitgestellt.»

«Das macht gar keinen so großen Unterschied. Und was kann so ein Laden den Hoffnungslosen schon schaden? Es geht schließlich nichts über einen aktiven Körper und einen zahmen Geist.»

Theo hatte eingewandt: «Aber deshalb habt ihr die Zentren nicht eingerichtet, oder?»

«Nein, natürlich nicht. Aber die Menschheit kann sich unmöglich fortpflanzen, wenn sie nicht mehr kopuliert. Wenn das einmal völlig aus der Mode kommt, sind wir verloren.»

Jetzt gingen sie langsam weiter, ein jeder hing seinen Gedanken nach. Schließlich brach Theo das fast kameradschaftlich anmutende Schweigen: «Kommst du noch oft nach Woolcombe?»

«In dieses lebende Mausoleum? Das Haus ist mir widerlich. Früher habe ich meiner Mutter gelegentlich einen Pflichtbesuch abgestattet. Doch nun bin ich schon über fünf Jahre nicht mehr dort gewesen. Heutzutage stirbt niemand mehr auf Woolcombe. Was der Laden braucht, ist ein eigener Quietus in Form einer Bombe. Ist schon merkwürdig, was? Fast die gesamte moderne medizinische Forschung konzentriert sich auf Geriatrie und Verlängerung des menschlichen Lebens, aber die Senilität nimmt zu statt ab. Wozu verlängern wir das Leben der Alten? Wir geben ihnen Mittel zur Verbesserung des Kurzzeitgedächtnisses, Antidepressiva, appetitanregende Mittel. Schlafmittel brauchen sie keine, denn wie es scheint, tun sie sowieso schon nichts anderes. Ich frage mich, was in diesen altersschwachen Köpfen vorgeht, wenn die Leute da so vor sich hindämmern. Erinnerungen vermutlich, Gebete.»

Theo sagte: «Ein Gebet. ‹Dass ich sehe meiner Kinder Kinder und Friede überall über Israel.› Hat deine Mutter dich erkannt, bevor sie starb?»

«Leider ja.»

«Du hast mir mal erzählt, dein Vater habe sie gehasst.»

«Ich kann mir nicht denken, warum. Wahrscheinlich habe ich versucht, dich zu schockieren oder ich wollte dir Eindruck machen. Aber dich konnte schon als Kind nichts erschüttern. Und nichts, was ich erreicht habe, an der Universität, beim Militär, hat dir wirklich imponiert, oder? Nicht einmal, dass ich Warden geworden bin. Nein, meine Eltern verstanden sich ganz gut. Natürlich war mein Vater schwul. Hast du das etwa nicht gemerkt? Als Kind hat mich das schrecklich bedrückt, aber heute scheint es mir absolut unwichtig. Warum sollte er sich sein Leben nicht so einrichten, wie es ihm gefiel? Ich habe das ja auch immer getan. Seine Veranlagung erklärt natürlich auch die Heirat. Er wollte eine ehrbare Fassade und er brauchte einen Sohn. Also nahm er sich eine Frau, die so überwältigt davon war, Woolcombe zu kriegen, einen Baronet und einen Titel, dass sie sich nicht beklagen würde, wenn ihr aufging, dass das alles war, was sie kriegte.»

«Dein Vater hat mir nie Avancen gemacht.»

Xan lachte. «Wie eingebildet du doch bist, Theo. Du warst nicht sein Typ und außerdem war er krankhaft konventionell. Scheiß dir nie ins eigene Nest. Und schließlich hatte er ja Scovell. Scovell war mit ihm im Wagen, als er verunglückte. Es gelang mir, das einigermaßen zu vertuschen – ein Akt kindlicher Anhänglichkeit, nehme ich an. Mir war es gleich, ob und wer davon wusste, aber ihm hätte es was ausgemacht. Ich war ihm wahrhaftig kein guter Sohn. Also schuldete ich ihm wenigstens das.»

Unvermittelt fügte Xan hinzu: »Wir beide werden nicht die letzten Menschen auf Erden sein. Dieses Privileg wird einem Omega vorbehalten bleiben. Gott steh ihm bei. Aber angenommen, wir wären es, was glaubst du, würden wir tun?»

«Einen trinken. Einen Toast auf die Finsternis ausbringen und des Lichts gedenken. Ein paar Namen verlesen und uns dann erschießen.»

«Was für Namen?»

«Michelangelo, Leonardo da Vinci, Shakespeare, Bach, Mozart, Beethoven. Jesus Christus.»

«Das wäre eine Verneigung vor der Humanität. Würde die alten Götter, die Propheten und Fanatiker ausklammern. Ich würde mir wünschen, dass es im Hochsommer passierte, dass der Wein ein Bordeaux wäre und der Schauplatz die Brücke in Woolcombe.»

«Und da wir schließlich Engländer sind, könnten wir zum Schluss Prosperos Monolog aus dem *Sturm* rezitieren.»

«Falls wir nicht zu alt wären, um den Text noch auswendig zu können, und, wenn der Wein alle wäre, nicht zu schwach, um die Pistolen zu halten.»

Unterdessen hatten sie den See umrundet. An der Mall, vor dem Queen-Victoria-Denkmal, wartete der Wagen. Der Chauffeur stand daneben, die Beine gespreizt, mit verschränkten Armen und fixierte sie unter dem Mützenschirm hervor. Seine Haltung war die eines Gefängniswärters, wenn nicht gar Scharfrichters. Theo dachte sich statt der Mütze ein schwarzes Käppchen, dazu die Maske und das Beil an der Seite.

Dann hörte er Xans Stimme, Xans Abschiedsworte. «Sag deinen Freunden, wer sie auch sein mögen, sie sollen vernünftig sein. Und wenn sie das nicht fertig bringen, dann sag ihnen, sie sollen zumindest vorsichtig sein. Ich bin kein Tyrann, aber Barmherzigkeit kann ich mir nicht leisten. Ich werde tun, was getan werden muss, verlass dich drauf.» Er sah Theo an, und einen wunderlichen Moment lang glaubte der in Xans Augen die Bitte um Verständnis zu lesen. Dann wiederholte er: «Sag ihnen das, Theo. Ich werde tun, was getan werden muss.»

14. Kapitel

Theo hatte sich immer noch nicht recht daran gewöhnt, eine freie St. Giles Street zu überqueren. Die Erinnerung an seine ersten Tage in Oxford, an die Reihen dicht geparkter Wagen unter den Ulmen und an seinen wachsenden Frust, während er auf eine Gelegenheit wartete, sich im fast nicht abreißenden Verkehr auf die andere Seite durchzuschlängeln, war offenbar nachhaltiger als glücklichere oder bedeutendere Eindrücke. Wie sonst könnte sie immer noch so abrufbar präsent sein? Er ertappte sich dabei, dass er immer noch instinktiv am Bordstein zögerte und verdutzt auf diese leere Fahrbahn starrte. Mit einem raschen Blick nach links und rechts überquerte er die breite Straße und bog neben dem Lamb-and-Flag-Pub in die Kopfstein gepflasterte Gasse ein, die ihn auf kürzestem Weg zum Museum führte. Die Tür war geschlossen und im ersten Moment fürchtete er schon, heute sei Ruhetag. Wie ärgerlich, dass er nicht vorher angerufen hatte. Aber als er die Klinke drückte, gab sie nach, und er sah, dass die Innentür nur angelehnt war. Er betrat den weitläufigen, quadratischen Raum aus Stahl und Glas.

Es war sehr kalt hier drinnen, scheinbar kälter als draußen, und es war niemand da außer einer alten Frau, die hinter der Theke des Museumshops thronte. Sie war so eingemummelt, dass nur ihre Augen zwischen dem gestreiften Wollschal und der Mütze vorlugten. Theo sah, dass noch immer die gleichen alten Postkarten auslagen: Bilder von Dinosauriern, Gemmen, Schmetterlingen, von den klar geschnitzten Säulenkapitellen, Fotos der Gründerväter dieses Profan-Tempels viktorianischen Selbstvertrauens, John Ruskin und Sir Henry

Ackland, wie sie 1874 gemeinsam posierten, Benjamin Woodward mit seinen sensiblen, melancholischen Zügen. Theo blickte andächtig hinauf zu dem gewaltigen Deckengewölbe, das von einer Reihe gusseiserner Säulen getragen wurde, und zu den verzierten Bogenzwickeln, die so elegant in Blätter, Früchte, Blumen, Bäume und Büsche übergingen. Allein, er wusste, dass dieses ungewohnt erregende Prickeln, das er dabei verspürte und das eher beklemmend als angenehm war, weniger dem Gebäude galt als seinem Wiedersehen mit Julian, und versuchte es zu bändigen, indem er sich auf den Erfindungsreichtum der Schmiedearbeiten und die Schönheit des Schnitzwerks konzentrierte. Schließlich war das hier seine Epoche. Viktorianisches Selbstbewusstsein, viktorianische Ernsthaftigkeit fanden hier ebenso ihren Niederschlag wie die Achtung vor Gelehrsamkeit, Handwerk und Kunst und wie die fromme Gewissheit, das ganze Menschenleben sei mit der Natur in Einklang zu bringen. Er war seit über drei Jahren nicht mehr in dem Museum gewesen, aber er fand alles unverändert, ja es war sogar noch genauso wie bei seinem ersten Besuch als Student, nur dass damals, wie er sich erinnerte, an einer Säule ein Schild angeschlagen war, auf dem Kinder willkommen geheißen, aber auch ermahnt wurden (vergebens, entsann er sich), nicht herumzurennen und keinen Krach zu machen. Der Dinosaurier mit seiner mächtigen gekrümmten Zehe nahm noch immer den Ehrenplatz ein. Sein Anblick versetzte Theo unversehens zurück in die alte Grundschule in Kingston. Mrs Ladbrook hatte eine Zeichnung von einem Dinosaurier an die Tafel gepinnt und erklärt, das massige, plumpe Tier mit seinem winzigen Kopf sei ganz Körper und kaum Hirn gewesen, weshalb es sich denn auch nicht habe anpassen können und ausgestorben sei. Schon damals, als Zehnjährigen, hatte ihn diese Erklärung nicht überzeugt. Der Dinosaurier mit seinem kleinen Hirn hatte ein paar Millionen Jahre überdauert; das war mehr, als der Homo sapiens aufzuweisen hatte.

Theo durchquerte den überwölbten Gang am Ende des Hauptgebäudes und betrat das Pitt-Rivers-Museum, eine der größten ethnologischen Sammlungen der Welt. Die Exponate standen so dicht gedrängt, dass er schwer feststellen konnte, ob Julian schon da war. Vielleicht wartete sie neben dem zwölf Meter hohen Totempfahl? Doch als er innehielt, hörte er keine anderen Schritte. Es war vollkommen still und er wusste, dass er allein war, wusste aber auch, dass sie kommen würde.

Das Pitt Rivers wirkte noch voll gestopfter als bei seinem letzten Besuch. Modellschiffe, Masken, Elfenbein- und Perlarbeiten, Amulette und Votivgaben boten sich in den überquellenden Vitrinen stumm seiner Aufmerksamkeit dar. Er bahnte sich einen Weg zwischen den Schaukästen und blieb endlich vor einem alten Lieblingsstück stehen, das zwar immer noch auslag, dessen Schildchen aber inzwischen so braun und vergilbt war, dass man die Schrift kaum noch entziffern konnte. Es war eine Halskette aus dreiundzwanzig gebogenen und geschliffenen Zähnen eines Pottwals; 1874 hatte König Thakombau sie dem Reverend James Calvert zum Geschenk gemacht, und dessen Urenkel, ein Fliegerleutnant, der kurz nach Beginn des Zweiten Weltkriegs seinen Verwundungen erlag, hatte sie dem Museum übereignet. Wie damals als Student stand Theo auch heute wieder fasziniert vor diesem handfesten Symbol einer merkwürdigen Verknüpfung von Zufällen, die das Kunstwerk eines fidschianischen Schnitzers mit dem unglücklichen englischen Flieger verbanden. Abermals stellte er sich die feierliche Übergabe vor, den König auf seinem Thron, umgeben von bastberockten Kriegern, und den ernst dreinblickenden Missionar, wie er das ausgefallene Tributgeschenk in Empfang nahm. Den Krieg 1939–45 hatte auch Theos Großvater noch mitgemacht; auch er war im Dienst der Royal Air Force gefallen, abgeschossen in einem Blenheim-Bomber beim Angriff auf Dresden. Theo, der als Student geradezu besessen war vom Mysterium der Zeit, hatte sich damals in den Gedanken verliebt, dass durch diesen Großvater auch er eine, wenn auch schwache Verbindung zu jenem längst verstorbenen König habe, dessen sterbliche Überreste auf der anderen Hälfte der Erdkugel ruhten.

Und dann hörte er die Schritte. Er sah sich um, wartete jedoch, bis Julian neben ihn trat. Sie war ohne Kopfbedeckung, trug eine wattierte Jacke und lange Hosen. Als sie ihn ansprach, entwich ihr Atem in kleinen Dunstwölkchen.

«Entschuldigen Sie meine Verspätung. Ich bin mit dem Rad gekommen und hatte unterwegs eine Panne. Haben Sie ihn getroffen?»

Die Begrüßung fiel aus, aber er wusste ja, dass er in ihren Augen bloß ein Bote war. Er ging von der Vitrine weg, sie folgte ihm. Dabei schaute sie bald hierhin, bald dorthin, vermutlich in der Hoffnung, dass sie auf diese Weise selbst in diesem gähnend leeren Saal wie zwei Besucher wirken würden, die zufällig ins Gespräch gekommen sind. Die Komödie war jedoch alles andere als überzeugend und er wunderte sich, warum sie sich die Mühe machte.

Theo sagte: «Ja, ich habe ihn gesprochen. Ihn und den ganzen Staatsrat. Später auch den Warden allein. Aber ich habe nichts erreicht; vielleicht habe ich sogar Schaden angerichtet. Er wusste, dass jemand mich zu dem Besuch veranlasst hatte. Wenn Sie Ihre Pläne weiterverfolgen, ist er nun jedenfalls vorgewarnt.»

«Sie haben ihm von dem Quietus berichtet, von der skandalösen Behandlung der Zeitgänger und auch, was auf der Isle of Man passiert?»

«Darum hatten Sie mich ja gebeten und ich habe mich danach gerichtet. Ich hatte mit keinem Erfolg gerechnet und davon kann auch nicht die Rede sein. Oh, Xan wird vielleicht hier und da etwas verändern, obgleich er mir nichts versprochen hat. Wahrscheinlich wird er allmählich die noch verbliebenen Pornoshops schließen, und er wird die Vorschriften für den obligatorischen Samentest lockern. Das ist ja sowieso nur Zeitverschwendung, und ich bezweifle, dass er genügend Laborkräfte hat, um das Programm noch lange landesweit aufrechtzuerhalten. Die Hälfte der Probanden hat ohnehin das Interesse verloren. Ich habe letztes Jahr zwei Termine versäumt und niemand machte sich die Mühe, das anzumahnen. Dagegen glaube ich nicht, dass er etwas gegen den Quietus unternimmt, allenfalls wird er in Zukunft für eine bessere Organisation sorgen.»

«Und die Sträflingskolonie auf Man?»

«Fehlanzeige. Er wird weder Hilfskräfte noch Geldmittel vergeuden, um die Insel zu befrieden. Warum sollte er auch? Er hat sich vermutlich mit nichts so beliebt gemacht wie mit der Gründung der Sträflingskolonie.»

«Und die Zeitgänger? Was ist mit einer doppelten Staatsbürgerschaft für diese Leute? Was sagt er zu der Forderung, ihnen hier bei uns ein menschenwürdiges Leben zu garantieren und die Chance, für immer zu bleiben?»

«Das Problem spielt in seinen Augen eine sehr unbedeutende Rolle. Viel wichtiger sind ihm andere Dinge: geordnete Verhältnisse im Land, die Gewähr, dass die Nation mit einer gewissen Würde untergeht.»

«Würde?», wiederholte sie. «Wo sollte die wohl herkommen, wenn wir uns so wenig um die Würde anderer bekümmern?»

Sie waren jetzt bei dem Totempfahl angelangt. Theo strich mit den Händen über das Holz. Ohne einen Blick darauf zu verschwenden, sagte sie: «Dann müssen wir also versuchen, das Unsere zu tun.»

«Es gibt nichts, was Sie tun könnten. Sie würden höchstens ihr Leben aufs Spiel setzen oder selber auf der Insel landen, vorausgesetzt, der Warden und der Staatsrat sind wirklich so grausam, wie Sie offenbar glauben. Und Miriam wird Ihnen bestimmt sagen, dass der Tod einem Dasein auf der Insel vorzuziehen wäre.»

Als fasse sie ernsthaft einen Plan ins Auge, sagte sie: «Angenommen, ein paar Leute, eine Gruppe von Freunden, ließen sich absichtlich auf die Insel schicken, dann könnten sie womöglich etwas tun, um die Verhältnisse dort zu ändern. Oder wenn wir anbieten, freiwillig nach Man zu gehen – warum sollte der Warden es uns abschlagen, was könnte es ihm ausmachen? Selbst eine ganz kleine Gruppe könnte schon helfen, wenn sie nur in Liebe handeln würde.»

Theo hörte selbst den verächtlichen Spott in seiner Stimme, als er antwortete: «Den Wilden das Kreuz Christi vorhalten, wie die Missionare es in Südamerika getan haben. Und wollt ihr euch auch, wie sie, am Strand abschlachten lassen? Lesen Sie denn keine Geschichtsbücher? Für diese Art Torheit gibt es nur zwei Gründe. Entweder man hat den unstillbaren Hang zum Märtyrertum. Daran ist nichts Neues, wenn Ihre Religion Sie dazu treibt. Ich persönlich habe diese Form der Selbstaufopferung immer als ungesunde Mischung aus Masochismus und Sinnlichkeit gesehen, aber ich verstehe, dass sie auf gewisse Gemüter ihren Reiz ausübt. Das Neue an Ihrem Fall wäre bloß, dass Ihr Martyrium nicht mal gefeiert würde, ja man würde nicht einmal Notiz davon nehmen. In etwa siebzig Jahren hätte es keinen Wert mehr, weil dann nämlich niemand mehr da sein wird, um ihm Wert beizumessen, noch nicht einmal einer, der den neuen Oxford-Märtyrern einen Gedenkstein setzen könnte. Der zweite Grund ist weniger nobel, aber Xan würde ihn dafür umso besser verstehen. Falls Sie wider Erwarten Erfolg hätten, welch ein Machtrausch wäre das! Die Isle of Man befriedet, die Gewalttäter zur Eintracht bekehrt, man würde säen und ernten, die Kranken pflegen und sonntags in die Kirche gehen, wo dann die Erlösten den lebenden Heiligen, die all das zuwege gebracht haben, die Hände küssen. Da wüssten Sie endlich auch, was der Warden of England in jedem wachen Moment empfindet, was er genießt und worauf er nicht mehr verzichten kann: die unumschränkte Macht über das eigene kleine

Reich. Ich verstehe, wie einen das faszinieren kann; aber es wird nicht dazu kommen.»

Einen Augenblick lang standen sie stumm beieinander, dann sagte er begütigend: «Geben Sie es doch auf. Vergeuden Sie nicht den Rest Ihres Lebens an eine Sache, die ebenso aussichtslos wie überflüssig ist. Schauen Sie, die Verhältnisse werden sich bessern. In fünfzehn Jahren – und das ist doch eine so kurze Zeit – werden neunzig Prozent der Einwohner Großbritanniens über achtzig sein. Dann wird die Neigung zum Bösen ebenso erloschen sein wie die, Gutes zu tun. Stellen Sie sich doch nur vor, wie dieses England aussehen wird. Die großen Häuser leer und öde, die Straßen in schauderhaftem Zustand, kaum mehr sichtbar inmitten wild wuchernder Hecken, das letzte Häuflein Menschen auf der Suche nach Schutz und Trost auf engstem Raum zusammengedrängt, der Dienstleistungsbetrieb zusammengebrochen und dann, ganz zum Schluss, Strom- und Lichtausfall. Nun werden die gehorteten Kerzen angezündet, aber bald wird auch die letzte zu flackern beginnen und erlöschen. Ist es denn angesichts einer solchen Perspektive nicht unwichtig, was heute auf der Isle of Man geschieht?»

«Wenn wir schon untergehen», sagte sie, «dann doch wenigstens als Menschen und nicht als Teufel. Leben Sie wohl und danke, dass Sie mit dem Warden gesprochen haben.»

Aber Theo musste noch einen letzten Versuch machen: «Ich kann mir keine Gruppe vorstellen, die weniger für einen Angriff gegen den Staatsapparat gerüstet wäre als die Ihre. Sie haben kein Geld, keine Hilfsmittel, keinerlei Einfluss, keinen Rückhalt in der Bevölkerung. Sie haben nicht mal eine einheitliche Philosophie als Überbau für Ihre Rebellion. Miriam ist dabei, weil sie ihren Bruder rächen will. Gascoigne empört sich offenbar dagegen, dass der Warden das Grenadierwesen pervertiert hat. Luke frönt einem diffusen christlichen Idealismus und der Sehnsucht nach so abstrakten Werten wie Barmherzigkeit, Gerechtigkeit und Liebe. Rolf kann sich nicht einmal auf ein moralisches Motiv berufen; ihn treibt der blanke Ehrgeiz. Während er dem Warden seine absolute Macht vorwirft, würde er sie selbst gar zu gern an sich reißen. Und Sie machen mit, weil Sie seine Frau sind. Er setzt Sie der schlimmsten Gefahr aus, nur um seine Ambitionen zu verwirklichen. Aber er kann Sie nicht zwingen. Verlassen Sie ihn. Machen Sie sich frei.»

Sie sagte sanft: «Ich kann meine Ehe nicht ungeschehen machen. Ich kann ihn nicht verlassen. Und Sie irren sich, was mich betrifft. Ich bin dabei, weil es mich dazu drängt, weil ich etwas tun muss.»

«Ja, weil Rolf es so will.»

«Nein, weil Gott es so will.»

Am liebsten wäre er vor lauter Frust mit dem Kopf gegen den Totempfahl gerannt. «Wenn Sie glauben, dass es ihn gibt, dann glauben Sie doch wohl auch, dass er Ihnen Ihren Verstand, Ihre Intelligenz gegeben hat. Also gebrauchen Sie sie auch gefälligst! Ich hätte Sie für zu stolz gehalten, als dass Sie sich derart zum Narren machen.»

Aber sie war unempfänglich für solch platte Schmeicheleien. «Nicht die Stolzen ändern die Welt», sagte sie, «sondern gerade Männer und Frauen, die bereit sind, sich zum Narren zu machen. Leben Sie wohl, Dr. Faron. Und danke für Ihre Bemühungen.» Sie wandte sich ab, ohne ihn zu berühren, ohne ihm die Hand zu geben, und er sah ihr nach, als sie davonging.

Sie hatte ihn nicht gebeten, die Gruppe nicht zu verraten. Das brauchte sie auch nicht, aber er war trotzdem froh, dass sie es unterlassen hatte. Außerdem hätte er nichts versprechen können, denn wenn er auch nicht glaubte, dass Xan Folterungen dulden würde, so hätte bei ihm, Theo, schon die Drohung mit der Folter genügt. Zum ersten Mal kam ihm der Verdacht, er könnte Xan falsch beurteilt haben, und das aus einem ganz naiven Grund: Weil er nämlich nicht glauben mochte, dass ein Mensch, der hochintelligent war, der Humor und Charme besaß und den er seinen Freund genannt hatte, trotzdem grundschlecht sein konnte. Vielleicht war er derjenige, der Nachhilfeunterricht in Geschichte brauchte, und nicht Julian.

15. Kapitel

Die Gruppe verlor nicht viel Zeit.

Zwei Wochen nach seinem Treffen mit Julian fand er, als er zum Frühstück herunterkam, unter der Post auf der Fußmatte ein zusammengefaltetes Blatt Papier. Dem maschinegeschriebenen Text war die Zeichnung eines kleinen Fisches vorangestellt, der aussah wie ein Hering. Es hätte eine Kinderzeichnung sein können; man hatte sich Mühe gegeben damit. Zwischen Verzweiflung und Mitleid schwankend las Theo die nachstehende Botschaft:

An das Volk von Grossbritannien

Wir können die Augen nicht länger vor den Missständen in unserer Gesellschaft verschließen.

Wenn unser Volk untergehen muss, dann lasst uns wenigstens als freie Männer und Frauen sterben, als Menschen, nicht als elende Teufel. Wir richten folgende Forderungen an den Warden of England:

1. Schreiben Sie allgemeine Wahlen aus und legen Sie dem Volk Ihre politische Linie dar.
2. Gewähren Sie den Zeitgängern die vollen Bürgerrechte, einschließlich des Rechts auf eigenen Wohnraum, Familienzusammenführung und darauf, über ihr Dienstverhältnis hinaus in Großbritannien bleiben zu dürfen.
3. Schaffen Sie den Quietus ab.
4. Verbannen Sie künftig keine Verurteilten mehr auf die Sträflingskolonie Isle of Man und sorgen Sie dafür, dass

die Gefangenen, die bereits dort sind, friedlich und menschenwürdig leben können.

5. Stellen Sie den obligatorischen Samentest sowie die Kontrolluntersuchung für Frauen ein und schließen Sie die staatlichen Pornoshops.

Die fünf Fische

Theo konnte sich dieser schlichten, klaren, humanen Botschaft nicht entziehen. Warum, überlegte er, bin ich bloß so sicher, dass Julian sie geschrieben hat? Ausrichten würde man jedenfalls nichts damit. Was erwarteten diese Fünf Fische eigentlich? Dass die Leute in Scharen ihren Kommunalrat besetzten oder gar das ehemalige Außenministerium stürmten? Die Gruppe hatte keine Organisation, keine politische Ausgangsbasis, kein Geld, ja nicht einmal einen erkennbaren Aktionsplan. Das Äußerste, was sie sich erhoffen durften, war, die Leute zum Nachdenken zu bringen, Unzufriedenheit zu provozieren, Männer zu ermuntern, ihren nächsten Samentest zu schwänzen, und Frauen, die nächste medizinische Untersuchung zu verweigern. Aber was würde sich dadurch ändern? Die Untersuchungen wurden ohnehin immer nachlässiger geführt, je mehr die Hoffnung auf ein positives Ergebnis schwand.

Das Papier war von minderer Qualität, die Botschaft dilettantisch gedruckt. Vermutlich hatten sie irgendwo in einer Kirchenkrypta oder in einer abgelegenen, aber leicht erreichbaren Waldhütte eine Druckerpresse versteckt. Aber wie lange würde ihr Schlupfwinkel geheim bleiben, wenn die SSP sich erst einmal auf ihre Fährte setzte?

Er las sich die fünf Forderungen noch einmal durch. Die erste würde Xan kaum aus der Ruhe bringen. Im Land wäre man sicher nicht erfreut über den Kosten- und Arbeitsaufwand, den Neuwahlen mit sich bringen würden, aber falls er doch welche ansetzte, würde man ihn mit überwältigender Mehrheit im Amt bestätigen, egal, ob jemand die Kühnheit besäße, gegen ihn zu kandidieren, oder nicht. Theo fragte sich, wie viele von den übrigen Reformen er vielleicht hätte durchsetzen können, wenn er Xans Berater geblieben wäre. Allein, er kannte die Antwort. Er war damals ebenso ohnmächtig gewesen wie die Fünf Fische heute. Wenn Omega nicht gekommen wäre, dann hätte es sich vielleicht gelohnt, für solche Ziele zu kämpfen, ja sogar zum Märtyrer zu werden. Nur gäbe es ohne Omega die angeprangerten Missstände erst gar nicht. Er konnte sich vorstellen, für eine gerechtere, eine mitfühlendere Gesellschaft zu kämpfen, zu leiden, vielleicht sogar zu sterben, aber doch nicht in einer Welt ohne Zukunft, in der Begriffe wie Gerechtigkeit, Mitgefühl, Gesellschaft, Kampf, Missstand nur allzu bald ungehört als hohles Echo verklingen würden. Julian hätte jetzt dagegengehalten, dass es den Kampf und das Leiden selbst dann wert wäre, wenn man damit auch nur einen Zeitgänger vor Misshandlung oder einen Verurteilten vor der Sträflingskolonie bewahren könnte. Aber was die Fünf Fische auch unternahmen, das würde ihnen nicht gelingen. Es lag nicht in ihrer Macht. Beim nochmaligen Lesen der fünf Forderungen spürte Theo, wie seine anfängliche Sympathie zu schwinden begann. Immerhin, sagte er sich, tragen die meisten Männer und Frauen, diese menschlichen Maultiere ohne Hoffnung auf Nachkommenschaft, ihre Trauer und ihren Schmerz so tapfer wie sie irgend können, trösten sich mit diesem oder jenem kleinen Ersatzvergnügen, frönen harmlosen Eitelkeiten und versuchen im Übrigen, anständig zu bleiben im Umgang miteinander und gegenüber den paar Zeitgängern, mit denen sie in Berührung kommen. Mit welchem Recht versuchten die Fünf Fische also, diesen armen, um ihre Zukunft betrogenen Menschen die sinnlose Bürde des Heldentums aufzuladen? Er ging mit dem Flugblatt in die Toilette, zerriss das Papier exakt in vier gleich große Stücke und warf sie ins

Klo. Als der Sog sie erfasste und hinunterwirbelte, spürte er eine Sekunde, nicht länger, den Wunsch, teilhaben zu können an der Leidenschaft und der Torheit, die dieses kläglich wehrlose Häuflein zusammenhielten.

16. Kapitel

Samstag, 6. März 2021

Heute Morgen nach dem Frühstück kam ein Anruf von Helena. Sie lud mich ein, zum Tee zu kommen und mir Mathildas Junge anzusehen. Dass die Geburt gut verlaufen ist und die Kleinen wohlauf sind, hat sie mir schon vor fünf Tagen auf einer Postkarte mitgeteilt. Aber zur Entbindungsparty war ich nicht eingeladen. Ich weiß nicht mal, ob sie eine gegeben oder die Niederkunft lieber in trauter Zweisamkeit gefeiert haben, als Gemeinschaftserlebnis zur nachträglichen Krönung und Festigung ihres neuen Bundes. Allerdings halte ich es für unwahrscheinlich, dass sie sich deswegen über eine mittlerweile überall eingebürgerte Gepflogenheit hinwegsetzen würden, nämlich die, auch den Freundeskreis am Wunder werdenden Lebens teilhaben zu lassen. Maximal sechs Personen werden normalerweise dazu eingeladen, die aber nur aus gebührender Entfernung zusehen dürfen, um die Mutter nicht zu irritieren oder aufzuregen. Und hinterher, wenn alles gut gegangen ist, gibt es ein Festessen, häufig mit Champagner. Die Freude über so einen neuen Wurf ist freilich nicht ganz ungetrübt. Denn die Bestimmungen betreffs fortpflanzungsfähiger Haustiere sind eindeutig festgelegt und müssen streng befolgt werden. Mathilda wird man nun sterilisieren, und Helena und Rupert dürfen ein weibliches Tier aus dem Wurf zu Zuchtzwecken behalten. Wahlweise dürfte Mathilda noch einmal werfen, und man würde alle Jungen bis auf ein männliches einschläfern.

Nach Helenas Anruf machte ich das Radio an, weil ich die Acht-Uhr-Nachrichten hören wollte. Erst bei der Datumsansage merkte ich, dass es heute auf den Tag genau ein Jahr her ist, seit sie mich wegen Rupert verlassen hat. Wer weiß, vielleicht ist das ja ein ganz passender Anlass für meinen Antrittsbesuch in ihrem neuen Heim. Ich schreibe Heim statt Haus, weil ich sicher bin, dass Helena es so nennen würde, ja bestimmt wäre das ihr Adelsprädikat für ein Allerweltsdomizil in Nord-Oxford, das durch geteilte Liebe und geteilten Abwasch, die Verpflichtung zu absoluter Ehrlichkeit und einer ausgewogenen Diät, durch eine neue hygienische Küche und hygienischen Sex zweimal pro Woche die höheren Weihen bekommt. Über den Sex mache ich mir schon Gedanken. Halb schelte ich mich deswegen einen Lüstling, aber dann sage ich mir wieder, dass meine Neugier ganz natürlich und legitim ist. Immerhin ist Rupert jetzt derjenige, der die Freuden eines Körpers genießt (oder vielleicht auch nicht), der mir einmal fast so vertraut war wie mein eigener. Eine gescheiterte Ehe ist der demütigendste Beweis für die Vergänglichkeit körperlicher Reize. Wenn zwei sich lieben, werden sie nicht müde, jede Linie, jede Rundung, jede Mulde am Körper des Geliebten zu erkunden, und gemeinsam können sie den Gipfel unbeschreiblicher Ekstase erreichen; aber wie wenig zählt das noch, wenn Liebe oder Lust eines Tages sterben und wir mit strittigen Besitzverhältnissen, Anwaltsrechnungen und dem traurigen Plunder in der Rumpelkammer zurückbleiben, wenn das Haus, das man einst so begeistert und hoffnungsvoll ausgesucht, eingerichtet und in Besitz genommen hat, zum Gefängnis geworden ist, wenn Gesichter sich in mürrische Vorwurfsfalten legen und wenn nüchterne, desillusionierte Blicke unbarmherzig jeden Makel am nicht länger begehrten Körper des Partners aufdecken. Ich frage mich, ob Helena mit Rupert darüber spricht, was sich bei uns im Bett abgespielt hat. Ich denke schon, denn es nicht zu tun, würde mehr Selbstbeherrschung und Taktgefühl erfordern, als ich je an ihr wahrgenommen habe. Helena mag sich noch so sehr anstrengen, gesellschaftsfähig zu sein, sie hat doch immer einen Stich ins Ordinäre und ich kann mir gut vorstellen, was sie ihm erzählt.

«Theo hielt sich für einen wunderbaren Liebhaber, dabei war alles bloß Technik. Weißt du, als ob er ein Sexlehrbuch auswendig gelernt hätte. Und er hat nie mit mir geredet, also jedenfalls nicht richtig. Ich hätte irgendeine x-beliebige Frau sein können.»

Ich kann mir ihre Klagen denken, weil ich weiß, dass sie berechtigt sind. Ich habe Helena mehr verletzt als umgekehrt, selbst wenn man den Umstand, dass ich ihr einziges Kind getötet habe, einmal nicht mitrechnet. Warum ich sie geheiratet habe? Ich heiratete sie, weil sie die Tochter des Rektors war, was Prestige brachte; weil auch sie in Geschichte promoviert hatte und ich dachte, wir hätten gemeinsame intellektuelle Interessen; und weil ich sie attraktiv fand, weshalb mein genügsames Herz sich einreden ließ, wenn das nicht Liebe sei, dann doch immerhin etwas sehr nahe dran. Den Rektor zum Schwiegervater zu haben, war ein sehr zweifelhaftes Vergnügen (er war wirklich ein unerträglich aufgeblasener Mensch, kein Wunder, dass Helena es nicht erwarten konnte, von ihm loszukommen); ihre intellektuellen Interessen waren gleich null (Oxford hatte sie zugelassen, weil sie die Tochter eines College-Rektors war und dank harter Arbeit und guter, teurer Schulen einen Abiturdurchschnitt erzielt hatte, mit dem Oxford eine Wahl rechtfertigen konnte, die man dort andernfalls gar nicht erst getroffen hätte). Die sexuelle Anziehungskraft? Nun, die hielt länger vor, auch wenn sie dem Gesetz der Abnutzung unterworfen war und schließlich ganz starb, als ich Natalie tötete. Nichts offenbart die Leere einer scheiternden Ehe so gründlich – und das ohne jede Fluchtmöglichkeit in Selbstbetrug –, wie der Tod des eigenen Kindes.

Ich frage mich, ob Helena mit Rupert mehr Glück hat. Falls sie Spaß an ihrem Sexualleben haben, gehören sie zu den wenigen glücklichen Ausnahmen. Unter den sinnlichen Vergnügen des Menschen ist Sex inzwischen ganz ins Hintertreffen geraten. Dabei hätte man erwarten können, dass sich die Sexualität ohne jede Furcht vor Schwangerschaft und ohne das unerotische Drum und Dran von Pillen, Gummis und Ovulationsarithmetik endlich befreien und öffnen würde für neue, phantasievolle Freuden. Das Gegenteil ist eingetreten. Selbst diejenigen, die normalerweise gar keine Kinder wollen würden, brauchen anscheinend die Gewissheit, dass sie, wenn der Wunsch bestünde, eins haben könnten. Die völlige Trennung von Sex und Fortpflanzung hat im Bett zu einer fast sinnlosen Akrobatik geführt. Frauen klagen vermehrt über etwas, das sie als schmerzhaften Orgasmus bezeichnen; der Krampf setzt ein, aber die Lust bleibt aus. Für die Frauenzeitschriften ist dieses weit verbreitete Phänomen ein gefundenes Fressen. In den achtziger und neunziger Jahren sind die Frauen bereits zunehmend kritisch und unduldsam gegen die Männer aufgetreten, aber jetzt haben sie endlich einen hieb- und stichfesten Grund für ihren jahrhundertelang angestauten Frust. Wir, die wir sie nicht mehr schwängern können, können ihnen nicht einmal Lust spenden. Sex kann zwar immer noch ein beiderseitiger Trost sein; zu beiderseitiger Ekstase reicht er selten. Die staatlich geförderten Pornoshops, die zunehmend krude Lektüre, all die Tricks, die Begehren stimulieren sollen – nichts davon hat gewirkt. Männer und Frauen verheiraten sich immer noch, wenn auch weniger häufig, mit weniger festlichem Aufwand und oft genug mit einem gleichgeschlechtlichen Partner. Man verliebt sich auch immer noch oder behauptet zumindest, verliebt zu sein. Fast verzweifelt sucht man allenthalben nach dem einen Menschen, vorzugsweise jünger oder zumindest gleichaltrig, mit dem zusammen man dem unvermeidlichen Siechtum und Verfall die Stirn bieten könnte. Wir brauchen den Trost willfährigen Fleisches, die Berührung Hand in Hand, Mund an Mund. Doch bei der Lektüre der Liebeslyrik vergangener Jahrhunderte beschleicht uns ein leises Staunen.

Als ich heute Nachmittag die Walton Street hinunterging, sah ich dem Wiedersehen mit Helena ohne besondere Aversionen entgegen, und der Gedanke an Mathilda erfüllte mich gar mit Vorfreude. Da ich im amtlichen Register über fertile Haustiere als Mitbesitzer geführt wurde, hätte ich natürlich beim Tierschutzgericht das gemeinsame Sorge- oder zumindest ein Besuchsrecht beantragen können, aber ich wollte mich den damit verbundenen Demütigungen nicht aussetzen. Manche Tiersorgerechtsfälle werden erbittert, mit hohem Kostenaufwand und viel Publicity ausgefochten, und ich bin nicht gewillt, mich derart ins Rampenlicht zerren zu lassen. Ich weiß, dass ich Mathilda verloren habe, und sie, treulose Kreatur und einzig auf ihr Wohl bedacht wie alle Katzen, wird mich inzwischen schon vergessen haben.

Als ich sie sah, war es im ersten Moment schwer, mir nicht doch etwas vorzumachen. Sie lag in ihrem Körbchen, und zwei Katzenbabys, lebhaft und geschmeidig wie weiße Ratten, nuckelten an ihren Zitzen. Mathilda starrte mich aus blauen, ausdruckslosen Augen an und begann so laut zu schnurren, dass der Korb zu schwanken schien. Ich streckte die Hand aus und strich ihr über den seidigen Kopf.

«Ist alles glatt gegangen?», fragte ich.

«Oh, wunderbar. Natürlich haben wir den Tierarzt zugezogen, sobald die Wehen einsetzten, aber er meinte, er hätte selten eine so leichte Geburt erlebt. Zwei von dem Wurf hat er gleich mitgenommen. Wir überlegen immer noch, welches von diesen beiden wir behalten sollen.»

Das Haus ist klein, ohne architektonischen Reiz, eine Doppelhaushälfte aus Backstein, typisch Vorstadt, deren größter Vorzug noch der weitläufige Garten ist, der sich nach hinten raus bis hinunter zum Kanal erstreckt. Ein Großteil der Möbel und alle Teppiche wirken neu. Vermutlich hat Helena sie ausgesucht, nachdem sie das Haus, das Rupert mitsamt Einrichtung und Bildern vererbt worden war, entrümpelt und gleich auch mit dem alten Leben ihres Liebsten aufgeräumt hatte, mit den Freunden, den Clubs, den Trostspendern einsamer Junggesellentage. Sie hat sich offenbar ein Vergnügen daraus gemacht, ihm ein Heim zu schaffen – ich war sicher, dass sie es so ausdrückte –, und er schwelgte in der fertigen Kreation wie ein Kind in einem neuen Spielzimmer. Überall roch es nach Farbe. Im Wohnzimmer hat man, wie bei diesem Typ Oxforder Haus üblich, die Rückwand entfernt, um einen durchgehenden großen Raum zu schaffen, mit Erkerfenster zur Straße und Terrassentür nach hinten raus, auf eine verglaste Loggia. In der weiß gestrichenen Diele hängen an einer Wand eine Reihe von Ruperts Originalentwürfen zu seinen Buchumschlägen, jeder in einem weißen Holzrahmen. Es sind genau ein Dutzend und ich fragte mich, ob diese Privatgalerie seine oder Helenas Idee war. So oder so nahm ich sie zum Anlass, verächtlich die Nase zu rümpfen über so viel Narzissmus. Ich wäre gern stehen geblieben und hätte mir die Zeichnungen näher angesehen, aber dann hätte ich auch etwas dazu sagen müssen und das wiederum wollte ich nicht. Doch schon ein flüchtiger Blick im Vorbeigehen genügte, um die Qualität zu erkennen; Rupert ist kein unbedeutender Künstler, und diese selbstgefällige Talentschau bestätigte nur, was ich bereits wusste.

Wir nahmen den Tee im Wintergarten. Helena hatte groß aufgefahren: Sandwiches mit Pâté, selbst gebackene Scones und Obstkuchen. Das Tablett, auf dem sie alles hereintrug, war mit einem Leinendeckchen ausgelegt und dazu gab es kleine passende Servietten. «Herzig» war der Begriff, der mir dazu einfiel. Als ich mir das Deckchen näher besah, erkannte ich es wieder: An dem hatte Helena gestickt, kurz bevor sie mich verließ. Also war diese sorgsam gestichelte Handarbeit bereits Teil ihrer ehebrecherischen Aussteuer gewesen. Sollte mich diese herzige Teestunde – wie ich mich an dem pejorativen Adjektiv labte! – etwa beeindrucken, mir zeigen, was für eine gute Frau sie einem Mann sein konnte, der ihre Talente zu schätzen wusste? Rupert wusste sie zu schätzen, das sah ich deutlich. Er sonnte sich direkt in ihrem mütterlichen Geturtel. Als Künstler glaubt er vielleicht, er hätte einen Anspruch auf solche Fürsorglichkeit. Der Wintergarten muss im Frühling und Herbst recht gemütlich sein, selbst jetzt war es, obwohl nur ein Heizkörper lief, angenehm warm und durch die Fenster konnte ich erkennen, dass sie draußen fleißig Hand angelegt hatten. Eine Reihe stacheliger Rosenbüsche, die Wurzelballen mit Sackleinwand verhüllt, lehnten an einem offenbar neuen Grenzzaun. Sicherheit, Komfort und ein bisschen Spaß. Xan und sein Staatsrat wären hier sehr zufrieden gewesen.

Nach dem Tee verschwand Rupert kurz im Wohnzimmer. Als er zurückkam, reichte er mir ein Flugblatt. Ich erkannte es auf den ersten Blick. Es war das Gleiche, das die Fünf Fische mir unter der Tür durchgeschoben hatten. Doch ich tat so, als sei es mir neu, und las es sorgfältig durch. Rupert schien auf eine Reaktion zu warten. Als sie ausblieb, sagte er: «Die müssen damit von Tür zu Tür gegangen sein, ganz schön riskant.»

Ungewollt korrigierte ich ihn und erklärte, wie es sich wirklich abgespielt haben musste und dabei ärgerte ich mich über mein verfängliches Wissen und darüber, dass ich den Mund nicht halten konnte. «So haben sie's bestimmt nicht angestellt. Das ist schließlich keine Kirchenzeitung, oder? Nein, einer oder eine wird sie allein ausgetragen haben, vielleicht per Fahrrad oder auch zu Fuß. Er oder sie hat hier und da einen Zettel unter der Tür durchgeschoben, wenn gerade niemand in der Nähe war, hat ein paar an Bushaltestellen hinterlegt und auch mal einen unter die Scheibenwischer eines parkenden Autos geklemmt.»

«Es ist trotzdem noch riskant, nicht?», fragte Helena. «Oder es wird zumindest riskant, wenn die SSP beschließt, sich diese Leute zu greifen.»

Rupert meinte: «Ich glaube nicht, dass sie sich die Mühe machen werden. Kein Mensch wird diesen Wisch ernst nehmen.»

«Haben Sie ihn ernst genommen?», fragte ich.

Immerhin hatte er das Flugblatt aufgehoben. Die Frage, schärfer im Ton als beabsichtigt, brachte ihn aus der Fassung. Er sah Helena an und zögerte. Ich fragte mich, ob sie sich wegen dieser Sache am Ende gezankt hatten. Vielleicht ihr erster Streit. Aber ich war wohl zu optimistisch. Denn wenn sie sich gezankt hätten, dann wäre das Flugblatt inzwischen im ersten Versöhnungsrausch zerrissen worden.

Er sagte: «Ich habe mich allerdings gefragt, ob wir es dem Kommunalrat hätten melden sollen, als wir wegen der Kätzchen auf dem Standesamt waren. Aber dann haben wir es doch auf sich beruhen lassen. Ich wüsste auch nicht, was sie tun könnten, ich meine die vom Kommunalrat.»

«Außer die SSP zu verständigen und Sie wegen Besitzes staatsgefährdender Schriften verhaften zu lassen.»

«Ja, darüber haben wir uns auch Gedanken gemacht. Wir wollten nicht, dass die Beamten denken, wir unterstützen diese Sache.»

«Hat noch jemand in Ihrer Straße so ein Flugblatt bekommen?»

«Gesagt hat niemand was und eigens fragen wollten wir nicht.»

Helena sagte: «Der Staatsrat kann da ja sowieso nichts machen. Es will doch niemand, dass die Sträflingskolonie aufgelöst wird.»

Rupert hielt immer noch das Flugblatt in der Hand, als wüsste er nicht recht, was er damit anfangen sollte. Er sagte: «Andererseits hört man allerhand Gerüchte darüber, was sich in den Lagern der Zeitgänger abspielt, und ich finde, wenn sie nun schon einmal hier sind, sollten wir sie auch anständig behandeln.»

Helena versetzte schneidend: «Denen geht es hier allemal besser als bei sich zu Hause. Die kommen doch gern. Kein Mensch zwingt sie. Und der Gedanke, die Sträflingskolonie aufzulösen, ist einfach lächerlich.»

Das ist es, was ihr Angst macht, dachte ich. Verbrechen und Gewalt, die das kleine Haus bedrohen, das bestickte Deckchen auf dem Tablett, das gemütliche Wohnzimmer, den Wintergarten mit seinen ungeschützten Glaswänden und dem Blick auf den dunklen Garten, von dem sie bis jetzt so sicher sein kann, dass nichts Feindseliges darin lauert.

Ich sagte: «Sie fordern ja gar nicht, dass Man aufgelöst werden soll. Aber man könnte dafür eintreten, dass die Kolonie ordentlich überwacht und den Gefangenen ein menschenwürdiges Leben ermöglicht wird.»

«Aber das ist nicht das, was diese Fünf Fische vorschlagen», warf Helena ein. »Auf dem Wisch da steht, die Deportationen sollten eingestellt werden. Die wollen die Kolonie aufheben. Und überwacht von wem? Ich würde nicht zulassen, dass Rupert sich dazu meldet. Und die Gefangenen können durchaus ein menschenwürdiges Leben führen. Das liegt ganz bei ihnen. Die Insel ist groß genug, sie haben zu essen und ein Dach über dem Kopf. Bestimmt würde der Staatsrat die Insel nicht evakuieren. Da würde es nämlich Proteste hageln – wenn all die Mörder und Vergewaltiger wieder frei rumliefen. Und sind die Insassen von Broadmoor nicht auch dort? Das sind Verrückte. Irre, jawohl, gefährliche Subjekte.»

Mir fiel auf, dass sie Insassen sagte und nicht Patienten. Ich entgegnete: «Die schlimmsten darunter sind doch wohl allmählich zu alt, als dass sie noch sehr gefährlich sein könnten.»

Sie rief aufgebracht: «Aber manche sind auch erst Ende vierzig und es werden jedes Jahr neue Leute hingeschickt. Mehr als zweitausend im letzten Jahr, stimmt's?» Und an Rupert gewandt: «Darling, ich finde, wir sollten den Wisch zerreißen. Es hat keinen Sinn, ihn aufzuheben. Wir können ja doch nichts tun. Wer immer dahinter steckt, sie haben kein Recht, solches Zeug zu drucken. Es ängstigt die Leute bloß.»

Er sagte: «Ich werd's ins Klo spülen.»

Als er hinausgegangen war, wandte sie sich an mich: «Du glaubst doch nicht, dass da was dran ist, oder Theo?»

«Ich kann mir schon vorstellen, dass das Leben auf der Isle of Man besonders trostlos ist.»

Sie wiederholte eigensinnig: «Nun, das liegt doch wohl an den Sträflingen selber, was sie draus machen, oder?»

Wir erwähnten das Flugblatt nicht mehr, und zehn Minuten später, nach einer Abschiedsvisite bei Mathilda, die Helena offenbar von mir erwartete und die Katze gnädig über sich ergehen ließ, machte ich mich wieder auf den Weg. Ich bereue diesen Besuch nicht. Ich bin nicht nur gegangen, weil ich Mathilda wiedersehen wollte; unsere kurze Begegnung war eher schmerzlich als froh. Aber etwas bisher Unerledigtes kann ich nun als abgeschlossen betrachten. Helena ist glücklich. Sie sieht sogar jünger aus, und hübscher. Die frische, schlanke, attraktive Erscheinung, die ich selbst früher zur Schönheit hochstilisierte, ist zu selbstbewusster Eleganz gereift. Es wäre nicht ehrlich, wenn ich sagen würde, dass ich mich für sie freue. Hochherzigkeit gegen Menschen, denen man ernsthaft wehgetan hat, fällt uns besonders schwer. Aber wenigstens bin ich nun nicht mehr für Helenass Glück oder Unglück verantwortlich. Ich wünsche mir nicht gerade, einen von beiden wiederzusehen, aber ich kann ohne Bitterkeit oder Schuldgefühl an sie denken.

Nur einen Moment lang, kurz bevor ich ging, empfand ich mehr als spöttisch distanziertes Interesse an ihrer hausbackenen Idylle. Ich hatte mich kurz entschuldigt und war auf die Toilette gegangen: sauberes, besticktes Gästehandtuch, frische Seife, in der Kloschüssel blauschimmerndes Desinfektionsmittel, ein Potpourrischälchen; ich sah jedes spießige Detail und mokierte mich darüber. Als ich leise wieder ins Zimmer trat, bekam ich gerade noch mit, wie sie, die ein Stück weit auseinander saßen und sich über den Zwischenraum hinweg die Hände gereicht hatten, sich beim Klang meiner Schritte rasch, fast schuldbewusst wieder losließen.

Dieser Moment von Feingefühl, Takt, vielleicht sogar Mitleid, löste sekundenlang widerstreitende Gefühle in mir aus, aber nur so schwach, dass sie schon wieder verschwanden, kaum dass ich sie erkannt hätte. Gleichwohl wusste ich, dass es Neid und Trauer gewesen waren, nicht um etwas Verlorenes, sondern um etwas, das ich nie besessen hatte.

17. Kapitel

Montag, 15. März 2021

Heute waren zwei Mitglieder von der Staatssicherheitspolizei bei mir. Die Tatsache, dass ich das niederschreiben kann, beweist, dass ich nicht verhaftet wurde und dass sie das Tagebuch nicht gefunden haben. Freilich haben sie auch gar nicht danach gesucht; sie suchten überhaupt nichts. Das Tagebuch bietet zwar weiß Gott genügend Belastungsmaterial, falls jemand an meinen moralischen Fehlern und persönlichen Unzulänglichkeiten interessiert ist, aber die beiden Polizisten waren auf konkretere Vergehen aus.

Der eine war noch jung, offenbar ein Omega – erstaunlich, wie man die immer wieder sofort als solche erkennt, der andere ein höherer Offizier, etwas jünger als ich, der einen Regenmantel über dem Arm trug und eine schwarzlederne Aktentasche dabei hatte. Er stellte sich als Chief Inspector George Rawlings vor und seinen Begleiter als Sergeant Oliver Cathcart. Cathcart war ein finsterer Typ, elegant, ausdruckslos, ein typischer Omega. Rawlings, untersetzt, ein bisschen tapsig in seinen Bewegungen, hatte einen gebändigten Schopf dichter weißgrauer Haare, die aussahen, als hätte man ihnen absichtlich einen teuren Schnitt verpasst, um die gekräuselten Wellen seitlich und am Hinterkopf zu betonen. Er hatte markante Gesichtszüge, zusammengekniffene und so tief liegende Augen, dass man die Iris nicht sehen konnte, und einen länglichen Mund mit pfeilförmiger Oberlippe, scharf wie ein Schnabel. Beide Männer waren in Zivil und trugen auffallend gut geschnittene Anzüge. Unter anderen Umständen wäre ich vielleicht versucht gewesen, mich zu erkundigen, ob sie wohl denselben Schneider hätten.

Sie kamen um elf. Ich führte sie in das Wohnzimmer im Parterre und fragte, ob sie einen Kaffee wollten. Sie lehnten ab. Als ich sie aufforderte, Platz zu nehmen, machte Rawlings es sich in einem Sessel am Kamin bequem, Cathcart setzte sich ihm nach kurzem Zögern stocksteif gegenüber. Ich nahm den Drehstuhl am Schreibtisch und schwenkte ihn so, dass ich beide im Blick hatte.

Rawlings sagte: «Eine Nichte von mir, die Jüngste meiner Schwester, sie hat Omega nur um ein Jahr verfehlt, also die war in Ihrer kleinen Vortragsreihe über Leben und Zeit der Viktorianer. Sie ist keine sehr intelligente Frau und Sie werden sich wahrscheinlich nicht mehr an sie erinnern. Oder vielleicht doch. Marion Hopcroft. Sie sagte, es war nur ein kleiner Kreis, der auch noch von Woche zu Woche geschrumpft sei. Die Menschen haben einfach keine Ausdauer mehr. Sie begeistern sich schnell für etwas, aber genauso rasch wird's ihnen auch wieder langweilig, besonders, wenn man ihr Interesse nicht ständig wachhält.»

Mit wenigen Sätzen hatte er meine Vorlesung zu fadem Geschwafel vor einem spärlichen, geistig beschränkten Publikum herabgewürdigt. Seine Masche war nicht eben subtil, aber vermutlich gab er sich mit derlei differenziertem Feinsinn auch gar nicht ab. Ich sagte: «Der Name kommt mir bekannt vor, aber ich kann mich trotzdem nicht an die Dame erinnern.»

«Die Viktorianer – ihr Leben und ihre Zeit. Also das mit der Zeit fand ich überflüssig. Warum nicht einfach Viktorianisches Leben? Ober meinetwegen ‹Leben im viktorianischen England›?»

«Den Titel des Seminars habe nicht ich gewählt.»

«Ach nein? Das ist aber merkwürdig. Ich hätte gedacht, der stammte ganz sicher von Ihnen. Ich finde, Sie sollten darauf bestehen, den Titel für Ihre eigenen Veranstaltungen bestimmen zu dürfen.»

Ich antwortete nicht. Meiner Schätzung nach wusste er genau, dass ich das Seminar nur in Vertretung für Colin Seabrook gehalten hatte, aber falls er es doch nicht wissen sollte, hatte ich nicht die Absicht, ihn aufzuklären.

Nach kurzem Schweigen, das weder ihm noch Cathcart peinlich zu sein schien, fuhr er fort: «Ich habe schon mit dem Gedanken gespielt, selbst so einen Kurs für Erwachsene zu belegen, aber in Geschichte, nicht Literatur. Und ich würde mir auch nicht das viktorianische England aussuchen, sondern weiter zurückgehen, bis zu den Tudors. Die Tudors haben mich immer schon fasziniert, besonders Elisabeth I.»

Ich fragte: «Was reizt Sie denn an der Epoche? Die Mischung aus Gewalt und Prachtentfaltung, die grellen Ruhmestaten, das Nebeneinander von Poesie und Grausamkeit, die klugen, gescheiten Gesichter über den Halskrausen, dieser glanzvolle Hof auf dem Fundament von Folterbank und Daumenschrauben?»

Er schien die Frage einen Moment lang zu überdenken und sagte dann: «Ich würde die Tudorzeit nicht als beispiellos grausam hinstellen, Dr. Faron. Die Menschen starben damals jung, gewiss, und wahrscheinlich starben die meisten auch unter Schmerzen. Aber jede Zeit hat ihre Grausamkeiten. Und wenn wir schon von Schmerz reden, dann war vermutlich der Krebstod ohne Betäubungsmittel, wie er über lange, lange Zeit das Los der Menschen gewesen ist, eine weit schrecklichere Qual als jede von den Tudors erfundene Folter. Besonders für die Kinder, meinen Sie nicht auch? Es fällt schwer, darin einen Sinn zu erkennen, oder? In der Qual der Kinder, meine ich.»

Ich sagte: «Wir sollten uns vielleicht von dem Gedanken frei machen, dass in der Natur alles sinnvoll eingerichtet ist.»

Er überging meinen Einwand. «Mein Großvater war einer dieser Untergangsprediger und er glaubte, alles habe einen Sinn, ganz besonders der Schmerz. Er war wohl zu spät auf die Welt gekommen und wäre im neunzehnten Jahrhundert entschieden besser aufgehoben gewesen. Ich weiß noch, als ich neun Jahre alt war, da hatte ich einmal schreckliches Zahnweh, einen Abszess. Ich sagte nichts, weil ich solche Angst vor dem Zahnarzt hatte, aber dann wachte ich eines Nachts mit unerträglichen Zahnschmerzen auf. Meine Mutter sagte, wir würden gleich in der Früh zum Arzt gehen, sobald er Sprechstunde habe, aber ich krümmte mich bis zum Morgen vor Schmerzen. Mein Großvater kam, um nach mir zu sehen. Er sagte: ‹Die kleinen Schmerzen dieser Welt können wir stillen, aber gegen die ewigen Schmerzen der künftigen Welt sind wir machtlos. Merk dir das gut, mein Junge.› Er hatte sich weiß Gott den richtigen Moment ausgesucht. Ewiges Zahnweh. Eine Schreckensvision für ein neunjähriges Kind.»

Ich erwiderte: «Oder für einen Erwachsenen.»

«Na ja, von dem Glauben haben wir uns ja frei gemacht. Bis auf Roaring Roger, der allerdings immer noch Anhänger zu haben scheint.» Er schwieg einen Moment, wie um sich auf die donnernden Predigten von Roaring Roger zu besinnen, und fuhr dann in unverändertem Ton fort: «Der Staatsrat ist besorgt, oder sagen wir besser, er macht sich Gedanken wegen der Aktivitäten gewisser Leute.»

Er wartete, vielleicht darauf, dass ich fragen würde: «Was für Aktivitäten? Was für Leute?» Ich sagte: «In einer guten halben Stunde muss ich weg. Falls Ihr Kollege das Haus durchsuchen möchte, könnte er das vielleicht jetzt tun, während wir uns unterhalten. Da sind ein oder zwei Kleinigkeiten, an denen ich sehr hänge, die Teelöffel in der georgianischen Vitrine, das viktorianische Staffordshire-Service im Wohnzimmer, ein oder zwei Erstausgaben. Normalerweise würde ich Wert darauf legen, bei einer Durchsuchung dabei zu sein, aber in die Rechtschaffenheit der SSP habe ich volles Vertrauen.»

Bei den letzten Worten sah ich Cathcart fest in die Augen. Er zuckte nicht mit der Wimper.

Rawlings gestattete sich einen leicht vorwurfsvollen Ton,

als er erwiderte: «Von Durchsuchung ist ja überhaupt nicht die Rede, Dr. Faron. Wie kommen Sie nur darauf, dass wir bei Ihnen Hausdurchsuchung machen wollen? Wonach sollen wir denn suchen? Sie sind doch kein Umstürzler, Sir. Nein, das ist nur eine Unterhaltung, eine Konsultation, wenn Sie so wollen. Wie gesagt, es gehen Dinge vor, die den Staatsrat ein wenig beunruhigen. Das sage ich Ihnen natürlich jetzt ganz im Vertrauen. Diese Vorkommnisse sind weder von den Zeitungen noch von Radio oder Fernsehen publik gemacht worden.»

Ich sagte: «Es war sehr klug vom Staatsrat, das geheim zu halten. Unruhestifter, angenommen, wir hätten welche, leben geradezu von der Publicity. Warum soll man ihnen die frei Haus liefern?»

«Genau. Die Regierung hat lange gebraucht, um zu begreifen, dass man unangenehme Nachrichten nicht beschönigen muss. Man bringt sie einfach nicht.»

«Und was bringen Sie derzeit nicht?»

«Kleine Zwischenfälle, an sich belanglos, aber vielleicht doch Indizien für eine Verschwörung. Letzthin wurde zweimal ein Quietus gestört. Am Morgen der Zeremonie hat jemand die Rampen in die Luft gesprengt, nur eine halbe Stunde bevor die Opfer – aber Opfer ist jawohl kaum der richtige Ausdruck, sagen wir also lieber, bevor die Märtyrer – eintreffen sollten.» Er hielt inne und fuhr dann fort: «Aber Märtyrer ist vielleicht auch übertrieben. Sagen wir lieber, bevor die potenziellen Selbstmörder eintreffen sollten. Es hat ihnen einen ganz schönen Schock versetzt. Der Attentäter hatte verteufelt knapp kalkuliert. Dreißig Minuten später, und die alten Leute wären einen sehr viel aufregenderen Tod gestorben als geplant. Die Terroristen haben eine telefonische Warnung durchgegeben. Ein junger Mann hat angerufen, aber so spät, dass man nur noch die Schaulustigen aus der Gefahrenzone in Sicherheit bringen konnte.»

«Wie lästig und unangenehm», sagte ich. «Vor ungefähr einem Monat habe ich mir einen Quietus angesehen. Ich hatte den Eindruck, die Rampe, über die die Alten an Bord geschleust werden, ließe sich ziemlich rasch zusammenzimmern. Also vermute ich, dass dieses Attentat den Quietus höchstens um einen Tag verzögert hat.»

«Wie Sie schon sagten, Dr. Faron, eine unangenehme Störung, die aber vielleicht doch nicht ohne Bedeutung ist. Es hat nämlich in jüngster Zeit zu viele solcher Störungen gegeben. Und vergessen wir nicht die Flugblätter. Einige davon befassen sich mit der Behandlung der Zeitgänger. Der letzte Schub, die Sechzigjährigen und ein paar Erkrankte, mussten zwangsrepatriiert werden. Dabei kam es zu bedauerlichen Szenen am Kai. Ich behaupte nicht, dass zwischen diesem Debakel und der Verbreitung der Flugblätter ein Zusammenhang besteht, aber es könnte doch mehr als ein Zufall sein. Die Verteilung politischer Schriften an Zeitgänger ist verboten, aber wir wissen, dass diese subversiven Flugblätter trotzdem in den Lagern kursieren. Andere Pamphlete, die von Haus zu Haus verteilt wurden, klagten über die Behandlung der Zeitgänger im Allgemeinen, über die Verhältnisse auf der Isle of Man, die obligatorischen Samentests und über das, worin die Dissidenten offenbar einen Fehler im demokratischen Prozess sehen. Ein jüngst erschienenes Flugblatt vereinigte all diese Kritikpunkte in einem Forderungskatalog. Vielleicht haben Sie so eins schon gesehen?»

Er bückte sich nach der schwarzledernen Aktentasche, hob sie auf seinen Schoß und ließ das Schloss aufschnappen. Er spielte die Rolle des onkelhaften zufälligen Besuchers, der nicht recht überzeugt ist vom Zweck seiner Visite, und ich erwartete schon, dass er jetzt zum Schein in seinen Papieren herumwühlen würde, als müsse er das richtige erst finden. Allein, er überraschte mich damit, dass er es auf Anhieb herausfischte.

Er reichte es mir und wiederholte: «Haben Sie so eins schon mal gesehen, Sir?»

Ich warf einen Blick darauf und sagte: «Ja, allerdings. Vor

ein paar Wochen wurde mir eins unter der Tür durchgeschoben.»

Es hatte wenig Sinn zu leugnen. Die SSP wusste mit ziemlicher Sicherheit, dass die Flugblätter in der St. John Street verteilt worden waren. Warum sollte gerade mein Haus ausgelassen worden sein? Nachdem ich den Text noch einmal gelesen hatte, gab ich den Zettel zurück.

«Hat irgendeiner von Ihren Bekannten eins bekommen?»

«Nicht dass ich wüsste. Aber ich stelle mir vor, dass sie in ziemlich weitem Umkreis verteilt wurden. Allerdings hat es mich nicht so interessiert, dass ich nachgefragt hätte.»

Rawlings studierte das Flugblatt, als sei es ihm ganz neu. «Die Fünf Fische», sagte er. «Sinnreich, aber nicht besonders klug. Vermutlich müssen wir also nach einer kleinen fünfköpfigen Gruppe suchen. Fünf Freunde, fünf Familienmitglieder, fünf Arbeitskollegen, fünf Verschwörer. Vielleicht haben sie sich vom Staatsrat von England inspirieren lassen. Es ist eine nützliche Zahl, finden Sie nicht auch, Sir? Sie garantiert, dass bei jeder Debatte eine Mehrheit zustande kommt.» Ich antwortete nicht, und so fuhr er fort: «Die Fünf Fische. Ich stelle mir vor, jeder von ihnen hat einen Decknamen, ausgehend von den Vornamen; so können ihn sich alle leicht merken. Für A bietet sich der Aal an. Sie könnten Brasse für B nehmen, denke ich, C wäre dagegen problematisch, aber dann haben wir Dorsch für D und Elritze für E. Natürlich kann ich mich auch irren, aber ich nehme doch an, sie hätten sich nicht ausgerechnet die Fünf Fische genannt, wenn sie nicht auch einen passenden Fisch für jedes Mitglied der Bande finden konnten. Was halten Sie davon, Sir? Ich meine als Schlussfolgerung?»

«Genial», sagte ich. «Es ist interessant, die Denkprozesse der SSP einmal live mitzuerleben. Die Chance bekommen wohl nur wenige Bürger, zumindest wenige, die auf freiem Fuß sind.»

Ich hätte mir die Antwort genauso gut sparen können. Er

studierte unbeirrt weiter das Flugblatt. Dann sagte er: «Ein Fisch. Ganz nett gezeichnet. Zwar wohl nicht von einem Berufsmaler, aber doch von jemandem mit Gefühl für Gestaltung. Der Fisch ist ein christliches Symbol. Ob es sich hier wohl um eine christliche Gruppe handeln könnte?» Er blickte zu mir auf. «Sie geben zu, dass sich eins dieser Flugblätter in Ihrem Besitz befand, Sir, aber Sie haben nichts unternommen deswegen? Sie hatten nicht das Gefühl, es sei Ihre Pflicht, Meldung zu machen?»

«Ich habe es behandelt wie alle unwichtige Post, die einem unaufgefordert zugeht.» Und da ich fand, es sei an der Zeit, in die Offensive zu gehen, setzte ich hinzu: «Verzeihen Sie, Chief Inspector, aber ich begreife nicht, was dem Staatsrat eigentlich Sorgen macht. In jeder Gesellschaft gibt es Unzufriedene. Und diese Gruppe hat doch offenbar wenig Schaden angerichtet, außer ein paar windige Behelfsrampen in die Luft zu sprengen und ein paar unausgegorene Vorwürfe gegen die Regierung unters Volk zu bringen.»

«Manch einer würde diese Flugblätter als staatsgefährdende Schriften werten, Sir.»

«Nennen Sie es, wie Sie wollen, aber Sie können dieses Geschreibsel wohl kaum zu einer großen Verschwörung hochstilisieren. Und bestimmt mobilisieren Sie nicht gleich die Bataillone der Staatssicherheit, bloß weil ein paar gelangweilte und unzufriedene Bürger sich lieber mit einem gefährlicheren Spiel als Golf amüsieren. Was also macht dem Staatsrat Angst? Gut, falls es wirklich eine Dissidentengruppe gibt, dann werden die Mitglieder noch ziemlich jung oder höchstens mittleren Alters sein. Aber ihre Uhr tickt, so wie unser aller Uhr tickt. Haben Sie die Statistik vergessen? Der Staatsrat von England hält sie uns doch oft genug vor. 1996 eine Bevölkerung von achtundfünfzig Millionen, dieses Jahr bis auf sechsunddreißig Millionen gesunken, zwanzig Prozent davon über siebzig. Wir sind eine dem Untergang geweihte Nation, Chief Inspector. Mit der Reife, mit dem Alter schwindet jeder Enthusiasmus, sogar der für den verführerischen Kitzel der Konspiration. Gegen den Warden of England gibt es keine echte Opposition und es hat seit der Machtübernahme keine gegeben.»

«Es ist unsere Aufgabe, dafür zu sorgen, dass es so bleibt, Sir.»

«Sie werden natürlich tun, was Sie für nötig halten. Aber ich würde diese Sache nur dann ernst nehmen, wenn ich auch wirklich von ihrer Gefährlichkeit überzeugt wäre – wenn zum Beispiel im Rat selbst gegen die Autorität des Warden opponiert würde.»

Der letzte Satz war ein kalkuliertes Risiko, vielleicht sogar ein gefährliches gewesen. Ich sah, dass ich ihn erschreckt hatte. Und genau das hatte ich beabsichtigt.

Nach einer kurzen Pause, die ganz gewiss nicht eingeplant war, sagte er: «Wenn das in Betracht käme, Sir, dann läge der Fall nicht in meiner Hand. Dann würde man sich auf wesentlich höherer Ebene damit befassen.»

Ich stand auf. «Der Warden of England ist mein Cousin und mein Freund. Er war gut zu mir, als wir Kinder waren, in einer Zeit, wo Güte besonders wichtig ist. Ich bin zwar nicht mehr sein Berater im Staatsrat, aber deswegen bin ich doch immer noch sein Cousin und Freund. Falls ich Beweise für eine Verschwörung gegen ihn hätte, würde ich ihm das unverzüglich mitteilen. Aber Ihnen werde ich nichts sagen, Chief Inspector und ich werde mich auch nicht mit der SSP in Verbindung setzen. Nein, ich würde zu dem gehen, den es am meisten betrifft, zum Warden of England.»

Das war natürlich Schaumschlägerei und wir wussten es beide. Wir gaben uns nicht die Hand und trennten uns wortlos, als ich ihn und seinen jungen Kollegen hinausbegleitet hatte, aber das lag nicht daran, dass ich mir einen Feind gemacht hätte. Rawlings erlaubte sich den Luxus persönlicher Antipathie genauso wenig, wie er sich gestattet hätte, Sympathie zu empfinden, Zuneigung oder eine Regung von Mitleid mit den Opfern, die er aufsuchte und verhörte. Ich denke, ich kenne diesen Typ von Leuten; die engstirnigen Bürokraten der Tyrannei, Männer, die den sorgsam dosierten Lohn der Macht genießen, die man ihnen zubilligt, Männer, die in einer Aura vorfabrizierter Furcht wandeln und darauf bauen, dass diese Furcht ihnen vorauseilt, wenn sie einen Raum betreten und nachwirken wird wie ein Duftstoff, wenn sie wieder gegangen sind. Und doch haben sie weder den nötigen Sadismus noch den Mut zur äußersten Grausamkeit. Aber sie brauchen ihre Rolle auf der Bühne, wollen mitspielen. Anders als den meisten von uns genügt es ihnen nicht, ein Stück abseits zu stehen und die Kreuze auf dem Hügel zu betrachten.

18. Kapitel

Theo klappte das Tagebuch zu, legte es in die oberste Schublade seines Schreibtisches, schloss ab und steckte den Schlüssel in die Tasche. Der Schreibtisch war solide gearbeitet, die Schubladen waren stabil, aber einem fachmännischen oder auch nur genügend hartnäckigen Angriff würden sie schwerlich standhalten. Allerdings war ein solcher kaum zu erwarten und für den Fall aller Fälle hatte er dafür gesorgt, dass sein Bericht über Rawlings' Besuch sich harmlos ausnahm. Dass er dieses Bedürfnis nach Selbstzensur verspürte, war, er wusste es wohl, ein Zeichen von Besorgnis. Die Notwendigkeit solcher Vorsichtsmaßnahmen irritierte ihn. Begonnen hatte er das Tagebuch weniger als Protokoll seines Lebens (für wen und warum? was für ein Leben?), denn als regelmäßige, gründliche Selbsterforschung. Er wollte auf diesem Wege die Vergangenheit begreifen und sah darin halb Katharsis, halb tröstliche Bestätigung. Aber das Tagebuch, das sich zu einem festen Bestandteil seines Lebens entwickelt hatte, wurde sinnlos, wenn er Zensur üben, Dinge auslassen und statt aufzuklären fälschen musste.

Er dachte noch einmal über den Besuch von Rawlings und Cathcart nach. Während des Gesprächs hatte es ihn überrascht, wie wenig sie ihn einschüchtern konnten. Nachdem sie gegangen waren, war er fast ein bisschen stolz gewesen auf seine Unerschrockenheit und darauf, wie geschickt er die Unterredung geführt hatte. Doch nun fragte er sich, ob sein Optimismus gerechtfertigt sei. Er konnte sich fast wortgetreu an das Gesagte erinnern; ein starkes Verbalgedächtnis hatte immer schon zu seinen Talenten gezählt. Aber als er sich daranmachte, das kurze Gespräch aufzuzeichnen, überkamen ihn Bedenken, die er während der Unterredung nicht verspürt hatte. Er sagte sich, dass er nichts zu befürchten habe. Direkt gelogen hatte er nur einmal, als er bestritt, jemanden zu kennen, der außer ihm noch das Flugblatt der Fünf Fische bekommen hatte. Und diese Lüge konnte er im Ernstfall rechtfertigen. Warum, so würde er argumentieren, sollte er seine Exfrau ins Spiel bringen und sie den Unannehmlichkeiten und Schrecken eines Verhörs durch die SSP aussetzen? Der Umstand, dass sie oder sonst jemand ein Flugblatt bekommen hatte, bewies noch gar nichts; bestimmt waren diese Zettel praktisch unter jeder Tür in der Straße durchgeschoben worden. Eine Lüge war noch kein Schuldnachweis. Es war unwahrscheinlich, dass man ihn wegen einer kleinen Lüge verhaften würde. Schließlich gab es immer noch Gesetze in England, zumindest für die Briten.

Er ging hinunter ins Wohnzimmer und wanderte ruhelos durch den weitläufigen Raum, wobei ihm die dunklen, leeren Stockwerke über und unter sich so bedrückend gegenwärtig waren, als ob jeder dieser stummen Räume eine Drohung enthielte. An einem Fenster, das zur Straße hinausging, blieb er stehen und schaute über den schmiedeeisernen Balkon hinaus. Es nieselte. Im Schein der Straßenlaternen konnte er silbrige Spritzer erkennen und weit unten den ölig glänzenden, dunklen Regenfilm auf dem Pflaster. Im Haus gegenüber waren die Vorhänge zugezogen; nichts deutete darauf hin, dass hinter der öden Steinfassade jemand lebte, nicht einmal einen Lichtspalt sah man da, wo die Gardinen aufeinander trafen. Melancholie hüllte Theo ein wie eine vertraute, schwere Decke. All die Schuldgefühle, die Erinnerungen, die Ängste – auf einmal meinte er ihn fast zu riechen, den angehäuften Müll der verlorenen Jahre. Sein Selbstvertrauen schwand und im gleichen Maße wie die Furcht stieg. Er stellte fest, dass er während des Gesprächs nur an sich selbst gedacht hatte, an seine eigene Sicherheit, seine Klugheit und Selbstachtung. Aber die von der SSP waren ja nicht in erster Linie an ihm interessiert, sie suchten Julian und die Fünf Fische. Er hatte nichts verraten, brauchte sich also deshalb keine Vorwürfe zu machen, aber sie waren trotzdem zu ihm gekommen und das hieß, sie ahnten, dass er etwas wusste. Natürlich, so musste es sein. Der Staatsrat hatte ihm nie abgenommen, dass er aus eigenem Antrieb um eine Audienz gebeten hatte. Die SSP würde wiederkommen; das nächste Mal würde die Tünche der Höflichkeit schon dünner sein, die Fragerei forschender, das Resultat womöglich schmerzhafter.

Wie viel wusste die Polizei noch, was Rawlings verschwiegen hatte? Plötzlich erschien es ihm merkwürdig, dass sie die Gruppe nicht bereits zum Verhör geholt hatten. Aber vielleicht hatten sie das ja. War das der Grund für den heutigen Besuch? Hatte man Julian und die Gruppe bereits eingesperrt und wollte nur herausfinden, wie weit er mit ihnen unter einer Decke steckte? Zumindest Miriam würden sie rasch genug auf die Spur kommen. Er erinnerte sich an seine Frage vor dem Staatsrat nach den Verhältnissen auf der Isle of Man und an Xans Antwort: «Wir wissen es; fragt sich nur, woher weißt du's?» Sie suchten also nach jemandem, der über die Zustände auf der Insel im Bilde war. Und wer kam da in Frage, wenn Besuche verboten waren und Postverkehr mit der Insel untersagt? Über die Flucht von Miriams Bruder war gewiss Meldung gemacht worden. Da war es doch seltsam, dass man Miriam nicht gleich einvernommen hatte, als die Fünf Fische in Aktion traten. Aber vielleicht hatte man sie ja verhört. Vielleicht waren sie und Julian in diesem Moment in der Gewalt der SSP.

Der Gedankenkreis hatte sich geschlossen, und zum ersten Mal fühlte er sich über die Maßen einsam. Er hatte keine Erfahrung mit diesem Gefühl. Er misstraute ihm, und es war ihm unangenehm. Während er so auf die leere Straße hinunterblickte, wünschte er sich zum ersten Mal, dass es jemanden gäbe, einen Freund, auf den er sich verlassen, dem er sich anvertrauen könnte. Bevor sie ihn verließ, hatte Helena gesagt: «Wir leben im selben Haus, aber wir sind wie Mieter oder Gäste im selben Hotel. Wir reden nie wirklich miteinander.» Irritiert über eine so banale, durchschaubare Klage, die abgedroschene Beschwerde aller unzufriedenen Ehefrauen, hatte er geantwortet: «Worüber denn reden? Ich bin doch da. Wenn du jetzt reden willst, bitte, ich höre zu.»

Selbst mit ihr zu sprechen, sich ihren widerstrebenden, unbeholfenen Kommentar zu seinem Dilemma anzuhören, wäre ihm jetzt willkommener Trost gewesen. Und in dieser Mischung aus Furcht, Schuldgefühl und Einsamkeit lebte die Irritation wieder in ihm auf – gegen Julian, gegen die Gruppe, gegen sich selbst, weil er sich überhaupt auf so was eingelassen hatte. Immerhin hatte er ihre Bitte erfüllt. Er hatte den Warden of England gesprochen und dann hatte er Julian gewarnt. Es war nicht seine Schuld, dass die Gruppe diese Warnung nicht befolgt hatte. Zweifellos würden sie behaupten, dass es jetzt seine Pflicht sei, sie zu verständigen, sie vor der Gefahr zu warnen. Aber sie mussten doch wissen, dass sie in Gefahr schwebten. Und wie könnte er sie denn warnen? Er kannte keine ihrer Adressen, wusste nicht, wo oder als was sie arbeiteten. Das Einzige, was er tun könnte, falls Julian verhaftet würde, war, sich bei Xan für sie einzusetzen. Aber würde er es überhaupt erfahren, wenn man sie einsperrte? Sicher, wenn er sich auf die Suche machte, konnte er bestimmt wenigstens einen aus der Gruppe aufspüren, aber wie sollte er das anstellen, ohne aufzufallen, ohne seine Sicherheit aufs Spiel zu setzen? Es war durchaus möglich, dass die SSP ihn von jetzt an heimlich überwachen ließ. Er konnte nichts weiter tun als warten.

19. Kapitel

Freitag, 26. März 2021

Heute habe ich sie zum ersten Mal seit unserem Treffen im Pitt-Pivers-Museum wiedergesehen. Ich hatte im Covered Market Käse gekauft und drehte mich gerade mit meinen hübsch eingewickelten Miniportionen Roquefort, Danish Blue und Camembert von der Theke weg, als ich sie nur ein paar Meter weiter stehen sah. Sie kaufte Obst, folgte dabei aber nicht wie ich dem Geschmack eines immer heikleren Single-Gaumens, sondern zeigte rasch entschlossen auf alles, was sie brauchte, hielt dann einen Leinenbeutel auf und ließ sich die braunen Papiertüten hineingehen, die zum Bersten voll waren mit prallen, goldgefleckten Orangen, sattgelben, gekrümmten Bananen, rotbackigen Cox-Orange-Äpfeln. Ihr Haar und ihr Teint schienen den blanken Früchteglanz einzufangen, und ich sah sie umspielt von leuchtenden Farben, als schiene über ihr nicht das harte, grelle Hallenlicht, sondern eine warme, südliche Sonne. Ich sah zu, wie sie einen Geldschein über die Theke reichte, dann Münzen abzählte, um es dem Obsthändler passend zu machen, sah, wie sie ihm das Geld lächelnd aushändigte und wie sie den breiten Riemen der Leinentasche über ihre Schulter zog, die unter dem Gewicht ein bisschen herabsank. Passanten schoben sich zwischen uns durch, aber ich stand wie angewurzelt, nicht willens, vielleicht auch außerstande, mich zu bewegen. Mein Gemüt befand sich in einem Aufruhr ungewohnter und unwillkommener Gefühle und auf einmal packte mich das alberne Verlangen, zum Blumenstand hinüberzustürzen, dem Händler alles Geld in die Hand zu drücken, das ich dabei hatte, sämtliche Sträuße Narzissen, Tulpen, Gewächshausrosen und -lilien aus seinen Kübeln zu reißen, sie ihr auf die Arme zu laden und sie dafür von ihrem schweren Beutel zu befreien. Es war ein romantischer Impuls, so kindisch und albern, wie ich ihn seit der Schulzeit nicht mehr verspürt hatte. Damals hatte ich solchen Anwandlungen misstraut, sie lästig gefunden. Jetzt erschreckten sie mich mit ihrer Wucht, ihrer Unvernunft, ihrer zerstörerischen Kraft.

Julian machte kehrt, ohne mich gesehen zu haben, und ging auf den Ausgang zur High Street zu. Ich folgte ihr, schlängelte mich zwischen der Freitagmorgenkundschaft mit ihren Einkaufswägelchen durch, drängelte ungeduldig, wenn der Weg einen Moment versperrt war. Ich hielt mir vor, dass ich mich zum Narren machte, dass ich besser daran täte, sie gehen zu lassen, dass diese Frau, die ich erst viermal getroffen hatte, bei keiner dieser Gelegenheiten nur das geringste Interesse an mir gezeigt hatte, bis auf die hartnäckige Entschlossenheit, mich für ihre Ziele einzuspannen, dass ich nichts über sie wisse, außer dass sie verheiratet war und dass schließlich dieses übermächtige Verlangen, ihre Stimme zu hören, sie zu berühren, nichts weiter sei als das erste Anzeichen morbider Labilität bei einem einsamen Mann, der seine besten Jahre hinter sich hat. Ich versuchte, nicht zu rennen, mir wenigstens dieses demütigende Eingeständnis meiner Schwäche zu ersparen. Trotzdem gelang es mir, sie einzuholen, als sie eben auf die High Street hinaustrat.

Ich tippte ihr auf die Schulter und sagte: «Guten Morgen.»

Jede Begrüßung hätte banal geklungen, aber diese war zumindest unverfänglich. Sie wandte sich nach mir um und sekundenlang konnte ich mir einbilden, dass sich in ihrem Lächeln freudiges Wiedererkennen spiegele. Aber es war das gleiche Lächeln, das sie auch dem Obsthändler geschenkt hatte.

Ich legte die Hand auf ihre Tasche und fragte: «Darf ich die für Sie tragen?» Ich kam mir vor wie ein aufdringlicher Schuljunge.

Sie schüttelte den Kopf und sagte. «Danke schön, aber der Kombi steht ganz in der Nähe.»

Welcher Kombi? überlegte ich. Und für wen war das Obst? Sicher nicht bloß für sie beide, Rolf und sie. Arbeitete sie irgendwo in einem Heim? Aber ich fragte nicht, weil ich wusste, dass sie mir darauf nicht geantwortet hätte.

Stattdessen erkundigte ich mich: «Geht es Ihnen gut?»

Sie lächelte wieder. «Ja, wie Sie sehen. Und Ihnen?»

«Wie Sie sehen.»

Sie wandte sich zum Gehen. Es war keine abrupte Bewegung – sie wollte mich nicht kränken –, aber es war doch eine bewusste Geste, die etwas Endgültiges hatte.

Ich sagte mit leiser Stimme: «Ich muss mit Ihnen reden. Es ist wichtig. Es wird nicht lange dauern. Können wir nicht irgendwohin gehen?»

«Drinnen auf dem Markt ist es sicherer als hier.»

Sie machte kehrt und ich ging beiläufig neben ihr her, ohne sie anzusehen – wie zwei Fremde beim Einkaufen, die im Gewühl der Menge zufällig nebeneinander geraten sind. Als wir wieder in der Markthalle waren, blieb sie stehen und blickte in ein Schaufenster, hinter dem ein älterer Mann und sein Gehilfe ofenfrische gefüllte Pasteten verkauften. Ich stellte mich neben sie und heuchelte Interesse für den sämigen Käse, die triefenden Saucen. Der Geruch stieg mir in die Nase, würzig und angenehm, ein bekannter Duft. Schon als ich noch Student war, hatten sie hier Pasteten gebacken.

Ich tat so, als studierte ich das Angebot, und sagte ihr dann leise ins Ohr: «Die SSP war bei mir – sie sind Ihnen vielleicht schon auf der Spur. Sie suchen nach einer fünfköpfigen Gruppe.»

Sie wandte sich vom Schaufenster ab und ging weiter. Schließlich sagte sie: «Natürlich. Sie wissen ja, dass wir zu fünft sind. Das ist doch kein Geheimnis.»

«Ich weiß nicht, was die sonst noch herausgefunden oder erraten haben», erwiderte ich. «Aber machen Sie jetzt

Schluss. Sie erreichen ja doch nichts. Es bleibt Ihnen vielleicht nicht mehr viel Zeit. Wenn die anderen nicht aufhören wollen, dann steigen Sie eben allein aus.»

Und da drehte sie sich um und sah mich an. Unsere Blicke trafen sich nur eine Sekunde, aber jetzt, ohne die flammenden Lichter und die satten, leuchtenden Obstfarben um sie herum, sah ich, was mir zuvor entgangen war; ihr Gesicht wirkte müde, älter, abgespannt.

Sie sagte: «Bitte gehen Sie. Wir sollten uns besser nicht wiedersehen.» Sie streckte die Hand aus, und ich ergriff sie, ungeachtet aller Gefahr.

«Ich weiß nicht, wie Sie mit Nachnamen heißen», sagte ich. «Ich weiß weder wo Sie wohnen, noch wo ich Sie erreichen kann. Aber Sie wissen ja, wo Sie mich finden. Sollten Sie mich je brauchen, dann schicken Sie mir eine Nachricht in die St. John Street und ich werde kommen.»

Damit drehte ich mich um und eilte davon – um nicht mit ansehen zu müssen, wie sie von mir fortging.

Ich schreibe dies nach Tisch, an dem kleinen rückwärtigen Fenster mit Blick auf den fernen Hang von Wytham Wood. Ich bin fünfzig Jahre alt und ich habe nie erfahren, was Liebe ist. Ich kann das hinschreiben, weiß, dass es wahr ist, aber ich leide nicht mehr darunter als ein Mensch ohne musikalisches Gehör unter dem notgedrungenen Verzicht auf einen Kunstgenuss. Die Trauer um etwas nie Gekanntes ist nicht so schmerzlich wie die um das, was man verloren hat. Aber auch Gefühle haben ihren Ort und ihre Zeit. Und fünfzig ist kein Alter, in dem man sich noch gern auf die Stürme der Liebe einlässt, schon gar nicht auf diesem freudlosen, dem Untergang geweihten Planeten, wo die Menschheit sich verabschiedet und alles Verlangen erlischt. Darum bin ich dabei, meine Flucht vorzubereiten. Unter fünfundsechzig ist es nicht leicht, ein Ausreisevisum zu bekommen; seit Omega dürfen nur die Alten noch nach Belieben verreisen. Trotzdem rechne ich nicht mit Schwierigkeiten. Es ist noch immer von

Vorteil, der Vetter des Warden zu sein, auch wenn ich mich nie darauf berufe. Sobald ich mit den Behörden in Berührung komme, weiß man Bescheid. Den Stempel mit der Reiseerlaubnis habe ich bereits im Pass. Ich werde mir eine Vertretung für das Sommersemester suchen und bin froh, dass mir die Langeweile des Seminars – die der Studenten und meine eigene – erspart bleibt. Ich habe keine neuen Erkenntnisse, keine Begeisterung zu vermitteln. Ich werde die Autofähre nehmen und noch einmal die bedeutenden Städte Europas besuchen, die Kathedralen und Dome. Ich fahre, solange es noch passierbare Straßen gibt, Hotels mit ausreichend Personal, um wenigstens einen akzeptablen Standard zu gewährleisten und solange ich mich noch halbwegs darauf verlassen kann, Benzin zu kriegen, zumindest in der Großstadt. Ich werde die Erinnerung an das, was ich in Southwold gesehen habe, ebenso hinter mir lassen wie die an den Staatsrat, an Xan und an diese graue Stadt, in der selbst die Steine Zeugnis ablegen von der Vergänglichkeit der Jugend, der Gelehrsamkeit und der Liebe. Diese Seite werde ich aus meinem Tagebuch herausreißen. Ich habe mir den Luxus geleistet, solche Gedanken niederzuschreiben, aber sie stehen zu lassen, wäre töricht. Und ich werde auch versuchen, mein Versprechen von heute Morgen zu vergessen. Ich gab es in einem Augenblick des Wahnsinns. Wahrscheinlich würde Julian sowieso keinen Gebrauch davon machen. Und falls sie es doch tut, wird sie dieses Haus leer finden.

Zweites Buch
Oktober 2021

ALPHA

20. Kapitel

Er kehrte am Nachmittag des 30. September nach Oxford zurück. Niemand hatte versucht, ihn am Wegfahren zu hindern und niemand hieß ihn daheim willkommen. Das ganze Haus roch nach Schmutz, das Esszimmer im Tiefgeschoss feucht und modrig, die oberen Räume ungelüftet. Er hatte Mrs Kavanagh aufgetragen, von Zeit zu Zeit die Fenster zu öffnen, aber bei der unangenehm schalen Luft in den Räumen hätte man glauben können, sie wären seit Jahren fest geschlossen. Im engen Flur häufte sich die Post; manche Sendungen sahen aus, als ob die dünnen Umschläge am Teppich klebten. Im Wohnzimmer, wo die langen Vorhänge zum Schutz gegen die Nachmittagssonne zugezogen waren wie in einem Totenhaus, hatten sich kleine Mörtelstücke und Rußklümpchen aus dem Kamin gelöst und traten sich nun im Teppich fest, während er im Zimmer umherging. Er atmete Staub ein und Verfall. Das ganze Haus schien sich vor seinen Augen zu zersetzen.

Im Dachzimmerchen mit Blick auf den Glockenturm von St. Barnabas und die Bäume von Wytham Wood, die schon eine herbstliche Färbung angenommen hatten, kam es Theo besonders kalt vor, doch ansonsten schien das Zimmer unverändert. Hier setzte er sich hin und blätterte lustlos in seinem Tagebuch, wo er jede Station seiner Reise festgehalten hatte, freudlose, akribische Einträge über all die Städte und Sehenswürdigkeiten, die er hatte wiedersehen wollen und die er dann abgehakt hatte wie ein Schuljunge, der ein langweiliges Ferienprogramm absolviert. Die Auvergne, Fontainebleau, Carcassonne, Florenz, Venedig, Perugia, der Dom von

Orvieto, die Mosaiken in San Vitale, Ravenna, der Hera-Tempel in Paestum. Er war ohne Vorfreude aufgebrochen, hatte weder Abenteuer gesucht noch die Begegnung mit dem Unbekannten, Ursprünglichen, wo der Reiz des Neuen und die Entdeckerfreude fade Kost und harte Betten mehr als wettmachen können. Nein, Theo war gut organisiert, teuer und komfortabel von Hauptstadt zu Hauptstadt gereist: Paris, Madrid, Berlin, Rom. Er hatte nicht einmal bewusst Abschied genommen von den Schönheiten und der Pracht, die er in ganz jungen Jahren kennen gelernt hatte; er durfte schließlich hoffen wiederzukommen; es musste nicht der letzte Besuch sein. Nein, diese Reise war eine Flucht, keine sentimentale Pilgerfahrt auf der Suche nach verlorenen Eindrücken. Jetzt aber wusste er, dass der Teil seiner selbst, dem er am meisten entkommen wollte, in Oxford geblieben war.

Im August war es ihm in Italien zu heiß geworden. Auf der Flucht vor der Hitze, dem Staub, dem grauen Heer alter Menschen, die sich wie wandernde Nebel durch Europa zu schieben schienen, nahm er die kurvenreiche Straße nach Ravello, das wie ein Raubvogelnest zwischen tiefblauem Mittelmeer und Himmel schwebte. Hier fand er ein kleines Familienhotel, sündteuer und halb leer. Er blieb bis zum Ende des Monats. Frieden fand er dort nicht, aber immerhin Komfort und Abgeschiedenheit.

Die lebhafteste Erinnerung hatte er an Rom. Er sah sich noch vor Michelangelos Pietà im Petersdom stehen, sah die Reihen flackernder Kerzen, die knienden Frauen, reiche und arme, junge und alte, die ihre Augen so sehnsuchtsvoll auf das Gesicht der Jungfrau hefteten, dass man es fast nicht mit ansehen konnte. Und er erinnerte sich an ihre ausgestreckten Arme, die gegen das Schutzglas gepressten Handflächen, das leise, monotone Wispern ihrer Gebete, ein unaufhörlicher, gequälter Wehgesang, der wie aus einem Munde kam und dem teilnahmslosen Marmorbild das verzweifelte Sehnen der ganzen Welt zu klagen schien.

Oxford empfing ihn bei der Rückkehr farblos und ermattet von der sommerlichen Hitze, und die Stimmung in der Stadt dünkte ihn ängstlich, gereizt, ja fast einschüchternd. Er ging durch die leeren Höfe, deren Mauern in der milden Herbstsonne golden schimmerten und an denen sich immer noch der letzte buntflammende Putz des Hochsommers rankte, aber er begegnete nicht einem Menschen, den er kannte. Seine bedrückte und verzerrte Phantasie gaukelte ihm vor, die früheren Bewohner seien auf geheimnisvolle Weise vertrieben worden und nun wandelten Fremde durch die grauen Straßen und Wiedergänger säßen unter den Bäumen in den College-Gärten. Die Unterhaltung im Professorenzimmer war gezwungen, sprunghaft. Seine Kollegen schienen es zu vermeiden, ihm ins Gesicht zu sehen. Die wenigen, die wussten, dass er fort gewesen war, erkundigten sich nach dem Gelingen seiner Reise, aber ohne Interesse, nur aus Höflichkeit. Theo kam sich vor, als hätte er eine verrufene, ansteckende Krankheit mitgebracht. Er war heimgekehrt in seine eigene Stadt, an seinen vertrauten, angestammten Platz und doch befiel ihn wieder jene rätselhafte, ungewohnte Beklemmung, die man vermutlich nur als Einsamkeit bezeichnen konnte.

Nach der ersten Woche rief er Helena an, selbst verwundert darüber, dass er nicht nur den Wunsch verspürte, ihre Stimme zu hören, sondern sogar auf eine Einladung hoffte. Helena erfüllte ihm den Wunsch nicht, ja sie machte nicht einmal den Versuch, ihre Enttäuschung zu verhehlen, als sie seine Stimme erkannte. Sie erwartete nämlich einen Anruf vom Tierarzt; Mathilda sei apathisch und habe keinen Appetit, berichtete sie und der Arzt habe ein paar Tests gemacht.

Theo sagte: «Ich war den ganzen Sommer fort. Ist hier inzwischen irgendwas passiert?»

«Was meinst du damit, ob was passiert ist? Was sollte denn passiert sein? Nichts ist passiert.»

«Vermutlich nicht, nein. Aber wenn man sechs Monate weg

war, dann erwartet man Veränderungen, wenn man heimkommt.»

«In Oxford verändert sich nichts. Warum sollte es auch?»

«Ich dachte nicht nur an Oxford, sondern an das Land überhaupt. Ich habe nicht viel Zeitung gelesen, während ich weg war.»

«Es gibt ja auch nichts Neues. Und warum fragst du ausgerechnet mich? Es hat Ärger gegeben mit ein paar Dissidenten, das ist alles. Hauptsächlich Gerüchte. Anscheinend haben die alle möglichen Piers gesprengt, um den Quietus zu verhindern. Ach, und dann war da noch was in den Fernsehnachrichten, etwa vor einem Monat. Der Sprecher sagte, dass irgendeine Gruppe alle Häftlinge auf der Isle of Man befreien will, ja dass sie vielleicht sogar eine Invasion von der Insel aus organisieren und versuchen werden, den Warden abzusetzen.»

«Das ist doch lächerlich.»

«Das sagt Rupert auch. Aber sie sollten solche Meldungen nicht verbreiten, wenn sie nicht wahr sind. Es regt die Leute bloß auf. Und dabei war doch bislang alles so friedlich.»

«Weiß man, wer diese Dissidenten sind?»

«Das glaube ich nicht, nein. Aber ich muss jetzt die Leitung frei machen, Theo. Der Tierarzt kann jeden Moment anrufen.»

Sie legte so schnell auf, dass er sich nicht einmal mehr verabschieden konnte.

Es war zehn Tage nach seiner Rückkehr, als in den frühen Morgenstunden der Albtraum wiederkam. Doch diesmal war es nicht sein Vater, der am Fuß des Bettes stand und seinen blutenden Stumpf herzeigte, sondern Luke, und er, Theo, lag auch nicht in seinem Bett, sondern saß im Auto, aber nicht vor dem Haus in der Lathbury Road, sondern im Mittelschiff der Kirche von Binsey. Die Wagenfenster waren geschlossen. Er hörte eine Frau schreien, wie Helena geschrien hatte. Rolf war auch da, hochrot im Gesicht trommelte er mit den Fäusten gegen den Wagen und schrie: «Du hast Julian umgebracht, du hast Julian getötet!» Vor dem Wagen stand Luke und deutete schweigend auf seinen blutenden Stumpf. Er, Theo, konnte sich einfach nicht bewegen, saß gebannt wie in Todesstarre und hörte ihre wütenden Stimmen: «Aussteigen! Raus mit Ihnen!», aber seine Glieder gehorchten ihm nicht. Verständnislos starrte er durch die Windschutzscheibe auf Lukes anklagende Gestalt und wartete darauf, dass der Schlag aufgerissen würde, dass Hände ihn herauszerren und mit dem Entsetzlichen konfrontieren würden, das er, und er allein, zu verantworten hatte.

Der Albtraum hinterließ ein Unbehagen, das von Tag zu Tag stärker wurde. Er versuchte sich abzulenken, aber nichts in seinem eintönigen, abgeschiedenen, vom täglichen Einerlei geprägten Leben war so wichtig, dass es seine ganze Aufmerksamkeit beansprucht hätte. Er ermahnte sich: Ich muss mich ganz normal benehmen, muss unbekümmert wirken, bestimmt werde ich beobachtet. Anzeichen dafür gab es freilich keine. Er hörte nichts von Xan, nichts vom Staatsrat, erhielt auch sonst keine Nachricht und wenn man ihn beschattete, so merkte er nichts davon. Er hatte Angst, Jasper könne sich melden und seinen Vorschlag, sie sollten sich zusammentun, erneuern. Aber Jasper hatte seit dem Quietus nichts mehr von sich hören lassen und rief auch jetzt nicht an. Theo nahm das Jogging wieder auf, und zwei Wochen nach seiner Rückkehr startete er frühmorgens zu einem Geländelauf über Port Meadow zur Kirche von Binsey. Er wusste, dass es unklug wäre, zu dem alten Priester zu gehen und ihm Fragen zu stellen und er konnte sich selbst kaum erklären, warum es ihn wieder nach Binsey zog oder was er sich von dem Besuch versprach. Während er lang ausholend, in gleichmäßigem Tempo, die Anlagen von Port Meadow durchquerte, erschrak er plötzlich vor dem Gedanken, er könnte womöglich die Staatssicherheitspolizei zu einem Treffpunkt der Gruppe führen. Doch als er in Binsey ankam, fand er das Dörfchen völlig ausgestorben und beruhigte sich mit dem Argument, dass sie ihre alten Schlupfwinkel wohl kaum weiter benutzen würden. Aber wo immer sie auch sein mochten, er wusste sie in schrecklicher Gefahr. Er lief jetzt, wie schon die Tage zuvor, in einem Aufruhr widerstreitender und gleichwohl vertrauter Gefühle; Gereiztheit, weil er sich mit ihnen eingelassen hatte, Bedauern, weil er die Unterredung mit dem Staatsrat nicht besser geführt hatte, Entsetzen, wenn er sich vorstellte, dass Julian eben jetzt in den Fängen der Sicherheitspolizei sein könnte, Niedergeschlagenheit, weil er nicht die geringste Möglichkeit hatte, mit ihr Verbindung aufzunehmen und weil es niemanden gab, bei dem er sich gefahrlos hätte aussprechen können. Der Weg zur St. Margaret-Kirche war sogar noch ungepflegter und noch mehr verwildert als bei seinem letzten Besuch, und unter den ineinander greifenden Baumkronen ging man wie in einem finsteren, unheimlichen Tunnel. Als er zum Friedhof kam, sah er, dass ein Leichenwagen vor dem Pfarrhaus stand. Zwei Männer trugen einen schlichten Kiefernsarg heraus.

«Ist der alte Pfarrer tot?», fragte er.

Der Mann, der ihm antwortete, gönnte ihm kaum einen Blick. «Das wollen wir doch hoffen. Schließlich liegt er in der Kiste.»

Fachmännisch manövrierte er den Sarg auf die Ladefläche des Wagens, schlug die Klappe zu und dann fuhren die beiden los. Die Kirchentür stand offen, und Theo trat in das leere Halbdunkel. Die Kirche trug bereits deutliche Zeichen des Verfalls. Blätter waren durch die offene Tür hereingeweht, und auf dem schmutzigen Boden des Altarraums entdeckte er Flecken, die aussahen wie Blut. Auf den Bänken lag eine dicke Staubschicht, und dem Geruch nach zu urteilen hatten streunende Tiere, vermutlich Hunde, im Kirchenraum Unterschlupf gefunden. Vor dem Altar waren merkwürdige Zeichen auf den Fußboden gemalt, von denen einige ihm vage bekannt vorkamen. Jetzt tat es ihm Leid, dass er an diese entweihte Stätte gekommen war. Er ging und schloss mit einem Gefühl der Erleichterung die schwere Tür hinter sich. Aber er hatte nichts erfahren, nichts erreicht. Sein sinnloser kleiner Pilgergang hatte lediglich das Gefühl der Ohnmacht und die Ahnung drohenden Unheils verstärkt.

21. Kapitel

Um halb neun an diesem Abend hörte er es klopfen. Er war in der Küche und machte den Salat fürs Abendessen an; wie immer mischte er für die Sauce Olivenöl und Weinessig peinlich genau im richtigen Verhältnis. Er wollte, wie es abends seine Gewohnheit war, im Arbeitszimmer von einem Tablett essen, das auch schon mit frischem Deckchen und Serviette auf dem Küchentisch bereitstand. Das Lammkotelett schmorte in der Grillpfanne. Der Bordeaux war seit einer Stunde entkorkt, und er hatte sich ein erstes Glas eingeschenkt, an dem er während des Kochens nippte. Er traf die gewohnten Vorbereitungen ohne Freude an der Sache, ja fast interesselos. Essen musste er ja wohl und mit der Salatsauce pflegte er sich nun einmal besondere Mühe zu geben. Aber noch während er die gewohnten Handgriffe machte, sagte ihm sein Verstand, das sei alles überaus unwichtig.

Er hatte die Vorhänge vor der Terrassentür, durch die man auf den Patio und über ein paar Stufen hinunter in den Garten gelangte, zugezogen, weniger um seine Privatsphäre zu wahren – dazu bestand ja kaum eine Notwendigkeit –, sondern weil es seine Gewohnheit war, die Nacht auszusperren. Bis auf die wenigen von ihm selbst verursachten Geräusche war er von völliger Stille umgeben, und die leeren Stockwerke des Hauses türmten sich über ihm wie eine körperlich spürbare Last. Just in dem Moment, als er das Weinglas an die Lippen führte, hörte er das Klopfen. Es war leise, aber dringlich, ein einzelnes Pochen an der Scheibe, dem rasch drei weitere folgten, so präzise wie ein Signal. Er zog die Vorhänge zurück und erkannte vage die Umrisse eines Gesichts, das fast an die Scheibe gepresst war. Ein dunkles Gesicht. Eher instinktiv als durch Augenschein wusste er, dass es Miriam war. Er schob die beiden Riegel zurück, schloss die Tür auf, und sie schlüpfte eilig ins Haus.

Sie verlor keine Zeit mit der Begrüßung, sondern fragte abrupt: «Sind Sie allein?»

«Ja. Was gibt's denn? Was ist passiert?»

«Sie haben Gascoigne geschnappt. Wir sind auf der Flucht. Julian braucht Sie. Sie konnte nicht selbst kommen, also hat sie mich geschickt.»

Es überraschte ihn, dass er ihrer Erregung, der mühsam unterdrückten Furcht so gelassen begegnen konnte. Aber wenn er auf diesen Besuch auch nicht vorbereitet gewesen war, so erschien er ihm jetzt doch ganz natürlich, so als hätte die stetig wachsende Nervosität dieser Woche nur auf ihn zugeführt. Er hatte ja gewusst, dass etwas Schwerwiegendes geschehen war und dass man mit einer außergewöhnlichen Forderung auf ihn zukommen würde. Und jetzt war der Moment da.

Als er nicht antwortete, fuhr Miriam fort: «Sie haben Julian versprochen, dass Sie kommen würden, wenn sie Sie braucht. Jetzt braucht sie Sie.»

«Wo sind die anderen?»

Miriam zögerte eine Sekunde, als sei sie selbst jetzt noch im Zweifel, ob man ihm vertrauen dürfe, dann sagte sie: «Die Gruppe ist in einer Kapelle in Widford bei Swinbrook. Wir haben Rolfs Wagen, aber die SSP kennt bestimmt die Autonummer. Also brauchen wir Ihr Auto und wir brauchen Sie. Wir müssen fort, bevor Gascoigne umfällt und ihnen unsere Namen nennt.»

Keiner von beiden zweifelte daran, dass Gascoigne umfallen würde. Dazu bedurfte es keiner barbarischen Foltermethoden. Die Staatssicherheitspolizei würde über die richtigen Drogen verfügen sowie über genügend Kenntnis und Skrupellosigkeit, um sie anzuwenden.

Er fragte: «Wie sind Sie hierher gekommen?»

«Fahrrad», versetzte sie ungeduldig. «Ich hab's vor Ihrem Gartentor stehen lassen. Die Tür war abgeschlossen, aber zum Glück hatte Ihr Nachbar die Mülltonne rausgestellt. Da bin ich drübergestiegen. Hören Sie, Sie haben keine Zeit mehr zum Essen. Packen Sie lieber rasch zusammen, was an Lebensmitteln da ist. Wir haben etwas Brot, Käse, ein paar Konserven. Wo steht Ihr Wagen?»

«In einer Garage an der Pusey Lane. Ich hole meinen Mantel. Hinter der Schranktür hängt eine Tasche und zur Speisekammer geht's da lang. Sehen Sie zu, was Sie an Essbarem zusammenkriegen. Ach, und verkorken Sie den Wein wieder und packen Sie ihn mit ein.»

Er ging nach oben, um seinen dicken Mantel anzuziehen, und dann stieg er noch eine Treppe höher, holte sein Tagebuch aus dem kleinen Hinterzimmer und steckte es in die geräumige Innentasche seines Mantels. Er tat das ganz intuitiv; nach dem Grund gefragt, hätte er nicht einmal sich selbst ohne weiteres Antwort geben können. Das Tagebuch war nicht sonderlich belastend; dafür hatte er Sorge getragen. Vorerst glaubte er auch nicht, dass er dem Leben, wie es im Tagebuch festgehalten und von diesem hellhörigen Haus umschlossen war, länger als ein paar Stunden fernbleiben würde. Und selbst wenn die bevorstehende Fahrt der Anfang einer Odyssee sein sollte, so gab es nützlichere, ihm wertvollere und zweckdienlichere Maskottchen, die er hätte einstecken können.

Miriam hätte ihm nicht erst nachzurufen brauchen, dass er sich beeilen solle. Er wusste, die Zeit war verteufelt knapp. Wenn er mit der Gruppe vereinbaren wollte, wie er seinen Einfluss bei Xan am besten geltend machen könne, und wenn er vor allem Julian vor ihrer Verhaftung noch einmal sehen wollte, dann durfte er keine Sekunde mehr verlieren. Sobald die SSP erfuhr, dass die Gruppe geflohen war, würden sie ihn ins Visier nehmen. Sein Autokennzeichen war registriert.

Selbst wenn er die Zeit fand, es in den Abfalleimer zu werfen, würde das übrig gebliebene Abendessen noch verraten, dass er das Haus in großer Eile verlassen hatte. Aber vor lauter Sorge, noch rechtzeitig zu Julian zu kommen, kümmerte er sich kaum um die eigene Sicherheit. Immerhin war er der Exberater des Warden. In Großbritannien besaß ein Mann absolute Macht, absolute Autorität, absolute Kontrollgewalt und er war der Cousin dieses Mannes. Wenn es hart auf hart ging, konnte nicht einmal die Staatssicherheitspolizei ihn daran hindern, Xan zu sprechen. Aber sie konnte ihn daran hindern, zu Julian zu gelangen; das zumindest lag in ihrer Macht.

Miriam, im Arm eine zum Bersten volle Einkaufstasche, erwartete ihn neben der Haustür. Er öffnete, aber sie winkte ihn zurück, legte den Kopf an den Türpfosten und spähte rasch nach rechts und links. Dann sagte sie: «Ich glaub, die Luft ist rein.»

Es musste geregnet haben. Die Straßenlaternen warfen ihr schwaches Licht über die grauen Steine, über die regenfleckigen Dächer der parkenden Autos. Auf beiden Straßenseiten waren die Vorhänge zugezogen, außer in einem Fenster hoch oben, aus dem ein Lichtviereck schimmerte. Theo sah dunkle Köpfe vorbeigleiten, hörte leise Musik. Dann stellte im Zimmer jemand den Ton lauter, und plötzlich ergoss sich herzzerreißend lieblicher Gesang über die graue Straße. Tenor-, Bass- und Sopranstimmen sangen im Quartett, ganz bestimmt Mozart, auch wenn er die Oper nicht erkennen konnte. Die Melodie entführte ihn für einen Moment sehnsüchtiger Wehmut wieder in die Straße, wie er sie damals, vor dreißig Jahren, als Student gekannt hatte, zu Freunden, die längst nicht mehr hier wohnten, in eine Zeit, da durch offene Fenster die Sommernacht hereinströmte, erfüllt vom Klang junger Stimmen, von Musik und Gelächter.

Weit und breit war nichts und niemand zu sehen, keine neugierigen Späher, kein Lebenszeichen, bis auf diesen einen jubelnden Tonreigen; trotzdem legten er und Miriam die dreißig Meter entlang der St. John Street hastig und verstohlen zurück. Sie gingen schweigend, mit gesenktem Kopf, als könne schon ein Flüstern oder ein schwerer Schritt die Straße zu lautstarkem Leben erwecken. Als sie in die Pusey Lane einbogen, wartete Miriam, immer noch stumm, während er die Garage aufschloss, den Rover anließ und ihr die Beifahrertür öffnete, damit sie rasch hineinschlüpfen konnte. Schnell, aber vorsichtig und gerade noch unter dem Tempolimit fuhr er durch die Woodstock Road. Sie waren schon am Stadtrand, als er endlich das Schweigen brach.

«Wann haben sie Gascoigne geschnappt?»

«Vor ungefähr zwei Stunden. Er wollte gerade einen Landungssteg in Shoreham mit Dynamitstangen für die Sprengung präparieren. Da sollte nämlich wieder ein Quietus stattfinden. Die Sicherheitspolizei wartete schon auf ihn.»

«Nicht verwunderlich. Ihr habt ja schon seit geraumer Zeit solche Piers in die Luft gejagt. Natürlich haben sie da Wachen aufgestellt. Er ist also seit zwei Stunden in ihrer Hand. Ich wundere mich, dass sie euch noch nicht verhaftet haben.»

«Wahrscheinlich warten sie mit dem Verhör, bis sie ihn nach London geschafft haben. Und ich glaube nicht, dass sie sich sehr beeilen werden, dazu sind wir nicht wichtig genug. Aber kommen werden sie.»

«Natürlich. Woher wisst ihr überhaupt, dass sie Gascoigne gefasst haben?»

«Er rief an, um uns zu sagen, was er vorhatte. Er handelte auf eigene Faust, Rolf hatte den Anschlag nicht genehmigt. Wir rufen jedes Mal zurück, wenn eine Aktion durchgeführt ist, aber er hat sich nicht gemeldet. Da ging Luke nach Cowley in seine Wohnung. Die Staatssicherheitspolizei hatte bereits eine Hausdurchsuchung gemacht – wenigstens sagte seine Wirtin, dass jemand da gewesen sei, um die Wohnung zu durchsuchen. Wer außer der SSP käme da in Frage?»

«Es war nicht klug, dass Luke in Gascoignes Wohnung gegangen ist. Die hätten ihn dort abfangen können.»

«Klug haben wir bisher nie gehandelt. Wir tun eben, was notwendig ist.»

Er sagte: «Ich weiß nicht, was Sie von mir erwarten, aber wenn Sie meine Hilfe wollen, dann sollten Sie mir besser etwas über sich und die Gruppe erzählen. Bis jetzt kenne ich lediglich Ihre Vornamen. Wo wohnt ihr? Was macht ihr? Wie habt ihr euch kennen gelernt?»

«Ich will es Ihnen sagen, auch wenn ich nicht einsehe, warum das wichtig ist oder warum Sie es wissen müssen. Gascoigne ist – war – Fernfahrer. Darum hat Rolf ihn rekrutiert. Ich glaube, sie lernten sich in einem Pub kennen. Er konnte unsere Flugblätter in ganz England verteilen.»

«Ein Fernfahrer, der obendrein Sprengstoffexperte ist. Ein sehr brauchbarer Mann, das sehe ich ein.»

«Den Umgang mit Sprengstoff hat sein Großvater ihm beigebracht. Der war in der Armee und die beiden standen sich sehr nahe. Gascoigne ist kein Experte, aber das ist auch gar nicht nötig. Es ist nicht weiter kompliziert, einen Landungssteg oder so was in die Luft zu jagen. Rolf ist Ingenieur. Er arbeitet in einem Umspannwerk.»

«Und was hat Rolf zu dem Unternehmen beigesteuert, abgesehen von seiner nicht besonders erfolgreichen Rolle als Anführer?»

Miriam überging die Stichelei und fuhr fort: «Über Luke wissen Sie ja schon Bescheid. Er war früher Priester. Ich glaube, er ist es noch. Seine Devise heißt: einmal Priester, immer Priester. Allerdings hat er keine Gemeinde, denn es sind nicht mehr viele Kirchen übrig, die seine Art von Christentum wollen.»

«Und was für eine Art ist das?»

«Die Sorte, mit der die Kirche in den neunziger Jahren aufgeräumt hat. Die alte Bibel, die alte Liturgie. Hin und wieder hält er schon noch einen Gottesdienst, wenn die Leute ihn darum bitten. Ansonsten hat er eine Anstellung im Botanischen Garten und beschäftigt sich mit Tierzucht.»

«Und warum hat Rolf ihn aufgenommen? Doch wohl kaum, damit er der Gruppe geistlichen Trost spendet?»

«Julian wollte ihn dabei haben.»

«Und was ist mit Ihnen?»

«Meine Geschichte kennen Sie. Ich war Hebamme. Ich wollte nie etwas anderes sein. Nach Omega habe ich dann einen Job als Kassiererin in einem Supermarkt in Headington angenommen. Jetzt bin ich dort Filialleiterin.»

«Und was tun Sie für die Fünf Fische? Ihre Flugblätter in Cornflakes-Packungen einschmuggeln?»

«Hören Sie, ich habe gesagt, wir sind nicht klug. Das heißt aber noch lange nicht, dass wir blöd sind. Wenn wir nicht vorsichtig gewesen wären und solche Dilettanten, wie Sie's hinstellen, dann hätten wir uns wohl nicht so lange gehalten.»

«Ihr habt euch nur deshalb so lange gehalten, weil es dem Warden so gefiel. Er hätte euch schon vor Monaten festnehmen lassen können. Er hat es deshalb nicht getan, weil ihr ihm in Freiheit mehr nützt als im Gefängnis. Er will keine Märtyrer. Ihm liegt daran, den Anschein zu erwecken, als sei die solide öffentliche Ordnung von innen her bedroht. Das stärkt indirekt seine Autorität. Alle Tyrannen haben von Zeit zu Zeit so einen Kunstgriff angewendet. Er braucht den Bürgern nur zu sagen, dass eine Geheimgesellschaft am Werk ist, deren jüngst veröffentlichtes Manifest sich zwar betörend liberal lesen mag, die aber in Wahrheit das Ziel verfolgt, die Sträflingskolonie auf der Isle of Man aufzulösen und zehntausend kriminelle Psychopathen auf eine alternde Gesellschaft loszulassen; die alle Zeitgänger heimschicken will, was bedeutet, dass der Müll nicht mehr abgeholt und die Straßen nicht mehr gekehrt würden; und die schließlich den Staatsrat, ja sogar den Warden stürzen will.»

«Warum sollte die Bevölkerung das glauben?»

«Warum nicht? Ihr fünf zusammengenommen würdet das wahrscheinlich alles ganz gern wahrmachen. Rolf würde auf jeden Fall mit Begeisterung den Warden entmachten. Was nützt euch auch ein moderater Kurs? Unter einer undemokratischen Regierung ist friedlicher Dissens ebenso utopisch wie gemäßigte Agitation. Übrigens, da ich ohnehin weiß, dass ihr euch die Fünf Fische nennt, können Sie mir doch ruhig auch die Decknamen verraten.»

«Rolf ist Rotfeder, Luke ist Laube, Gascoigne ist Güster, ich bin Makrele.»

«Und Julian?»

«Ja, da haben wir lange gesucht. Es gibt überhaupt, soweit wir feststellen konnten, nur einen Fisch, der mit J anfängt und das ist der Judenfisch.»

Er musste an sich halten, um nicht laut herauszulachen. »Was um alles in der Welt habt ihr euch bloß dabei gedacht? Ihr habt im ganzen Land herumposaunt, dass ihr euch die Fünf Fische nennt. Ich nehme an, wenn Rolf Sie anruft, dann sagt er: Hier Rotfeder für Makrele, und hofft, dass die SSP, falls sie gerade mithört, sich die Haare rauft und sich vor lauter Frust in den Bauch beißt.»

«Schon gut, ich habe Sie verstanden. Übrigens haben wir die Namen nicht benutzt, nicht oft jedenfalls. Es war bloß so eine Idee von Rolf.»

«Das sieht ihm ähnlich.»

«Also jetzt Schluss mit dem hochnäsigen Gequatsche, ja? Wir wissen, dass Sie clever sind und Sarkasmus ist Ihre Art, uns zu zeigen, wie clever, aber im Moment vertrage ich das nicht. Und stänkern Sie nicht gegen Rolf. Wenn Ihnen auch nur ein bisschen was an Julian liegt, dann seien Sie friedlich, okay?»

Die nächsten paar Minuten fuhren sie schweigend weiter. Aus dem Augenwinkel sah er, dass sie so angestrengt auf die Straße starrte, als erwarte sie, die Fahrbahn sei vermint. Ihre Hände, die die Tasche umklammerten, waren verkrampft, die Fingerknöchel traten weiß hervor, und ihm war, als spüre er das Knistern der Erregung, die von ihr ausging. Sie hatte seine Fragen beantwortet, gewiss, aber so, als sei sie in Gedanken ganz woanders.

Dann begann sie zu reden und als sie seinen Namen aussprach, traf ihn die unerwartete Vertraulichkeit wie ein kleiner Schock. «Theo, ich muss Ihnen etwas sagen. Julian hat mir aufgetragen, es Ihnen erst zu erzählen, wenn wir unterwegs sind. Das sollte nicht etwa ein Test Ihrer Redlichkeit sein. Sie wusste, dass Sie kommen würden, wenn sie nach Ihnen schickt. Aber wenn es doch nicht gegangen wäre, wenn etwas Wichtiges Sie zurückgehalten hätte und Sie wären nicht mitgekommen, dann sollte ich es Ihnen nicht sagen. Dann hätte es sowieso keinen Zweck gehabt.»

«Um was geht's denn?» Er sah sie prüfend an. Sie starrte immer noch geradeaus, aber ihre Lippen bewegten sich stumm, als ob sie nach Worten suche. «Was sollen Sie mir sagen, Miriam?»

Sie sah ihn nicht an. «Sie werden mir nicht glauben. Aber Ihr Zweifel ist unwichtig, denn in gut einer halben Stunde können Sie sich mit eigenen Augen von der Wahrheit überzeugen. Also streiten Sie jetzt bitte nicht mit mir. Im Moment steht mir der Sinn nämlich nicht nach Beteuerungen und Argumenten. Ich werde auch gar nicht versuchen, Sie zu überzeugen, das wird Julian besorgen.»

«Sagen Sie mir nur, was Sie zu sagen haben. Ich entscheide, ob ich Ihnen glauben soll.»

Und jetzt wandte sie doch den Kopf und sah ihn an. Ihre Stimme übertönte klar und deutlich das Motorengeräusch. «Julian ist schwanger. Darum braucht sie Sie, Theo. Sie bekommt ein Kind.»

In dem Schweigen, das folgte, spürte er zuerst lähmende Enttäuschung, dann Ärger und schließlich Abscheu. Er sträubte sich zu glauben, dass Julian einem so blödsinnigen Selbstbetrug aufsitzen oder dass Miriam so töricht sein könnte, dabei mitzumachen. In Binsey, bei ihrer ersten und bis heute einzigen Begegnung, die freilich nur sehr kurz gewesen war, hatte er Miriam sympathisch gefunden, sie für verständig und intelligent gehalten. Er mochte es nicht, wenn sein Urteil über einen Menschen so widerlegt wurde.

Nach kurzem Schweigen sagte er: «Ich werde nicht widersprechen, aber ich glaube Ihnen auch nicht. Ich will Ihnen keine bewusste Lüge unterstellen, nein, ich nehme es Ihnen schon ab, dass Sie es für wahr halten. Aber es *ist* nicht wahr.»

Derlei Selbsttäuschungen waren früher an der Tagesordnung gewesen. In den ersten Jahren nach Omega glaubten Frauen in aller Welt, dass sie schwanger seien, entwickelten Schwangerschaftssymptome, trugen stolz ihren Bauch spazieren – er hatte sie ja selber in Oxford durch die High Street flanieren sehen. Sie hatten sich auf die Geburt vorbereitet, hatten sogar Scheinwehen bekommen, in denen sie stöhnten und pressten, ohne freilich etwas anderes zu gebären als Blähungen und Seelenqual.

Nach fünf Minuten sagte er: «Wie lange glauben Sie schon an diese Geschichte?»

«Ich habe gesagt, ich möchte nicht darüber reden. Ich habe gesagt, Sie sollen warten.»

«Sie sagten, ich solle keinen Streit anfangen. Nun, ich streite nicht. Ich stelle Ihnen nur eine Frage.»

«Seit der Fötus anfing, sich zu bewegen. Julian hat es bis dahin selber nicht gewusst. Wie konnte sie auch? Aber dann hat sie mit mir gesprochen und ich habe die Schwangerschaft bestätigt. Wohl gemerkt, ich bin Hebamme. Wir hielten es für ratsam, in den letzten vier Monaten nicht öfter als nötig zusammenzukommen. Wenn ich sie häufiger gesehen hätte, dann hätte ich es schon früher gewusst. Selbst nach fünfundzwanzig Jahren hätte ich es noch gemerkt.»

Er sagte: »Wenn Sie es glauben – das Unglaubliche –, dann nehmen Sie's aber sehr gefasst auf.»

«Ich hatte Zeit genug, mich an das Wunder zu gewöhnen. Jetzt sorge ich mich mehr um die praktische Seite.»

Sie schwiegen eine Weile. Dann begann sie zu erzählen, so

als hätte sie alle Zeit der Welt für einen Gang durch die Erinnerung. «Ich war siebenundzwanzig im Jahre Omega und arbeitete in der Entbindungsstation der John-Radcliffe-Klinik. Ich machte gerade ein Praktikum in der pränatalen Abteilung. Ich erinnere mich, dass ich einer Patientin einen Termin für ihre nächste Untersuchung geben wollte und dabei plötzlich merkte, dass in meinem Kalender die Seite mit dem entsprechenden Tag sieben Monate später völlig leer war. Nicht ein einziger Name. Normalerweise meldeten die Frauen sich an, sobald sie zweimal hintereinander keine Periode gehabt hatten, manche sogar schon, wenn eine ausgefallen war; wir hatten also immer viele Patientinnen gehabt. An dem Tag jedoch kein einziger Name. Ich dachte, was ist nur los mit den Männern in dieser Stadt? Dann rief ich eine Freundin an, die in der Queen-Charlotte-Klinik arbeitete. Sie hatte die gleiche Beobachtung gemacht. Sie sagte, sie würde eine Bekannte am Rosie-Maternity-Hospital in Cambridge anrufen. Zwanzig Minuten später rief sie mich zurück. In Cambridge war's das Gleiche. Und da wusste ich, was los war. Ich muss eine der ersten gewesen sein, die Bescheid wussten. Ich habe das Ende miterlebt. Jetzt werde ich beim Anfang dabei sein.»

Sie hatten Swinbrook erreicht. Er fuhr langsamer und schaltete auf Abblendlicht, als ob solche Vorsichtsmaßnahmen sie irgendwie unsichtbar machen könnten. Doch das Dorf war wie ausgestorben. Ein wächserner Halbmond schwebte vor einem Himmel aus blaugrau schillernder Seide, von einer Hand voll heller Sterne durchbrochen. Die Nacht – nicht so finster, wie Theo zunächst gedacht hatte – war windstill und mild, und es roch nach gemähtem Gras. Im fahlen Mondlicht leuchteten die hellen Steine in einem sanften Glanz, und er konnte die Umrisse der Häuser ebenso deutlich erkennen wie die steilen, schrägen Dächer und die blumenüberhangenen Gartenmäuerchen. In keinem Fenster brannte Licht; das Dorf lag still und öde wie ein verlassener Drehort, der nach außen hin dauerhaft und solide wirkt, in

Wahrheit aber nur aus bemalten Kulissen besteht, die durch Holzgerüste abgestützt sind und hinter denen sich der Müll der abgezogenen Filmcrew türmt. Einen Moment lang bildete Theo sich ein, er bräuchte sich nur gegen eine der Mauern zu lehnen, und schon würde sie in einem Hagel von Gips und splitterndem Holz zusammenstürzen. Und er erkannte alles wieder. Selbst in diesem unwirklichen Licht fand er die Orientierungspunkte: die kleine Grünfläche neben dem Weiher mit dem mächtigen, überhängenden Baum, um den eine Sitzbank lief, den Zugang zu dem schmalen Pfad, der zur Kirche hinaufführte.

Er war schon einmal hier gewesen, mit Xan, in ihrem ersten Studienjahr. Es war ein heißer Tag Ende Juni gewesen, die Zeit, da man tunlichst aus Oxford flüchtete, weil sich auf dem glühenden Pflaster die Touristen drängten, Autoabgase die Luft verpesteten, allenthalben Gruppen in fremden Sprachen lärmten und die sonst so friedlichen Innenhöfe hoffnungslos überlaufen waren. Sie waren einfach drauflosgefahren, auf der Woodstock Road stadtauswärts, als Theo einfiel, dass er sich schon lange einmal die St.-Oswald-Kapelle in Widford hatte anschauen wollen. Also konnten sie ihren Ausflug genauso gut dorthin machen. Froh darüber, dass die Fahrt nun ein Ziel hatte, waren sie der Straße nach Swinbrook gefolgt.

Diesen Tag hatte Theo in seiner Erinnerung verwahrt wie ein Bild, das er als Verkörperung des vollkommenen englischen Sommers heraufbeschwören konnte; ein azurblauer, beinahe wolkenloser Himmel, der Duft von Kerbel und frisch gemähtem Gras, der Fahrtwind, der ihnen das Haar zerzauste. Freilich wurden mit dieser konkreten Erinnerung auch andere, vergänglichere Dinge mit heraufbeschworen, die, im Gegensatz zum Sommer, auf immer verloren waren: Jugend, Selbstvertrauen, Freude, die Hoffnung auf Liebe. Sie hatten es nicht eilig gehabt. Außerhalb von Swinbrook hatten zwei Dorfmannschaften ein Kricket-Match ausgetragen und sie hatten den Wagen geparkt, sich auf den Grasstreifen hinter der Trockenmauer gesetzt und zugesehen, kritisiert, Beifall gespendet. Und später hatten sie wieder gehalten, da wo er jetzt hielt, neben dem Weiher, hatten den gleichen Weg eingeschlagen, den Miriam und er nun nehmen würden, am alten Postamt vorbei, den schmalen, kopfsteingepflasterten Weg längs der hohen, efeuberankten Mauer hinauf zur Dorfkirche. Damals war dort eine Taufe gefeiert worden. Eine kleine Prozession aus dem Dorf stieg gemächlich hügelan, die Eltern vorneweg. Die Mutter trug den Säugling in seinem weißen, mit Volants besetzten Taufkleidchen. Die Hüte der Frauen waren mit Blumen geschmückt, die Männer wirkten ein bisschen verlegen und schwitzten in ihren eng sitzenden blauen oder grauen Anzügen. Er wusste noch, dass die Szene ihm zeitlos erschienen war und er sich einen Moment lang damit unterhalten hatte, sich Taufen aus der Vergangenheit vorzustellen, mit anderen Gewändern, die Gesichter des Landvolks aber unverändert in ihrer Mischung aus zielstrebigem Ernst und Vorfreude. Damals wie heute dachte er an den Flügelschlag der Zeit; unerbittliche, unversöhnliche, unaufhaltsame Zeit. Nur war der Gedanke damals eine intellektuelle Übung, frei von Schmerz oder Wehmut, gewesen, weil alle Zeit noch vor ihm lag und einem Neunzehnjährigen gleich einer Ewigkeit erschien.

Als er sich jetzt umdrehte, um den Wagen abzuschließen, sagte er: «Falls der Treffpunkt die St.-Oswald-Kapelle ist – die kennt der Warden.»

Sie antwortete gelassen: «Aber er weiß nicht, dass wir sie kennen.»

«Er wird's wissen, sobald Gascoigne redet.»

«Gascoigne weiß es auch nicht. Das ist ein Ausweichquartier, von dem Rolf niemandem erzählt hat, für den Fall, dass einer von uns geschnappt würde.»

«Wo hat er den Wagen gelassen?»

«Der ist irgendwo abseits der Straße versteckt. Sie wollten die letzte Meile zu Fuß gehen.»

«Über unwegsames Gelände und bei Dunkelheit. Nicht gerade günstige Bedingungen für eine rasche Flucht.»

«Nein, aber die Kapelle ist abgelegen, unbenutzt und sie steht immer offen. Und wir brauchen ja nicht Hals über Kopf wieder fort, solange keiner weiß, wo wir sind.»

Trotzdem muss ein geeigneterer Platz gefunden werden, dachte Theo, und wieder kamen ihm Zweifel an Rolfs Planungs- und Führungsqualitäten. Die Verachtung gab ihm Mut und er dachte bei sich: Er sieht gut aus und verfügt über eine primitive Kraft, aber er ist nicht sehr intelligent, mehr ein ehrgeiziger Barbar. Warum um alles in der Welt hat sie den bloß geheiratet?

Sie kamen ans Ende der Gasse und bogen nach links in einen schmalen Lehmpfad ein, der zwischen efeubewachsenen Mauern und über einen Viehrost aufs freie Feld hinausführte. Hügelabwärts zur Linken lag ein niedriges Bauernhaus, an das er sich von früher her nicht erinnern konnte.

Miriam sagte: «Es steht leer. Das ganze Dorf ist inzwischen verlassen. Ich weiß nicht, warum das manche Orte eher trifft als andere, aber ich stelle mir vor, ein oder zwei tonangebende Familien ziehen weg, worauf die restlichen es mit der Angst kriegen und auch gehen.»

Das Gelände war uneben und grasüberwuchert, weshalb sie auf ihre Schritte achten mussten und den Blick zu Boden gerichtet hielten. Hin und wieder stolperte einer von beiden, und der andere streckte die Hand aus, um ihn zu stützen. Miriam ließ den Lichtkegel ihrer Taschenlampe suchend hin und her wandern. Theo hatte den Eindruck, dass sie aussehen mussten wie ein sehr altes Ehepaar, die letzten Bewohner eines verlassenen Dorfes, die, getrieben von dem eigensinnigen oder atavistischen Wunsch, in geweihter Erde zu sterben, durch die endgültige Finsternis zur St.-Oswald-Kapelle tappten. Zu seiner Linken erstreckten sich die Felder bis hinunter zu einer hohen Hecke, hinter der, auch das wusste er noch, der Windrush vorbeifloss. Dort hatten er und Xan nach der

Besichtigung der Kirche im Gras gelegen und den Fischen zugesehen, die in dem träge dahinfließenden Strom blitzschnell an die Oberfläche schossen. Dann hatten sie sich auf den Rücken gedreht und durch die silbrigen Blätter hinaufgeschaut ins Himmelsblau. Sie hatten Wein dabei und unterwegs gekaufte Erdbeeren. Theo stellte fest, dass er ihr Gespräch Wort für Wort behalten hatte.

Xan, der eine Erdbeere in seinen Mund fallen ließ und sich dann umdrehte, um an den Wein zu gelangen, hatte gesagt: «Haargenau wie eine Szene aus Brideshead, mein Lieber. Fehlt nur noch ein Teddybär.» Und dann in genau dem gleichen Tonfall: «Ich habe vor, in die Armee einzutreten.»

«Xan, warum denn das?»

«Aus keinem besonderen Grund. Aber wenigstens wird's da nicht langweilig.»

«Es ist unsagbar langweilig beim Militär, außer für Leute, die gern verreisen und Sport treiben und du hast für beides nie viel übrig gehabt, abgesehen von Kricket, und das wird in der Armee ja wohl kaum gepflegt. Die Typen da bevorzugen knallharte Spiele. Aber wahrscheinlich wird man dich gar nicht nehmen. Wie man hört, sind die Militärs sehr wählerisch, jetzt, wo die Armee so geschrumpft ist.»

«Oh, mich werden sie schon nehmen. Und später dann versuche ich's vielleicht mit der Politik.»

«Ein noch langweiligeres Geschäft. Du hast doch nie auch nur das geringste Interesse an Politik gezeigt. Du hast nicht mal politische Überzeugungen.»

«Die kann ich mir aneignen. Jedenfalls wird es nicht so langweilig werden wie das, was du dir vorgenommen hast. Du machst natürlich dein Einserexamen, und dann wird Jasper seinem Lieblingsschüler eine Assistentenstelle besorgen. Als Nächstes kommt die übliche Berufung an eine Provinzuni, wo du dich mit namenlosen Nullen abgeben musst, brav deine Forschungsergebnisse publizierst und alle paar Jahre ein sauber recherchiertes Buch veröffentlichst, das von der

Kritik wohl wollend aufgenommen wird. Dann geht's als Fellow zurück nach Oxford. Ans All-Souls-College, wenn du Glück hast. Da kriegst du dann einen Lehrstuhl und unterrichtest für den Rest deines Lebens Studenten, die Geschichte belegt haben, weil sie glauben, dass sie sich da nicht so anstrengen müssen. Oh, fast hätte ich's vergessen. Du brauchst ja noch die passende Ehefrau, intelligent genug, um anregende Tischgespräche führen zu können, aber nicht so intelligent, dass sie dir Konkurrenz macht, dazu ein Haus in Nord-Oxford mit 'ner Hypothek drauf und zwei intelligente, langweilige Kinder, an denen sich das Modell wiederholen wird.»

Nun, in den meisten Punkten hatte er richtig getippt, eigentlich in allen, ausgenommen die intelligente Frau und die beiden Kinder. Und war das, was er in dieser scheinbar beiläufigen Unterhaltung für sich selbst prophezeit hatte, schon damals Teil eines ernsthaften Plans gewesen? Die Armee nahm ihn jedenfalls tatsächlich, hier behielt er Recht. Er wurde der jüngste Colonel seit hundertfünfzig Jahren. Damals hatte er sich noch immer für keine politische Partei entschieden, hatte keine Überzeugung bis auf die, dass ihm zustünde, wonach er strebte, und dass alles, was er in die Hand nahm, gelingen würde. Nach Omega dann, als das Land in Apathie versank, keiner mehr arbeiten wollte, das Dienstleistungsgewerbe fast zusammenbrach, die Kriminalität überhand nahm, als alle Hoffnungen und Ambitionen zu Grabe getragen wurden, da war England wie eine reife Frucht gewesen, die er nur noch zu pflücken brauchte. Das war ein banaler Vergleich und doch hätte man keinen zutreffenderen finden können. Die Frucht hatte dagehangen, überreif, angefault und Xan hatte bloß die Hand danach auszustrecken brauchen. Theo versuchte, die Gedanken von der Vergangenheit zu lösen, doch die Stimmen jenes letzten Sommers hallten in seinem Kopf wider, und er konnte sogar in dieser kühlen Herbstnacht die Sonne von damals auf dem Rücken spüren.

Nun lag die Kapelle vor ihnen, Altarraum und Mittelschiff unter einem Dach mit dem Glockentürmchen in der Mitte. Sie sah genauso aus, wie Theo sie in Erinnerung hatte, geradezu winzig, ein Kirchlein, von einem Deisten als Spielzeug für sein verzogenes Kind erbaut. Kurz vor dem Eingang packte Theo ein plötzliches Widerstreben, das ihn innehalten ließ, während er sich zum ersten Mal halb neugierig, halb beklommen fragte, was ihn tatsächlich erwarten mochte. Er konnte nicht glauben, dass Julian empfangen hatte. Deswegen war er bestimmt nicht mitgekommen. Miriam mochte ja Hebamme sein, aber sie hatte ihren Beruf seit fünfundzwanzig Jahren nicht mehr ausgeübt und es gab etliche Krankheitszustände, die eine Schwangerschaft simulieren konnten. Manche davon waren gefährlich. Hatte Julian etwa einen bösartigen Tumor, der nicht behandelt worden war, weil sie und Miriam sich von ihrer Hoffnung hatten täuschen lassen? Solche Tragödien waren in den ersten Jahren nach Omega oft genug vorgekommen, fast so häufig wie die Scheinschwangerschaften. Der Gedanke, dass Julian eine irregeleitete Närrin sei, war ihm verhasst, noch schlimmer aber war die Furcht, sie könne todkrank sein. Und dann irritierte ihn wieder seine Sorge, seine, wie es schien, Besessenheit von ihr. Aber was sonst hatte ihn an diesen öden, unwirtlichen Ort geführt?

Miriam schwenkte die Taschenlampe über den Eingang und knipste sie dann aus. Die Tür gab dem Druck ihrer Hand mühelos nach. Die Kapelle war dunkel, aber die Gruppe hatte acht ewige Lichter angezündet und sie in einer Reihe vor dem Altar aufgestellt. Er fragte sich, ob Rolf sie im Voraus für den Notfall hier versteckt hatte oder ob sie von anderen, weniger flüchtigen Besuchern zurückgelassen worden waren. Die Dochte flackerten kurz in dem Luftzug von der offenen Tür und warfen Schatten auf den Steinfußboden und auf das fahle, unpolierte Holz, ehe sie sich beruhigten und mit milder, sanfter Flamme fortbrannten. Zuerst dachte Theo, die

Kapelle sei leer, aber dann sah er drei dunkle Köpfe aus einer der Kirchenbänke hervorlugen. Jetzt traten sie hinaus in den schmalen Gang, blieben stehen und betrachteten ihn aufmerksam. Sie waren wie für eine Reise gekleidet, Rolf mit einer Baskenmütze auf dem Kopf und in eine weite, schmuddelige Schaffelljacke gehüllt, Luke in einem schäbigen schwarzen Mantel nebst dickem Schal, Julian in einem langen, fast bis zum Boden reichenden Cape. Ihre Gesichter konnte er im schwachen Schein der Kerzen nur als verschwommene Flecken ausmachen. Keiner sagte etwas. Dann wandte Luke sich um, nahm eine Kerze in die Hand und hielt sie in die Höhe. Julian ging auf Theo zu und schaute lächelnd zu ihm empor.

Sie sagte: «Es ist wahr, Theo, fühlen Sie nur.»

Unter dem Cape trug sie einen Russenkittel über ausgebeulten Hosen. Sie nahm seine rechte Hand, führte sie unter den baumwollenen Kittel und zog die Lastexhose straff. Der geblähte Leib fühlte sich prall an und seine erste Regung war Erstaunen darüber, dass diese mächtige Wölbung unter ihren Kleidern so wenig auffiel. Die straff gespannte und dabei doch seidenweiche Haut war zuerst kühl unter seiner Hand, aber unmerklich strahlte die Wärme seiner Haut auf die ihre ab, bis er endlich keinen Unterschied mehr feststellen konnte, und ihm war, als sei ihrer beider Fleisch eins geworden. Und dann wurde seine Hand von einem plötzlichen, krampfhaften Zucken fast weggestoßen. Sie lachte: ein Freudenjauchzer, der die ganze Kapelle erfüllte.

«Horchen Sie», sagte Julian, «horchen Sie auf ihren Herzschlag! Es wird nämlich ein Mädchen, ich weiß es.»

Es war leichter für ihn im Knien, also kniete er nieder, unbefangen, ohne es als Huldigung zu sehen, sondern einfach nur in der Gewissheit, es solle so sein und sei richtig, dass er hier kniete. Er legte den rechten Arm um ihre Taille und presste das Ohr an ihren Leib. Den Herzschlag konnte er nicht hören, aber er hörte und spürte die Bewegungen des

Kindes, fühlte sein Leben. Eine Flut von Empfindungen riss ihn mit sich fort, stürzte ihn in einen Strudel aus Ehrfurcht, Erregung und Entsetzen, der ihn überrollte, verschlang und ihn dann, langsam verebbend, matt und entkräftet zurückließ. Einen Moment lang kniete er noch so, unfähig sich zu bewegen, halb gestützt von Julians Körper und ließ ihren Duft, ihre Wärme, ihr ganzes Sein langsam in sich eindringen. Als er sich dann aufrichtete, sah er, dass die anderen ihn gespannt beobachteten. Doch es sprach noch immer keiner. Er wünschte, sie würden gehen, damit er Julian hinausführen könnte ins Dunkel und ins Schweigen der Nacht, um mit ihr Teil der Dunkelheit zu werden und gemeinsam in jenem erhabeneren Schweigen zu stehen. Sein Geist sehnte sich nach Ruhe und Frieden, er hatte das Bedürfnis zu fühlen, nicht zu sprechen. Aber ihm war klar, dass er sprechen musste und dass er dazu all seine Überredungskunst brauchen würde. Und vielleicht war es mit Worten nicht einmal getan. Es galt, Willen mit Willen zu messen, Leidenschaft an Leidenschaft. Alles, was er zu bieten hatte, waren Vernunft, Argumente, Intelligenz; auf die hatte er sein Leben lang vertraut. Jetzt aber fühlte er sich schutzlos und unzulänglich, wo er einst besonders selbstbewusst und sicher gewesen war.

Er ließ Julian los und sagte zu Miriam: «Geben Sie mir die Taschenlampe.»

Sie reichte sie ihm wortlos, er knipste sie an und ließ den Strahl über ihre Gesichter gleiten. Sie erwiderten seinen forschenden Blick; Miriams Augen lächelten spöttisch, in Rolfs las er Unmut, aber auch Triumph, in Lukes ein verzweifeltes Flehen.

Luke sprach als Erster: «Nun sehen Sie ja selbst, Theo, dass wir fliehen mussten, dass wir Julian schützen müssen.»

Theo erwiderte: «Ihr werdet sie nicht schützen, indem ihr davonlauft. Das hier ändert alles, und zwar nicht nur für euch, sondern für die ganze Welt. Von nun an zählt nichts mehr, außer Julians Sicherheit und die des Kindes. Sie gehört ins Krankenhaus. Rufen Sie den Warden an, oder lassen Sie mich das tun. Wenn das hier erst einmal bekannt wird, kümmert sich kein Mensch mehr um staatsgefährdende Schriften oder Dissidenten. Nicht einer im Staatsrat, nicht einer im Lande, ja was das betrifft, nicht einer unter den Großen dieser Welt wird fortan noch etwas anderes im Sinn haben als die sichere Geburt dieses Kindes.»

Julian legte ihre verkrüppelte Hand über die seine. «Bitte zwingen Sie mich nicht dazu», sagte sie. «Ich will ihn nicht dabei haben, wenn mein Baby geboren wird.»

«Er braucht ja nicht dabei zu sein. Er wird sich nach Ihren Wünschen richten. Alle werden sich nach Ihren Wünschen richten.»

«Er wird dabei sein. Und Sie wissen es. Er wird bei der Geburt dabei sein und auch sonst immer. Er hat Miriams Bruder getötet; eben jetzt tötet er Gascoigne. Wenn ich ihm in die Hände falle, werde ich mich nie mehr von ihm befreien können. Und auch mein Baby wird niemals frei sein.»

Wie, fragte sich Theo, wie wollte sie sich und ihr Baby vor Xans Zugriff bewahren? Hatte sie die Absicht, die Existenz des Kindes ewig geheim zu halten? Laut sagte er: «Sie müssen jetzt in erster Linie an Ihr Baby denken. Angenommen, es gibt Komplikationen, eine Blutung beispielsweise.»

«Mir passiert schon nichts. Miriam wird sich um mich kümmern.»

Theo wandte sich direkt an sie: «Sagen Sie's ihr, Miriam! Sie sind schließlich Hebamme. Sie wissen, dass sie in ein Krankenhaus gehört. Oder denken Sie an sich dabei? Ist das alles, woran jeder von euch denkt, an sich selbst? Den eigenen Triumph? Das wäre schon eine Sache, was? Hebamme beim Erstgeborenen eines neuen Menschengeschlechts, falls dieses Kind dazu ausersehen ist. Sie wollen den Ruhm nicht teilen; Sie haben Angst, man könnte Ihnen nicht einmal einen Teil davon zubilligen. Sie wollen die Einzige sein, die hilft, dieses Wunderkind zur Welt zu bringen.»

Miriam versetzte gelassen: «Ich habe zweihundertachtzig Babys entbunden. Jedes einzelne davon war für mich wie ein Wunder, zumindest im Augenblick der Geburt. Alles, worauf es mir ankommt, ist, dass Mutter und Kind gesund sind und in Sicherheit. Nicht einmal eine trächtige Hündin würde ich dem Warden of England ausliefern. Natürlich wäre es mir lieber, das Kind in einer Klinik zu entbinden, aber Julian hat ein Recht darauf, das selber zu entscheiden.»

Theo wandte sich an Rolf. «Wie denkt denn der Vater darüber?»

Rolf war ungehalten. «Wenn wir noch lange hier rumstehen und diskutieren, bleibt uns keine Wahl mehr. Julian hat ganz Recht. Sowie der Warden sie in die Finger kriegt, übernimmt er das Kommando. Er würde bei der Geburt dabei sein. Er würde der Welt das Wunder verkünden. Er würde derjenige sein, der im Fernsehen mein Kind der Nation präsentiert. Aber die Ehre gebührt mir, nicht ihm.»

Theo dachte: Er bildet sich ein, er unterstütze seine Frau. Doch in Wirklichkeit liegt ihm bloß daran, dass das Kind unbemerkt zur Welt kommt, bevor Xan und der Staatsrat etwas von der Schwangerschaft erfahren.

Zorn und Enttäuschung machten seine Stimme schroff. «Das ist doch Wahnsinn! Ihr seid schließlich keine Kinder mit einem neuen Spielzeug, das ihr für euch behalten, mit dem ihr allein spielen und das ihr den anderen Kindern vorenthalten könnt. Diese Geburt geht die ganze Welt an, nicht bloß England. Das Kind gehört der ganzen Menschheit.»

Luke sagte: «Das Kind gehört Gott.»

Theo fauchte ihn an: «Verdammt noch mal! Können wir diese Diskussion nicht wenigstens auf der Basis der Vernunft führen?»

Es war Miriam, die antwortete. «Das Kind gehört sich selbst, aber Julian ist seine Mutter. Bis es geboren ist, und auch noch eine Zeit lang nach der Geburt, sind Baby und

Mutter eins. Julian hat das Recht zu sagen, wo sie ihr Kind zur Welt bringen will.»

«Auch wenn das Gefahr für das Leben des Babys bedeutet?»

Julian sagte: «Wenn ich mein Baby im Beisein des Warden bekomme, dann werden wir beide sterben.»

«Das ist doch lächerlich!»

Miriam fragte ruhig: «Wollen Sie das Risiko tragen?» Er antwortete nicht. Sie wartete und wiederholte dann: «Sind Sie bereit, die Verantwortung zu übernehmen?»

«Was habt ihr also vor?»

Diesmal antwortete Rolf: «Wir wollen uns einen sicheren Ort suchen, so sicher wie möglich jedenfalls. Ein leer stehendes Haus, ein Cottage, irgendein Obdach, wo wir für einen Monat unterschlüpfen können. Es muss versteckt liegen, in einem Wald vielleicht. Wir brauchen Vorräte und Wasser, und wir brauchen einen Wagen. Das einzige Auto, das wir haben, ist meins und von dem werden sie inzwischen die Nummer wissen.»

Theo sagte: «Meins können wir auch nicht nehmen, jedenfalls nicht mehr lange. Die SSP ist vermutlich jetzt schon in der St. John Street. Das ganze Unternehmen ist völlig aussichtslos. Sobald Gascoigne redet – und reden wird er, dazu brauchen sie ihn nicht mal zu foltern, sie haben schließlich ihre Wahrheitsdrogen –, sobald der Staatsrat von der Schwangerschaft weiß, werden sie euch verfolgen mit allem, was ihnen zu Gebote steht. Was glaubt ihr wohl, wie weit ihr kommen werdet, bevor die euch finden?»

Lukes Stimme klang ruhig und nachsichtig. Man hätte denken können, er erkläre den Sachverhalt einem nicht sehr intelligenten Kind. «Wir wissen ja, dass sie kommen werden. Sie suchen uns schon die ganze Zeit und sie wollen uns vernichten. Aber vielleicht kommen sie nicht gleich, legen sich fürs Erste nicht übermäßig ins Zeug. Sie wissen nämlich nichts von dem Baby. Wir haben's Gascoigne nie erzählt.»

«Aber er gehörte doch zu euch, war ein Mitglied der Gruppe. Hat er's denn da nicht erraten? Er hat doch Augen im Kopf, konnte er's nicht sehen?»

Julian sagte: «Er war einunddreißig und ich bezweifle, dass er je eine schwangere Frau gesehen hat. Schließlich ist seit fast sechsundzwanzig Jahren kein Kind mehr geboren worden. Eine solche Möglichkeit lag nicht im Bereich seines Vorstellungsvermögens. Und die Zeitgänger, mit denen ich im Lager gearbeitet habe, die waren ebenso wenig darauf gefasst. Niemand weiß Bescheid, außer uns fünfen.»

Miriam fügte hinzu: «Außerdem ist Julian breithüftig und das Kind liegt ziemlich hoch. Sie hätten auch nicht gleich gemerkt, dass sie schwanger ist, wenn Sie nicht gespürt hätten, wie der Fötus sich bewegt.»

Gascoigne haben sie also nicht getraut, dachte Theo, jedenfalls nicht genug, um ihr wertvollstes Geheimnis mit ihm zu teilen. Dessen hatten sie ihn nicht für würdig gehalten, diesen standhaften, schlichten, anständigen Mann, der Theo bei ihrer ersten Begegnung als der unerschütterliche, zuverlässige Anker der Gruppe erschienen war. Wenn sie ihm vertraut hätten, dann hätte er den Befehlen gehorcht. Es wäre weder zu dem Sabotageversuch noch zu der Festnahme gekommen.

Als ob er Theos Gedanken lesen könne, sagte Rolf: «Es war zu seinem eigenen Schutz, und auch zu unserem. Je weniger Eingeweihte, desto besser. Miriam musste ich es natürlich sagen. Wir brauchten ja ihren Beistand. Luke habe ich's gesagt, weil Julian es wollte. Es hat irgendwas damit zu tun, dass er Priester ist, irgend so'n Aberglaube. Angeblich soll er uns Glück bringen. Es war zwar gegen meine Überzeugung, aber ich habe ihn eingeweiht.»

«Ich habe es Luke selber gesagt», korrigierte Julian.

Theo dachte, dass Rolf wahrscheinlich auch dagegen gewesen war, ihn zu holen. Aber Julian hatte ihn dabei haben wollen und was sie wollte, das versuchte die Gruppe ihr so weit wie möglich zu verschaffen. Doch das Geheimnis, einmal enthüllt, ließ sich nicht mehr aus seinem Bewusstsein tilgen. Er mochte weiter versuchen, sich der Verpflichtung zu entziehen, aber sein Wissen konnte er nun nicht mehr loswerden.

Luke sagte, und seine Stimme klang eindringlich: «Lasst uns hier verschwinden, bevor sie kommen. Wir können Ihren Wagen nehmen, Theo. Sie werden genug Zeit und Gelegenheit haben, Julian zu überreden, dass sie sich's anders überlegt.»

Julian drängte: «Bitte, kommen Sie mit uns, Theo! Helfen Sie uns!»

Rolf versetzte ungehalten: «Es bleibt ihm nichts anderes übrig. Er weiß zu viel. Wir können ihn jetzt nicht mehr laufen lassen.»

Theo sah Julian an. Gern hätte er gefragt: «Ist das der Mann, den du und dein Gott euch miteinander ausgesucht habt, um die Welt wieder zu bevölkern?» Stattdessen sagte er eisig:

«Fangen Sie ja nicht an, mir zu drohen. Sie können offenbar alles, sogar das hier, auf das Niveau eines billigen Gangsterfilms herunterzerren. Aber wenn ich mit Ihnen komme, dann nur, weil ich es so will.»

22. Kapitel

Eine nach der anderen bliesen sie die Kerzen aus. Die kleine Kapelle versank wieder in zeitloser Stille. Rolf schloss die Tür, und sie begannen ihren mühseligen Marsch querfeldein, Rolf an der Spitze. Er hatte die Taschenlampe an sich genommen, und ihr kleiner Lichtkegel hüpfte nun wie ein Irrlicht über die welken, braunen Grasbüschel. Wie unter einem Miniaturscheinwerfer blitzte mal eine einzelne schwankende Blüte auf, mal ein Büschel Gänseblümchen, vorwitzig keck.

Gleich hinter Rolf gingen die beiden Frauen, Julian bei Miriam eingehängt. Luke und Theo bildeten die Nachhut. Sie sprachen nicht miteinander, und doch spürte Theo, dass Luke froh war über seine Gesellschaft. Mit Interesse durchleuchtete er seinen eigenen Gemütszustand. Wer hätte gedacht, dass er zu solch starken Empfindungen fähig war, sich mitreißen lassen konnte von Staunen, Ergriffenheit und Erregung und trotzdem noch imstande war, den Einfluss des Gefühls auf Denken und Handeln wahrzunehmen, ja zu analysieren! Wie bemerkenswert auch, dass der Aufruhr in seinem Innern immer noch Raum ließ für Irritation, eine geradezu lächerlich klein karierte Reaktion auf seine prekäre Lage. Aber schließlich war die ganze Situation paradox. Oder konnte man sich ein krasseres Missverhältnis zwischen Zweck und Mitteln denken? Hatte je ein Unternehmen von solcher Tragweite in den Händen so schwacher und erbarmenswert unzulänglicher Abenteurer gelegen? Aber er brauchte ja nicht mitzumachen. Unbewaffnet konnten sie ihn auf Dauer nicht festhalten, und er hatte schließlich seine Wagenschlüssel. Doch wenn er das tat, würde Julian sterben. Zumindest glaubte sie das und vielleicht war schon die Überzeugung stark genug, um beide, sie und ihr Kind, zu töten. Theo hatte bereits den Tod eines Kindes zu verantworten. Das war genug.

Als sie endlich an der Grünfläche beim Weiher anlangten, wo er den Rover geparkt hatte, war er beinahe darauf gefasst, dass die SSP ihn schon umzingelt hätte; im Geist sah er schwarze unbewegliche Gestalten, mit eisigem Blick und schussbereiter Waffe. Aber das Dorf lag so ausgestorben wie bei ihrer Ankunft. Als sie sich dem Wagen näherten, beschloss er, noch einen letzten Versuch zu machen.

Es war Julian, an die er sich wandte: «Egal, was für eine Meinung Sie vom Warden haben, was immer Sie auch befürchten, lassen Sie mich ihn jetzt anrufen. Lassen Sie mich mit ihm reden. Er ist nicht der Teufel, für den Sie ihn halten.»

Rolfs Stimme kam ungehalten aus dem Dunkeln: «Geben Sie denn niemals auf. Sie will sich nicht von Ihnen begönnern lassen. Sie traut Ihren Versprechungen nicht. Nein, wir halten uns an unseren Plan: Wir hauen ab und verstecken uns irgendwo, möglichst weit weg von hier, bis das Kind geboren ist. Was wir zum Essen brauchen, stehlen wir.»

Miriam sagte: «Theo, wir haben keine andere Wahl. Irgendwo muss sich doch ein Platz für uns finden, vielleicht ein verlassenes Cottage tief im Wald.»

Theo fauchte sie an: «Ein richtiges Idyll, was? Ich sehe es direkt vor mir. Ein lauschiges kleines Cottage auf einer abgelegenen Waldschneise, der Rauch eines Holzfeuers steigt aus dem Kamin, ein Brunnen spendet frisches Wasser, Kaninchen und Vögel sind so zahm, dass sie sich mit der Hand fangen lassen, und im Garten wächst Gemüse in Hülle und Fülle. Vielleicht findet ihr sogar ein paar Hühner und eine Ziege, die Milch gibt. Und sicher haben die Vorbesitzer netterweise im Schuppen einen Kinderwagen stehen lassen.»

Miriam sah ihm fest in die Augen. Ruhig, aber bestimmt wiederholte sie: «Theo, wir haben keine Wahl.»

Und auch er hatte keine. Der Moment, als er zu Julians Füßen gekniet und gespürt hatte, wie ihr Kind sich unter seiner Hand bewegte, dieser Moment hatte ihn unwiderruflich an die Gruppe gebunden. Und sie brauchten ihn. Rolf konnte ihn vielleicht nicht leiden, aber er wurde trotzdem gebraucht. Wenn es zum Schlimmsten kam, konnte er sich bei Xan zu ihrem Fürsprecher machen. Falls sie der Staatssicherheitspolizei in die Hände fielen, war er der Mann, auf den sie vielleicht hören würden.

Er zog die Autoschlüssel aus der Tasche. Rolf streckte die Hand danach aus, aber Theo sagte: «Ich fahre. Sie können die Route bestimmen. Ich nehme an, dass Sie eine Karte lesen können.»

Den wohlfeilen Spott hätte er sich wohl besser verkniffen. Rolfs Stimme klang gefährlich beherrscht: «Sie verachten uns, nicht wahr?»

«Nein, warum sollte ich?»

«Sie brauchen keinen besonderen Grund dazu. Sie verachten die ganze Welt, außer Leuten Ihres Schlages, Leuten, die Ihre Bildung haben, Ihre Privilegien, Ihre Alternativen. Gascoigne war doppelt so viel wert wie Sie. Was haben Sie denn schon geleistet in Ihrem Leben? Was können Sie eigentlich, außer über die Vergangenheit schwafeln? Kein Wunder, dass Sie sich Museen als Treffpunkt aussuchen. Da fühlen Sie sich zu Hause. Gascoigne konnte einen Landungssteg zerstören und auf eigene Faust einen Quietus verhindern. Könnten Sie das auch?»

«Was? Mit Sprengstoff umgehen? Nein, ich gebe zu, dass ich mich dieses Talents nicht rühmen kann.»

Rolf äffte ihn nach: «‹Ich gebe zu, dass ich mich dieses Talents nicht rühmen kann›! Mann, Sie sollten sich mal selber hören. Sie sind keiner von uns, sind es nie gewesen. Dazu haben Sie gar nicht den Mumm. Und bilden Sie sich bloß nicht ein, dass wir Sie wirklich dabeihaben wollen oder dass wir Sie gar mögen. Sie sind bloß hier, weil Sie der Cousin des Warden sind und deshalb nützlich sein könnten.»

Er hatte im Plural gesprochen, aber sie wussten beide, wen er eigentlich meinte. Theo fragte: «Wenn Sie Gascoigne so sehr bewundert haben, warum haben Sie ihn dann nicht eingeweiht? Wenn Sie ihm von dem Baby erzählt hätten, dann hätte er sich nicht über die Anweisungen hinweggesetzt. Ich gehöre vielleicht nicht dazu, aber er war doch einer von euch. Er hatte ein Recht, es zu wissen. Sie sind schuld an seiner Festnahme, und falls er tot ist, haben Sie ihn auf dem Gewissen. Aber machen Sie mich nicht für Ihre Schuldgefühle verantwortlich.»

Er spürte Miriams Hand auf seinem Arm. Sie sprach ruhig, aber mit Nachdruck: «Nur nicht aufregen, Theo. Wenn wir uns zerstreiten, sind wir am Ende. Machen wir lieber, dass wir hier wegkommen, okay?»

Als sie im Wagen saßen, Theo und Rolf vorn, fragte Theo: «Also, welche Richtung?»

«Nordwesten, rauf nach Wales. Jenseits der Grenze ist es sicherer für uns. Die Anordnungen des Warden gelten zwar auch dort, aber er wird mehr gehasst als geliebt. Wir werden nachts fahren und am Tag schlafen. Und wir halten uns an die Nebenstraßen. Deckung ist jetzt wichtiger als Meilen schinden und nach dem Wagen hier wird bestimmt gefahndet. Sowie sich eine Gelegenheit bietet, wechseln wir das Fahrzeug.»

Als er das hörte, kam Theo der rettende Einfall. Jasper! Jasper, der praktischerweise ganz in der Nähe wohnte und der so wohl versorgt war mit Lebensmitteln. Jasper, der so dringend zu ihm in die St. John Street ziehen wollte.

Er sagte: «Ich habe einen Freund, der etwas außerhalb von Asthall wohnt, also praktisch im Nachbardorf. Er hat reichlich Vorräte und ich denke, ich könnte ihn auch überreden, uns sein Auto zu leihen.»

«Wieso meinen Sie, dass er sich darauf einlassen wird?», fragte Rolf.

«Er braucht etwas sehr dringend und ich kann's ihm verschaffen.»

«Wir dürfen keine Zeit vergeuden», sagte Rolf. «Wie lange wird denn dieses Überredungskunststück dauern?»

Theo schluckte seinen Ärger hinunter. «Ein Fahrzeug beschaffen und Proviant besorgen ist ja wohl kaum Zeitvergeudung. Ich würde sogar sagen, das muss sein. Aber wenn Sie einen besseren Vorschlag haben, dann bitte.»

Rolf sagte bloß: «Also gut, fahren wir.»

Theo legte den Gang ein, und der Wagen kroch langsam durch die Dunkelheit. Als sie an den Ortsrand von Asthall kamen, sagte er. «Wir borgen uns seinen Wagen aus und lassen meinen in seiner Garage stehen. Wenn wir Glück haben, dauert es einige Zeit, bis sie auf meinen Freund stoßen. Und ich denke, ich kann mich dafür verbürgen, dass er den Mund halten wird.» Julian beugte sich vor und fragte: «Aber würden wir damit Ihren Freund nicht in Gefahr bringen? Das dürfen wir nicht.»

«Er muss es riskieren», fuhr Rolf unwirsch dazwischen.

Theo richtete seine Antwort an Julian: «Wenn wir gefasst werden, dann haben sie lediglich den Wagen, um ihn mit uns in Verbindung zu bringen. Er braucht nur zu sagen, dass der ihm nachts gestohlen wurde, dass wir das Auto geklaut oder ihn gezwungen hätten, uns zu helfen.»

Rolf wandte ein: «Was, wenn er sich weigert? Ich komme besser mit rein und sorge dafür, dass er keine Zicken macht.»

«Mit Gewalt? Seien Sie doch nicht dumm. Wie lange würde er dann wohl hinterher den Mund halten? Er wird uns helfen, aber nicht, wenn Sie anfangen, ihm zu drohen. Ich brauche allerdings einen Begleiter. Ich werde Miriam mitnehmen.»

«Und warum Miriam?»

«Sie weiß, was sie für die Geburt benötigt.»

Rolf machte keine weiteren Einwände. Theo überlegte, ob er Rolf mit dem nötigen Takt behandelt habe, aber dann packte ihn auch wieder die Wut über die Arroganz, die ihm diesen Takt abnötigte. Gleichwohl durfte er es nicht zum offenen Streit kommen lassen. Gemessen an Julians Sicherheit, an der geradezu erschreckenden Bedeutung ihres Unternehmens, war seine wachsende Aggression gegen Rolf bloß eine belanglose, aber gefährliche Schwäche. Er machte aus freien Stücken mit und hatte doch eigentlich gar keine Wahl gehabt. Seine Loyalität galt einzig und allein Julian und ihrem ungeborenen Kind.

Als er die Hand nach der Klingel an der Mauer ausstreckte, sah er überrascht, dass das Tor offen stand. Er winkte Miriam, sie gingen zusammen hinein, und er schloss das Tor hinter sich. Das Haus lag, bis aufs Wohnzimmer, im Dunkeln. Dort waren die Vorhänge zugezogen, aber durch einen Spalt in der Mitte sickerte Licht. Theo stellte fest, dass auch die Garage offen, ja die Tür hoch geschoben war, so dass man den dunklen, wuchtigen Renault drinnen stehen sah. Jetzt überraschte es ihn nicht mehr, auch die Hintertür offen zu finden. Er knipste das Flurlicht an und rief leise nach Jasper, aber es kam keine Antwort. Miriam dicht hinter sich, ging er durch die Diele ins Wohnzimmer.

Gleich als er die Tür aufstieß, wusste er, was ihn dahinter erwartete. Der Geruch, durchdringend und eklig wie Pesthauch, verursachte ihm Brechreiz; Blut, Kot, der Gestank des Todes. Jasper hatte es sich für den letzten Akt bequem gemacht. Er saß im Armstuhl vor dem leeren Kamin, die Hände hingen locker über die Seitenlehnen. Die Methode, die er gewählt hatte, war unfehlbar und grauenhaft zugleich. Er hatte sich den Lauf eines Revolvers in den Mund gesteckt und sich die Schädeldecke weggeschossen. Was von seinem Kopf übrig war, hing auf die Brust herab, wo sich ein verkrusteter Latz braun geronnenen Blutes gebildet hatte, das aussah wie getrocknete Kotze. Er war Linkshänder gewesen, und die Waffe lag neben dem Sessel am Boden, unter einem runden Tischchen mit seinen Haus- und Wagenschlüsseln darauf, einem leeren Glas, einer leeren Flasche Bordeaux und einem handgeschriebenen Briefchen, das mit einem lateinischen Zitat begann und englisch weiterging.

> *Quid te exempta iuvat spinis de pluribus una?*
> *Vivere si recte nescis, decede peritis.*
> *Lusisti satis, edisti satis atque bibisti:*
> *Tempus abire tibi est.*

Miriam trat zu dem Toten und strich in instinktivem, hilflosem Mitleid über die kalten Finger. «Armer Mann», sagte sie. «Oh, der arme Mann.»

«Rolf würde sagen, er hat uns einen Dienst erwiesen. Jetzt brauchen wir keine Zeit mit Überredungskünsten zu verschwenden.»

«Warum hat er's getan? Was steht auf dem Zettel?»

«Es beginnt mit einem Zitat von Horaz, das besagt, es sei nichts damit gewonnen, einen Stachel loszuwerden, wenn noch so viele in einem stecken. Und wer nicht mehr gut leben kann, der solle lieber abtreten. Den lateinischen Wortlaut hat er wahrscheinlich im *Oxford Book of Quotations* gefunden.»

Die englische Notiz darunter war kürzer und schlichter. «Ich bitte um Verzeihung für die Schweinerei. Es ist noch eine Kugel in der Trommel.» War das, überlegte Theo, eine Warnung oder ein Angebot? Und was hatte Jasper zu diesem Schritt veranlasst? Reue, Trauer, Einsamkeit, Verzweiflung oder die Erkenntnis, dass der Stachel zwar gezogen war, Wunde und Schmerz aber bleiben und auch nicht mehr heilen würden? Laut sagte er: «Bettwäsche und Decken finden Sie wahrscheinlich oben. Ich kümmere mich um die Verpflegung.»

Er war froh, dass er seinen langen, sportlichen Trenchcoat angezogen hatte. In der Innentasche des Futters würde der Revolver bequem Platz haben. Er vergewisserte sich, dass wirklich noch eine Kugel in der Trommel war, nahm sie heraus und steckte beides, Waffe und Kugel, in die Tasche.

Die Arbeitsflächen in der Küche waren kahl, eine Reihe Frühstückstassen hingen, alle Henkel in einer Richtung, über der Spüle. Es war alles ein bisschen schmuddelig, aber sehr aufgeräumt, fast wie unbenutzt, bis auf ein zerknittertes Geschirrtuch, das offenbar gewaschen und zum Trocknen über das leere Abtropfgestell gehängt worden war. Der einzige Verstoß gegen die peinliche Ordnung waren zwei Binsenmatten, die zusammengerollt an der Wand lehnten. Hatte Jasper sich vielleicht hier umbringen und dafür Sorge tragen wollen, dass das Blut sich leicht von den Steinfliesen abschrubben ließ? Oder hatte er vorgehabt, den Fußboden noch einmal aufzuwischen und dann die Sinnlosigkeit dieser letzten zwanghaften Sorge um die Wahrung des Scheins erkannt?

Die Tür zur Vorratskammer war unverschlossen. Nach fünfundzwanzig Jahren sparsamster Haushaltsführung hatte Jasper seine kostbaren Vorräte, die er nun nicht mehr brauchte, vor zufälligen Plünderern genauso bloßgelegt wie sein Leben. Auch hier war alles ordentlich und aufgeräumt. Auf den Holzregalen standen große Blechbüchsen, die an den Rändern mit Klebestreifen versiegelt waren. Jede Dose trug ein Etikett in Jaspers eleganter Handschrift. FLEISCH, EINGEMACHTES, MILCHPULVER, KAFFEE, REIS, TEE, MEHL. Beim Anblick der Schildchen, mit den gestochen scharfen Buchstaben spürte Theo einen Funken Mitleid, eine schmerzliche, ja unangenehme Anwandlung von Reue und Erbarmen, zu der Jaspers verspritztes Hirn und seine blutverschmierte Brust ihn nicht hatten verleiten können. Einen Moment lang gab er dem Gefühl nach, dann konzentrierte er sich auf seine Aufgaben. Sein erster Gedanke war, die Dosen auf dem Boden zu öffnen und all das herauszusuchen, was sie am ehesten würden brauchen können, zumindest für die erste Woche, aber dann sah er ein, dass dazu nicht genug Zeit war. Schon die Klebestreifen zu lösen würde ihn unnötig aufhalten. Besser, er nahm einfach die Dosen, die ihm geeignet schienen, ungeöffnet mit: Fleisch, Milchpulver, Trockenfrüchte, Kaffee, Zucker, Gemüsekonserven. Die kleineren Dosen mit der Aufschrift ARZNEIEN respektive SPRITZEN mitzunehmen war ebenso nahe liegend wie einen Kompass einzustecken. Zwei Paraffinkocher stellten ihn schon vor eine schwierigere Entscheidung. Der eine war ein altmodisches Ein-Platten-Gerät, der andere ein moderneres, aber unhandliches mit drei Platten, das er dann schließlich stehen ließ, weil es zu viel Platz beansprucht hätte. Er war froh, als er auch eine Kanne Öl fand und einen Zwei-Gallonen-Behälter Benzin. Hoffentlich war der Wagentank nicht leer.

Er konnte Miriam oben schnell, aber leise herumgehen hören, und als er die zweite Ladung im Wagen verstaut hatte und ins Haus zurückkehrte, kam sie, das Kinn auf einen Stapel aus vier Kissen geklemmt, die Treppe herunter.

«Ein bisschen Komfort kann nicht schaden», sagte sie.

«Die werden ganz schön Platz wegnehmen. Haben Sie alles, was Sie für die Entbindung brauchen?»

«Jede Menge Handtücher und einfache Betttücher. Auf die Kissen können wir uns ja draufsetzen. Im Schlafzimmer ist auch ein Arzneischränkchen. Das habe ich ausgeräumt und alles in einen Kissenbezug gesteckt. Das Desinfektionsmittel können wir gut gebrauchen, aber sonst sind fast nur Hausmittel drin gewesen – Aspirin, Bikarbonat, Hustensaft. Dieses Haus ist mit allem versehen. Schade, dass wir nicht hier bleiben können.»

Er wusste, es war kein ernst gemeinter Vorschlag, trotzdem fühlte er sich bemüßigt, ihm entgegenzutreten. «Sobald sie merken, dass ich fort bin, wird dies eine der ersten Adressen sein, wo sie mich suchen. Sie werden alle meine Bekannten verhören.»

Sie arbeiteten schweigend, Hand in Hand. Als der Kofferraum endlich voll war, klappte er ihn leise zu und sagte: «Wir werden meinen Wagen in die Garage fahren und sie abschließen. Ich werde auch das Tor draußen zuschließen. Das wird zwar die SSP nicht fern halten, aber vielleicht schützt es doch vor vorzeitiger Entdeckung.»

Als er die Haustür absperrte, legte Miriam ihm die Hand auf den Arm und sagte hastig: «Ach ja, die Waffe. Besser, Sie sagen Rolf nichts davon.»

Sie hatte das mit Nachdruck, ja fast gebieterisch vorgebracht, und er hörte aus ihrem Ton ein Echo der eigenen instinktiven Angst heraus. Er antwortete: «Von mir wird Rolf bestimmt nichts erfahren.»

«Und Julian sollte besser auch nichts davon wissen. Rolf würde versuchen, Ihnen die Waffe wegzunehmen, und Julian würde wollen, dass Sie sie fortwerfen.»

Er sagte schroff: «Ich werde beiden nichts davon erzählen. Und wenn Julian Schutz für sich und ihr Kind will, dann muss sie sich mit den Mitteln abfinden. Oder hat sie sich vorgenommen, noch tugendhafter zu sein als ihr Gott?»

Vorsichtig lenkte er den Renault durchs Tor und parkte ihn hinter dem Rover. Rolf, der neben dem Wagen auf und ab ging, war schon ganz aufgebracht.

«Ihr habt ja eine Ewigkeit gebraucht. Gab's Ärger?»

«Nein. Jasper ist tot. Selbstmord. Wir haben eingepackt, was in den Wagen rein ging. Fahren Sie den Rover in die Garage. Ich schließe sie dann ab und das Tor auch. Die Haustüren habe ich schon versperrt.»

Im Rover war nichts, was sich in den Renault umzuladen lohnte, außer den Straßenkarten und einer Taschenbuchausgabe von Jane Austens *Emma*, die er im Handschuhfach fand. Er steckte das Buch in die Innentasche seines Mantels zu dem Revolver und seinem Tagebuch. Zwei Minuten später stiegen sie in den Renault, Theo auf der Fahrerseite. Nach kurzem Zögern setzte Rolf sich neben ihn, und Julian nahm auf dem Rücksitz zwischen Miriam und Luke Platz. Theo schloss das Tor zu und warf den Schlüssel über die Mauer. Vom Haus war im Dunkeln nichts zu sehen außer der hohen, schwarzen Dachschräge.

23. Kapitel

In der ersten Stunde mussten sie zweimal anhalten, damit Miriam und Julian in der Dunkelheit verschwinden konnten. Rolf spähte ihnen mit zusammengekniffenen Augen nach. Sowie sie ihm aus dem Blickfeld gerieten, wurde er nervös. Miriam, der seine Ungeduld nicht entging, beschwichtigte ihn. «Daran wirst du dich gewöhnen müssen. Das ist so gegen Ende der Schwangerschaft. Da drückt's auf die Blase.»

Beim dritten Halt stiegen sie alle aus, um sich die Beine zu vertreten, und auch Luke trollte sich mit einer gemurmelten Entschuldigung Richtung Hecke. Jetzt, wo Scheinwerfer und Motor ausgeschaltet waren, schien es ringsum vollkommen still. Die Luft war warm und mild, als ob noch immer Sommer wäre, und die Sterne leuchteten hell, obwohl sie ziemlich hoch standen. Theo glaubte in der Ferne ein Bohnenfeld zu riechen, aber das war bestimmt nur Einbildung; die Bohnen müssten ja jetzt längst abgeblüht sein und voll in der Schote stehen.

Rolf kam und stellte sich neben ihn. «Wir beide müssen mal miteinander reden.»

«Nur zu, reden Sie.»

«Diese Expedition verträgt keine zwei Führer.»

«Ach, eine Expedition ist das also? Fünf schlecht ausgerüstete Flüchtlinge ohne rechte Vorstellung davon, wo es hingeht oder was wir machen werden, wenn wir ankommen. Rangordnung ist hier wohl kaum gefragt. Aber wenn es Ihnen was gibt, sich selbst als Führer zu bezeichnen, dann soll's mir recht sein, solange Sie keinen bedingungslosen Gehorsam erwarten.»

«Sie haben nie zu uns, nie zur Gruppe gehört. Sie hatten die Chance beizutreten und haben sie ausgeschlagen. Jetzt sind Sie nur dabei, weil ich nach Ihnen geschickt habe.»

«Ich bin hier, weil Julian nach mir geschickt hat. Also müssen wir's schon miteinander aushalten. Da mir keine andere Wahl bleibt, werde ich Sie ertragen. Und ich schlage vor, dass Sie sich ebenso in Toleranz üben.»

«Ich will ans Steuer.» Und als hätte er seine Absicht noch nicht deutlich gemacht, setzte er hinzu: «Von jetzt ab will ich den Wagen fahren.»

Theo lachte, ein spontanes, unverfälscht fröhliches Lachen. »Julians Kind wird man als Wunder feiern. Ihnen wird man zujubeln als dem Vater dieses Wunders. Der neue Adam, Stammvater des neuen Geschlechts, Erretter der Menschheit. Das ist ein Machtpotenzial, von dem man nur träumen kann, vermutlich mehr, als Sie verkraften können. Und da haben Sie Sorge, dass Sie womöglich am Steuer zu kurz kommen könnten!»

Rolf antwortete nicht gleich. «Also schön», sagte er dann, «schließen wir einen Pakt. Vielleicht kann ich Sie sogar noch brauchen. Der Warden dachte immerhin, dass Sie was zu bieten hätten. Ich werde auch einen Berater brauchen.»

«Ich bin anscheinend jedermanns Vertrauter. Aber Sie werden vermutlich ebenso wenig mit mir zufrieden sein wie er.» Theo schwieg einen Moment, dann fragte er: «Sie haben also vor, die Macht zu übernehmen?»

«Warum nicht? Wenn sie mein Sperma wollen, dann müssen sie mich dazunehmen. Sie können nicht eins ohne das andere haben. Und ich könnte den Job als Warden genauso gut erledigen wie er.»

«Ich dachte, Ihre Gruppe sei der Meinung, er würde sein Amt schlecht versehen und sei ein unbarmherziger Tyrann. Sie haben also vor, eine Diktatur durch eine andere zu ersetzen. Eine wohltätige diesmal, wie ich vermute. Die meisten Tyrannen fangen so an.»

Rolf antwortete nicht. Theo dachte: Wir sind allein. Vielleicht ist das die einzige Gelegenheit, mich mit ihm zu unterhalten, ohne dass die anderen dabei sind. «Hören Sie», sagte er, «ich finde immer noch, wir sollten den Warden anrufen und Julian die Betreuung verschaffen, die sie braucht. Sie wissen, dass das der einzig vernünftige Weg ist.»

«Und Sie wissen, dass sie dem nicht gewachsen wäre. Sie schafft's schon. So eine Entbindung ist schließlich ein ganz natürlicher Vorgang, oder? Und außerdem hat sie ja eine Hebamme.»

«Die seit fünfundzwanzig Jahren kein Kind mehr entbunden hat. Ganz abgesehen davon können immer Komplikationen auftreten.»

«In unserem Fall nicht. Miriam macht sich keine Sorgen. Jedenfalls ist die Gefahr, dass es Komplikationen gibt, egal ob körperliche oder seelische, größer, wenn man Julian mit Gewalt in eine Klinik bringt. Sie hat schreckliche Angst vor dem Warden, sie hält ihn für eine Art Leibhaftigen. Schließlich hat er Miriams Bruder umgebracht, und wahrscheinlich bringt er jetzt gerade Gascoigne um. Julian hat wahnsinnige Angst, er könnte ihrem Baby etwas antun.»

«Das ist doch lächerlich! Das könnt ihr doch unmöglich glauben, Julian nicht und Sie erst recht nicht. Das würde er nie und nimmer wollen. Wenn er dieses Kind an sich bringt, wird seine Macht sich ungeheuer vergrößern und das nicht nur in Großbritannien, sondern auf der ganzen Welt.»

«Irrtum! Nicht seine Macht – meine. Ich bange nicht um Julians Sicherheit. Der Staatsrat wird weder ihr noch dem Baby etwas tun. Aber ich werde derjenige sein und nicht Xan Lyppiatt, der der Welt mein Kind vorführt, und dann werden wir ja sehen, wer Warden of England ist.»

«Was haben Sie also vor?»

«Wie meinen Sie das?» Rolfs Stimme klang misstrauisch.

«Nun, Sie müssen doch irgendeine Vorstellung davon haben, was Sie machen wollen, falls es Ihnen gelingt, den Warden zu entmachten.»

«Von Entmachten ist gar nicht die Rede. Das Volk wird mir die Macht freiwillig geben. Es wird ihm nichts anderes übrig bleiben, wenn man will, dass Großbritannien wieder bevölkert wird.»

«Ah, ich verstehe. Das Volk wird sie Ihnen übertragen. Ja, mit der Spekulation haben Sie wahrscheinlich sogar Recht. Und was dann?»

«Ich werde meinen eigenen Staatsrat ernennen, und in dem wird Xan Lyppiatt nicht mehr Mitglied sein. Er hat seine Zeit gehabt.»

«Vermutlich werden Sie sich um die Befriedung der Isle of Man kümmern.»

«Das ist wohl kaum ein vordringliches Projekt. Die Bevölkerung wäre mir nicht gerade dankbar, wenn ich eine Bande krimineller Psychopathen auf sie loslassen würde. Nein, ich warte lieber ab, bis die Sträflingskolonie sich durch natürlichen Schwund reduziert. Dieses Problem wird sich ganz von selbst lösen.»

Theo sagte: «Ich denke, das ist auch Lyppiatts Plan. Aber Miriam wird das nicht gefallen.»

«Ich habe es nicht nötig, mich bei Miriam beliebt zu machen. Sie hat ihre Aufgabe und wenn die erfüllt ist, wird sie angemessen entlohnt werden.»

«Und die Zeitgänger? Wollen Sie dafür sorgen, dass die besser behandelt werden, oder werden Sie die Zuwanderung junger Ausländer unterbinden? Schließlich werden die Leute in ihren eigenen Ländern gebraucht.»

«Ich werde die Einwanderungsquote kontrollieren und darauf achten, dass diejenigen, die wir hereinlassen, fair behandelt und streng geführt werden.»

«Ich nehme an, das ist genau das, was der Warden zu tun glaubt. Und wie steht's mit dem Quietus?»

«Ich werde die Alten nicht daran hindern, ihr Leben so zu beenden, wie es ihnen am angenehmsten erscheint.»

«Der Warden of England wäre ganz Ihrer Meinung.»

«Aber ich habe ihm etwas Entscheidendes voraus», sagte Rolf. «Ich kann das neue Geschlecht zeugen, er nicht. Wir haben bereits detaillierte Angaben über alle gesunden Frauen in der Altersgruppe von dreißig bis fünfzig im Computer. Es wird ein erbittertes Gerangel um fruchtbaren Samen geben. Die Gefahr der Inzucht ist nicht von der Hand zu weisen. Darum müssen wir sehr sorgfältig auswählen und vor allem auf körperliche Gesundheit und hohen Intelligenzgrad achten.»

«Der Warden of England wäre sehr einverstanden. Das war auch sein Plan.»

«Aber nicht er hat das Sperma, sondern ich.»

«Eine Sache», sagte Theo, «haben Sie anscheinend noch nicht bedacht. Es hängt doch alles davon ab, was Julian zur Welt bringt, oder? Das Kind wird normal und gesund sein müssen. Wie, wenn es eine Missgeburt wird?»

«Warum sollte es eine Missgeburt werden? Warum sollte es denn nicht normal sein, mein und ihr Kind?»

Da war der Schwachpunkt, Rolfs geheime Furcht. In diesem Moment des Vertrauens, als seine Angst endlich eingestanden und ausgesprochen war, regte sich in Theo Mitgefühl. Nicht genug, um ihm sein Gegenüber sympathisch zu machen, aber doch so viel, dass er seine Gedanken für sich behielt. Vielleicht, dachte er, wäre es besser für dich, wenn das Kind anormal ist, deformiert, ein Idiot, eine Missgeburt. Denn wenn es gesund ist, dann wirst du für den Rest deines Lebens als Zucht- und Versuchstier herhalten müssen. Du glaubst doch nicht ernsthaft, dass der Warden seine Macht abgeben wird, und sei es auch an den Vater des neuen Geschlechts? Vielleicht brauchen sie dein Sperma, ja, aber davon können sie sich genug aneignen, um England und die halbe Welt zu bevölkern, und danach doch entscheiden, dass du entbehrlich geworden bist.

Und sobald der Warden dich als Bedrohung sieht, wird vermutlich genau das passieren.

Aber er sagte nichts.

Drei Gestalten tauchten aus dem Dunkel auf, Luke als erster, hinter ihm Miriam und Julian, die vorsichtig, Hand in Hand, über den buckligen Grasstreifen gingen. Rolf setzte sich ans Steuer.

«Also», sagte er, «machen wir, dass wir weiterkommen. Von jetzt an fahre ich.»

24. Kapitel

Sobald der Wagen mit einem gewaltigen Ruck losfuhr, wusste Theo, dass Rolf zu schnell fahren würde. Er warf ihm einen Blick zu und überlegte, ob er es riskieren könne, ihn zu warnen, hoffte aber dann, dass die Fahrbahn besser werden und sein Hinweis sich erübrigen würde. Im bleichen Strahl der Scheinwerfer wirkte die mit Asphaltbeulen übersäte Straße so unheimlich und fremdartig wie eine Mondlandschaft, gleichzeitig nah und doch geheimnisvoll entrückt und endlos. Grimmig entschlossen wie ein Rallye-Fahrer starrte Rolf durch die Windschutzscheibe und vor jedem neuen Hindernis, das plötzlich aus der Dunkelheit auftauchte, riss er hektisch das Lenkrad herum. Die Straße mit ihren Schlaglöchern, Furchen und Rinnen wäre auch für einen vorsichtigen Chauffeur gefährlich gewesen. Aber bei Rolfs brutaler Fahrweise hopste und schlingerte der Wagen so sehr, dass die drei auf dem Rücksitz eingezwängten Passagiere beständig hin und her schaukelten.

Miriam kämpfte sich mühsam frei und beugte sich nach vorn. «Immer mit der Ruhe, Rolf!», sagte sie. «Fahr langsamer. Das ist nicht gut für Julian. Oder willst du eine Fehlgeburt riskieren?»

Ihre Stimme war ruhig, aber so von Autorität durchdrungen, dass sie umgehend Wirkung zeigte. Rolf nahm sofort das Gas weg. Doch es war schon zu spät. Der Wagen schlingerte, machte einen Satz, brach aus, und sekundenlang drehten die Räder einfach durch. Rolf stieg mit voller Wucht auf die Bremse, und das Fahrzeug kam ruckartig zum Stehen.

Er fluchte leise: «Verdammte Scheiße! Jetzt haben wir vorn einen Platten.»

Vorwürfe wären jetzt sinnlos gewesen. Theo löste den Sicherheitsgurt. «Im Kofferraum ist ein Reserverad. Kommen Sie, wir müssen den Wagen von der Straße runterbringen.»

Rolf lenkte den Wagen auf den Grasstreifen. Sie kletterten hinaus und stellten sich in den Schatten einer ungestutzten Hecke, die die Straße auf beiden Seiten säumte. Theo sah, dass sie sich in offenem, hügeligem Gelände befanden; vermutlich, dachte er, etwa zehn Meilen von Stratford entfernt. Die Hecke bestand aus hohen, ineinander verzweigten Sträuchern, zwischen denen hie und da eine Lücke klaffte, so dass man auf die windschiefen Furchen eines gepflügten Ackers sehen konnte. Julian stand, in ihr Cape gehüllt, so ruhig und brav wie ein fügsames Kind, das man zum Picknick ausgeführt hat und das nun geduldig wartet, bis die Erwachsenen ein kleines Hindernis aus dem Weg geräumt haben.

Miriam klang gefasst, aber so ganz ließ sich der ängstliche Unterton in ihrer Stimme doch nicht verbergen. «Wie lange wird's dauern?»

Rolf sah sich um. «So zwanzig Minuten», sagte er, «wenn wir Glück haben, sogar weniger. Aber abseits der Straße, wo wir nicht gesehen werden können, ist es weniger gefährlich für uns.»

Ohne weitere Erklärung lief er davon. Sie starrten ihm nach und warteten. In weniger als einer Minute war er wieder da.

«Knapp hundert Meter weiter rechts ist ein Tor und dahinter ein Trampelpfad. Sieht aus, als ob der zu einem Wäldchen führt. Da ist es bestimmt sicherer für uns. Diese Straße ist zwar praktisch unpassierbar, aber trotzdem, wenn wir hier durchkommen, dann können andere das auch. Wir dürfen nicht riskieren, dass irgendein Trottel anhält und uns helfen will.»

Miriam schien nicht seiner Meinung zu sein. «Wie weit ist es denn? Wir sollten uns nicht weiter als nötig von der

Straße entfernen. Außerdem ist es bestimmt nicht gut für die Felge.»

Rolf ließ sich nicht beirren. «Wir müssen aber in Deckung gehen. Ich kann nicht genau sagen, wie lange die Reparatur dauern wird. Man darf uns von der Straße aus nicht sehen.»

Theo gab ihm im Stillen recht. Deckung war jetzt wichtiger als Meilenschinden. Die SSP hatte schließlich keine Ahnung, in welche Richtung sie fuhren und falls sie Jaspers Leiche nicht schon gefunden hatten, kannten sie nicht mal den Wagentyp und das Kennzeichen. Er setzte sich ans Steuer, ohne dass Rolf Einwände erhoben hätte.

Er sagte: «Bei all den Vorräten im Kofferraum sollten wir wenigstens vorne die Belastung reduzieren. Julian kann mitfahren, aber die anderen gehen zu Fuß.»

Das Tor und der Feldweg waren näher, als Theo erwartet hatte. Der sanft ansteigende, holprige Pfad verlief hart am Rand eines ungepflügten Ackers, der offenbar schon seit langem aufgelassen war. Schwere Traktorenreifen hatten Zickzackfurchen in den Weg gegraben; auf dem Mittelkamm wuchs hohes Gras, dessen Halme im Scheinwerferlicht schwankten wie zarte Fühler. Theo fuhr langsam und mit äußerster Vorsicht. Julian saß auf dem Beifahrersitz, und die drei stummen Gestalten gingen wie dunkle Schatten nebenher. Als sie zu dem Gehölz kamen, sah Theo, dass die Bäume unerwartet dicht standen und tatsächlich ausreichend Schutz boten. Davor lag freilich ein letztes Hindernis in Form einer tief eingeschnittenen und fast zwei Meter breiten Wasserrinne.

Rolf trommelte gegen das Wagenfenster. «Wartet einen Moment hier!», rief er und stürmte abermals voraus. Als er zurückkam, sagte er: «Etwa dreißig Meter weiter ist ein Übergang. Wie es aussieht, führt er auf eine Art Lichtung.»

Den Zugang zum Wäldchen bildete eine schmale Brücke aus Brettern über aufgeschütteter Erde, längst von Gras und Unkraut überwuchert. Theo stellte erleichtert fest, dass sie breit genug für das Auto war. Aber er wartete noch so lange, bis Rolf mit der Taschenlampe die Bohlen untersucht hatte, um sicherzugehen, dass sie nicht morsch waren. Rolf winkte, und Theo lenkte den Wagen ohne große Mühe hinüber. Das Auto holperte sachte vorwärts und war bald schon von lauter Buchen umgeben, deren hohes Astwerk sich zu einem Baldachin bronzener Blätter wölbte, filigran wie ein geschnitztes Dach. Beim Aussteigen sah Theo, dass das Auto in einem Brei aus welken Blättern und aufgesprungenen Bucheckern stecken geblieben war.

Rolf und Theo machten sich gemeinsam über das Vorderrad her, während Miriam die Taschenlampe hielt. Luke und Julian standen schweigend beieinander und sahen zu, wie Rolf das Reserverad, den Wagenheber und den Kreuzschlüssel aus dem Kofferraum zerrte. Aber das Rad abzumontieren war schwerer, als Theo gedacht hatte. Die Schrauben waren so fest angezogen, dass weder er noch Rolf sie losbrachten.

Der Strahl der Taschenlampe bewegte sich unruhig hin und her, während Miriam versuchte, in der Hocke eine bequemere Stellung zu finden. «Halt die Lampe ruhig, zum Donnerwetter!», herrschte Rolf sie an. «Ich seh ja sonst nicht, was ich tue. Die Funzel ist sowieso schon schwach genug.»

Eine Sekunde später erlosch das Licht.

Miriam kam Rolfs Frage zuvor. «Nein», sagte sie, «es ist keine Ersatzbatterie drin. Tut mir Leid, aber wir werden wohl bis morgen Früh hier ausharren müssen.»

Theo rechnete fest damit, dass Rolf explodieren würde. Aber nein, er richtete sich nur auf und sagte ruhig: «Dann können wir ja auch was essen und es uns bequem machen für den Rest der Nacht.»

25. Kapitel

Theo und Rolf entschlossen sich, auf der Erde zu schlafen, die drei anderen wählten das Auto. Luke legte sich nach vorn, und die beiden Frauen richteten sich auf dem Rücksitz ein. Theo raffte ein paar Arm voll Buchenblätter zusammen, breitete Jaspers Regenmantel darüber und deckte sich mit seinem eigenen Mantel und einer Decke zu. Das letzte, was er noch mitbekam, waren die leisen Stimmen der Frauen, die sich zum Schlafen bereitmachten, und das Knistern von Zweigen, als er sich tiefer in die Blättermulde kuschelte. Dann, kurz bevor er einschlief, frischte der Wind auf, nicht so stark, als dass die tief hängenden Äste über seinem Kopf sich bewegt hätten, aber doch spürbar an einem fernen, schwachen Säuseln, mit dem der Wald zum Leben zu erwachen schien.

Als Theo am nächsten Morgen die Augen aufschlug, erblickte er über sich eine Laube aus bronzenen und rostbraunen Ulmenblättern, durchbrochen vom weichen, fahlen Licht spärlicher Sonnenstrahlen. Er spürte, wie hart der Boden war, atmete den Geruch von Lehm und Blättern, den er stechend fand und seltsam tröstlich zugleich. Er arbeitete sich unter dem Gewicht von Mantel und Decke hervor, streckte sich und zuckte unter einem heftigen Schmerz in Schultern und Kreuz zusammen. Es überraschte ihn, dass er so tief geschlafen hatte in diesem Laubbett, das anfangs wunderbar weich gewesen war, sich dann aber unter seinem Gewicht zusammengepresst hatte und sich nun hart wie ein Brett anfühlte.

Es sah aus, als sei er als Letzter erwacht. Die Wagentüren standen offen, die Sitze waren leer. Irgendwer hatte schon Tee gekocht. Auf einem Baumstumpf standen fünf Tassen, lauter Krönungstassen aus Jaspers Sammlung, und ein gusseiserner Teekessel. Die kolorierten Tassen wirkten deplatziert festlich.

Rolf sagte: «Bedienen Sie sich.»

Miriam hatte in jeder Hand ein Kissen, die sie aufschüttelte und dann zurück zum Wagen trug, wo Rolf sich bereits mit dem Reserverad zu schaffen machte. Theo trank seinen Tee und ging dann hinüber, um Rolf zu helfen; sie arbeiteten zusammen wie ein eingespieltes Team. Rolfs große Hände mit den kräftigen Fingern waren erstaunlich geschickt. Vielleicht weil sie jetzt beide ausgeruht waren, nicht mehr so nervös und nicht mehr abhängig vom kümmerlichen Licht einer einzigen Taschenlampe, gaben die zuvor so hartnäckigen Muttern ihren vereinten Kräften schließlich nach.

Theo, der eine Hand voll Laub zusammenraffte, um sich die Hände daran abzuwischen, fragte: «Wo sind eigentlich Julian und Luke?»

«Die beten», antwortete Rolf. «Das machen sie jeden Morgen. Wenn sie zurückkommen, werden wir frühstücken. Ich habe Luke angewiesen, die Rationen einzuteilen. Es wird ihm gut tun, sich um etwas Nützlicheres zu kümmern, als bloß mit meiner Frau seine Gebete aufzusagen.»

«Können sie denn nicht hier beten? Wir sollten zusammenbleiben.»

«Sie sind ja nicht weit weg. Beim Beten sind sie lieber unbeobachtet und ich kann sie nicht daran hindern. Julian hat's gern und Miriam hält mir dauernd vor, dass ich sie nicht aufregen und ihr ihren Willen lassen soll. Für die beiden ist das so 'ne Art Ritual. Und es schadet ja auch niemandem. Aber warum gehen Sie nicht zu ihnen, wenn Sie sich solche Sorgen machen?»

«Ich glaube nicht, dass sie mich dabeihaben wollen», entgegnete Theo.

«Och, ich weiß nicht, vielleicht doch. Sie würden womöglich versuchen, Sie zu bekehren. Sind Sie eigentlich Christ?»

«Nein, bin ich nicht.»

«Woran glauben Sie denn dann?»

«Glauben, in welchem Kontext?»

«Na, was religiöse Menschen so für wichtig halten. Gibt es einen Gott? Warum gibt es das Böse? Was passiert, wenn wir sterben? Wozu sind wir auf der Welt? Wie sollten wir unser Leben leben?»

Theo erwiderte: «Die letzte Frage ist die wichtigste und die einzige, auf die es wirklich ankommt. Um das zu glauben, muss man nicht religiös sein. Und man braucht auch kein Christ zu sein, um sie beantworten zu können.»

Rolf blickte ihn an und fragte, als ob ihn die Antwort tatsächlich interessiere: «Aber woran glauben Sie? Ich meine nicht bloß in puncto Religion. Worauf verlassen Sie sich?»

«Darauf, dass ich einst nicht war und dass ich jetzt bin. Und dass ich eines Tage nicht mehr sein werde.»

Rolf stieß ein kurzes Lachen aus, rau wie ein Schrei. «Das ist weiß Gott unverfänglich. Das kann keiner bestreiten. Und woran glaubt er, der Warden of England?»

«Ich weiß nicht. Darüber haben wir nie gesprochen.»

Miriam setzte sich zu ihnen. Sie lehnte sich mit dem Rücken gegen einen Baumstamm, streckte die Beine aus, schloss die Augen und hob, leise lächelnd, das Gesicht gen Himmel. Sie hörte zu, beteiligte sich aber nicht an ihrem Gespräch.

Rolf sagte: «Früher habe ich an Gott geglaubt und an den Teufel, aber eines Morgens, als ich zwölf Jahre alt war, habe ich meinen Glauben verloren. Ich wachte auf und stellte fest, dass ich an nichts von dem glaubte, was die Priester mich gelehrt hatten. Bis dahin hatte ich gefürchtet, vor lauter Angst nicht mehr weiterleben zu können, wenn ich plötzlich meinen Glauben verlieren sollte, aber nun machte es mir gar nichts aus. Eines Abends ging ich gläubig zu Bett, und am nächsten Morgen erwachte ich als Ungläubige. Ich konnte Gott nicht mal sagen, dass es mir Leid täte, denn er war einfach nicht mehr da. Und auch das machte mir eigentlich nichts aus, damals genauso wenig wie heute.»

Miriam fragte, ohne dabei die Augen zu öffnen: «Und was hast du an seine Stelle gesetzt? Auf diesen leeren Platz?»

«Da war kein leerer Platz. Davon rede ich ja gerade.»

«Und wie steht's mit dem Teufel?»

«Ich glaube an den Warden of England. Der existiert. Der ist mir für dieses Leben Teufel genug.»

Theo wandte sich ab und schlenderte den schmalen Pfad zwischen den Bäumen entlang. Er war noch immer beunruhigt darüber, dass Julian sich von der Gruppe entfernt hatte, beunruhigt und wütend. Sie sollte doch wirklich wissen, dass sie zusammenbleiben mussten, sollte begreifen, dass irgendjemand, ein Wanderer, ein Holzfäller, ein Landarbeiter zufällig des Wegs kommen und sie sehen könnte. Sie mussten sich schließlich nicht nur vor der Staatssicherheitspolizei und vor den Grenadieren in Acht nehmen. Theo wusste, dass er seinen Ärger mit unvernünftigen Bedenken schürte; wer sollte sie schon an diesem abgelegenen Ort und um diese Stunde überraschen? Trotzdem wallte der Zorn in ihm auf, so ungestüm, dass ihm fast angst wurde.

Und dann sah er sie. Nur fünfzig Meter von der Lichtung und dem Wagen entfernt knieten sie auf einem kleinen grünen Moosflecken. Sie waren völlig in sich versunken. Luke hatte den Altar hergerichtet – eine umgestülpte Blechdose mit einem Geschirrtuch darüber. Darauf stand eine einzelne Kerze auf einer Untertasse, daneben eine zweite Untertasse mit zwei Brotbröckchen und dann noch ein kleiner Becher. Luke trug eine cremefarbene Stola. Theo fragte sich, ob er die wohl sonst zusammengerollt in seiner Tasche verwahrte. Die beiden bemerkten ihn nicht. Sie kamen ihm vor wie zwei in ihr Spiel vertiefte Kinder, wie sie da knieten, ihre ernsten Gesichter gesprenkelt vom Schatten der Blätter. Theo sah zu, wie Luke die Untertasse mit den beiden Brotkrumen in die linke Hand nahm und die Handfläche der Rechten darüberhielt. Julian neigte den Kopf noch tiefer, so dass es aussah, als schmiege sie sich an die Erde.

Die Worte, an die er sich dunkel aus längst vergangenen Kindertagen erinnerte, wurden sehr leise gesprochen und doch verstand Theo sie ganz deutlich. «Blick auf uns herab, o Gott, segne und heilige dieses Brot und diesen Kelch. Sende herab deinen Heiligen Geist und mache dieses Brot für uns zu dem Leibe und diesen Kelch zu dem Blute deines Sohnes Jesu Christi, welcher in der Nacht, da er verraten ward, nahm das Brot, dankte, brach es und sprach. Nehmet, esset, das ist mein Leib, der für euch gebrochen wird: solches tut zu meinem Gedächtnis.»

Theo hielt sich im Schutz der Bäume versteckt und sah zu. In Gedanken war er wieder in der schmucklosen kleinen Kirche in Surrey, hatte seinen dunkelblauen Sonntagsanzug an, und Mr Greenstreet, von der Würde seines Amtes durchdrungen, scheuchte die Gemeinde Bankreihe um Bankreihe vor zum Altargitter, wo sie die Kommunion empfingen. Er erinnerte sich an den tief gesenkten Kopf seiner Mutter. Er hatte sich damals ausgeschlossen gefühlt und heute ging es ihm nicht anders.

Leise stahl er sich davon, zurück zum Wagen. «Sie sind fast fertig», sagte er. «Jetzt dauert es sicher nicht mehr lange.»

Rolf entgegnete: «Sie brauchen nie lange. Wir können ruhig mit dem Frühstück auf sie warten. Vermutlich sollten wir dankbar sein, dass Luke es nicht nötig findet, ihr auch noch eine Predigt zu halten.»

Seine Stimme und sein Lächeln waren nachsichtig. Theo hätte gern gewusst, in welcher Beziehung er zu Luke stand, den er zu dulden schien wie vielleicht ein wohlmeinendes Kind, von dem man nicht die gleiche Leistung erwarten konnte wie von einem Erwachsenen, das sich aber immerhin nach besten Kräften nützlich machte und niemandem in die Quere kam. Tolerierte Rolf nur die Laune einer Schwangeren und war um Julians willen, die nun mal einen Geistlichen um sich haben wollte, bereit, Luke bei den Fünf Fischen mitmachen zu lassen, obwohl der keinerlei praktische Fähigkeiten vorweisen konnte? Oder war Rolf nach jener abrupten, radikalen Abkehr von seiner kindlichen Religion uneingestanden ein Körnchen Aberglaube geblieben? Sah er Luke insgeheim doch als den Glücksbringer, der über mystische Kräfte und uralten Zauber gebot und dessen bloße Gegenwart die gefährlichen Götter des Waldes und der Nacht beschwichtigen konnte?

26. Kapitel

Freitag, 15. Oktober 2021

Ich schreibe diese Zeilen auf einer Lichtung in einem Buchenwald, mit dem Rücken an einen Baumstamm gelehnt. Es ist spät am Nachmittag, und die Schatten werden schon länger, aber hier im Windschutz der Bäume hält sich die Tageswärme noch ein Weilchen. Insgeheim bin ich überzeugt, dass dies mein letzter Eintrag bleiben wird, aber auch wenn weder ich noch meine Aufzeichnungen überleben sollten, müsste ich den heutigen Tag doch festhalten. Für mich war es ein über die Maßen glücklicher Tag, und dabei habe ich ihn mit vier Fremden verbracht. In den Jahren vor Omega pflegte ich zu Beginn eines akademischen Jahres den Bewerbern, die ich zur Aufnahme ins College vorgeschlagen hatte, eine Beurteilung zu schreiben. Dieses Gutachten verwahrte ich, zusammen mit einem Foto vom dazugehörigen Bewerbungsformular, in einer privaten Akte. Es interessierte mich nämlich, am Ende eines dreijährigen Studiums zu vergleichen, wie oft mein Vorausporträt richtig gewesen war, wie wenig die jungen Leute sich verändert hatten und wie fruchtlos meine pädagogischen Bemühungen an ihrem gefestigten Charakter abgeprallt waren. Geirrt habe ich mich nur selten, und diese Übungen stärkten mein Vertrauen in die eigene Urteilskraft, was vielleicht auch ihr Zweck war. Ich glaubte mich mit meinen Studenten auszukennen und zu wissen, woran ich bei ihnen war. Bei meinen Mitflüchtlingen habe ich dieses Gefühl nicht. Nach wie vor weiß ich so gut wie nichts über sie, ihre Eltern, ihre Familien, ihre Ausbildung, ihre Vorlieben, ihre Hoffnungen und Wünsche. Und doch habe ich mich noch in keiner Gesellschaft so wohl gefühlt wie unter diesen vier

Fremden, denen ich mich nun (immer noch halb widerstrebend) angeschlossen habe und unter denen eine Frau ist, die ich von Stunde zu Stunde mehr lieben lerne.

Heute war ein Herbsttag wie aus dem Bilderbuch, der Himmel klar und azurblau, die Sonne mild und freundlich, dabei aber kräftig wie im Hochsommer; die Luft duftete süß wie nach Holzfeuer, frischem Heu und allen Wohlgerüchen des Sommers. Vielleicht weil die Buchenlichtung so abgeschieden und eingefriedet ist, haben wir uns hier bisher völlig sicher gefühlt. Die Zeit vertrieben wir uns mit Reden, Schlafen, Arbeiten, oder wir spielten wie Kinder mit Steinen und Zweigen und herausgerissenen Blättern von meinem Tagebuch. Rolf hat das Auto gründlich überholt und sauber gemacht. Wenn man zusah, wie gewissenhaft er sich den Wagen Zentimeter für Zentimeter vornahm, wie unermüdlich er polierte und wienerte, dann konnte man einfach nicht glauben, dass dieser harmlos wirkende, begabte Autoschlosser mit seiner schlichten Arbeitsfreude derselbe Rolf war, der sich gestern erst so arrogant, so skrupellos und ehrgeizig aufgespielt hat.

Luke kümmert sich um die Vorräte. Rolf hat durchaus Führungsinstinkt bewiesen, als er ihm diese Aufgabe übertrug. Luke entschied, dass wir zuerst die frischen Lebensmittel verbrauchen sollten und dann die Dosen in der Reihenfolge der aufgedruckten Verfallsdaten. Im Austüfteln dieser doch so nahe liegenden Staffelung fand er ungewohntes Vertrauen in die eigenen administrativen Fähigkeiten. Er hat die Dosen sortiert, Listen aufgestellt, Speisekarten entworfen. Nach dem Essen saß er gewöhnlich still über seinem Gebetbuch, oder er kam und hörte mit zu, wenn ich Miriam und Julian aus EMMA vorlas. Wenn ich mich im welken Buchenlaub ausstreckte und hinauf sah in jenes ermutigend zwischen den Baumkronen durchschimmernde Himmelsblau, dann fühlte ich mich so froh und unbeschwert, als ob wir auf einem Picknick wären. Und es war auch wie ein Picknick. Wir machten uns weder Gedanken über die Zukunft noch über die bevorstehenden Gefahren. Jetzt kommt mir das selber ungewöhnlich vor, aber ich denke, wir haben es nicht bewusst unterlassen, zu planen, zu diskutieren, zu beratschlagen, sondern ließen uns einfach von dem Wunsch leiten, diesen Tag nicht zu entweihen. Ich habe übrigens einige Zeit darauf verwandt, die ersten Einträge hier im Tagebuch nachzulesen. In meiner momentanen Euphorie hätte ich wahrlich nicht die geringste Lust, dem eigennützigen, hämischen und vereinsamten Mann zu begegnen, der aus jenen Seiten spricht. Das Tagebuch hat keine zehn Monate überdauert, und nach dem heutigen Tag werde ich es auch nicht mehr brauchen.

Das Licht wird immer schwächer, und ich kann kaum noch die Seite erkennen. In einer Stunde werden wir uns auf den Weg machen. Der Wagen, der dank Rolf jetzt blitzblank ist, steht beladen und abfahrbereit. Mit der gleichen Gewissheit, die mir sagt, dass dies mein letzter Tagebucheintrag sein wird, weiß ich auch, dass Gefahren und Schrecken auf uns lauern, von denen ich mir bis jetzt noch gar keine Vorstellung machen kann. Ich bin nie abergläubisch gewesen, aber diese Vorahnung lässt sich nicht mit Argumenten wegdiskutieren. Ich glaube daran und bin trotzdem ganz ruhig. Und ich bin froh, dass uns diese Verschnaufpause vergönnt war, dass die unerbittliche Zeit sich diese arglos glücklichen Stunden hat abluchsen lassen. Irgendwann am Nachmittag fand Miriam beim Herumstöbern im Fond des Wagens eine zweite Taschenlampe, nicht viel größer als ein Bleistift, die in einer Polsterritze eingeklemmt war. Sie hätte zwar kaum als Ersatz für die ausgebrannte gereicht, aber ich bin trotzdem froh, dass wir nichts von ihr gewusst haben. Wir brauchten diesen Tag.

27. Kapitel

Die Uhr am Armaturenbrett zeigte fünf Minuten vor drei. Es war später, als Theo angenommen hatte. Die schmale, öde Straße tat sich fahl und grau vor ihnen auf und rutschte dann wie ein Streifen schmutziger, zerrissener Leinwand unter die Räder. Die Fahrbahndecke wurde zunehmend schlechter, und von Zeit zu Zeit holperte der Wagen heftig, wenn sie gerade wieder ein Schlagloch erwischt hatten. Es war unmöglich, auf einer solchen Straße schnell zu fahren; er durfte keine zweite Panne riskieren. Die Nacht war dunkel, aber nicht stockfinster; der Halbmond taumelte zwischen tief treibenden Wolkenfetzen, wie Nadelstiche zeichneten sich hoch droben halb erkennbare Sternbilder ab, die Milchstraße war ein verschwommener Fleck. Der Wagen, den er gut im Griff hatte, erschien ihm wie ein rollendes Refugium, von ihrer aller Atem erwärmt, durchzogen von vertrauten, harmlosen Gerüchen, die er zu erkennen versuchte: Benzin, Körperausdünstungen, Jaspers alter Hund, der schon lange tot war, und sogar das zarte Aroma von Pfefferminz. Rolf saß neben ihm, schweigend, aber wachsam, und starrte angestrengt nach vorn. Auf dem Rücksitz war Julian zwischen Miriam und Luke eingezwängt. Es war der unbequemste Platz, aber sie hatte genau den haben wollen; vielleicht gab ihr das Gefühl, von zwei Körpern gestützt zu werden, die Illusion von Geborgenheit. Ihre Augen waren geschlossen, ihr Kopf ruhte auf Miriams Schulter. Aber als er das nächste Mal in den Rückspiegel sah, machte sie eine ruckartige Bewegung, ihr Kopf rutschte ab und pendelte hilflos vor ihrer Brust. Vorsichtig hob Miriam ihn wieder in eine bequemere Lage. Auch

Luke sah aus, als schliefe er. Sein Kopf war zurückgeworfen, der Mund stand leicht offen.

Die Straße krümmte und schlängelte sich, aber der Belag wurde immerhin besser. Theo ließ sich durch die seit Stunden störungsfreie Fahrt in Sicherheit wiegen. Vielleicht konnte ihre Flucht ja doch gelingen. Gascoigne hatte zwar bestimmt geredet, aber er wusste schließlich nichts von dem Kind. In Xans Augen waren die Fünf Fische sicher bloß ein lächerliches Häuflein blutiger Anfänger. Vielleicht machte er sich nicht einmal die Mühe, sie zur Strecke zu bringen. Zum ersten Mal seit Antritt der Fahrt regte sich in Theo ein Fünkchen Hoffnung.

Er sah den umgestürzten Baumstamm erst im letzten Moment und trat gerade noch rechtzeitig auf die Bremse, ehe die Motorhaube das vorspringende Astwerk rammte. Rolf, der neben ihm eingenickt war, fuhr fluchend hoch. Theo stellte den Motor ab. In der plötzlichen Stille brachten ihn zwei so rasch aufeinander folgende Gedanken, dass sie schon fast gleichzeitig waren, wieder voll zu sich. Als Erstes konstatierte er erleichtert, dass der Baum trotz der üppigen Herbstbelaubung nicht schwer aussah. Wahrscheinlich konnten er, Rolf und Luke ihn ohne viel Mühe von der Straße schaffen. Und noch während er das dachte, packte ihn Entsetzen. Der Baum konnte nicht von allein so ungünstig gestürzt sein; es hatte in letzter Zeit keinen Sturm gegeben. Die Straße war vorsätzlich gesperrt worden.

Und da standen die Omegas auch schon wie aus dem Boden gewachsen vor ihnen. Das Unheimliche war, dass sie sich so unhörbar, so völlig lautlos angeschlichen hatten. Zu jedem Fenster schauten ihre bemalten Gesichter herein, von Fackeln beleuchtet. Miriam stieß unwillkürlich einen kleinen Schrei aus. Rolf brüllte: «Zurück! Den Rückwärtsgang!», und versuchte, Theo Lenkrad und Schaltknüppel zu entreißen. Ihre Hände verkrallten sich ineinander. Theo stieß Rolf beiseite und legte blitzschnell den Rückwärtsgang ein. Der Motor heulte auf, der Wagen schoss zurück. Der Aufprall war so heftig, dass es ihn nach vorn schleuderte. Offenbar hatten die Omegas ihnen rasch und unbemerkt mit einem zweiten Hindernis den Rückweg versperrt. Und jetzt tauchten die Gesichter wieder vor den Fenstern auf. Er starrte in zwei ausdruckslose Augen, glitzernd, weiß gerändert, in einer Maske aus blauen, roten und gelben Spiralen. Über der bemalten Stirn war das Haar straff zurückgekämmt und zum Knoten geschlungen. In einer Hand hielt der Omega eine lodernde Fackel, in der anderen einen Schlagstock, der aussah wie die Gummiknüppel der Polizei, nur dass dieser mit dünnen Haarzöpfen geschmückt war. Voll Entsetzen erinnerte sich Theo an Gerüchte, wonach die Papageiengesichter ihre ermordeten Opfer skalpierten und sich aus dem Haar Trophäen flochten. Bisher hatte er solche Geschichten nur halb geglaubt, sie eher der Folklore des Schreckens zugerechnet als einer möglichen Wirklichkeit. Jetzt starrte er mit fasziniertem Grauen auf die baumelnden Zöpfe und überlegte, welcher von einem Mann stammte, welcher von einer Frau.

Keiner im Wagen sprach, aber das Schweigen, das Minuten zu dauern schien, konnte in Wahrheit nur sekundenlang gewesen sein. Und dann begann das Tanzritual. Unter ausgelassenen Schlachtrufen sprangen die Gestalten langsam um den Wagen herum und trommelten dabei mit den Knüppeln aufs Autodach, wie zur rhythmischen Untermalung ihres schrillen Kriegsgesangs. Sie waren nur mit Shorts bekleidet. Die nackten Oberkörper, die nicht bemalt waren, schimmerten milchweiß im Fackelschein; fein gezeichnet, ja verletzlich sprangen die Rippen vor. Die zuckenden Beine, die kunstvollen Frisuren, die bemalten Gesichter, in denen weit aufgerissen der johlende Mund klaffte, ließen sie fast wie eine Horde zu groß geratener Kinder erscheinen, die ihre zwar waghalsigen, im Grunde aber doch harmlosen Spiele spielten.

Ob es wohl möglich wäre, fragte sich Theo, mit ihnen zu reden, sie zur Vernunft zu bringen, ihnen wenigstens eine menschliche Regung abzugewinnen? Aber er verschwendete keine Zeit an den Gedanken. Ihm fiel ein, dass er einmal eins ihrer Opfer kennen gelernt hatte, und erinnerte sich bruchstückhaft an das Gespräch. «Es heißt, wenn ihnen ein einzelnes Opfer in die Hände fällt, töten sie es unweigerlich, aber in dem Fall waren sie Gott sei Dank mit dem Auto zufrieden», hatte der Mann erzählt und noch hinzugefügt: «Wenn es Sie mal erwischt, lassen Sie sich nur nicht auf einen Kampf mit ihnen ein. Verzichten Sie auf Ihr Fahrzeug und machen Sie sich aus dem Staub.» Für diesen Mann war die Flucht nicht leicht gewesen; für sie dagegen, behindert durch eine schwangere Frau, schien sie unmöglich. Aber ein Umstand mochte die Papageiengesichter vielleicht vom Mord abbringen, sofern sie noch klar denken konnten und vor allem daran glauben würden: Julians Schwangerschaft. Die Anzeichen waren jetzt selbst für einen Omega deutlich genug. Aber er brauchte sich gar nicht erst zu fragen, wie Julian auf seinen Vorschlag reagieren würde; sie waren nicht vor Xan und dem Staatsrat geflohen, um jetzt den Papageiengesichtern in die Hände zu fallen. Er drehte sich nach Julian um. Sie hielt den Kopf gesenkt. Vermutlich betete sie. Er wünschte ihr Glück bei ihrem Gott. Miriams Augen waren vor Entsetzen geweitet. Lukes Gesicht konnte er nicht sehen. Rolf machte sich mit einem Schwall obszöner Flüche Luft. Der Tanz ging weiter, die zuckenden Körper drehten sich schneller und schneller im Kreis, der Gesang schwoll an. Es war schwer festzustellen, wie viele es eigentlich waren, aber er schätzte sie auf mindestens ein Dutzend. Sie machten keine Anstalten, die Wagentür zu öffnen, doch er wusste, dass es nicht die Sperrvorrichtung war, die sie zurückhielt. Außerdem hatten sie genug Leute, um das Auto einfach umzukippen. Oder sie konnten es mit ihren Fackeln in Brand stecken. Es war nur eine Frage der Zeit, wann er und die Gruppe gezwungen sein würden, auszusteigen.

Theos Gedanken überschlugen sich. Wie standen die Chancen zur Flucht, zumindest für Julian und Rolf. Durch das Kaleidoskop tanzender Körper hindurch sondierte er das Terrain. Links war eine niedrige, bröcklige Steinmauer, die er an manchen Stellen auf nicht höher als einen Meter schätzte. Dahinter erkannte er einen dunklen Waldsaum. Er hatte den Revolver und er hatte die eine Kugel, doch er wusste, dass allein das Vorzeigen der Waffe schon verhängnisvoll sein konnte. Töten konnte er bestenfalls einen, und dann würden die übrigen Rache dürstend über sie herfallen. Er würde ein Massaker heraufbeschwören. Nein, angesichts der zahlenmäßigen Überlegenheit des Gegners war es sinnlos, an gewaltsamen Widerstand zu denken. Ihre einzige Hoffnung lag im Schutz der Dunkelheit. Wenn Julian und Rolf unbemerkt bis zum Waldsaum kämen, hätten sie zumindest die Chance, sich dort zu verstecken. Drauflos zu rennen, geräuschvoll durch das Unterholz eines unbekannten Waldstücks zu brechen, wäre gefährlich und würde die Omegas nur zur Verfolgung anstacheln, aber vielleicht gelang es den beiden, unbemerkt in der Finsternis unterzutauchen. Alles hing davon ab, ob die Omegas sich die Mühe machen würden, den Flüchtigen nachzusetzen. Aber es bestand immerhin die Chance, so klein sie auch war, dass die Bande sich mit dem Wagen und den drei verbleibenden Opfern zufrieden gab.

Theo dachte: Sie dürfen uns nicht sprechen sehen, dürfen nicht merken, dass wir einen Fluchtplan aushecken. Davor, dass die draußen ihr Gespräch mithörten, brauchte er keine Angst zu haben; bei dem Triumphgebrüll, das schaurig durch die Nacht gellte, war seine Stimme selbst im Wagen fast nicht zu hören. Er musste laut und deutlich sprechen, damit Luke und Julian ihn auf dem Rücksitz verstehen konnten, aber er hütete sich, den Kopf nach hinten zu drehen.

Er sagte: «Früher oder später werden sie uns zwingen, rauszukommen. Wir müssen genau verabreden, was wir tun werden. Es liegt bei Ihnen, Rolf. Aber sowie die uns rauszerren, machen Sie sich dünn und schaffen Sie Julian irgendwie über die Mauer da drüben. Und dann rennen Sie los und verstecken sich zwischen den Bäumen. Passen Sie genau den richtigen Moment ab. Wir anderen werden versuchen, Ihnen Deckung zu geben.»

Rolf fragte: «Wie? Was heißt Deckung? Wie wollt ihr uns denn decken?»

«Mit Reden. Indem wir sie ablenken.» Dann kam ihm die Erleuchtung: «Indem wir mittanzen.»

Rolfs Stimme überschlug sich fast, er war nahe an einem hysterischen Anfall. «Tanzen wollt ihr mit den Schweinen? Ja, für was halten Sie denn diesen Veitstanz, Professor? Die reden doch nicht mit euch. Nein, diese Scheißkerle reden nicht, und sie tanzen schon gar nicht mit ihren Opfern. Die legen Feuer. Die töten.»

«Aber nie mehr als ein Opfer. Wir müssen dafür sorgen, dass es nicht Julian oder Sie trifft.»

«Die werden uns verfolgen, wenn wir abhauen. Und Julian kann nicht schnell laufen.»

«Ich glaube kaum, dass sie sich die Mühe machen, wenn ihnen noch drei Opfer sicher sind und der Wagen für ein Freudenfeuer. Wir müssen bloß den richtigen Moment abpassen. Schaffen Sie Julian über die Mauer, und wenn Sie sie tragen müssten. Und dann nichts wie unter die Bäume. Kapiert?»

«Das ist Wahnsinn.»

«Wenn Ihnen was Besseres einfällt, bitte.»

Rolf überlegte einen Moment und sagte dann: «Wir könnten ihnen Julian zeigen, ihnen sagen, dass sie schwanger ist. Die sollen sich ruhig mit eigenen Augen überzeugen. Und wir sagen ihnen, dass ich der Vater bin. Wir könnten einen Pakt mit ihnen schließen. Das würde uns zumindest das Leben retten. Ja, wir reden jetzt gleich mit ihnen, bevor sie uns mit Gewalt hier rausholen.»

Vom Rücksitz erklang zum ersten Mal Julians Stimme. Sie sagte laut und deutlich: «Nein.»

Nach diesem einen Wort schwiegen zunächst alle. Dann versuchte Theo es noch einmal. «Über kurz oder lang werden sie uns zwingen, rauszukommen. Entweder das, oder sie zünden den Wagen an. Darum müssen wir jetzt genau vereinbaren, was jeder zu tun hat. Wenn wir uns in den Tanz einreihen – vorausgesetzt, sie bringen uns nicht gleich um –, dann können wir sie vielleicht so lange ablenken, bis Rolf und Julian in Sicherheit sind.»

«Ich rühr mich nicht von der Stelle!» schrie Rolf. «Die müssen mich schon mit Gewalt rausholen.»

«Das werden sie auch.»

Luke sprach zum ersten Mal. «Wenn wir sie nicht provozieren», sagte er, «dann verlieren sie vielleicht die Lust und verschwinden von allein.»

«So einfach gehen sie bestimmt nicht», sagte Theo. «Sie verbrennen zumindest das Fahrzeug. Das machen sie immer so. Für uns geht's nur darum, ob wir drinnen oder draußen sind, wenn's so weit ist.»

In dem Moment krachte es. Die Windschutzscheibe splitterte in ein Netz unzähliger feiner Risse, aber sie ging nicht entzwei. Dann ließ ein Omega seinen Knüppel auf eines der vorderen Seitenfenster niedersausen. Die Glasscherben fielen Rolf in den Schoß. Wie das Frösteln des Todes schlug die Nachtluft in den Wagen. Rolf rang nach Luft und fuhr zurück, als der Omega seine lodernde Fackel hereinstieß und ihm vors Gesicht hielt.

Der Omega lachte und sagte dann mit einer Stimme, die einschmeichelnd, kultiviert, ja fast verführerisch klang: «Kommt raus, kommt raus, kommt doch raus, wer ihr auch seid.»

Es krachte noch zweimal, und die Rückfenster gingen zu Bruch. Miriam stieß einen Schrei aus, als eine Fackel ihr übers Gesicht streifte. Es roch nach versengtem Haar. Theo konnte nur noch hastig wiederholen: «Denkt dran. Der Tanz. Dann nichts wie zur Mauer», bevor sie alle fünf aus dem Wagen stolperten, gepackt wurden, sich losmachten.

Sie waren im Nu umzingelt. Die Omegas, ihre Fackeln hoch erhoben in der Linken, die Knüppel in der Rechten, musterten sie einen Augenblick, und dann setzte der Tanz wieder ein. Sie umkreisten ihre Gefangenen langsam und feierlich. Der Begleitgesang klang jetzt dunkler, hatte sich vom Triumph- zum Klagelied gewandelt. Theo fiel im Nu mit ein, hob die Arme, verrenkte sich, mischte seine Stimme unter die ihren. Einer nach dem anderen folgten die übrigen vier seinem Beispiel. Sie reihten sich in den Kreis ein, wurden getrennt. Theo sah es mit Besorgnis. Er brauchte Julian und Rolf in seiner Nähe, um ihnen das Startzeichen zu geben. Aber der erste und gefährlichste Teil des Plans war immerhin geglückt. Er hatte befürchtet, dass man ihn bei der ersten Bewegung niederstrecken würde, hatte sich schon gewappnet für den Vernichtungsschlag, der ihn der Verantwortung entheben, seinem Leben ein Ende machen würde. Aber er war ausgeblieben.

Wie auf geheimen Befehl begannen die Omegas nun im Takt zu hüpfen und zu stampfen, schneller und schneller drehte sich der Kreis, bis sie wieder ausbrachen und jeder einzeln in rasendem Taumel herumwirbelte. Vor Theo twistete ein Omega ausgelassen auf der Stelle und begann dann mit leichten, zierlichen Schritten wie eine Katze rückwärts zu tänzeln, wobei er den Knüppel über seinem Kopf schwenkte. Dann kam er wieder näher und grinste Theo ins Gesicht. Ihre Nasen hätten sich jetzt fast berührt. Theo konnte ihn riechen, ein erdiger Geruch, nicht unangenehm; er sah die verschlungenen Farbkringel und -bögen, blau, rot und schwarz, die die Wangenknochen betonten, über die Brauenlinie hinausgingen und jeden Zentimeter des Gesichts mit einem zugleich barbarischen und kunstvollen Muster überzogen. Sekundenlang erinnerte er sich an die Bilder von den bemalten Südseeinsulanern mit ihren Haarknoten im Pitt-Pivers-Museum und sah sich wieder mit Julian in dem stillen, leeren Saal stehen.

Die Augen des Omega, zwei schwarze Seen im grellen Farbenspiel, ließen die seinen nicht los. Er wagte nicht, sich nach Julian oder Rolf umzusehen. Schneller und schneller ging der Tanz, immer im Kreis. Wann würden Rolf und Julian ihre Chance nutzen? Während er dem Omega in die Augen sah, versuchte er den beiden gleichsam telepathisch seinen Willen aufzuzwingen. Losstürmen sollten sie, jetzt, bevor der Feind diese groteske Scheinkameradschaft leid wurde. Und dann twistete der Omega von ihm weg, um sich Platz zu schaffen, und Theo konnte endlich den Kopf drehen. Rolf und Julian waren auf der anderen Seite des Kreises gelandet. Rolf hopste ungelenk wie ein Tanzbär, die Arme steif in die Höhe gereckt. Julian raffte mit der Linken ihr Cape, ließ die Rechte frei schwingen und wiegte sich im Takt mit dem Singsang der Tänzer.

Und dann kam ein entsetzlicher Moment. Ein Omega, der hinter Julian herumsprang, streckte die linke Hand aus und griff nach ihrem geflochtenen Haar. Er zerrte daran und der Zopf ging auf. Sie hielt einen Augenblick inne, dann begann sie erneut zu tanzen. Die Haare flatterten ihr ums Gesicht. Sie und Rolf näherten sich jetzt dem Grasstreifen vor dem niedrigsten Teil der Mauer. Theo sah es deutlich im Fackelschein, die herausgebrochenen Steine im Gras, die schwarze Silhouette der Bäume auf der anderen Seite. Am liebsten hätte er laut gerufen: «Jetzt! Los doch. Lauft! Lauft!» In dem Moment handelte Rolf. Er packte Julians Hand, und sie rannten zusammen auf die Mauer zu. Rolf nahm sie mit einem Satz, dann hob und schleifte er Julian hinüber. Ein paar Tänzer waren so versunken und in Ekstase, dass sie ihren ausgelassenen Kotillon fortsetzten, aber der Omega, der den beiden Flüchtenden am nächsten war, reagierte blitzschnell. Er ließ die Fackel fallen, stürzte ihnen mit wildem Aufschrei nach und erwischte gerade noch den Zipfel von Julians Cape.

Da sprang Luke vor. Er packte den Omega, versuchte erfolglos, ihn zu bändigen, und rief: «Nein, nein! Nehmt mich! Nehmt mich!»

Der Omega ließ das Cape fahren und stürzte sich heulend vor Wut auf Luke. Theo sah, wie Julian sekundenlang zögerte. Sie streckte die Arme aus, aber Rolf zerrte sie mit sich, und die beiden Flüchtenden verloren sich im Schatten der Bäume. In Sekundenschnelle war es vorüber, aber der verdutzte Theo sah immer noch Julians ausgestreckten Arm und ihren flehenden Blick, als Rolf sie mit sich fortschleifte. Verwirrt starrte er in die zuckende Flamme der Fackel, die der Omega ins Gras geworfen hatte.

Und nun hatten die Papageiengesichter ihr freiwilliges Opfer. Es wurde unheimlich still, als sie Luke umzingelten, ohne weiter von Theo oder Miriam Notiz zu nehmen. Beim ersten Krachen von Holz auf Knochen vernahm Theo einen Schrei, doch er wusste nicht, kam er von Luke oder von Miriam. Und dann stürzte Luke, und seine Mörder fielen über ihn her wie Raubtiere über ihre Beute. Sie balgten sich um den besten Platz, ließen wie rasend ihre Knüppel niedersausen. Der Tanz war vorbei, das Todeszeremoniell zu Ende, das Töten hatte begonnen. Sie mordeten schweigend, aber es war ein grausiges Schweigen, in dem Theo das Krachen und Splittern jedes einzelnen Knochens zu hören glaubte, und ihm war, als pulsiere Lukes ausströmendes Blut in seinen Ohren. Er packte Miriam und zerrte sie zur Mauer.

«Nein!», keuchte sie. «Das dürfen wir nicht, nein! Wir dürfen ihn nicht im Stich lassen.»

«Wir müssen. Ihm ist nicht mehr zu helfen. Und Julian braucht Sie.»

Die Omegas machten keine Anstalten, sie zu verfolgen. Als Theo und Miriam den Waldsaum erreicht hatten, hielten sie inne und schauten zurück. Aus dem blutrünstigen Rausch war kaltblütiger Mord geworden. Fünf oder sechs Omegas standen mit hoch erhobenen Fackeln um den Kreis, in dem die dunklen Silhouetten halb nackter Körper sich knüppelschwingend auf und nieder bewegten und ein stummes Todesballett aufführten. Selbst aus der Entfernung war es Theo noch, als zerrisse das Krachen splitternder Knochen die Luft. Aber er wusste, dass er nichts hören konnte, nichts außer Miriams rasselndem Atem und dem Pochen des eigenen Herzens. Rolf und Julian waren leise hinter sie getreten. Stumm beobachteten alle vier, wie die Omegas nach vollbrachter Tat abermals in Triumphgeheul ausbrachen und sich jetzt auf das erbeutete Fahrzeug stürzten. Im Schein der winzigen Taschenlampe erkannte Theo die Umrisse eines Gatters, das auf das Feld neben der Straße führte. Zwei Omegas hielten es auf, und der Wagen ruckelte über den Grasstreifen und durchs Tor. Einer aus der Bande saß am Steuer, die übrigen schoben. Theo wusste, dass sie ein eigenes Fahrzeug dabeihatten, wahrscheinlich einen Kleinlaster, auch wenn er sich nicht erinnern konnte, einen Wagen gesehen zu haben. Trotzdem gab er sich einen Moment lang der naiven Hoffnung hin, die Omegas könnten in der Vorfreude auf das Freudenfeuer das eigene Fahrzeug kurzfristig aus den Augen gelassen haben und es bestünde eine Chance, egal wie gering, dass er es aufstöberte, ja, dass sogar der Zündschlüssel steckte. Er wusste von Anfang an, dass es ein ganz und gar unrealistischer Gedanke war, und tatsächlich sah er, noch während er diese Überlegungen anstellte, dass ein schwarzer Kleinlaster die Straße heraufkam und durchs offene Gatter ins Feld rumpelte.

Sie fuhren nicht weit, nach Theos Schätzung nicht mehr als fünfzig Meter. Dann setzten der wilde Tanz und das Kampfgeschrei von neuem ein. Es gab eine Explosion, als der Renault in Flammen aufging. Mit ihm verbrannten Miriams Medikamente, ihre Nahrungsmittel, das Wasser, die Decken. All ihre Hoffnung war dahin.

Er hörte Julian sagen: «Jetzt können wir Luke holen. Jetzt, solange sie abgelenkt sind.»

Rolf antwortete: «Warten wir lieber noch. Wenn sie merken, dass er fort ist, bringt sie das bloß drauf, dass wir ja noch da sind. Wir holen ihn später.»

Julian zupfte Theo am Ärmel. «Bitte, holen Sie ihn. Wer weiß, vielleicht lebt er ja noch.»

Miriams Stimme kam aus der Dunkelheit: «Am Leben ist er bestimmt nicht mehr, aber ich lasse ihn trotzdem nicht da liegen. Tot oder lebendig, wir gehören zusammen.»

Sie hatten sich schon in Bewegung gesetzt, als Theo sie am Arm packte. Er sagte ruhig: «Bleiben Sie bei Julian. Rolf und ich, wir machen das schon.»

Ohne sich nach Rolf umzudrehen, ging er vor zur Straße. Zuerst dachte er, er sei allein, aber nach wenigen Minuten hatte Rolf ihn eingeholt.

Als sie die dunkle Gestalt erreichten, die zusammengerollt wie im Schlaf auf der Seite lag, sagte Theo: «Sie sind der Stärkere. Packen Sie ihn am Kopf.»

Gemeinsam drehten sie die Leiche um. Luke hatte kein Gesicht mehr. Im schwachen, rötlichen Lichtschein, der von dem brennenden Auto herüberleuchtete, sahen sie, dass der ganze Kopf zu einem Brei von Blut, Haut und zerschmetterten Knochen zerschlagen war. Die Arme lagen abgewinkelt, und die Beine schienen einzuknicken, als Theo, all seinen Mut zusammennehmend, den Leichnam hochheben wollte. Es war, als versuche man eine kaputte Marionette aufzurichten.

Luke war leichter, als Theo gedacht hätte, und doch hörte er sich und Rolf keuchen, als sie durch den seichten Graben zwischen Straße und Mauer wateten und den Toten vorsichtig auf die andere Seite manövrierten. Als sie bei den Frauen ankamen, wandten sich Julian und Miriam wortlos ab und gingen ihnen voraus, als handele es sich um einen vorbereiteten Trauermarsch. Miriam knipste die Taschenlampe an, und sie folgten dem winzigen Lichtkegel. Der Weg schien endlos, und doch schätzte Theo, dass sie nicht länger als eine Minute gegangen waren, als sie an einen umgestürzten Baum kamen.

Er sagte: «Hier werden wir ihn hinlegen.»

Miriam hatte bisher darauf geachtet, dass der Schein der Taschenlampe nicht auf Luke fiel. Jetzt sagte sie zu Julian: «Sieh ihn dir nicht an. Du brauchst ihn nicht anzuschauen.»

Julians Stimme klang gefasst. «Ich muss aber», sagte sie. «Wenn ich ihn nicht noch einmal sehe, wird es nur noch schlimmer. Gib mir die Lampe.»

Miriam gehorchte ohne weiteren Einwand. Julian leuchtete langsam an Lukes Körper hinauf, kniete sich dann neben seinen Kopf und versuchte, ihm mit dem Rock das Blut vom Gesicht zu wischen.

Miriam sagte behutsam: «Es hat keinen Sinn. Es ist ja nichts mehr da.»

«Er ist gestorben, um mich zu retten», sagte Julian.

«Er starb, um uns alle zu retten.»

Theo fühlte sich plötzlich grenzenlos erschöpft. Er dachte: Wir müssen ihn begraben. Wir müssen ihn unter die Erde bringen, bevor wir weiterziehen. Aber wie weiterziehen und wohin? Auf jeden Fall mussten sie sich ein anderes Auto beschaffen, neuen Proviant, Wasser, Decken. Am nötigsten aber brauchten sie Wasser. Er verspürte jetzt schon ein unbändiges Verlangen danach, ja sein Durst war so groß, dass er sogar den Hunger überdeckte. Julian kniete neben Lukes Leiche und hatte den zerschmetterten Kopf in ihren Schoß gebettet. Ihr dunkles Haar fiel über sein zerschlagenes Gesicht. Sie gab keinen Laut von sich.

Rolf bückte sich, nahm Julian die Taschenlampe aus der Hand und leuchtete Miriam voll ins Gesicht. Sie blinzelte in dem schwachen und doch grellen Strahl und hob instinktiv die Hand vor die Augen. Seine leise, raue Stimme klang so verzerrt, als quäle sie sich durch einen kranken Kehlkopf. «Von wem ist das Kind?», fragte er.

Miriam ließ die Hand sinken und sah ihn ruhig an. Aber sie sagte nichts.

«Ich frage dich», wiederholte er, «wer der Vater ihres Kindes ist?»

Seine Stimme war jetzt klarer, aber Theo sah, dass er am ganzen Körper zitterte. Instinktiv rückte er näher an Julian heran.

Rolf fauchte ihn an: «Halten Sie sich da raus! Das geht Sie nichts an. Ich hab Miriam gefragt.» Und dann wiederholte er in hitzigerem Ton: «Sie geht das nichts an! Gar nichts!»

Julians Stimme drang aus dem Dunkel: «Warum fragst du nicht mich?»

Zum ersten Mal seit Lukes Tod sah Rolf sie an. Ruhig und langsam wanderte der Lichtkegel der Taschenlampe von Miriams zu Julians Gesicht.

Sie sagte: «Luke. Luke ist der Vater.»

Rolfs Stimme war ganz leise: «Bist du sicher?»

«Ja, ganz sicher.»

Er richtete die Taschenlampe auf Lukes Leiche und musterte sie mit dem teilnahmslosen Interesse des Scharfrichters, der sich davon überzeugt, dass der Verurteilte auch wirklich tot ist und folglich den letzten Gnadenstoß nicht mehr braucht. Dann wandte er sich mit einer heftigen Bewegung ab, stolperte ins Gehölz und warf sich gegen eine Buche, deren Stamm er mit beiden Armen umfing.

Miriam flüsterte: «Mein Gott, dass er das ausgerechnet jetzt fragen musste. Wie furchtbar für ihn, es gerade jetzt zu erfahren.»

Theo sagte: «Gehen Sie zu ihm, Miriam.»

«Ich kann ihm nicht helfen. Damit muss er allein fertig werden.»

Julian kniete immer noch, Lukes Kopf lag in ihrem Schoß. Theo und Miriam standen nebeneinander und starrten wie gebannt auf Rolfs dunklen Schatten, als fürchteten sie, er könne zwischen den dunkleren Schatten der Bäume verschwinden, sobald man ihn aus den Augen ließe. Sie hörten keinen Laut, aber Theo schien es, als ob Rolf sein Gesicht an der Rinde scheuerte wie ein geplagtes Tier, das sich von lästigen Stechmücken zu befreien sucht. Und jetzt warf er sich mit dem ganzen Körper gegen den Baum, wie um all seinen Zorn und Schmerz an dem unnachgiebigen Holz abzureagieren. Beim Anblick dieses zuckenden, wieder und wieder nach vorn schnellenden Körpers, dieser obszönen Parodie menschlicher Lust, kam es Theo erst recht ungehörig vor, Zeuge solcher Qual zu sein.

Er wandte sich ab und fragte Miriam leise: «Haben Sie gewusst, dass Luke der Vater war?»

«Ja.»

«Sie hat Sie eingeweiht?»

«Ich hab's erraten.»

«Aber Sie haben nichts gesagt.»

«Was hätte ich denn sagen sollen? Ich habe nie nachgefragt, wer die Babys gezeugt hat, die ich entbinden half. Ein Baby ist ein Baby.»

«Dieses ist anders.»

«Nicht für eine Hebamme.»

«Hat sie ihn geliebt?»

«Ah, das wollen die Männer immer wissen. Aber die Frage sollten Sie ihr stellen.»

Theo bat: «Bitte, Miriam, sagen Sie mir, wie's gewesen ist.»

«Ich glaube, er hat ihr Leid getan. Geliebt hat sie, denke ich, keinen von beiden, weder Rolf noch Luke. Sie fängt an, Sie zu lieben, was immer das bedeutet, aber ich glaube, das wissen Sie. Wenn Sie's nicht gewusst oder drauf gehofft hätten, dann wären Sie jetzt nicht hier.»

«Hat man denn Luke nie getestet? Oder sind er und Rolf beide nicht mehr zum Samentest gegangen?»

«Rolf schon, wenigstens die letzten paar Monate. Er dachte, die im Labor seien nachlässig gewesen oder würden einfach die Hälfte der Proben, die sie nehmen, gar nicht mehr untersuchen. Luke war von den Tests befreit. Als Kind hatte er eine leichte Form von Epilepsie. Sie hatten ihn ausgemustert, genau wie Julian.»

Er und Miriam hatten sich ein Stück weit von Julian entfernt. Als sie sich jetzt nach der knienden Gestalt umblickten, sagte Theo: «Sie ist so gefasst. Jeder würde annehmen, dass sie dieses Kind unter den denkbar günstigsten Umständen bekommt.»

«Was sind wohl die günstigsten Umstände für eine Geburt? Frauen haben zu allen Zeiten Kinder gekriegt, in Kriegen, Revolutionen, Hungersnöten, in KZs, auf der Flucht. Julian hat das Wichtigste – Sie und eine Hebamme, der sie vertraut.»

«Sie vertraut auf ihren Gott.»

«Vielleicht sollten Sie das auch versuchen. Möglich, dass Ihnen das ein bisschen was von Julians Ruhe geben würde. Wenn das Baby kommt, brauche ich Ihre Hilfe. Was ich aber ganz und gar nicht gebrauchen kann, das ist Ihre Angst.»

«Und Sie?», fragte er.

Sie lächelte. Offenbar hatte sie die Frage verstanden. «Sie meinen, ob ich an Gott glaube? Nein, für mich ist's zu spät. Ich glaube an Julians Kraft, an ihren Mut und an mein Können. Aber wenn er uns hier durchbringt, dann ändere ich meine Meinung vielleicht noch und probier's aus, ob ich mit ihm klarkomme.»

« Ich glaube nicht, dass er mit sich handeln lässt.»

«Oh, und ob er das tut. Ich bin zwar nicht religiös, aber in der Bibel kenne ich mich trotzdem aus. Dafür hat meine Mutter schon gesorgt. Er lässt sehr wohl mit sich handeln. Aber es heißt ja, er sei auch gerecht. Wenn er will, dass man an ihn glaubt, dann soll er halt Beweise liefern.»

«Für seine Existenz?»

«Für seine Anteilnahme.»

Und immer noch standen sie da, den Blick auf die dunkle Gestalt gerichtet, die sich kaum abhob von dem dunkleren Stamm, ja mit ihm eins zu werden schien. Aber Rolf war jetzt ganz still; unbeweglich, wie in äußerster Erschöpfung, lehnte er an seinem Baum.

«Wird er es verkraften?» Schon während er sie stellte, begriff Theo die Sinnlosigkeit seiner Frage.

«Ich weiß nicht», antwortete Miriam. «Wie soll ich das wissen?»

Sie ging ein Stück auf Rolf zu, blieb dann aber stehen und wartete still. Sie wusste, er konnte sich an sonst niemanden wenden, falls er einen tröstlichen Arm brauchen sollte.

Julian stand auf. Theo spürte, wie ihr Cape seinen Arm streifte, aber er wandte sich nicht nach ihr um. Er schwankte zwischen Zorn – auch wenn er wusste, dass er kein Recht dazu hatte – und einer fast freudigen Erleichterung darüber, dass Rolf nicht der Vater des Kindes war. Aber der Zorn behielt im Augenblick die Oberhand. Er wollte auf Julian einschlagen, sie zur Rede stellen: «Also das warst du, ja? Das Groupie, das für die Männer in der Gruppe die Beine breit gemacht hat? Und was ist mit Gascoigne? Woher weißt du, dass es nicht sein Kind ist?» Aber Worte wie diese wären unverzeihlich, ja schlimmer noch, nicht wiedergutzumachen gewesen. Er wusste, dass er kein Recht hatte, sie zu verhören, und doch konnte er weder die bitteren Vorwürfe hinunterschlucken noch den Schmerz verbergen, der dahinter lauerte.

«Hast du sie alle zwei geliebt oder wenigstens einen von beiden? Liebst du deinen Mann?»

Sie versetzte ruhig: «Hast du deine Frau geliebt?»

Er begriff, dass es eine ernst gemeinte Frage war und keine Retourkutsche. Also antwortete er ihr ernsthaft und wahrheitsgetreu: «Als wir heirateten, hab ich's mir eingeredet. Ich habe mich zu den passenden Gefühlen gezwungen, ohne zu wissen, welche genau das waren. Ich dichtete ihr Talente an, die sie nicht besaß, und verachtete sie dann für ebendiesen Mangel. Später hätte ich sie vielleicht lieben gelernt, wenn ich mehr an ihre Bedürfnisse gedacht hätte und weniger an die meinen.»

Er dachte: Bildnis einer Ehe. Vielleicht konnte man die

meisten Ehen, gute wie schlechte, in ebendiesen oder ähnlichen vier Sätzen zusammenfassen.

Sie sah ihm fest in die Augen und sagte: «Da hast du die Antwort auf deine Frage.»

«Und Luke?»

«Nein, geliebt habe ich ihn nicht, aber ich fand es schön, von ihm geliebt zu werden. Ich habe ihn beneidet, weil er so sehr lieben, so viel empfinden konnte. Noch nie hatte mich jemand so leidenschaftlich begehrt. Also gab ich ihm, wonach er verlangte. Wenn ich ihn geliebt hätte, wäre es ...» Sie zögerte einen Moment und ergänzte dann: «Es wäre weniger sündhaft gewesen.»

«Ist das nicht ein starkes Wort für einen schlichten Akt der Großmut?»

«Aber es war keine Großmut. Es war Zügellosigkeit.»

Er wusste, jetzt war nicht der rechte Zeitpunkt für so ein Gespräch, aber wann würde schon Zeit dafür sein? Und er musste es wissen, musste es verstehen. «Aber es wäre in Ordnung oder, wie du sagst, weniger sündhaft gewesen, wenn du ihn geliebt hättest. Heißt das, du bist mit Rosie McClure der Meinung, dass die Liebe alles rechtfertigt, alles entschuldigt?»

«Nein, aber sie ist etwas ganz Natürliches, Menschliches. Ich dagegen habe Luke benutzt – aus Neugier, Langeweile, vielleicht auch ein bisschen, um mich an Rolf zu rächen, weil ihm die Gruppe wichtiger war als ich. Ja vielleicht wollte ich ihn auch bestrafen, weil ich aufgehört hatte ihn zu lieben. Kannst du das verstehen, dass man das Bedürfnis hat, jemandem wehzutun, weil man ihn nicht mehr lieben kann?»

«Doch, das verstehe ich.»

«Es war alles so gewöhnlich», sagte sie, «so berechenbar, so unehrenhaft.»

Theo sagte: «Und geschmacklos.»

«Nein, das nicht. Nichts, was mit Luke zu tun hatte, war geschmacklos. Nur habe ich ihm mehr Kummer als Freude bereitet. Aber du hast mich ja ohnehin nicht für eine Heilige gehalten.»

«Nein, aber ich dachte, du seiest gut.»

Sie sagte leise: «Und jetzt weißt du, dass ich's nicht bin.»

Theo starrte ins Halbdunkel und sah, dass Rolf sich von dem Baum losgemacht hatte und wieder zurückkam. Miriam ging ihm entgegen. Gespannt beobachteten die drei Augenpaare Rolfs Gesicht und warteten darauf, was er als Erstes sagen würde. Als er nahe genug herangekommen war, sah Theo, dass seine linke Wange und die Stirn wund waren; er hatte sich tatsächlich an der Borke die Haut aufgescheuert.

Rolfs Stimme klang vollkommen gefasst, aber die Tonlage war so merkwürdig, dass Theo der absurde Gedanke kam, ein Fremder habe sich in der Dunkelheit angeschlichen. «Wir müssen ihn begraben, ehe wir weiterziehen. Das bedeutet, wir müssen warten, bis es hell wird. Am besten ziehen wir ihm den Mantel aus, bevor die Leichenstarre einsetzt. Wir können jedes warme Kleidungsstück brauchen.»

«Es wird nicht leicht sein, ihm ohne Spaten ein Grab zu schaufeln», sagte Miriam. «Aber irgendwie müssen wir ein Loch buddeln, wir können ihn nicht bloß mit Laub zudecken. Ein Glück, dass der Boden ziemlich weich ist.»

Rolf sagte: «Das Grab kann bis morgen warten. Aber den Mantel ziehen wir ihm gleich aus. Ihm nützt er ja doch nichts mehr.»

Der Vorschlag kam zwar von ihm, aber er machte keine Miene, ihn auszuführen. Miriam und Theo drehten die Leiche um und streiften ihr den Mantel von den Schultern. Die Ärmel waren stark mit Blut befleckt, Theo spürte die Feuchtigkeit an seinen Händen. Anschließend legten sie die Leiche wieder sorgsam auf den Rücken, die Arme fest an den Körper gedrückt.

Rolf sagte: «Morgen besorge ich einen anderen Wagen. Aber jetzt wollen wir uns erst mal ausschlafen, so gut es geht.»

Sie zwängten sich alle miteinander in die breite Gabel einer umgestürzten Buche. Ein vorspringender Ast, an dem das spröde, bronzene Herbstlaub noch in dichter Fülle hing, gaukelte ihnen Sicherheit vor, und sie kuschelten sich darunter zusammen wie schuldbewusste Kinder, die wissen, dass sie etwas sehr Schlimmes angestellt haben, und sich nun ohne große Erfolgsaussichten vor den Erwachsenen verstecken. Rolf nahm den Außenplatz, dann kam Miriam, und Julian lag zwischen ihr und Theo. Die Luft ringsum schien sich an der Angst zu infizieren, die von ihren steifen Körpern ausging. Sogar der Wald schien in Aufruhr, unaufhörlich zischelte und wisperte es, aufgeregte Geräusche, die der Wind ihnen zutrug. Theo konnte nicht schlafen, und er merkte an der unregelmäßigen Atmung, dem unterdrückten Hüsteln, dem leisen Stöhnen und Seufzen, dass die anderen genauso wach lagen. Die Zeit zum Schlafen würde erst mit der Wärme des Tages kommen, nach der Bestattung der dunklen, erstarrenden Gestalt, die sie auf der anderen Seite des umgestürzten Baums nicht sehen konnten und die doch allen vieren lebhaft vor Augen stand. Er spürte die Wärme von Julians Körper, der sich fest an ihn presste, und wusste, dass auch sie Trost schöpfte aus der Berührung mit ihm. Miriam hatte Julian mit Lukes Mantel zugedeckt, und Theo war es, als könne er das angetrocknete Blut riechen. Er fühlte sich in der Schwebe, in einer Art Zwischenstadium, wo er zwar die Kälte, den Durst, die vielfältigen Geräusche des Waldes mitbekam, aber kein Bewusstsein hatte für die Stunden, die verstrichen. Wie seine Gefährten harrte er aus und wartete auf den Tagesanbruch.

28. Kapitel

Zaghaftes, fahles Tageslicht stahl sich wie ein kühler Hauch in den Wald, umspielte Borken und geknickte Zweige, streifte Baumstämme und tief hängendes, kahles Astwerk, verlieh dem geheimnisvollen Dunkel Form und Gestalt. Als Theo die Augen aufschlug, konnte er kaum glauben, dass er tatsächlich eingenickt war. Aber er musste zumindest kurzzeitig geschlafen haben, da er nicht mitbekommen hatte, wie Rolf aufgestanden und weggegangen war.

Jetzt sah er ihn durch die Bäume zurückkommen. Er sagte: «Ich hab ein bisschen die Gegend erkundet. Das hier ist kein richtiger Wald, eher ein Gehölz, bloß etwa achtzig Meter breit. Lange können wir uns hier nicht versteckt halten. Zwischen Waldsaum und offenem Feld ist eine Art Graben. Der sollte reichen für ihn.»

Wieder machte Rolf keine Anstalten, Lukes Leiche zu berühren. Miriam und Theo hoben sie gemeinsam auf. Miriam nahm die Beine, die sie gespreizt auf ihre Hüften stützte, Theo packte Kopf und Schultern. Er meinte bereits den Beginn der Leichenstarre zu spüren. Der Rumpf des Toten hing durch, als sie sich in Bewegung setzten und Rolf folgten. Julian ging neben ihnen her. Sie hatte sich fest in ihr Cape gewickelt, ihr Gesicht war gefasst, aber sehr blass. Lukes blutbefleckten Mantel und seine cremefarbene Stola trug sie zusammengefaltet, wie die Siegeszeichen nach der Schlacht, über dem Arm.

Es waren nur etwa fünfzig Meter bis zum Saum des Wäldchens, und von dort blickten sie hinaus auf eine sanft gewellte Hügellandschaft. Die Ernte war eingebracht und

Strohballen lagen wie helle, aufs Geratewohl verstreute Kissen auf den fernen Hochflächen. Ein grellweißer Sonnenball zerteilte bereits die feinen Nebelschleier über Feldern und Hügeln und verschmolz die Herbstfarben zu einem weichen Olivgrün, aus dem die einzelnen Bäume wie schwarze Scherenschnitte vortraten. Es versprach wieder ein milder, heiterer Herbsttag zu werden. Theos Herz machte einen Satz, als er hart am Waldrand eine üppig tragende Brombeerhecke sah. Es kostete ihn all seine Selbstbeherrschung, Luke nicht fallen zu lassen und sich auf die Beeren zu stürzen.

Der Graben war seicht, eigentlich bloß eine schmale Wasserrinne zwischen Wäldchen und freiem Feld. Aber hier draußen hätte sich schwerlich eine geeignetere Grabstätte finden lassen. Das Feld war erst kürzlich umgepflügt worden, und die aufgehäufelte Erde sah locker und weich aus. Theo und Miriam beugten sich nieder und ließen den Leichnam in die flache Kuhle rollen. Theo wünschte, sie hätten es ehrerbietiger tun können, nicht so, als entledige man sich eines unerwünschten Tieres. Luke blieb mit dem Gesicht nach unten liegen. Theo, der spürte, dass Julian es so nicht würde haben wollen, sprang in den Graben und versuchte den Toten umzudrehen. Es war schwerer, als er gedacht hatte, wahrscheinlich hätte er es besser gar nicht erst versucht. Schließlich musste Miriam ihm zu Hilfe kommen, und sie kämpften sich gemeinsam durch Erdreich und Blätter, bis der Überrest von Lukes zerschlagenem, schmutzverkrustetem Gesicht wieder dem Himmel zugekehrt war.

Miriam sagte: «Wir können ihn erst mit Blättern zudecken und dann Erde draufgeben.»

Rolf rührte sich immer noch nicht, aber die drei anderen gingen zurück in den Wald und kehrten jeder mit einem Arm voll halb dürrer, halb modriger Blätter zurück; das braune Altlaub wurde aufgehellt vom leuchtenden Bronzeton der frisch gefallenen Buchenblätter. Bevor sie mit der Beisetzung begannen, rollte Julian Lukes Stola auf und ließ sie ins Grab fallen. Einen Moment lang war Theo versucht, dagegen zu protestieren. Sie hatten so wenig; das, was sie auf dem Leib trugen, eine kleine Taschenlampe, den Revolver mit der einzigen Kugel. Die Stola hätte nützlich sein können. Aber wozu? Warum Luke missgönnen, was ihm schließlich gehörte? Zu dritt streuten sie Blätter über den Toten und trugen dann Händevoll Erde vom Feldrain herbei. Es wäre rascher und leichter gegangen, hätte Theo die frisch gepflügten Schollen mit dem Fuß ins Grab gestoßen und dann festgetreten, aber in Julians Gegenwart war er zu einer so brutal-rationalen Handlung nicht fähig.

Bis jetzt war Julian still, aber ganz gefasst gewesen. Plötzlich sagte sie: «Er sollte in geweihter Erde ruhen.» Zum ersten Mal klang sie betrübt, unsicher, klagend wie ein verängstigtes Kind.

Theo hätte beinahe die Geduld verloren. Was erwartete sie denn von ihnen? Sollten sie etwa hier ausharren, bis es dunkel wurde, die Leiche wieder ausgraben, zum nächsten Friedhof schleppen und dort eines der Gräber für sie öffnen?

Miriam antwortete statt seiner. Sie sah Julian an und sagte begütigend: «Überall, wo ein guter Mensch ruht, ist der Boden geweiht.»

Julian wandte sich an Theo. «Luke würde wollen, dass wir ihm eine richtige Trauerfeier halten. Das Gebetbuch steckt in seiner Tasche. Bitte, tu du's für ihn.»

Sie schüttelte den blutbefleckten Mantel aus, zog das kleine, in schwarzes Leder gebundene Brevier aus der inneren Brusttasche und gab es Theo. Er hatte die Stelle bald gefunden. Er wusste, dass das Totengebet nicht lang war, beschloss aber trotzdem, es abzukürzen. Er konnte es Julian nicht abschlagen, aber es war ihm keine angenehme Pflicht. Julian stellte sich links, Miriam rechts neben ihn, und er begann zu lesen.

Rolf stand mit gespreizten Beinen über dem Fußende des Grabes, hatte die Arme verschränkt und sah starr geradeaus.

Sein gramzerfurchtes Gesicht war so bleich, sein Körper so starr, dass Theo, als er aufblickte, fast Angst bekam, er würde kopfüber auf die weiche Erde stürzen. Aber sein Respekt vor Rolf wuchs. Das Ausmaß seiner Enttäuschung und die Bitterkeit über den erlittenen Verlust mussten unermesslich groß sein. Und doch hielt er sich aufrecht. Theo wusste nicht, ob er an seiner Stelle zu so viel Selbstbeherrschung fähig gewesen wäre. Er hatte den Blick auf das Gebetbuch gesenkt, spürte aber trotzdem, wie Rolfs dunkle Augen ihn über das Grab hinweg anstarrten.

Anfangs klang ihm die eigene Stimme fremd, aber bis er zu dem Psalm kam, hatte er sich auf den Text eingelesen und er sprach die Worte leise, zuversichtlich, als könne er sie auswendig. «Herr, du bist unsre Zuflucht für und für. Ehe denn die Berge wurden und die Erde und die Welt geschaffen wurden, bist du, Gott, von Ewigkeit zu Ewigkeit, der du die Menschen lässest sterben und sprichst: Kommt wieder, Menschenkinder! Denn tausend Jahre sind vor dir wie der Tag, der gestern vergangen ist, und wie eine Nachtwache.»

Und dann kam er zum Bestattungsritus. «Erde der Erde, Asche der Asche, Staub dem Staube, in der sicheren und gewissen Hoffnung der Auferstehung zum ewigen Leben durch Jesum Christum, unsern Herrn.» Während er diesen Satz las, ging Julian in die Hocke und warf eine Hand voll Erde ins Grab. Nach kurzem Zögern machte Miriam es ihr nach. Julian mit ihrem plumpen, hoch gewölbten Leib fiel das Niederkauern schwer, und Miriam reichte ihr die Hand, um sie zu stützen. Theo musste unwillkürlich an ein Tier denken, das sich erleichtert, aber er verachtete sich selbst für diesen Vergleich und verdrängte ihn rasch wieder. Als er den Segen verlas, sprach Julian die Worte mit. Dann schloss Theo das Brevier. Rolf stand immer noch stumm und unbeweglich.

Plötzlich machte er mit einer heftigen Bewegung auf dem Absatz kehrt und sagte: «Heute Nacht müssen wir uns einen anderen Wagen beschaffen. Aber jetzt leg ich mich erst mal schlafen. Das solltet ihr auch tun.»

Doch vorher schritten sie noch die Hecke ab und stopften sich den Mund mit Brombeeren voll, bis Hände und Lippen purpurn verfärbt waren. Die noch ungeplünderten Sträucher bogen sich unter der Last der reifen Beeren, lauter pralle kleine Granaten, die wunderbar süß schmeckten. Theo wunderte sich, wie Rolf da widerstehen konnte. Oder hatte er sich heute Morgen schon satt gegessen? Er zerdrückte die Beeren mit der Zunge und schlürfte den köstlichen Saft, mit dem, Tröpfchen für Tröpfchen, Kraft und Hoffnung wiederkehrten.

Dann, als Hunger und Durst halbwegs gestillt waren, gingen sie zurück in das Wäldchen und zu demselben umgestürzten Baum, der wenigstens psychologisch wie ein Versteck und somit beruhigend wirkte. Die beiden Frauen legten sich dicht nebeneinander und deckten sich mit Lukes mittlerweile steif gewordenem Mantel zu. Theo streckte sich zu ihren Füßen aus. Rolf hatte sein Lager bereits auf der anderen Seite des Stammes aufgeschlagen. Der jahrzehntealte Mulch vermoderten Laubes machte den Boden weich, doch auch wenn er hart wie Stahl gewesen wäre, hätte Theo schlafen können, so müde war er.

29. Kapitel

Es dämmerte schon, als er erwachte. Julian stand über ihm. Sie sagte: «Rolf ist fort.» – Er war sofort hellwach. «Bist du sicher?»

«Ja, ganz sicher.»

Er glaubte ihr, und trotzdem drängte es ihn, Optimismus vorzuspiegeln. «Vielleicht ist er bloß spazieren gegangen, wollte allein sein und nachdenken.»

«Er hat nachgedacht. Darum ist er ja fort.»

Immer noch hartnäckig bemüht, Julian und womöglich auch sich selbst zu überzeugen, sagte Theo: «Er ist wütend und durcheinander. Er wird nicht bei dir bleiben wollen, wenn das Kind geboren ist, aber ich kann mir nicht vorstellen, dass er dich verraten würde.»

«Warum nicht? Schließlich hab ich ihn betrogen. Wir sollten Miriam wecken.»

Aber das war gar nicht mehr nötig. Miriam hatte sie offenbar im Halbschlaf sprechen hören. Mit einem Ruck setzte sie sich auf und sah zu Rolfs Platz hinüber. «Er ist also abgehauen», sagte sie und kam mühsam auf die Beine. «Damit hätten wir rechnen müssen. Aber egal, wir hätten ihn doch nicht aufhalten können.»

Theo wandte ein: «Ich vielleicht schon. Schließlich hab ich den Revolver.»

Miriam beantwortete die Frage in Julians Augen. «Ja, wir haben eine Waffe. Aber nur keine Angst. Weißt du, wir können das Ding vielleicht noch gut gebrauchen.» Und an Theo gewandt, fuhr sie fort: «Möglich, dass Sie ihn hätten dabehalten können, aber wie lange? Und überhaupt, wie? Hätte einer von uns ihm Tag und Nacht den Revolver an die Schläfe halten sollen? Hätten wir schichtweise geschlafen, um ihn abwechselnd zu bewachen?»

«Glaubst du, er ist zum Rat gegangen?»

«Nein, nicht zum Rat – zum Warden. Er hat die Fronten gewechselt. Macht hat ihn schon immer fasziniert. Und jetzt will er sich mit dem zusammentun, der die Macht hat. Aber ich glaube nicht, dass er nach London telefonieren wird. Seine Information ist zu wichtig, als dass da was durchsickern dürfte. Er wird sie dem Warden persönlich und unter vier Augen überbringen wollen. Dadurch gewinnen wir ein, zwei Stunden, vielleicht auch mehr – sagen wir fünf, wenn wir Glück haben. Hängt ganz davon ab, wann er aufgebrochen und wie schnell er vorwärts gekommen ist.»

Theo dachte: Fünf Stunden oder fünfzig, was macht das für einen Unterschied? Die Last der Verzweiflung drückte so schwer und ermattend auf Hirn und Glieder, dass er sich am liebsten einfach fallen gelassen hätte. Für eine Sekunde – kaum länger – erlahmte selbst sein Denkvermögen. Aber der Verstand behauptete sich schließlich, und mit den Gedanken kehrte auch die Hoffnung wieder. Was hätte er an Rolfs Stelle getan? Zur Straße zurückgehen, das erstbeste Auto anhalten, die nächste Telefonzelle suchen? Aber war es wirklich so einfach? Rolf war ein Gejagter, ohne Geld, ohne Fahrzeug, ohne Proviant. Außerdem hatte Miriam ganz Recht. Das Geheimnis, das er anzubieten hatte, war zu brisant, es musste streng gehütet werden, bis Rolf es dem Mann enthüllen konnte, dem es am meisten bedeuten und der also auch das meiste dafür zahlen würde: Xan Lyppiatt.

Rolf musste zu Xan und er musste unversehrt zu ihm durchkommen. Er konnte keine Festnahme riskieren, durfte sich nicht die Kugel eines schießwütigen Staatssicherheitspolizisten einfangen. Und kaum weniger katastrophal wäre es für ihn, wenn er den Grenadieren in die Hände fiele, denen er dann in irgendeiner Zelle auf Gedeih und Verderb ausgeliefert wäre und die nur höhnisch lachen würden, wenn er den Warden of England zu sprechen verlangte. Nein, Rolf würde versuchen, sich nach London durchzuschlagen, indem er genau wie der Rest der Gruppe den Schutz der Dunkelheit ausnutzte und sich unterwegs von Feldfrüchten ernährte. In der Hauptstadt angekommen, würde er im ehemaligen Außenministerium nach dem Warden verlangen. War er einmal in Xans Residenz, dem Zentrum absoluter Macht, dann durfte er damit rechnen, dass man sein Ansinnen ernst nahm. Falls man ihm aber dennoch den Zutritt verweigerte, konnte er immer noch die letzte Karte ausspielen. «Ich muss ihn sprechen. Richten Sie ihm aus, es geht um eine schwangere Frau.» Dann würde Xan ihn vorlassen.

Sobald Rolf das Geheimnis preisgegeben und Xan ihm Glauben geschenkt hatte, würden sie die Jagd eröffnen. Aber selbst wenn Xan Rolf für einen Lügner oder einfach für verrückt hielt – kommen würden sie trotzdem. Ja, sogar wenn man in London annahm, es handele sich nur um eine allerletzte Scheinschwangerschaft, und all die Anzeichen, die Symptome, der hoch gewölbte Leib würden sich als Farce entpuppen, sogar dann würden sie noch kommen. Es stand zu viel auf dem Spiel, als dass man sich einen Fehler leisten konnte. Sie würden per Hubschrauber kommen mit Ärzten und Hebammen und, sobald sie sich von der Wahrheit überzeugt hatten, auch mit Fernsehkameras. Man würde Julian behutsam wegschaffen, sie in ein Klinikbett verfrachten und der hochtechnisierten Geburtshilfemaschinerie überantworten, die seit fünfundzwanzig Jahren nicht mehr in Betrieb gewesen war. Xan würde persönlich die Oberaufsicht führen und der ungläubigen Welt die Sensation verkünden. An dieser Wiege würden keine einfältigen Hirten stehen.

Theo sagte: «Meiner Schätzung nach sind wir etwa fünfzehn Meilen südwestlich von Leominster. Ich schlage vor, wir halten uns an den ursprünglichen Plan und suchen uns einen Unterschlupf, ein Haus oder ein Cottage, so tief wie möglich im Wald versteckt. Nach Wales können wir natürlich nicht mehr, aber wir könnten es im Südosten in Dean Forest versuchen. Zuallererst brauchen wir jedoch ein Fahrzeug, Verpflegung und was zu trinken. Sobald es richtig dunkel ist, schleiche ich mich ins nächste Dorf und stehle ein Auto. Die nächste Ortschaft dürfte etwa sechzehn Kilometer entfernt sein. Ich hab die Lichter gesehen, kurz bevor die Omegas uns schnappten.»

Er rechnete fast damit, dass Miriam ihn fragen würde, wie er das wohl anstellen wolle. Doch sie meinte nur: «Versuchen Sie's, aber gehen Sie kein unnötiges Risiko ein.»

Julian sagte: «Bitte, Theo, lass den Revolver hier.»

Mit mühsam unterdrücktem Zorn fuhr er sie an: «Ich nehme mit, was ich brauche, und ich tue, was ich tun muss. Wie lange hältst du's denn noch ohne Wasser aus? Wir können nicht ewig von Brombeeren leben. Wir brauchen Decken und eine Menge anderer Sachen für die Geburt. Und wir brauchen ein Auto. Wenn wir irgendwo untertauchen können, bevor Rolf den Warden erreicht, haben wir immer noch eine Chance. Aber vielleicht hast du ja deine Meinung geändert. Vielleicht willst du seinem Beispiel folgen und dich stellen.»

Sie schüttelte wortlos den Kopf. Er sah, dass sie Tränen in den Augen hatte, und sehnte sich danach, sie in die Arme zu nehmen. Aber er hielt Abstand, schob nur die Hand in seine Innentasche und tastete nach der kalten, harten Waffe.

30. Kapitel

Sobald es dunkel war, machte er sich auf den Weg. Er konnte es kaum erwarten fortzukommen, wollte keine Minute verlieren. Ihre Sicherheit hing davon ab, dass er möglichst schnell ein Fahrzeug besorgte. Julian und Miriam begleiteten ihn bis zum Waldsaum und sahen ihm lange nach. Als er sich ein letztes Mal nach ihnen umdrehte, musste er die plötzliche Ahnung niederkämpfen, er sähe sie vielleicht zum letzten Mal. Ihm fiel ein, dass er westlich der Straße die Lichter eines Dorfes oder einer kleinen Stadt gesehen hatte. Der direkteste Weg dorthin ging vermutlich querfeldein, aber er hatte den Frauen die Taschenlampe dagelassen, und ohne Licht aufs Geratewohl in unbekanntem Gelände herumzuirren, war zu riskant. Er fing an zu rennen, mäßigte dann sein Tempo und folgte im Dauerlauf der Straße, auf der sie gekommen waren. Nach einer halben Stunde kam er an eine Kreuzung und entschied sich nach kurzem Überlegen für die Abzweigung nach links.

Er musste noch eine ganze Stunde flott ausschreiten, bevor er die ersten Häuser erkennen konnte. Die unbeleuchtete Landstraße war auf einer Seite von einer hohen, verwilderten Hecke, auf der anderen von einem lichten Waldstück gesäumt. Er hielt sich an die Waldseite, und wenn er einen Wagen kommen hörte, trat er in den Schatten der Bäume, teils aus dem instinktiven Bedürfnis nach Deckung, teils in der nicht ganz unbegründeten Befürchtung, ein einzelner Mann, der im Laufschritt durch die Dunkelheit sprintete, könne verdächtig wirken. Mittlerweile wurden Hecke und Wäldchen von einer Reihe vereinzelter Häuser abgelöst, die weit von der Straße zurückgesetzt in großen Gärten standen. Wer in solchen Häusern wohnte, hatte gewiss ein Auto in der Garage, wahrscheinlich sogar mehrere. Aber dafür würden Haus und Garage auch gut gesichert sein. Solch wohl verwahrter Reichtum war für einen unerfahrenen Gelegenheitsdieb wie Theo unerreichbar. Nein, er musste sich ein schlichteres Ziel suchen und Opfer, die leicht einzuschüchtern waren.

Allmählich wurde die Bebauung dichter. Obwohl er sein Tempo verlangsamte, spürte er, wie sein Herz schneller schlug, glaubte das kräftige, rhythmische Pochen in der Brust zu hören. Er wollte nicht bis ganz ins Zentrum, sondern sich, wenn irgend möglich, noch hier in dem ruhigen Außenviertel alles Nötige beschaffen und dann rasch und unbemerkt entwischen. Auf einmal sah er rechts von sich in einer Sackgasse eine Reihe grob verputzten Doppelhäuser. Die beiden Hälften waren jeweils identisch, mit einem Erkerfenster neben der Tür und einer Garage an der freistehenden Außenmauer. Fast auf Zehenspitzen schlich er sich heran, um das erste Doppelhaus in Augenschein zu nehmen.

Die linke Hälfte stand leer, die Fenster waren vernagelt, und vorn am Tor war mit Draht ein Zu-verkaufen-Schild befestigt. Offenbar wohnte dort schon geraume Zeit niemand mehr, denn im ungemähten Rasen wucherte das Unkraut und das Rosenrondell in der Mitte war nur noch ein dorniges, ineinander verflochtenes Gestrüpp, in dem die letzten welken Blüten traurig die Köpfe hängen ließen.

Das Haus rechter Hand war bewohnt und machte einen ganz anderen Eindruck. Im Vorderzimmer brannte hinter zugezogenen Vorhängen Licht, der Rasen im Garten war adrett geschoren, in der Mitte leuchtete ein Chrysanthemenbeet und Dahlien säumten den Weg. An der Grenzlinie war ein neuer Zaun errichtet worden, vielleicht um die Trostlosigkeit nebenan zu verdecken oder um das Unkraut von drüben in Schach zu halten. Das Haus schien Theo für seine Zwecke ideal. Ohne Nachbarn würde ihn niemand heimlich beobachten oder belauschen können, und dank des bequemen Zugangs zur Straße hatte er auch einen relativ sicheren Fluchtweg. Aber stand überhaupt ein Wagen in der Garage? Auf dem Weg zum Tor hielt er den Blick auf den Kiesweg gesenkt, und richtig, da waren Reifenspuren sowie ein kleiner Ölfleck. Der beunruhigte ihn ein bisschen, aber das Haus war so gut in Schuss und der Garten so gepflegt, dass er sich dachte, das dazugehörige Auto sei zwar vielleicht nicht groß und auch nicht mehr neu, aber bestimmt fahrtüchtig. Und wenn er sich irrte? Dann würde er noch einmal von vorn beginnen müssen und ein zweiter Versuch wäre doppelt so gefährlich. Als er neben dem Tor innehielt und sich mit raschem Blick nach rechts und links vergewisserte, dass ihn wirklich niemand da herumlungern sah, spielte er in Gedanken alle Möglichkeiten durch. Wenn er Pech hatte, könnte er die Hausbewohner notfalls daran hindern, Alarm zu geben; er brauchte bloß die Telefonleitung durchzuschneiden und die Leute zu fesseln. Aber angenommen, er würde auch in der nächsten und übernächsten Garage erfolglos nach einem Fahrzeug suchen? Die Vorstellung, die Bewohner einer ganzen Häuserreihe zu fesseln, war ebenso lachhaft wie das Unternehmen gefährlich. Mit etwas so Waghalsigem würde er höchstens einmal davonkommen, dann würde man ihn schnappen. Nein, wenn er hier keinen Erfolg hatte, hielt er vielleicht am besten auf der Straße ein Auto an und zwang die Insassen zum Aussteigen. Auf die Weise wäre er zumindest sicher, dass er einen fahrtüchtigen Wagen bekam.

Mit einem letzten verstohlenen Blick in die Runde klinkte er leise das Tor auf und schlich hastig zur Haustür. Dort seufzte er erleichtert auf: Die Vorhänge reichten nur zum Teil über die Seitenscheibe des Erkerfensters. Zwischen Gardinenrand und Fensterrahmen blieb ein sieben, acht Zentimeter breiter Spalt, durch den er genau beobachten konnte, was sich im Zimmer abspielte.

Der Raum, in dem es keinen Kamin gab, wurde von einem großen Fernseher beherrscht. Davor standen zwei Sessel, und er sah über die Rückenlehnen hinweg die grauen Köpfe eines alten Mannes und einer alten Frau, sehr wahrscheinlich ein Ehepaar. In dem spärlich möblierten Zimmer entdeckte er sonst nur noch einen Tisch mit zwei Stühlen vor einem Seitenfenster und einen kleinen Schreibtisch aus Eiche. Er sah keine Bilder, keine Bücher, keine Nippes, keine Blumen, aber an einer Wand hing ein großes Farbfoto von einem jungen Mädchen, und darunter stand ein Kinderstuhl mit einem Teddybär drin, der eine überdimensionale gepunktete Krawatte trug.

Selbst durchs geschlossene Fenster konnte er den Fernseher deutlich hören. Die alten Leute mussten taub sein. Er erkannte auch die Sendung: *Nachbarn*, eine australische Billigserie aus den späten achtziger und frühen neunziger Jahren, eingeleitet von einem beispiellos platten Jingle. Schon damals, als sie noch über die alten Fernsehgeräte ausgestrahlt wurde, war die Serie sehr beliebt gewesen, und jetzt, da man sie für die modernen High-Definition-Sets eingerichtet hatte, wurde sie wiederentdeckt, ja entwickelte sich zu einem regelrechten Kultprogramm. Der Grund lag auf der Hand. Die Geschichten, die irgendwo in einem abgelegenen, sonnigen Vorort spielten, nährten nostalgische Sehnsüchte nach einer Scheinwelt, in der es noch Unschuld und Hoffnung gab. Und dann trat in der Serie natürlich die Jugend auf. Die unwirklichen, aber strahlenden Bilder von jungen Gesichtern, jungen Körpern, der Klang junger Stimmen weckten die Illusion, dass diese tröstliche, frisch beschwingte Welt irgendwo auf der anderen Hälfte des Erdballs noch existiere und dass man sie nach Belieben aufsuchen könne. In der gleichen Stimmung und aus dem gleichen Bedürfnis heraus kauften die Leute Videos von Geburten oder Bücher mit Kindergedichten und alte TV-Jugendsendungen wie *The Flower Pot Men* oder *Blue Peter* auf Kassette.

Er drückte auf die Klingel und wartete. Jetzt, nach Einbruch der Dunkelheit, würden sie vermutlich zu zweit an die Tür kommen; durch das dünne Holz würde er schlurfende Schritte hören und dann das Quietschen der Riegel.

Die Tür öffnete sich bei vorgelegter Kette und durch den Spalt sah er, dass die beiden älter waren, als er geschätzt hatte. Ein Paar rot geränderte Augen blickten ihm eher misstrauisch als ängstlich entgegen.

Der Mann sprach mit unerwartet schneidender Stimme: «Was wollen Sie?»

Theo nahm an, seine leise, kultivierte Stimme würde beruhigend auf den Alten wirken. Er sagte: «Ich komme vom Kommunalrat. Wir machen eine Umfrage über die Hobbys und Interessen unserer Bürger. Ich habe einen Fragebogen für Sie zum Ausfüllen. Es dauert nur einen Moment, aber es muss bitte gleich sein.»

Der Mann zögerte, doch dann hakte er die Kette aus. Mit einem flinken Schubs hatte Theo sich hereingedrängt und stand mit dem Rücken zur Tür, in der Hand den Revolver. Bevor die Alten den Mund aufmachen und um Hilfe schreien konnten, sagte er: «Keine Angst, es besteht keine Gefahr. Ich werde Ihnen kein Haar krümmen. Verhalten Sie sich ruhig, tun Sie, was ich Ihnen sage, dann geschieht Ihnen nichts.»

Die Frau, die sich an den Arm ihres Mannes klammerte, begann am ganzen Körper zu zittern. Sie war sehr zart, ein schmächtiges Persönchen mit Schultern, die aussahen, als seien sie zu schwach, um das Gewicht der rehbraunen Strickjacke zu tragen.

Theo sah ihr in die Augen, hielt ihrem verwirrten, entsetzten Blick stand und sagte mit aller ihm zu Gebote stehenden Überzeugungskraft: «Ich bin kein Verbrecher. Aber ich brauche Hilfe. Ich brauche Ihren Wagen, was zu essen und zu trinken. Sie haben doch ein Auto?»

Der Mann nickte.

Theo fragte weiter: «Welche Marke?»

«Einen Citizen.» Die Volkskarosse, preiswert in der Anschaffung und billig im Unterhalt. Das Modell war inzwischen zehn Jahre alt, aber es waren gut gebaute, zuverlässige Autos. Er hätte es schlimmer treffen können.

«Ist Benzin im Tank?»

Der Mann nickte wieder.

Theo fragte: «Verkehrssicher?»

«O ja, ich nehme es mit dem Wagen sehr genau.»

«Ausgezeichnet. Und jetzt gehen Sie nach oben.»

Der Befehl jagte ihnen einen Heidenschrecken ein. Was dachten sie sich wohl – dass er sie in ihrem eigenen Schlafzimmer abschlachten wollte?

Der Mann flehte: «Bringen Sie mich nicht um. Sie hat nur noch mich. Und sie ist krank. Das Herz. Ohne mich endet sie beim Quietus.»

«Ihnen wird nichts geschehen. Und von Quietus ist keine Rede.» Er wiederholte eindringlich: «Kein Quietus!»

Sie stiegen langsam, Stufe für Stufe, die Treppe hinauf. Die Frau klammerte sich immer noch an ihren Mann.

Oben genügte ein rascher Blick, und er war über die Aufteilung des Hauses im Bilde. Das große Schlafzimmer ging nach vorn hinaus, gegenüber lag das Bad mit angrenzendem separatem WC. Weiter hinten kamen noch zwei kleinere Schlafzimmer. Er deutete mit dem Revolver auf den größeren der rückwärtigen Räume. Drinnen stand ein Einzelbett und als er die Tagesdecke zurückschlug, sah er, dass es bezogen war.

Er befahl dem Mann: «Reißen Sie das Laken in Streifen.»

Der Alte nahm einen Zipfel des Leintuchs in seine gichtigen Hände, aber es gelang ihm nicht, den Stoff zu zerreißen. Die Salkante war zu fest für ihn.

«Wir brauchen eine Schere», sagte Theo ungeduldig. «Wo finde ich eine?»

Diesmal antwortete die Frau: «In unserem Schlafzimmer. Auf meiner Frisierkommode.»

«Holen Sie sie bitte.»

Sie wankte steifbeinig hinaus und kam nach ein paar Sekunden mit einer Nagelschere zurück. Er hatte zwar nicht an so ein kleines Spielzeug gedacht, aber es würde schon reichen. Allerdings wären kostbare Minuten verschwendet, wenn er die Aufgabe den zittrigen Händen des Alten überließe.

Er sagte streng: «Treten Sie zurück, alle beide, und stellen Sie sich mit dem Rücken zur Wand.»

Sie gehorchten. Er legte die Waffe dicht neben seiner Rechten aufs Bett, ohne die beiden auch nur eine Sekunde aus den Augen zu lassen. Dann begann er, das Laken zu zertrennen. Das Geräusch, das dabei entstand, schien ihm ungewöhnlich laut. Ihm war, als risse er das Haus entzwei. Als er fertig war, sagte er zu der Frau: «Kommen Sie, legen Sie sich aufs Bett.» Sie sah ihren Mann an, wie um seine Erlaubnis einzuholen, und er nickte kurz. «Tu was er sagt, Liebes.»

Sie hatte Mühe, aufs Bett zu kommen und Theo musste sie hochheben. Ihr Körper war federleicht, und seine Hand unter ihrem Schenkel brachte sie so schwungvoll in die Höhe, dass sie um ein Haar übers Bett hinweg auf dem Fußboden gelandet wäre. Theo zog ihr die Schuhe aus, band ihre Knöchel zusammen und fesselte ihr dann die Hände auf dem Rücken.

«Geht's so?», fragte er.

Sie nickte zaghaft. Das Bett war schmal, und er war sich im Zweifel, ob der Mann neben ihr Platz haben würde. Aber der erriet seine Gedanken und sagte rasch: «Trennen Sie uns nicht. Bringen Sie mich nicht nach nebenan. Erschießen Sie mich nicht.»

Theo sagte gereizt: «Ich erschieße Sie schon nicht. Der Revolver ist nicht mal geladen.» Die Lüge konnte er sich jetzt leisten. Die Waffe hatte ihren Zweck erfüllt. Er sagte barsch: «Los, legen Sie sich daneben.»

Der Platz reichte ganz knapp für beide. Er fesselte auch dem Mann die Hände auf dem Rücken und band ihm die

Knöchel zusammen. Schließlich wickelte er noch einen letzten Stoffstreifen um beider Füße und verknotete ihn fest. Sie lagen eng zusammen, beide auf der rechten Seite. Mit den verrenkten Armen hatten sie es bestimmt nicht bequem, aber er hatte nicht gewagt, ihnen die Hände vor dem Körper zu fesseln, aus Angst, der Mann könnte sich und seine Frau mit den Zähnen befreien.

«Wo sind die Schlüssel zur Garage und fürs Auto?», fragte er.

Der Mann flüsterte: «Im Schreibtisch im Wohnzimmer. Oberste Schublade rechts.»

Er ging. Die Schlüssel waren schnell gefunden. Dann lief er zurück ins Schlafzimmer. «Ich brauche einen großen Koffer. Haben Sie einen?»

Die Frau antwortete. «Unterm Bett.»

Theo zog ihn heraus. Er war groß, aber leicht, ein Pappkoffer mit verstärkten Ecken. Ob es sich lohnte, die Reste des zerrissenen Lakens mitzunehmen? Während er die Fetzen noch unschlüssig in der Hand hielt, sagte der Mann: «Bitte knebeln Sie uns nicht. Ich verspreche Ihnen, wir werden nicht schreien. Nur knebeln Sie uns bitte nicht. Meine Frau könnte nicht atmen.»

Theo entgegnete: «Ich werde jemanden benachrichtigen müssen, dass Sie gefesselt hier liegen. Ich muss damit zwar mindestens zwölf Stunden warten, aber ich werde es tun. Erwarten Sie jemanden?»

Der Mann sagte: «Mrs Collins, unsere Haushaltshilfe, kommt morgen Früh um halb acht. Sie kommt schon so zeitig, weil sie vormittags noch eine andere Stelle hat.»

«Und hat sie einen Schlüssel?»

«Ja, sie schließt sich immer selber auf.»

«Und sonst erwarten Sie niemanden? Kein Familienmitglied?»

«Wir haben keine Familie. Wir hatten eine Tochter, aber die ist gestorben.»

«Aber Sie sind sicher, dass Ihre Mrs Collins um halb acht hier sein wird?»

«Ja, sie ist sehr zuverlässig. Sie wird da sein.»

Theo schlug die helle, geblümte Baumwollgardine zurück und spähte hinaus in die Dunkelheit. Alles, was er erkennen konnte, war ein Stück vom Garten und dahinter der schwarze Umriss eines Hügels. Sie könnten die ganze Nacht rufen, ohne dass jemand ihre schwachen Stimmen hören würde. Trotzdem würde er zur Vorsicht den Fernseher anlassen und so laut wie möglich stellen.

Er sagte: «Ich werde Sie nicht knebeln. Aber ich stelle den Fernseher laut, damit niemand Sie hören kann. Also vergeuden Sie gar nicht erst Ihre Kräfte damit, um Hilfe zu rufen. Wenn Mrs Collins morgen Früh kommt, wird sie Sie losbinden. Bis dahin versuchen Sie zu schlafen. Es tut mir Leid, dass ich das tun muss. Ihren Wagen kriegen Sie irgendwann zurück.»

Noch während er das sagte, schien es ihm lächerlich und unredlich, ein solches Versprechen zu geben. Er fragte: «Brauchen Sie noch irgendwas?»

Die Frau wimmerte matt: «Wasser.»

Das eine Wort gemahnte ihn an den eigenen Durst. Es schien fast unglaublich, dass er, der doch stundenlang nach Wasser gelechzt hatte, seinen Durst auch nur für einen Moment vergessen konnte. Er ging ins Bad, nahm einen Zahnputzbecher, und ohne ihn vorher auszuspülen, schüttete er so viel kaltes Wasser in sich hinein, wie sein Magen nur fassen konnte. Dann füllte er den Becher noch einmal und ging zurück ins Schlafzimmer. Er stützte den Kopf der Frau mit seinem Arm und hielt ihr den Becher an die Lippen. Sie trank begierig. Etwas Wasser rann ihr am Kinn hinunter und tropfte auf die dünne Jacke. Die purpurnen Adern an ihren Schläfen pulsierten so heftig, als ob sie bersten wollten, und die Muskeln am hageren Hals sprangen vor wie straff gespannte Taue. Als sie ausgetrunken hatte, wischte er ihr mit einem Stück Leintuch den Mund ab. Dann füllte er den Becher noch einmal und half auch dem alten Mann beim Trinken. Seltsam, er konnte sich kaum entschließen, die beiden allein zu lassen und dabei war doch keine Zeit zu verlieren.

An der Tür drehte er sich um und sagte: «Es tut mir Leid, dass ich das tun musste. Versuchen Sie ein bisschen zu schlafen. Mrs Collins kommt ja morgen Früh.»

Er fragte sich, wen er eigentlich beruhigte, die beiden Alten oder sich selbst. Zumindest, dachte er, sind sie zusammen.

«Liegen Sie halbwegs bequem?», fragte er.

Was für eine alberne Frage! Bequem? Wie konnten sie es denn bequem haben, wenn sie wie Tiere zusammengeschnürt auf einem so schmalen Bett lagen, dass sie bei der geringsten Bewegung Gefahr liefen, herunterzufallen? Die Frau flüsterte etwas, das er nicht mitbekam. Aber ihr Mann schien sie zu verstehen. Linkisch hob er den Kopf und sah Theo an, der in den trüben Augen die Bitte um Verständnis, um Mitleid las. Der Mann sagte: «Sie muss auf die Toilette.»

Theo hätte fast laut herausgelacht. Er war wieder der achtjährige Junge und hörte die ungeduldige Stimme seiner Mutter: «Daran hättest du denken sollen, bevor wir losgegangen sind.» Was erwarteten die zwei Alten, dass er sagen würde? «Daran hätten Sie denken sollen, bevor ich Sie gefesselt habe«? Einer von beiden hätte wirklich dran denken sollen. Jetzt war es zu spät. Er dachte an Julian und Miriam, die verzweifelt und voller Angst im Schutz des Wäldchens auf ihn warteten und bei jedem herannahenden Auto die Ohren spitzten. Er stellte sich ihre Enttäuschung vor, wenn eines nach dem anderen vorbeibrauste. Und es gab noch so viel zu tun; er musste den Wagen nachsehen, die Vorräte zusammensuchen. Es würde Minuten dauern, diese festen Mehrfachknoten wieder aufzumachen und er hatte keine Minute übrig. Sie würde im eigenen Dreck liegen bleiben müssen, bis Mrs Collins am Morgen kam.

Aber er wusste, dass er das nicht fertig bringen würde. Gefesselt und hilflos wie sie war, vor Angst stinkend, vor Verlegenheit wie gelähmt und unfähig, ihm in die Augen zu sehen, konnte er ihr diese Erniedrigung nicht auch noch antun. Seine Finger plagten sich mit dem festen Stoff. Es war sogar noch schwerer, als er sich vorgestellt hatte, und am Ende nahm er die Nagelschere und schnitt die Frau los, wobei er versuchte, nicht auf die Druckstellen an ihren Handgelenken zu schauen. Es war nicht einfach, sie vom Bett zu kriegen. Ihr schmächtiger Körper, eben noch leicht wie ein Vogel, war jetzt steif und schreckensstarr. Es dauerte fast eine Minute, ehe sie sich in Bewegung setzte und, in der Taille von seinem Arm gestützt, langsam zur Toilette schlurfen konnte.

Mit vor Scham und Ungeduld barscher Stimme sagte er: «Schließen Sie die Tür nicht ab. Lassen Sie sie einen Spaltbreit offen.»

Er wartete draußen, widerstand der Versuchung, im Flur auf und ab zu laufen, aber sein Herzschlag pochte die Sekunden mit, die sich zu Minuten dehnten, bevor er die Spülung hörte und sie wieder herauskam. «Danke», flüsterte sie.

Zurück im Schlafzimmer half er ihr aufs Bett, riss neue Streifen vom Rest des Lakens und fesselte sie wieder, aber diesmal nicht so stramm. Er sagte zu dem Alten: «Sie gehen lieber auch noch mal. Wenn ich Ihnen helfe, können Sie rüberhüpfen. Ich hab keine Zeit mehr und kann Ihnen bloß die Hände losbinden.»

Aber es ging mit ihm nicht leichter als mit der Frau. Auch mit freien Händen und einen Arm auf Theos Schulter gestützt, hatte der Mann weder genug Kraft noch das nötige Gleichgewicht, um auch nur den kleinsten Sprung zu schaffen, und Theo musste ihn fast den ganzen Weg zur Toilette mitschleifen.

Endlich hatte er auch den Alten aufs Bett zurückgeschafft. Und jetzt musste er sich wirklich sputen. Mit dem Koffer in der Hand lief er eilig die Treppe hinunter und suchte nach der Küche. Sie war klein, tadellos sauber und aufgeräumt, mit einem übergroßen Kühlschrank und einer abgetrennten kleinen Speisekammer. Aber die Ausbeute war enttäuschend. Der Kühlschrank enthielt trotz seiner Größe bloß einen Halbliterkarton Milch, eine Packung mit vier Eiern, ein halbes Pfund Butter auf einer Untertasse, mit Folie zugedeckt, ein Stück eingewickelten Cheddarkäse und eine angebrochene Kekspackung. Im Gefrierfach darüber fand er nichts außer einer kleinen Packung Erbsen und einem Stück Kabeljau, hart gefroren. Die Speisekammer war genauso ein Reinfall, denn sie gab nichts weiter her als ein bisschen Zucker, Kaffee und Tee. Ein dermaßen unterversorgter Haushalt war geradezu lächerlich. Plötzlich war er so zornig auf die alten Eheleute, als hätten sie ihn absichtlich enttäuscht. Aber wahrscheinlich kauften sie nur einmal die Woche ein, und er hatte eben einen schlechten Tag erwischt. Er raffte alles zusammen und stoppfte die Lebensmittel in eine Plastiktüte. An einem Ständer hingen vier Tassen. Er nahm zwei davon und noch drei Teller aus einem Schrank über der Spüle. Aus einer Schublade holte er ein scharfes Schälmesser, ein Tranchiermesser, drei Bestecke und eine Streichholzschachtel, die er in die Tasche steckte. Dann rannte er wieder nach oben, diesmal ins vordere Schlafzimmer, wo er Laken, Decken und ein Kissen vom Bett riss. Miriam würde für die Geburt saubere Handtücher brauchen. Hinterm Bad in der Trockenkammer fand er ein halbes Dutzend, schön zusammengelegt. Die würden genügen. Die Bettwäsche warf er in den Koffer und als ihm einfiel, dass Miriam eigens um eine Schere gebeten hatte, steckte er noch rasch die Nagelschere in die Tasche. Im Badezimmerschränkchen stand eine Flasche Desinfektionsmittel, die er ebenfalls einpackte.

Er durfte sich nicht länger im Haus aufhalten, aber ein Problem war noch nicht gelöst: Wasser. Er hatte zwar den halben Liter Milch, doch der würde nicht einmal Julians Durst stillen. Er sah sich nach einem brauchbaren Behälter um. Nirgends fand er eine leere Flasche. Er ertappte sich dabei, wie er die beiden Alten beinahe verfluchte, während er fieberhaft nach irgendeinem Gefäß suchte, in das sich Wasser füllen ließ. Alles, was er auftreiben konnte, war eine kleine Thermosflasche. Nun, so konnte er Julian und Miriam wenigstens heißen Kaffee mitbringen. Er nahm sich freilich nicht die Zeit, Wasser zu kochen, sondern füllte es gleich aus dem Heißwasserhahn ein, auch wenn das komisch schmecken mochte. Bestimmt würden die beiden ganz aus dem Häuschen sein und den Kaffee sofort trinken wollen. Als er mit dem Aufgießen fertig war, füllte er Wasser in den Kessel und die einzigen beiden Töpfe mit fest schließendem Deckel. Er würde sie einzeln zum Auto tragen müssen und dadurch wieder Zeit verlieren. Ganz zum Schluss trank er noch einmal aus der Leitung und ließ sich reichlich Wasser übers Gesicht laufen.

An der Wand gleich neben der Haustür war eine Reihe Kleiderhaken angebracht, und daran hingen ein altes Jackett, ein langer Wollschal und zwei Regenmäntel, offenbar beide neu. Er zögerte nur eine Sekunde, bevor er sie herunternahm und sich über die Schulter warf. Julian würde sie brauchen, wenn sie nicht auf der feuchten Erde liegen sollte. Aber es waren die einzigen neuen Sachen im Haus und sie zu stehlen, war für ihn das Schäbigste an seiner ganzen Diebestour.

Er schloss das Garagentor auf. Der Citizen hatte nur einen kleinen Kofferraum; Theo klemmte den Kessel und einen Topf vorsichtig zwischen Koffer, Bettzeug und Regenmäntel, den anderen Topf und den Plastikbeutel mit Lebensmitteln, Tassen und Besteck deponierte er auf dem Rücksitz. Als er den Wagen startete, sprang der Motor zu seiner Erleichterung sofort an. Der Citizen war offenbar gut gewartet worden. Aber der Tank war nur noch knapp halb voll, und im Seitenfach fand sich keine einzige Straßenkarte. Wahrscheinlich hatten die alten Leute den Wagen nur für kurze Spazierfahrten und zum Einkaufen benutzt. Als er vorsichtig in die Einfahrt zurücksetzte und dann das Garagentor schloss, fiel ihm ein, dass er vergessen hatte, den Fernseher lauter zu stellen. Aber er sagte sich, dass diese Vorsichtsmaßnahme unnötig sei. Da das Nachbarhaus leer stand und sich hinten der weitläufige Garten erstreckte, würde wohl kaum jemand die schwachen Schreie der Alten hören.

Auf der Fahrt überlegte er sich den nächsten Schritt. Sollten sie in derselben Richtung weiterfliehen oder kehrtmachen? Xan würde von Rolf erfahren, dass sie ursprünglich über die Grenze nach Wales gewollt hatten, um sich dort in den Wäldern zu verstecken. Sicher rechnete er damit, dass sie ihren Plan nun änderten, und würde sie irgendwo in Cornwall, Devon oder Somerset vermuten. In jedem Fall würde die Suche Zeit beanspruchen, selbst wenn Xan eine große Mannschaft der SSP oder der Grenadiere abkommandierte, aber das tat er wahrscheinlich sowieso nicht, denn diese Jagd war etwas ganz Besonderes. Wenn es Rolf gelang, zum Warden vorzudringen, ohne sein Wissen vorher preiszugeben, dann würde auch Xan die Geschichte geheim halten, bis er sie auf ihren Wahrheitsgehalt geprüft hatte; er würde nicht riskieren, dass Julian einem ehrgeizigen oder skrupellosen Offizier von der SSP oder den Grenadieren in die Hände fiel. Außerdem konnte er nicht wissen, wie wenig Zeit ihm noch blieb, wenn er bei der Geburt dabei sein wollte, und Rolf würde ihm nicht mehr sagen können als das, was er selbst wusste. Und wie weit vertraute Xan eigentlich den Mitgliedern seines Staatsrats?

Nein, der Warden würde selbst kommen, wahrscheinlich mit einer kleinen, sorgfältig ausgewählten Begleitmannschaft. Irgendwann würden die anderen sie zwangsläufig zur Strecke bringen, aber das dauerte bestimmt seine Zeit. Die enorme Wichtigkeit und der heikle Charakter des Unternehmens, die notwendige Geheimhaltung, die Größe der Suchmannschaft – alles sprach gegen ein rasches Vorgehen von Seiten des Warden.

Wohin also, in welche Richtung? Und wie, wenn sie kehrtmachten, zurück nach Oxford fuhren und sich oberhalb der Stadt im Wytham Wood versteckten? Ob sie mit einer solchen Kriegslist durchkamen? Bestimmt wäre das der letzte Ort, wo Xan sie suchen würde. Oder war es eine zu gefährliche Strecke? Aber jede Straße war gefährlich und würde es gleich doppelt sein, wenn um halb acht die beiden Alten gefunden wurden und ihre Geschichte erzählten – warum also schien es ihm riskanter umzukehren, als dieselbe Richtung beizubehalten? Vielleicht weil Xan in London war. Und doch wäre für einen gewöhnlichen Ausreißer London das nächstliegende Versteck gewesen, denn die Stadt war trotz ihrer ausgedünnten Bevölkerung immer noch eine Ansammlung von vielen kleinen Dörfern, verschwiegenen Gassen und riesigen, halb leeren Hochhäusern. Aber London hatte auch überall Augen, und Theo kannte dort weder jemanden, an den er sich vertrauensvoll hätte wenden können, noch ein Haus, zu dem er ungehindert Zutritt hatte. Sein Instinkt – und vermutlich galt das für Julians genauso – riet ihm, so viele Meilen wie möglich zwischen sich und London zu bringen und, dem ursprünglichen Plan folgend, in abgelegenem, dicht bewaldetem Gelände nach einem Versteck zu suchen. Jede Meile weiter weg von London war wie eine Meile näher zur Sicherheit.

Während er sich auf der zum Glück leeren Straße vorsichtig mit dem Wagen vertraut machte, gönnte er sich einen Wachtraum, von dem er sich einzureden suchte, er sei ein ganz vernünftiges und erreichbares Ziel. Er stellte sich eine Holzfällerhütte vor, in der es wunderbar roch, weil die harzigen Wände noch die Sommersonnenwärme speicherten. So natürlich wie ein Baum würde dieses Cottage sich in den tiefen Wald einfügen und unter dem Baldachin mächtiger, dicht belaubter Kronen wäre es gut geschützt. Da es seit Jahren leer stand, wäre es schon ein bisschen verfallen, aber drinnen fänden sich noch Wäsche, Streichhölzer und genug Konserven für sie drei. Eine Quelle würde da sein und reichlich Feuerholz, das sie brauchen würden, wenn der Herbst in den Winter überging. Monatelang würden sie dort hausen können, wenn nötig, ja vielleicht sogar jahrelang. Es war genau die Idylle, über die er sich in Swinbrook so verächtlich mokiert hatte, aber jetzt tröstete er sich damit, auch wenn er wusste, dass der Traum nur ein Hirngespinst war.

Irgendwo auf der Welt würden noch mehr Kinder geboren werden, dachte er, bemüht, Julians Zuversicht zu teilen. Dieses Kind wäre dann nicht mehr einzigartig und folglich auch nicht mehr besonders gefährdet. Xan und der Staatsrat würden es seiner Mutter nicht wegzunehmen brauchen, auch wenn bekannt wurde, dass es das Erstgeborene eines neuen Zeitalters war. Aber das lag alles noch in der Zukunft und sie konnten sich zu gegebener Zeit damit befassen. Jetzt kam es erst einmal darauf an, die nächsten paar Wochen, bis das Kind geboren war, sicher zu überstehen. Weiter vorausdenken konnte er nicht – und das brauche ich auch nicht, dachte er.

31. Kapitel

In den letzten Stunden hatte er alle geistigen und körperlichen Kräfte so angestrengt auf sein Vorhaben konzentriert, dass ihm gar nicht der Gedanke gekommen war, er könne das Waldstück womöglich nicht wiedererkennen. Als er jetzt von der Sackgasse nach rechts in die Landstraße einbog, versuchte er sich zu erinnern, wie lange er auf dem Hinweg wohl bis an die Abzweigung zur Stadt gebraucht hatte. Doch in seinem Gedächtnis fand sich nur ein Wust aus Angst, Sorge und Entschlossenheit, aus quälendem Durst, Atemnot und Seitenstechen, aber keine klare Vorstellung von Zeit oder Entfernung. Links tauchte ein kleines Wäldchen auf, das ihm gleich bekannt vorkam, und er fasste wieder Mut. Aber ehe er sich's versah, wurde das Gehölz von einer niedrigen Hecke und freiem Feld abgelöst. Und dann kam das nächste Waldstück, diesmal von einer Mauer gesäumt. Er fuhr langsam, den Blick auf die Straße gerichtet, und dann sah er, was zu sehen er befürchtet und doch auch erhofft hatte: Lukes Blut auf dem Teer, nicht mehr rot, sondern ein schwärzlicher Fleck im Scheinwerferlicht, und zur Linken die bröckelige Stelle in der Mauer.

Als Miriam und Julian nicht gleich zum Vorschein kamen, packte ihn die entsetzliche Angst, sie könnten nicht mehr da sein, ja man hätte sie schon gefasst. Er parkte den Citizen dicht an der Mauer, sprang hinüber und tauchte in den Wald ein. Beim Klang seiner Schritte kamen sie ihm entgegen, und er hörte Miriams leisen Stoßseufzer. «Gott sei Dank», sagte sie, «Wir waren schon in Sorge. Haben Sie ein Auto?»

«Ja, einen Citizen. Aber das ist auch schon fast alles. In dem

Haus war nicht viel zu holen. Ach ja, hier ist eine Thermosflasche Kaffee.»

Miriam riss sie ihm fast aus der Hand. Sie schraubte den Deckel ab, goss vorsichtig ein, denn jeder Tropfen war kostbar, und gab Julian zu trinken.

In die Stille hinein sagte Miriam mit betont gefasster Stimme: «Wir müssen unseren Plan ändern, Theo. Uns bleibt nicht mehr viel Zeit. Die Wehen haben bereits eingesetzt.»

Theo fragte: «Wie lange noch?»

«Das lässt sich bei einer Erstgebärenden nicht so leicht vorhersagen. Vielleicht bloß ein paar Stunden. Vielleicht dauert's auch noch einen ganzen Tag. Julian ist jedenfalls im allerletzten Stadium, und wir brauchen schnellstens ein Dach über dem Kopf.»

Plötzlich war seine ganze Unschlüssigkeit wie weggeblasen von einem frischen Wind, der Hoffnung brachte und Zuversicht. Ein Name kam ihm in den Sinn, so deutlich, als hätte eine Stimme, die aber nicht seine eigene war, ihn laut ausgesprochen: Wychwood Forest. Im Geiste sah er sich auf einem einsamen Sommerspaziergang; ein schattiger Weg neben einer verfallenen Mauer führte erst tief in den Wald hinein und dann zu einer moosbewachsenen Lichtung mit einem See und einem Holzschuppen, ein bisschen weiter rechts am Wegrand. Wychwood wäre ihm nicht ohne weiteres eingefallen und war auch keine nahe liegende Wahl: zu klein, zu leicht zu durchkämmen, keine zwanzig Meilen von Oxford entfernt. Aber jetzt erschien ihm gerade diese Nähe vorteilhaft. Xan rechnete bestimmt damit, dass sie weiter in Richtung Norden fuhren. Stattdessen würden sie umkehren und sich an einem Ort verstecken, den er, Theo, gut kannte und wo ihnen ein Unterschlupf sicher war.

Er sagte: «Kommt, steigt ein. Wir kehren um und fahren zum Wychwood Forest. Essen können wir unterwegs.»

Sie hatten keine Zeit zum Diskutieren oder über mögliche Alternativen zu beraten. Die Frauen hatten jetzt außerdem auch gar nicht den Kopf dafür. Wohin es ging und wie sie ans Ziel gelangen würden, das musste Theo entscheiden.

Einen neuerlichen Angriff der Papageiengesichter befürchtete er im Grunde nicht. Ihm erschien diese eine Gräuelszene im Nachhinein wie die Erfüllung seiner halb abergläubischen Gewissheit zu Beginn der Flucht, als er überzeugt gewesen war, dass sie unweigerlich auf eine Tragödie zusteuerten. Tatsächlich hatte die sie ereilt und aufs furchtbarste getroffen, aber jetzt war sie vorbei. Wie ein Passagier, der Angst vorm Fliegen hat und bei jedem Luftloch annimmt, dass die Maschine gleich abstürzen wird, konnte er sich nun damit beruhigen, dass das erwartete Unglück hinter ihnen lag und dass sie zu den Überlebenden zählten. Aber er wusste auch, dass Julian und Miriam sich nicht so leicht von ihrer Angst vor den Papageiengesichtern befreien konnten. Ihre Furcht machte sich in dem kleinen Wagen breit. Wie erstarrt saßen sie die ersten zehn Minuten hinter ihm und blickten unverwandt auf die Straße, als könnten hinter jeder Biegung, bei jedem kleinen Hindernis wieder die wilden Triumphgesänge aufheulen, die lodernden Fackeln und die funkelnden Augen zum Vorschein kommen.

Es gab freilich auch andere Gefahren und natürlich die eine, alles überschattende, die sie am meisten bedrohte. Sie hatten keine Ahnung, wann genau Rolf fortgeschlichen war. Falls er Xan schon erreicht hatte, war die Suche nach ihnen womöglich bereits im Gange, war man vielleicht gerade dabei, die Straßensperren abzuladen und aufzustellen, wurden die Hubschrauber aus den Hangars gerollt und aufgetankt, um bei Tagesanbruch startklar zu sein. Auch wenn es ein Trugschluss sein mochte, fühlte Theo sich auf den schmalen Nebenstraßen, die sich zwischen wild wuchernden Hecken und bröckeligen Trockenmauern dahinschlängelten, noch am ehesten sicher. Wie bei jeder gejagten Kreatur neigte auch sein Instinkt dazu, Haken zu schlagen, sich zu verkriechen, in den Schutz der Dunkelheit zu flüchten. Aber auf den kleinen Landstraßen und Feldwegen lauerten dafür andere Gefahren. Viermal musste er, um keine zweite Reifenpanne zu riskieren, vor einem unpassierbaren Stück aufgerissener Asphaltdecke scharf bremsen und zurücksetzen und einmal, kurz nach zwei Uhr, wäre dieses Manöver beinahe schief gegangen. Die Hinterräder rutschten in einen Graben, und es dauerte eine halbe Stunde, bis er und Miriam den Citizen mit vereinten Kräften wieder auf der Straße hatten.

Anfangs wäre Theo ohne Karte schier verzweifelt, aber nach ein paar Stunden riss die Wolkendecke auf und gab den Sternenhimmel frei. Jetzt sah er das Nebelband der Milchstraße und konnte sich an Polarstern und Großem Wagen orientieren. Aber die alte Himmelskunde taugte nur für eine sehr grobe Peilung, sodass er immer wieder Gefahr lief, sich zu verfahren.

Von Zeit zu Zeit ragte, starr wie die Galgen des achtzehnten Jahrhunderts, ein Wegweiser aus der Dunkelheit auf, und wenn Theo vorsichtig zwischen Schlaglöchern hindurch darauf zuhielt, erwartete er beinahe, Kettengerassel zu hören und zu sehen, wie ein Leichnam an lang gezogenem Hals hin und her baumelte. Gleich einem suchenden Auge glitt der winzige Lichtpunkt der Taschenlampe über die halb verwischten Namen unbekannter Dörfer. Die Nacht war kalt wie ein Vorbote des Winters und die Luft roch nicht mehr nach Heu und sonnenwarmer Erde, sondern hatte ein seltsam neutrales, fast aseptisches Aroma, als wären sie in der Nähe der Küste. Wenn er den Motor abstellte, war es jedes Mal vollkommen still. Unter einem Wegweiser, dessen Namen genauso gut in einer fremden Sprache hätten geschrieben sein können, fühlte sich Theo mit einemmal so verwirrt und ausgegrenzt, als seien die dunklen, brachliegenden Felder, die Erde unter seinen Füßen und diese sonderbar geruchlose Luft nicht mehr sein Lebensraum, ja als gäbe es für seine vom Aussterben bedrohte Art unter diesem teilnahmslosen Firmament nirgends mehr Geborgenheit und ein Zuhause.

Kurz nach Antritt der Fahrt hatten Julians Wehen sich entweder verlangsamt oder wieder aufgehört. Das befreite Theo ein wenig von seinem Druck, denn nun brauchte er nicht mehr vor jedem kleinen Zeitverlust zu zittern und konnte mehr auf Sicherheit als auf Tempo achten. Aber er wusste auch, dass die Frauen sich wegen der Verzögerung ängstigten. Vermutlich hatten sie mittlerweile genau wie er die Hoffnung aufgegeben, sich noch wochen- oder auch nur tagelang vor Xan verstecken zu können, und wenn die Wehen sich hinziehen sollten oder gar bloß falscher Alarm gewesen waren, dann würden sie Xan womöglich doch noch vor der Geburt des Kindes in die Hände fallen. Von Zeit zu Zeit beugte Miriam sich vor und bat ihn anzuhalten, damit sie und Julian sich am Straßenrand die Beine vertreten konnten. Er stieg dann jedes Mal mit aus und beobachtete, gegen den Wagen gelehnt, wie die beiden dunklen Gestalten auf dem Bankett hin und her gingen. Er hörte sie miteinander flüstern und wusste, dass mehr als ein paar Meter Landstraße sie von ihm trennte, dass sie ganz und gar in etwas vertieft waren, wovon er ausgeschlossen blieb. Sie kümmerten sich so gut wie gar nicht um die Fahrtroute oder die kleinen Pannen unterwegs, sondern ließen ihn durch ihr beredtes Schweigen wissen, dass all dies seine Sorge sei.

Kurz vor Morgengrauen erfuhr er von Miriam, die den Triumph in ihrer Stimme nicht verbergen konnte, bei Julian hätten die Wehen wieder eingesetzt, diesmal sehr stark. Und noch ehe es hell wurde, wusste er genau, wo sie waren. Bei der letzten Abzweigung war es nach Chipping Norton gegangen. Es war an der Zeit, die kurvenreichen Nebensträßchen zu verlassen und die letzten paar Meilen auf der Hauptstraße zu riskieren.

Wenigstens war hier die Straßendecke besser, und er brauchte nicht ständig vor einer neuerlichen Reifenpanne zu zittern. Kein anderes Auto begegnete ihnen, und nach den ersten zwei Meilen entspannten sich seine verkrampften

Hände am Steuer. Er fuhr immer noch vorsichtig, aber schnell, denn es drängte ihn jetzt, ohne weiteren Aufenthalt in den Wald zu gelangen. Der Benzinstandsanzeiger pendelte gefährlich tief, aber sie konnten es nicht riskieren, eine Tankstelle anzufahren. Verwundert stellte er fest, wie gering die Entfernung sein musste, die sie seit dem Aufbruch in Swinbrook zurückgelegt hatten. Dabei kam es ihm vor, als seien sie schon wochenlang unterwegs; rastlose, mittellose, glücklose Pilger. Er wusste, dass er nichts tun konnte, um eine Gefangennahme auf dieser mit Sicherheit letzten Fahrt zu verhindern. Wenn sie an eine SSP-Straßensperre kämen, würden sie sich weder mit Bluff noch mit Argumenten herausreden können; die von der SSP waren keine Omegas. Alles, was er tun konnte, war weiterfahren und hoffen.

Manchmal war ihm, als höre er Julian keuchen und dann Miriams leise Stimme, die ihr Mut zusprach, aber sonst redeten sie nur wenig. Nach ungefähr einer Viertelstunde hörte er Miriam auf dem Rücksitz rumoren, vernahm das rhythmische Scheppern von Metall gegen Porzellan, und dann reichte sie ihm eine Tasse.

«Ich hab das Essen bis jetzt hinausgezögert. Aber Julian braucht Kraft, um die Wehen durchzustehen. Ich hab die Eier mit der Milch verquirlt und Zucker dazugegeben. Das ist Ihr Anteil, ich kriege genauso viel, der Rest ist für Julian.»

Die Tasse war bloß viertelvoll, und normalerweise hätte der süßliche Schaum ihn angewidert. Jetzt schlürfte er ihn gierig, ja, hätte gern noch mehr davon gehabt und fühlte sich sogleich gestärkt. Er reichte die Tasse zurück und bekam dafür einen Salzkeks, dünn mit Butter bestrichen und mit einem Bröckchen hartem Käse obendrauf. Noch nie hatte ein Käse so gut geschmeckt.

Miriam sagte: «Zwei für jeden von uns, vier für Julian.»

Julian protestierte. «Wir müssen gerecht teilen», aber das letzte Wort ging in einem Schmerzensschrei unter.

Theo fragte: «Wollen wir denn nichts in Reserve behalten?»

«Von einer Dreiviertelpackung Keksen und einem halben Pfund Käse? Nein, wir brauchen unsere Kräfte jetzt.» Der Käse und die trockenen Kekse machten Durst, und sie beendeten die Mahlzeit mit dem Wasser aus dem kleineren Topf. Miriam reichte Theo die beiden Tassen und das Besteck in der Plastiktüte nach vorn, und er legte alles auf den Boden. Dann, als fürchte sie, ihre Bemerkung eben habe wie ein Vorwurf geklungen, setzte sie hinzu: «Sie haben halt Pech gehabt, Theo. Aber Sie haben uns einen Wagen beschafft, und das war bestimmt nicht leicht. Ohne Fahrzeug wären wir doch aufgeschmissen gewesen.»

Er hoffte, das hieße so viel wie: «Wir waren auf Sie angewiesen und Sie haben uns nicht hängen lassen.» Und er lächelte reumütig bei dem Gedanken, dass er, der sich bislang so wenig um anderer Leute Zustimmung gekümmert hatte, sich nun nach Lob und Anerkennung sehnte.

Endlich waren sie am Stadtrand von Charlbury. Er bremste ab und hielt Ausschau nach dem ehemaligen Finstock-Bahnhof, der direkt an einer Kurve lag. Unmittelbar nach dieser Kehre musste rechts der Weg abgehen, der in den Wald führte. Er kannte die Strecke nur von Oxford aus, und selbst da hatte er die Abzweigung schon oft verfehlt. Mit einem Seufzer der Erleichterung fuhr er an den Bahnhofsgebäuden vorbei, nahm die Kurve und sah zu seiner Rechten die Häuserzeile, die den Zugang zum Waldweg markierte. Die Cottages standen leer, waren mit Brettern vernagelt und schon fast baufällig. Flüchtig überlegte er, ob eines davon als Unterschlupf in Frage käme, aber sie standen zu nahe an der Straße. Außerdem wusste er, dass Julian sich nur tief im Wald sicher fühlen würde.

Vorsichtig hielt er zwischen unbebauten Feldern auf die ferne Waldung zu. Es wurde langsam hell. Mit einem Blick auf die Uhr stellte er fest, dass Mrs Collins die beiden Alten inzwischen befreit haben dürfte. Wahrscheinlich saßen sie jetzt gerade bei einer Tasse Tee, erzählten von der nächtlichen Tortur und warteten auf das Eintreffen der Polizei. Als er herunterschaltete, um eine schwierige Steigung zu überwinden, war ihm, als höre er Julian scharf den Atem einziehen, gefolgt von einem seltsam kurzen Laut, halb Ächzen, halb Stöhnen.

Und jetzt nahm der Wald sie in seine starken, dunklen Arme. Der Weg wurde schmaler, die Bäume rückten näher. Rechts verlief eine halb eingefallene Trockenmauer; herausgebrochene Steine lagen auf dem Weg verstreut. Theo schaltete in den ersten Gang, damit der Wagen nicht mehr so schlingerte. Nach etwa einer Meile beugte Miriam sich vor und sagte: «Ich denke, wir gehen ein Stück zu Fuß. Das wird für Julian leichter sein.» Die beiden Frauen stiegen also aus und bahnten sich, Julian auf Miriam gestützt, vorsichtig einen Weg zwischen Furchen und Steinen. Ein Kaninchen verharrte einen Moment starr vor Schreck im Scheinwerferlicht und hoppelte dann mit weiß blitzender Blume vor ihnen her. Plötzlich krachte und knackte es ohrenbetäubend und ein grauer Schatten, dicht gefolgt von einem zweiten, brach so knapp vor dem Wagen durchs Unterholz, dass beide um ein Haar auf die Motorhaube geprallt wären. Mit zwei Sätzen retteten Ricke und Kitz sich die Böschung hinauf und über die Mauer.

Von Zeit zu Zeit blieben die Frauen stehen, und Julian beugte sich, auf Miriam gestützt, tief nach unten. Als das dreimal so gegangen war, machte Miriam Theo ein Zeichen anzuhalten. «Ich glaube», sagte sie, «Jetzt ist sie doch besser im Wagen aufgehoben. Wie weit ist es denn noch?»

«Bald müsste eine Abzweigung nach rechts kommen. Von da ab sind's dann noch etwa anderthalb Kilometer.»

Der Wagen ruckelte weiter. Als die vermeintliche Abzweigung sich als Kreuzung entpuppte, war Theo einen Moment lang unschlüssig, fuhr dann aber nach rechts, wo der Weg, der sich hier noch mehr verengte, bergab führte. Bestimmt war das die Richtung zum See und dahinter musste der Holzschuppen stehen, an den er sich erinnerte.

Miriam rief: «Da ist ein Haus, da drüben rechts!»

Er wandte den Kopf und sah gerade noch durch eine schmale Lücke im Dickicht aus Bäumen und Sträuchern eine dunkle Silhouette. Das Haus stand allein auf einem weitläufigen, abschüssigen Gelände. «Nein», sagte Miriam, «das ist nichts für uns. Zu auffallend, und überhaupt keine Deckung. Wir fahren lieber weiter.»

Sie kamen jetzt ins Herz des Waldes. Der Weg schien überhaupt kein Ende zu nehmen. Mit jedem schlingernden Meter wurde die Fahrrinne enger, und er hörte, wie die Äste kratzend die Karosserie schrammten. Die Sonne drang vorerst nur als weißes diffuses Licht durch das verschlungene Geäst von Holunder und Weißdorn. Während Theo sich verzweifelt mit der Lenkung abmühte, war ihm, als schlitterten sie hilflos einen dämmrig grünen Tunnel entlang, der in einer undurchdringlichen Hecke enden würde. Er fragte sich schon, ob sein Gedächtnis ihn am Ende getrogen habe, als der Weg sich plötzlich verbreiterte und in eine grasbewachsene Lichtung mündete. Vor ihnen schimmerte matt der See.

Er hielt nur wenige Meter vom Ufer entfernt, stieg als Erster aus und half dann Miriam, Julian vom Sitz zu heben. Einen Moment lang klammerte sie sich schwer atmend an ihn, dann ließ sie los und ging lächelnd, die Hand auf Miriams Schulter, zum Ufer hinab. Eigentlich war es mehr ein Teich oder Tümpel als ein See, und die Oberfläche war so dicht mit Laub und Wasserpflanzen bedeckt, dass man ihn für eine Erweiterung der Waldschneise hätte halten können. Unter dieser leicht schwankenden, grünen Decke war der Wasserspiegel dickflüssig wie Sirup. Darauf schwammen, Perlen gleich, winzige Bläschen, die sich sachte aufeinander zu bewegten, miteinander verschmolzen, sich wieder teilten und schließlich zerplatzten. In den wenigen klaren Stellen zwischen Laichkraut und Entengrütze spiegelte sich der Himmel, und als der Frühdunst sich lichtete, sah man auch den Widerschein des ersten trüben Tageslichts auf dem Wasser. Unter dieser hellen Oberfläche, in den ockerfarbenen Tiefen, nisteten, dick mit Schlamm verkrustet wie die Spanten längst versunkener Schiffe, flachsige Wasserpflanzen, verhedderte Zweige und abgebrochene Äste. Am Rand des Teiches dümpelte ein Flug Binsenhühner, draußen auf dem Wasser ruderte ein kleines schwarzes Blässhuhn geschäftig hin und her, und ein einsamer Schwan zog majestätisch seine Bahnen zwischen Schilf und Röhricht. Die Eichen, Eschen und Platanen, die rings um den Weiher bis hart ans Ufer standen, gaben in ihren Grün-, Gelb-, Gold- und Rosttönen eine farbenprächtige Kulisse ab, die jetzt im Frühlicht trotz der herbstlichen Farben die Frische und Leuchtkraft des Frühlings zu besitzen schien. Von einem jungen Bäumchen am anderen Ufer waren gegen die Sonne weder Äste noch Gezweig erkennbar; nur das gelbe Blattwerk schimmerte herüber, als sei die Luft mit zarten Goldkügelchen behängt.

Julian war am Ufer entlangspaziert und rief jetzt aus einiger Entfernung: «Hier ist das Wasser viel klarer, und der Boden ist auch ganz trittfest, ein guter Platz zum Waschen.»

Sie gingen ihr nach, knieten sich hin, tauchten die Arme in den Teich und spritzten sich übermütig das prickelnde Nass über Gesicht und Haar. Doch Theo sah, dass seine Hände grünlichen Schlamm aufgerührt hatten. Nicht einmal abgekocht würde man dieses Wasser trinken können.

Auf dem Weg zurück zum Wagen sagte er: «Es fragt sich, was wir mit dem Auto machen. Ob wir es gleich verschwinden lassen? Einen besseren Schutz kriegen wir vielleicht nicht, aber andererseits fallen wir auf damit, und der Tank ist auch fast leer. Wahrscheinlich reicht das Benzin bloß noch für ein paar Meilen.»

«Dann sollten wir's gleich loswerden», sagte Miriam.

Theo sah auf die Uhr. Es war gleich neun. Da konnten sie noch rasch die Nachrichten hören. Es gab zwar vermutlich wieder nur die üblichen uninteressanten Meldungen, aber sie zu hören schien Theo wie eine kleine Abschiedsgeste, bevor sie sich endgültig von der übrigen Welt abschnitten und ganz auf sich selbst zurückzogen. Es wunderte ihn jetzt, dass er nicht früher an das Radio gedacht, es nicht schon unterwegs eingeschaltet hatte. Aber wahrscheinlich war er während der Fahrt so nervös und angespannt gewesen, dass er keine fremde Stimme, ja nicht einmal Musik ertragen hätte. Jetzt streckte er den Arm durchs offene Fenster und stellte das Radio an. Ungeduldig lauschten sie dem Wetter- und Straßenzustandsbericht, den detaillierten Informationen darüber, welche Strecken offiziell stillgelegt oder nicht mehr repariert würden, ließen all die kleinen internen Belange einer schrumpfenden Welt an sich vorüberziehen.

Er wollte schon abschalten, als die Stimme des Sprechers sich veränderte, langsamer, gebieterischer wurde. «Achtung, Achtung, es ergeht folgende Warnung: Eine kleine Dissidentengruppe, ein Mann und zwei Frauen, nähern sich in einem gestohlenen blauen Citizen der walisischen Grenze. Der Mann, mutmaßlich ein gewisser Theodore Faron aus Oxford, drang letzte Nacht gewaltsam in ein Haus am Ortsrand von Kingston ein, fesselte die Bewohner und flüchtete mit ihrem Wagen. Eines der beiden Opfer, Mrs Daisy Cox, wurde heute Morgen tot aufgefunden. Der Mann ist bewaffnet. Die Bevölkerung wird daher ausdrücklich um erhöhte Vorsicht gebeten. Sachdienliche Hinweise, die zur Ergreifung der drei Personen oder zur Auffindung des gestohlenen Fahrzeugs führen könnten, richten Sie bitte umgehend an die Staatssicherheitspolizei. Der Wagen hat das polizeiliche Kennzeichen MOA 694. Ich wiederhole: MOA 694. Und hier nochmals die Warnung: Der Mann ist bewaffnet und gefährlich. Bitte bleiben Sie auf Distanz.»

Theo merkte gar nicht, dass er abgeschaltet hatte. Er spürte nur, wie sein Herz hämmerte; wie ein elendes Gefühl der Beklemmung ihn erfasste und niederdrückte, als wäre es eine todbringende Krankheit; wie Entsetzen und Selbstekel ihn in die Knie zwingen wollten. Wenn das

Schuldgefühl ist, dachte er, dann kann ich's nicht ertragen. Ich ertrage das nicht.

Er hörte Miriams Stimme. «Also hat Rolf den Warden erreicht. Sonst wüssten sie ja nicht, dass nur noch drei von uns übrig sind. Aber ein Trost bleibt uns doch. Sie haben keine Ahnung, dass das Kind schon so bald kommt. Rolf konnte ihnen keinen Termin nennen, denn er kennt ihn selber nicht. Er glaubt, Julian sei erst im achten Monat. Der Warden würde die Bevölkerung niemals aufrufen, nach uns und dem Wagen Ausschau zu halten, wenn er annehmen müsste, die Leute könnten dabei auf ein neugeborenes Kind stoßen.»

Theo erwiderte: «Für mich gibt's keinen Trost. Ich hab sie umgebracht.»

Miriams Stimme klang fest und unnatürlich laut, ja fast schrill in seinen Ohren. «Sie haben sie nicht umgebracht! Wenn sie am Schock hätte sterben können, dann wäre das schon passiert, als Sie ihr die Waffe vorhielten. Sie wissen doch gar nicht, was die Todesursache war. Bestimmt ist sie eines natürlichen Todes gestorben. Es hätte so oder so passieren können. Sie war alt und hatte ein schwaches Herz. Das haben Sie uns doch selber erzählt. Es war nicht Ihre Schuld, Theo, Sie haben das doch nicht gewollt.»

Nein, stöhnte er innerlich, nein, das habe ich nicht gewollt. Ach, was habe ich alles nicht gewollt in meinem Leben. Ich wollte kein egoistischer Sohn sein und kein liebloser Vater, kein schlechter Ehemann. Wann habe ich je was absichtlich getan? O mein Gott, was für Unheil könnte ich erst anrichten, wenn ich tatsächlich anfinge, mit Absicht zu handeln!

Er sagte: «Das Schlimmste war, dass es mir Spaß gemacht hat! Ja, ich hatte tatsächlich Spaß daran!»

Miriam hatte angefangen, den Kofferraum auszuräumen und warf sich eben die Decken über die Schulter. «Sie wollen Spaß daran gehabt haben, den alten Mann und seine Frau zu fesseln? Unsinn! Sie haben einfach getan, was Sie tun mussten.»

«Nein, nein, ich meine ja nicht das Fesseln. Aber die Aufregung, das Machtgefühl, die Gewissheit, dass ich's tun konnte, all das hab ich genossen. Es war nicht alles furchtbar. Ja, für die beiden schon, aber nicht für mich.»

Julian trat wortlos neben ihn und nahm seine Hand. Er machte sich heftig los und fuhr sie an: «Wie viele Leben wird dein Kind noch kosten, bevor es zur Welt kommt? Und wozu das alles, wozu? Du bist so ruhig, so unerschrocken, bist dir deiner so sicher. Du redest nur von deiner Tochter. Aber was für ein Leben wird dieses Kind führen? Du glaubst, sie wird die erste sein und andere werden folgen, du glaubst, dass es jetzt schon schwangere Frauen gibt, die bloß noch nicht wissen, dass sie neues Leben in sich tragen. Aber angenommen, du irrst dich? Angenommen, dieses Kind bleibt das einzige. Zu was für einer Hölle verdammst du dieses Mädchen, diese Frau? Kannst du dir auch nur im entferntesten die Einsamkeit ihrer letzten Jahre vorstellen – über zwanzig entsetzliche endlose Jahre ohne die Hoffnung, je wieder eine menschliche Stimme zu hören? Nie, nie, nie mehr! Mein Gott, habt ihr denn alle beide keinen Funken Phantasie?»

Julian versetzte ruhig: «Glaubst du wirklich, dass ich daran nicht auch gedacht hätte, an das und vieles andere? Aber Theo, ich kann nicht wünschen, dass ich sie nie empfangen hätte. Ich kann nicht anders als mit Freude an sie denken.»

Miriam hatte unterdessen keine Zeit verloren, sondern schon den Koffer und die Regenmäntel aus dem Kofferraum geholt. Jetzt räumte sie Kessel und Wassertopf vom Rücksitz. Ihre Stimme klang eher gereizt als zornig: «Du meine Güte, Theo, nun reißen Sie sich doch zusammen. Wir brauchten ein Auto; Sie haben uns eins beschafft. Vielleicht hätten Sie ein besseres finden und es zu einem geringeren Preis kriegen können. Aber nun ist es einmal, wie es ist. Wenn Sie sich in Schuldgefühlen suhlen wollen, dann ist das Ihre Sache, aber heben Sie sich's gefälligst für später auf. Okay, die Frau ist tot, und Sie fühlen sich schuldig und das Gefühl ist Ihnen unangenehm. Pech für Sie. Aber gewöhnen Sie sich dran. Warum zum Teufel sollten Ihnen Schuldgefühle erspart bleiben? Die gehören schließlich zum Leben, oder haben Sie das noch nicht bemerkt?»

Theo hätte gern gesagt: In den letzten vierzig Jahren habe ich eine ganze Reihe von Dingen nicht bemerkt. Aber das Selbstmitleid und die Reue, die in einem solchen Bekenntnis angeklungen wären, schienen ihm unaufrichtig und ehrlos. Also sagte er statt dessen: «Wir sollten lieber zusehen, dass wir den Wagen so rasch wie möglich loswerden. Wenigstens diese Entscheidung haben die Nachrichten uns abgenommen.»

Er löste die Bremse, stemmte sich mit der Schulter gegen das Heck des Citizen und scharrte gleichzeitig im steinigen Gras, um besser Tritt zu fassen, dankbar, dass der Boden so trocken und leicht abschüssig war. Miriam nahm die andere Seite, und sie schoben mit vereinten Kräften. Die ersten paar Sekunden rührte sich rätselhafterweise nichts, dann glitt der Wagen langsam vorwärts.

«Wenn ich sage ‹Jetzt!›», keuchte Theo, «dann schubsen Sie, so fest Sie können. Er darf uns nicht mit der Schnauze im Schlamm stecken bleiben.»

Die Vorderräder waren schon hart am Ufer, als er das Kommando gab und beide sich mit aller Kraft gegen den Kofferraum warfen. Der Wagen schoss über die Uferböschung, und das Klatschen, mit dem er im Wasser aufschlug, schien alle Vögel des Waldes aufzuscheuchen. Plötzlich hallte die Luft wider von Gekreisch und Gekrächze, und die federnden Äste hoch oben in den Kronen erwachten raschelnd zum Leben. Eine Gischtfontäne spritzte hoch und netzte Theo das Gesicht. Die Blätterdecke auf dem Wasser zerriss und schwappte wogend auf und nieder. Noch immer keuchend sahen sie zu, wie der Wagen langsam, fast friedlich zu sinken begann, indes das Wasser durch die offenen Fenster gluckerte. Kurz bevor sich die Wassermassen über dem Dach schlossen, zog Theo spontan das Tagebuch aus der Tasche und schleuderte es hinterher.

Und dann durchlitt er einen Moment furchtbaren Grauens, intensiv wie ein Albtraum, nur dass es aus diesem Schrecken kein Erwachen gab. Sie waren alle drei in dem untergehenden Auto eingeschlossen, das Wasser schwappte herein, er suchte verzweifelt nach dem Türgriff, versuchte den Atem anzuhalten, während der Druck auf seine Lungen immer größer wurde. Er wollte nach Julian rufen, wusste aber, dass er das nicht durfte, weil der eindringende Schlamm ihm sonst den Mund verstopft hätte. Julian und Miriam ertranken auf dem Rücksitz, und er konnte ihnen nicht helfen. Der Schweiß trat ihm auf die Stirn, er presste die feuchten Handflächen zusammen, und indem er den Blick gewaltsam vom Schrecken des Sees fort und himmelwärts lenkte, zwang er auch seine Gedanken vom Grauen der Phantasie zurück zum Grauen des Alltags. Die Sonne war rund wie der Vollmond; dabei schien sie so gleißend hell durch den Nebelkranz, dass das Astwerk der Bäume im Gegenlicht wie schwarzes Filigran hervortrat. Er schloss die Augen und wartete. Der Albdruck löste sich, und er konnte den Anblick des Sees wieder ertragen.

Verstohlen sah er zu Julian und Miriam hinüber, halb darauf gefasst, auf ihren Gesichtern das blanke Entsetzen wiederzufinden, das sich flüchtig in seinen Zügen gespiegelt haben musste. Aber sie sahen dem sinkenden Wagen mit ruhigem, fast distanziertem Interesse nach und schauten zu, wie die Blätterhaufen auf den lang gekräuselten Wellen hüpfend aneinander prallten, als balgten sie sich um den Platz. Er staunte über die Gefasstheit der Frauen, diese offenkundige Fähigkeit, alle Erinnerung und allen Schrecken auszusperren in der Sorge um den Augenblick.

Seine Stimme klang schroff, als er sagte: «Was ist mit Luke? Ihr habt auf der Fahrt nicht einmal von ihm gesprochen. Keine von euch hat auch nur seinen Namen erwähnt, seit wir ihn begraben haben. Denkt ihr überhaupt noch an ihn?» Die Frage klang fast wie ein Vorwurf.

Miriam wandte den Blick vom See und sah ihm fest in die Augen. «Wir denken so viel an ihn, wie wir's uns getrauen. Worauf es uns jetzt ankommt, ist, sein Kind heil und gesund zur Welt zu bringen.»

Julian kam und strich ihm über den Arm. Als ob er derjenige sei, der am meisten Trost bräuchte, sagte sie: «Die Zeit wird kommen, da wir um Luke und Gascoigne trauern, Theo, glaub mir, sie kommt.»

Der Wagen war nicht mehr zu sehen. Er hatte befürchtet, der Tümpel könnte am Rand zu seicht sein und das Autodach würde unter der Pflanzendecke durchschimmern, aber als er jetzt ins trübe Dunkel starrte, sah er nichts außer auf gewühltem Schlamm.

Miriam fragte: «Haben Sie das Besteck?»

«Nein. Haben Sie's denn nicht?»

«Verfluchter Mist, das liegt vorn im Wagen. Aber eigentlich ist's auch egal. Wir haben ja sowieso nichts mehr zu essen.»

Er sagte: «Wir sehen lieber zu, dass wir unsere paar Sachen in den Holzschuppen schaffen. Es sind noch etwa hundert Meter rechts den Weg rein.»

O Gott, betete er, bitte, lass ihn noch da sein, bitte, mach, dass er noch steht. Es war sein erstes Gebet seit vierzig Jahren, aber was aus ihm sprach, war weniger eine Bitte als die halb abergläubische Hoffnung, dass er den Schuppen kraft seiner Not irgendwie würde herbeizwingen können. Er schulterte ein Kissen und die Regenmäntel, nahm den Wasserkessel in die eine und den Koffer in die andere Hand. Julian schlang sich eine Decke um die Schultern und bückte sich nach dem Wassertopf, aber Miriam nahm ihn ihr aus der Hand und sagte: «Nimm du das andere Kissen. Den Rest schaffe ich schon.»

So beladen machten sie sich langsam auf den Weg. Und dann hörten sie das metallische Knattern des Hubschraubers.

Das dicht verflochtene Geäst über ihnen bot genügend Deckung, aber instinktiv drängte es sie doch vom Weg ab in das grüne Gestrüpp der Holunderbüsche, und dort verharrten sie reglos, fast ohne zu atmen, als ob selbst ein Luftholen hinaufreichen könnte bis zu dem glitzernden, bedrohlichen Jäger mit den wachsamen Augen und den gespitzten Ohren. Das Geräusch schwoll an und wurde zu ohrenbetäubendem Krach. Sicher war der Hubschrauber jetzt direkt über ihren Köpfen. Theo war beinahe darauf gefasst, dass die schützenden Sträucher sich unter dem Sog bewegen und sie preisgeben würden. Dann begann der Hubschrauber zu kreisen, das Dröhnen entfernte sich, kam wieder näher, und je lauter er wurde, desto mehr wuchs ihre Furcht. Fast fünf Minuten dauerte es, bis das Motorengeräusch endlich summend in der Ferne verklang.

Julian sagte leise: «Vielleicht suchen sie ja gar nicht nach uns.» Ihre Stimme war schwach, plötzlich krümmte sie sich vor Schmerz und klammerte sich haltsuchend an Miriam.

«Ich kann mir nicht vorstellen», erwiderte Miriam bitter, «dass sie bloß so zum Spaß eine Spritztour machen. Aber jedenfalls haben sie uns nicht gefunden. Wie weit ist es noch bis zu diesem Schuppen, Theo?»

«Soweit ich's in Erinnerung habe, an die fünfzig Meter.»

«Dann wollen wir hoffen, dass Sie ein gutes Gedächtnis haben.»

Der Weg war jetzt breiter, was ihnen das Fortkommen erleichterte, aber Theo, der hinter den Frauen ging, drückte mehr als die körperliche Last, die er trug. Jetzt schien ihm, er habe Rolfs Vorgehen bislang sträflich optimistisch eingeschätzt. Warum sollte er sich langsam und auf Schleichwegen bis London durchschlagen? Warum sollte er beim Warden persönlich vorstellig werden? Alles, was er brauchte, war eine Telefonzelle. Jedermann im Land kannte die Nummer des Staatsrats. Diese scheinbare Bürgernähe gehörte zu Xans Politik der so genannten Transparenz. Manche Anrufer wurden auch wirklich durchgestellt. Und dieser Anrufer war mit Sicherheit, sobald man ihn identifiziert und überprüft hatte, bevorzugt behandelt worden. Sie hatten ihn angewiesen unterzutauchen, mit niemandem zu sprechen, bis sie ihn abholten, höchstwahrscheinlich per Hubschrauber. Gut möglich, dass er schon über zwölf Stunden in ihrer Hand war.

Und es würde nicht schwer sein, die Flüchtlinge aufzuspüren. Frühmorgens hatte Xan bereits gewusst, welchen Wagen sie gestohlen, wie viel Benzin sie im Tank hatten und wie weit sie damit bestenfalls kommen würden. Er brauchte bloß noch einen Zirkel in eine Karte zu stecken und einen Kreis zu schlagen. Theo machte sich keine Illusionen darüber, was dieser Hubschrauber bedeutete. Sie suchten bereits aus der Luft, nahmen einzel stehende Häuser unter die Lupe und hielten Ausschau nach einem blau blinkenden Autodach. Auch die Bodensuchtrupps hatte Xan sicher schon eingeteilt. Aber eine Hoffnung blieb. Vielleicht reichte die Zeit trotz allem, um das Kind ungestört und in Frieden zur Welt zu bringen, wie seine Mutter es sich wünschte, mit keinem anderen Zeugen als den beiden Menschen, die sie liebte. Xan würde sich mit der Suche nicht beeilen: In dem Punkt hatte sich Theo bestimmt nicht geirrt. Weder würde der Warden mit einem großen Truppenaufgebot anrücken, noch konnte es in seinem Interesse liegen, öffentliches Aufsehen zu erregen, solange er sich nicht persönlich davon überzeugt hatte, dass Rolfs Geschichte der Wahrheit entsprach. Er würde für dieses Unternehmen nur sorgfältig ausgesuchte Männer einsetzen. Und er konnte ja nicht einmal sicher sein, dass sie sich in einem Waldrevier versteckt hielten. Rolf würde ihm diesen ursprünglichen Plan zwar verraten haben, aber Rolf führte nicht mehr das Kommando.

Theo klammerte sich an diese Hoffnung, zwang sich, die Zuversicht zu empfinden, die Julian, das wusste er, bei ihm suchen würde. In dem Moment rief sie nach ihm.

«Theo, sieh doch! Ist das nicht wunderschön?»

Er machte kehrt und trat zu ihr. Sie stand neben einem hohen, wild wuchernden Weißdornstrauch, der über und über mit roten Beeren behangen war. Von seinem höchsten Ast rankte sich eine Waldrebe, durch deren weißen, schleierzarten Blütenschaum die Beeren funkelten wie Rubine. Als er in ihr verzücktes Gesicht sah, dachte er: Ich weiß bloß, dass es schön ist, aber sie kann den Liebreiz spüren. Sein Blick glitt an ihr vorbei zu einem Holunderbusch und ihm schien, als sähe er zum ersten Mal deutlich die schwarzglänzenden Perlen und die zartgeformten, roten Fruchtstängel. Es war, als habe sich der Wald von einer Sekunde zur anderen verwandelt, und aus dem dunklen, bedrohlichen Ort, an dem seiner heimlichen Überzeugung nach noch einer von ihnen sterben würde, sei eine Freistatt geworden, geheimnisvoll und schön, gleichgültig zwar gegen diese drei seltsamen Eindringlinge, aber doch ein Ort, an dem nichts Lebendiges wirklich fremd sein konnte. Dann hörte er Miriams Stimme, glücklich, jubelnd: «Der Holzschuppen steht noch!»

32. Kapitel

Der Schuppen war geräumiger, als er ihn sich vorgestellt hatte. Ausnahmsweise hatte die Erinnerung einmal nicht vergrößert, sondern kleiner gemacht. Einen Moment lang fragte er sich sogar, ob dieser verfallene, nach einer Seite hin offene Verschlag aus rußgeschwärztem Holz mit seinen stattlichen neun Metern Durchmesser überhaupt der Schuppen sei, an den er gedacht hatte. Doch dann entdeckte er rechts vom Eingang die Silberbirke. Als er den Baum das letzte Mal gesehen hatte, war es bloß ein Schößling gewesen, und jetzt hingen seine Äste übers Dach herab. Erleichtert stellte Theo fest, dass das Dach größtenteils dicht zu sein schien, auch wenn einzelne Bretter verrutscht waren. Seitlich fehlten dagegen mehrere oder waren schadhaft und der windschiefe, morsche Schuppen sah insgesamt nicht so aus, als ob er noch vielen Wintern standhalten würde. Ein riesiger Sattelschlepper, offenbar früher zum Transport von Baumstämmen eingesetzt, war mitten auf der Lichtung umgekippt und rostete nun mit zerschlissenen, vergammelten Reifen vor sich hin. Eines der mächtigen Räder war abgesprungen und beiseite gerollt. Das geschlagene Holz war wohl noch nicht ganz abtransportiert worden, als die Forstwirtschaft zum Erliegen kam; jedenfalls fanden sie einen sauber aufgeschichteten Stoß neben zwei gefällten Baumriesen, deren geschälte Stämme wie polierte Knochen glänzten. Holzscheite und Rindenstücke lagen am Boden verstreut.

Langsam, fast andächtig, betraten sie den Schuppen und blickten mit ängstlichen Augen in die Runde, wie Mieter, die eine begehrte, aber noch unbekannte Wohnung in Besitz nehmen.

«Na, wenigstens haben wir ein Dach über dem Kopf», sagte Miriam. «Trockenes Holz und Kienspäne zum Feuermachen sind anscheinend auch genug da.»

Trotz des Dickichts aus Sträuchern und Schößlingen und des dichten Baumbestandes ringsum lag die Lichtung nicht so versteckt, wie Theo sie in Erinnerung hatte. Sie durften ihre Hoffnung weniger darauf bauen, dass der Schuppen unbemerkt blieb, als auf die überaus geringe Wahrscheinlichkeit, dass ein Wanderer sich in dem undurchdringlichen Forst ausgerechnet bis hierher verirrte. Freilich war es ja kein Wanderer, den er fürchtete, und wenn Xan sich entschloss, Wychwood von Bodensuchtrupps durchkämmen zu lassen, dann würde ihre Entdeckung nur eine Frage von Stunden sein, egal, wie versteckt ihr Unterschlupf lag.

Er sagte: «Ich weiß nicht, ob wir's riskieren sollten, Feuer zu machen. Wie nötig brauchen wir's denn?»

«Das Feuer?», fragte Miriam zurück. «Im Moment noch nicht so sehr, aber wenn das Baby da ist und wenn die Sonne untergeht, dann werden wir wohl nicht mehr ohne auskommen. Die Nächte sind doch schon recht frisch, und Mutter und Kind dürfen nicht frieren.»

«Also gut, einverstanden, aber erst, wenn's wirklich nötig ist. Der Warden und seine Leute werden besonders nach Rauch Ausschau halten.»

Es hatte den Anschein, als sei der Schuppen ziemlich überstürzt geräumt worden. Oder vielleicht hatten die Holzfäller auch zurückkommen wollen und waren daran gehindert worden oder hatten erfahren, dass das Revier zwischenzeitlich aufgelassen worden sei. An der Rückwand waren zwei Stöße kürzerer Bretter gestapelt, und über einem Haufen Scheite lag ein abgesägter Baumstamm, der wohl als Tisch gedient hatte, denn es standen noch ein zerbeulter Aluminiumkessel und zwei angeschlagene Emailletassen darauf.

Hier hinten war das Dach noch tadellos, und auf dem festgetretenen Lehmboden lag ein weicher Teppich aus Sägemehl und Spänen.

«Das wäre ein guter Platz», sagte Miriam. Sie kratzte und scharrte die Späne zu einer primitiven Lagerstatt zusammen, breitete die zwei Regenmäntel darüber, half Julian, sich hinzulegen, und schob ihr ein Kissen unter den Kopf. Julian stöhnte vor Behagen, dann drehte sie sich auf die Seite und zog die Beine an. Miriam schüttelte ein Laken aus, deckte sie damit zu und legte eine Decke sowie Lukes Mantel darüber. Anschließend richtete sie mit Theo die übrigen Sachen her, den Kessel und den noch vollen Wassertopf, die zusammengefalteten Handtücher, die Schere und die Flasche mit dem Desinfektionsmittel. Angesichts des kümmerlichen Bestandes wurde Theo ganz elend zumute.

Miriam kniete sich neben Julian und drehte sie behutsam auf den Rücken. «Wenn Sie Lust haben», sagte sie zu Theo, «dann machen Sie ruhig noch einen Spaziergang. Später brauche ich Ihre Hilfe, aber jetzt gibt's für Sie noch nichts zu tun.»

In dem unsinnigen Gefühl, verstoßen worden zu sein, ging er hinaus und setzte sich auf den gefällten Baumstamm. Der Friede der Lichtung blieb nicht ohne Wirkung auf ihn. Er schloss die Augen und lauschte. Schon nach ganz kurzer Zeit war ihm, als höre er unzählige leise Geräusche, die das menschliche Ohr normalerweise gar nicht wahrnimmt, wie das Rascheln eines Blattes, das Knacken eines welkenden Zweiges; die Lebenswelt des Waldes, geheimnisvoll, emsig, blind für und gleichgültig gegen die drei Eindringlinge. Aber er hörte nichts Menschliches, keinen Schritt, kein von ferne sich näherndes Motorengebrumme, keinen wiederkehrenden Hubschrauberlärm. Er gab sich der zaghaften Hoffnung hin, Xan habe die Suche in Wychwood aufgegeben und sie seien vielleicht sicher hier, bis das Kind kam. Und zum ersten Mal verstand und akzeptierte Theo Julians Wunsch, ihr Kind im Geheimen zur Welt zu bringen. Diese Zuflucht im Wald war in all ihrer Unzulänglichkeit bestimmt besser als das, was er sich jetzt noch einmal vor Augen führte: das hohe, sterile Bett, das Aufgebot an Apparaten zur Steuerung jeder eventuellen medizinischen Notlage, die aus dem Ruhestand zurückberufenen berühmten Geburtshelfer mit Mundschutz und Kittel, die sich zusammendrängten, weil vereintes Gedächtnis und Können nach fünfundzwanzig Jahren mehr Sicherheit versprachen, und weil zwar jeder Einzelne nach der Ehre lechzte, dieses Wunderkind zu holen, sich andererseits aber vor der erschreckenden Verantwortung fürchtete. Auch ihre dienstbaren Geister konnte er sich vorstellen, die bekittelten Schwestern und Hebammen, die Anästhesisten und, im Hintergrund, aber gleichwohl präsent, die Fernsehteams mit ihren Kameras, und endlich der Warden hinter seinem Wandschirm, wie er darauf brannte, einer erwartungsvollen Welt die sensationelle Nachricht zu übermitteln.

Aber Julian hatte ja mehr gefürchtet als den Einbruch in ihre Privatsphäre, den Verlust persönlicher Würde. Für sie war Xan schlechthin das Böse, und dieses Wort hatte eine ganz konkrete Bedeutung für sie. Sie sah mit klarem, unverblendetem Blick hinter Xans Macht, seinen Charme, seine Intelligenz, seinen Humor, schaute ihm bis ins Herz, und was sie sah, war nicht etwa Leere, sondern das Herz der Finsternis. Was die Zukunft auch für ihr Kind bereithalten mochte, bei seiner Geburt sollte nichts Böses zugegen sein. Jetzt konnte Theo ihre eigensinnige Entscheidung verstehen, ja wie er da in der friedlichen Stille saß, schien sie ihm sogar richtig und vernünftig. Andererseits hatte ihr Eigensinn schon zwei Menschen das Leben gekostet, einer davon der Vater ihres Kindes. Sie konnte dagegenhalten, auch aus Bösem könne Gutes entstehen; der Beweis für das Gegenteil ließ sich gewiss sehr viel schwerer führen. Sie vertraute auf die furchtbare Barmherzigkeit und Gerechtigkeit ihres Gottes, aber was blieb ihr auch anderes übrig als zu vertrauen? Sie konnte ihr Leben genauso wenig lenken wie die physikalischen Kräfte, die eben jetzt ihren Körper folterten und quälten. Aber wenn ihr Gott existierte, wie konnte er der Gott der Liebe sein? Die Frage war banal, so oft hatte man sie schon gestellt, aber ihn hatte noch keine Antwort befriedigt.

Er lauschte wieder dem Wald und seinem geheimnisvollen Leben. Plötzlich waren die Laute, die, während er horchte, anzuschwellen schienen, erfüllt von Drohungen und Schrecken; der huschende Aasfresser, der aus dem Hinterhalt seine Beute anspringt, die Grausamkeit und Befriedigung der Jagd, der instinktive Kampf um Nahrung, ums Überleben. Die ganze physische Welt wurde durch Schmerz zusammengehalten, durch den Schrei in der Kehle und den Schrei des Herzens. Wenn ihr Gott teilhatte an dieser Qual, wenn er ihr Schöpfer und Erhalter war, dann war er ein Gott der Starken, nicht der Schwachen. Theo erwog die Kluft zwischen Julian und sich, die Julians Glauben schuf, aber er tat es ohne Bangen. Verringern konnte er sie nicht, aber er konnte die Hände darüber ausstrecken. Und vielleicht würde am Ende die Liebe eine Brücke schlagen. Wie wenig kannte er sie und sie ihn. Sein Gefühl für sie war ebenso rätselhaft wie unerklärlich und doch hatte er das Bedürfnis, es zu verstehen, sein Wesen zu bestimmen und zu analysieren, obwohl er wusste, dass es sich jeder Analyse entzog. Aber ein paar Dinge hatte er jetzt immerhin begriffen und vielleicht brauchte er mehr gar nicht zu wissen. Es ging ihm nur um sie. Er würde ihr Wohl über das seine stellen. Er konnte sich nicht mehr getrennt von ihr sehen. Er würde sein Leben geben, um das ihre zu retten.

Ein Stöhnen, gefolgt von einem durchdringenden Schrei, zerriss die Stille. Früher einmal hätte ihn das befangen gemacht und die demütigende Furcht in ihm geweckt, er könne versagen und sich blamieren. Jetzt aber, einzig erfüllt von dem Verlangen, bei ihr zu sein, rannte er ohne Zögern zurück in den Schuppen. Sie lag schon wieder ganz ruhig auf der

Seite, lächelte ihn an und streckte die Hand nach ihm aus. Miriam kniete neben ihrem Lager.

«Was kann ich tun?», fragte er. «Lass mich dableiben. Willst du, dass ich bleibe?»

Julians Stimme klang so gefasst, als hätte es den durchdringenden Schrei nie gegeben: «Natürlich musst du bleiben. Wir möchten dich ja dabei haben. Aber vielleicht solltest du jetzt das Feuer herrichten, damit man's gleich anzünden kann, wenn wir's brauchen.»

Er sah, dass ihr Gesicht verquollen war und die Stirn schweißnass. Aber er staunte über ihre Ruhe, ihre Gefasstheit. Und jetzt hatte er auch etwas zu tun, eine Aufgabe, der er sich gewachsen fühlte. Wenn er ganz, ganz trockene Holzspäne fand, dann bestand die Hoffnung, dass das Feuer nicht allzu sehr rauchen würde. Es war ein fast windstillen Tag, aber trotzdem musste er es so richten, dass Julian oder dem Baby kein Rauch ins Gesicht blies. Der beste Platz wäre ein wenig zur Frontseite des Schuppens hin, wo das Dach durchlässig war und doch noch nahe genug beim Lager, um Mutter und Kind zu wärmen. Und er würde die Feuerstelle eingrenzen müssen, damit nichts in Brand geriet. Ein paar von den Steinen aus der verfallenen Mauer würden eine gute Herdstelle abgeben. Er ging hinaus, um sie zu holen, und wählte sie sorgsam nach Größe und Form aus. Dabei fiel ihm ein, dass er mit einigen flachen Steinen sogar eine Art Abzug bauen könnte. Wieder im Schuppen, ordnete er die Steine zu einem Kreis, den er mit den trockensten Spänen füllte, die er finden konnte. Darüber häufte er Zweige, und ganz zuoberst kamen die flachen Steine, die den Rauch aus dem Schuppen lenken sollten. Als er fertig war, fühlte er sich ein bisschen wie ein kleiner Junge, der eine schwierige Aufgabe gut gemeistert hat, und als Julian sich fröhlich lachend aufrichtete, da stimmte er mit ein.

«Das beste wäre», sagte Miriam, «Sie knien sich neben sie und halten ihre Hand.»

Während der nächsten Wehe klammerte sie sich so fest daran, dass seine Knöchel knackten.

Miriam, die ihm ansah, wie verzweifelt er Zuspruch brauchte, sagte: «Es geht ihr gut. Sie hält sich ganz prächtig. Ich kann allerdings keine innere Untersuchung vornehmen. Das wäre jetzt zu gefährlich, denn ich habe keine sterilen Handschuhe, und die Fruchtblase ist bereits geplatzt. Aber nach meiner Schätzung ist der Gebärmutterhals fast aufs volle Maß gedehnt. Seien Sie nur ruhig, die zweite Phase wird leichter.»

Er fragte Julian: «Darling, was kann ich tun? Sag mir, was ich tun kann.»

«Halt nur weiter meine Hand.»

Während er neben ihrem Lager kniete, staunte er über Miriam, über die ruhige Zuversicht, mit der sie, selbst nach fünfundzwanzig Jahren noch, ihren Beruf beherrschte. Ihre sanften braunen Hände ruhten auf Julians Leib, ihre Stimme murmelte beruhigend: «Entspann dich und dann gib der nächsten Welle nach, schön mitgehen, nicht wehren dagegen. Und denk an die Atmung. Gut so, Julian, sehr gut machst du das.»

Als die Presswehen begannen, hieß sie Theo, sich hinter Julian zu knien und ihren Körper zu stützen. Dann nahm sie zwei kleinere Holzklötze und stellte sie gegen Julians Füße. Theo ließ sich auf die Knie nieder, schob ihr die Arme unter der Brust durch und half ihr, das Körpergewicht zu verlagern. Sie lehnte sich schwer an seine Brust und stemmte die Füße mit aller Kraft gegen die Holzklötze. Ihr Gesicht war in einem Moment fast unkenntlich, puterrot und verzerrt, während sie in seinen Armen stöhnte und keuchte, doch im nächsten strahlte es schon wieder Ruhe aus, wie fortgewischt waren Schmerz und Anstrengung, während sie leise schnaufte und die Augen auf Miriam geheftet, die nächste Wehe abwartete. In diesen Pausen sah sie so friedlich aus, dass er fast hätte glauben können, sie schliefe. Ihre Gesichter waren sich so nahe, dass es sein Schweiß vermischt mit dem ihren war, den er von Zeit zu Zeit vorsichtig abtupfte. Dieser primitive Akt des Gebärens, bei dem er Zuschauer und Mitspieler zugleich war, versetzte sie in eine Art Zwischenstadium, in dem nichts von Bedeutung, ja nichts wirklich war, außer der Mutter und der dunklen, schmerzhaften Reise ihres Kindes aus dem abgeschirmten Leben im Schoß hinaus ans Tageslicht. Mit halbem Ohr hörte er Miriams unablässiges Murmeln, leise, aber eindringlich, lobend, ermunternd, leitend, freudig das Kind in die Welt lockend, und es kam ihm vor, als wären Hebamme und Gebärende ein und dieselbe Frau und als wäre auch er Teil des Schmerzes und der Wehen, wäre gütig aufgenommen, auch wenn man ihn nicht wirklich brauchte und er vom Kern des Mysteriums ausgeschlossen blieb. Und in einer plötzlichen Aufwallung von Pein und Neid wünschte er, dass es sein Kind wäre, das sie unter solch qualvollen Anstrengungen zur Welt brachte.

Dann sah er mit Staunen, wie der Kopf zum Vorschein kam, eine schlüpfrige Kugel, bedeckt mit schwarzen Haarsträhnen. Er hörte Miriams Stimme, leise, aber triumphierend: «Es hat ein Krönchen. Hör auf zu pressen, Julian, tief atmen genügt jetzt.»

Julian japste wie ein Sprinter nach einem harten Rennen. Einen einzigen Schrei stieß sie noch aus, und dann flutschte der Kopf mit einem unbeschreiblichen Laut in Miriams ausgestreckte Hände. Sie fasste ihn, drehte ihn vorsichtig herum, und fast gleichzeitig glitt das Kind in einem Schwall von Blut zwischen den Beinen der Mutter in die Welt. Miriam hob es hoch und legte es seiner Mutter auf den Bauch. Julian hatte sich mit dem Geschlecht geirrt. Es war ein Junge. Sein Geschlechtsteil, das im Vergleich zu dem drallen kleinen Körper so unverhältnismäßig groß und dominant schien, war wie eine Proklamation.

Rasch zog Miriam Julians Laken und Decke auch über den

Säugling und verband so Mutter und Kind. «Sieh nur, du hast einen Sohn», sagte sie und lachte.

Theo war es, als ob der baufällige Schuppen von ihrem frohen, triumphierenden Gelächter widerhalle. Er sah hinab auf Julians ausgestreckte Arme und ihr verklärtes Gesicht, dann wandte er sich ab. Die Freude war fast mehr, als er ertragen konnte.

Er hörte Miriam sagen: «Ich muss noch die Nabelschnur durchschneiden, und dann müssen wir die Nachgeburt abwarten. Aber zünden Sie lieber schon mal das Feuer an, Theo, und machen Sie das Wasser heiß. Julian braucht nachher was Warmes zu trinken.»

Er ging wieder zu seiner behelfsmäßigen Herdstelle. Seine Hände zitterten so, dass das erste Streichholz erlosch. Aber mit dem zweiten gelang es ihm, die feinen Späne zu entfachen, das Feuer loderte auf wie eine Freudenflamme, und würziger Holzrauch erfüllte den Schuppen. Theo legte achtsam Zweige und Rindenstücke nach, dann wandte er sich nach dem Kessel um. Aber das Unglück wollte es, dass er ihn zu nahe ans Feuer gestellt hatte und ihn nun, beim Zurücktreten, umstieß. Der Deckel sprang ab, und er sah schreckensbleich, wie das kostbare Nass durchs Sägemehl in den Boden sickerte. Das Wasser in den beiden Töpfen hatten sie bereits aufgebraucht. Jetzt war keins mehr übrig.

Der Laut, mit dem sein Schuh gegen das Metall stieß, ließ Miriam erschrocken aufhorchen. Noch immer mit dem Kind beschäftigt, fragte sie, ohne den Kopf zu drehen: «Was ist passiert? War das der Kessel?»

Theo entgegnete unglücklich: «Es tut mir so Leid. Wie schrecklich, ich habe das Wasser verschüttet.»

Jetzt stand Miriam auf und trat zu ihm. Sie sagte ruhig: «Wir hätten sowieso noch mehr Wasser gebraucht, Wasser und auch etwas zu essen. Ich muss noch bei Julian bleiben, bis ich sicher weiß, dass sie ganz außer Gefahr ist, aber dann gehe ich zu dem Haus, an dem wir vorbeigekommen sind. Wenn wir Glück haben, ist der Wasseranschluss noch intakt, oder sonst gibt's vielleicht einen Brunnen.»

«Aber da müssten Sie übers freie Feld. Die würden Sie sehen.»

«Ich muss gehen, Theo. Wir brauchen einfach einiges. Das Risiko muss ich auf mich nehmen.»

Aber sie wollte es ihm bloß leichter machen. Wasser brauchten sie am nötigsten und er war schuld, dass sie keines mehr hatten.

Er sagte: «Lassen Sie mich gehen. Bleiben Sie bei ihr.»

«Aber sie möchte Sie bei sich haben. Jetzt, wo das Baby da ist, braucht Julian Sie mehr als mich. Ich muss mich noch vergewissern, dass die Gebärmutter sich wieder zusammenzieht und dass die Nachgeburt vollständig ist. Danach braucht sie mich nicht mehr. Ach ja, versuchen Sie, ihr das Baby an die Brust zu legen. Wahrscheinlich kommt noch nicht viel Milch, aber das Nuckeln beruhigt, und die Milch schießt schneller ein.»

Theo hatte den Eindruck, es mache ihr Freude, ihn in die Geheimnisse ihres Berufes einzuweihen, Begriffe zu gebrauchen, die so viele Jahre unbenutzt und doch unvergessen geblieben waren.

Zwanzig Minuten später war sie aufbruchsbereit. Sie hatte die Nachgeburt begraben und versucht, das Blut an ihren Händen mit Gras abzureiben. Dann legte sie diese sanften, erfahrenen Hände ein letztes Mal auf Julians Leib.

«Ich kann mich unterwegs am See waschen», sagte sie. «Ach, Theo, ich würde der Ankunft Ihres Vetters mit Gleichmut entgegensehen, wenn ich sicher sein könnte, dass er mir ein heißes Bad und ein Menü mit vier Gängen gewährt, bevor er mich erschießt. Ja, und den Kessel nehme ich mit. Ich mach so schnell ich kann.»

Er schloss sie spontan in die Arme und hielt sie einen Moment lang umschlungen. «Danke, danke für alles.» Dann ließ er sie los und sah ihr nach, wie sie mit ihren langen, anmutigen Schritten über die Lichtung lief und unter den überhängenden Ästen am Weg verschwand.

33. Kapitel

Das Baby hatte auch ohne seine Hilfe den Weg zur Mutterbrust gefunden. Es war ein lebhaftes Kind, das Theo aus hellen, blicklosen Augen ansah, mit seinen Seesternhändchen wedelte, Julian den Kopf gegen die Brust stieß und mit offenem Mund gierig nach der Warze schnappte. Erstaunlich, dass ein Neugeborenes schon so kräftig sein konnte. Bald schlief es zufrieden ein. Theo streckte sich neben Julian aus und legte einen Arm über sie beide. Er spürte ihr Haar an seiner Wange, weich und feucht. Sie lagen auf dem zerwühlten Laken, es stank nach Blut und Schweiß, aber er hatte nie zuvor solche Harmonie erlebt, hatte nie erfahren, dass Freude sich so süß mit Schmerz paaren kann. Halb wachend, halb schlafend lagen sie still beieinander und Theo war es, als ob vom warmen Fleisch des Neugeborenen, flüchtig nur, aber doch stärker als selbst der Blutgeruch, ein seltsam angenehmer Duft aufstieg, trocken und würzig wie Heu.

Julian bewegte sich. «Wie lange ist Miriam fort?»

Er hielt seine Armbanduhr nahe vors Gesicht. «Eine gute Stunde.»

«So lange schon? Da stimmt doch was nicht. Bitte geh ihr nach, Theo.»

«Aber wir brauchen ja nicht bloß Wasser. Wenn das Haus noch eingerichtet ist, dann wird sie noch Verschiedenes mitbringen wollen.»

«Aber doch nicht alles auf einmal. Sie könnte ja jederzeit zurückgehen. Sie weiß doch, dass wir uns Sorgen machen. Bitte, geh ihr nach. Bestimmt ist ihr was zugestoßen, ich spüre es.» Und als er zögerte, setzte sie hinzu: «Wir kommen schon zurecht.»

Der Gebrauch des Plurals und der Ausdruck in ihren Augen, als sie jetzt ihren Sohn anschaute, brachten ihn einen Moment lang völlig aus der Fassung. «Sie könnten schon ganz nahe sein», sagte er. «Ich will dich nicht allein lassen. Ich will, dass wir zusammen sind, wenn Xan kommt.»

«Das werden wir, mein Liebster. Aber Miriam könnte Hilfe brauchen, ist vielleicht eingeschlossen, verletzt und wartet schon ganz verzweifelt. Bitte, Theo, ich muss wissen, was mit ihr ist.»

Er erhob keine weiteren Einwände. Im Aufstehen sagte er: «Ich komm wieder, so schnell ich kann.»

Ein paar Sekunden lang stand er still vor der Hütte und lauschte. Er schloss die Augen vor den Herbstfarben des Waldes und den Sonnenstrahlen auf Baumrinde und Gras, damit er all seine Sinne aufs Horchen konzentrieren konnte. Aber er hörte nichts, nicht einmal eine Vogelstimme. Dann lief er los, sprintete in großen Sätzen am See vorbei, den engen grünen Tunnel entlang bis zur Kreuzung, sprang über Furchen und Schlaglöcher, spürte die harten Bodenwellen unter seinen Füßen, duckte sich im Zickzack unter tief hängenden Ästen durch, die wie Klauen nach ihm griffen. Furcht und Hoffnung kämpften in ihm. Es war Wahnsinn, Julian jetzt allein zu lassen. Wenn die SSP in der Nähe war und Miriam gefasst hatte, dann konnte er ihr auch nicht mehr helfen. Und wenn sie so nahe waren, dann war es nur eine Frage der Zeit, bevor sie auch Julian und das Kind fanden. Sie wären besser zusammengeblieben und hätten gewartet, bis der helle Morgen in den Nachmittag überging und sie sicher wussten, dass keine Hoffnung mehr bestand, Miriam wiederzusehen. Sie hätten warten sollen, bis sie den dumpfen Tritt marschierender Füße im Gras hörten.

Dann wieder versuchte er verzweifelt, Mut zu fassen, sagte sich, dass es auch andere Möglichkeiten gab. Julian hatte bestimmt Recht. Miriam konnte einen Unfall gehabt haben, konnte gestürzt sein und nun hilflos daliegen und sich fragen, wann er denn endlich käme. Seine Phantasie entwarf emsig mögliche Missgeschicke: die Tür einer Speisekammer schlug hinter ihr zu, eine schadhafte Brunneneinfassung wurde ihr zum Verhängnis, ein verfaultes Dielenbrett gab unter ihr nach. Er zwang sich, an eine solche Möglichkeit zu glauben, versuchte sich davon zu überzeugen, dass eine Stunde eigentlich sehr kurz sei, dass Miriam bestimmt alle Hände voll zu tun hätte, um einzusammeln, was sie brauchen könnten, zu überlegen, wie viel von dem kostbaren Fund sie auf einmal tragen und was man später nachholen könne, und dass sie vor lauter Stöbern ganz vergessen hätte, wie lang diese sechzig Minuten denen würden, die auf sie warteten.

Jetzt war er an der Kreuzung und sah durch den schmalen Spalt und das lichtere Blattwerk der Hecke hinunter auf das abschüssige Feld und das Dach des Hauses. Er blieb kurz stehen, um Atem zu schöpfen, bückte sich, um den stechenden Schmerz in der Seite zu lindern, und stürmte dann durch das Gewirr hoher Brennnesseln, Dornen und knackender Zweige hinaus ins Freie. Von Miriam war weit und breit nichts zu sehen. Er ging unwillkürlich langsamer, weil er wusste, dass er hier draußen gänzlich ungeschützt war. Das Haus war ein altes Gebäude mit unebenem, moosbewachsenem Ziegeldach und hohen elisabethanischen Schornsteinen, wahrscheinlich ein ehemaliges Bauernhaus. Eine niedrige Trockenmauer trennte es von den umliegenden Feldern. Die Wildnis, die einst ein Garten gewesen war, wurde von einem schmalen Bach geteilt, der weiter oben am Hang aus einem Durchlass sprudelte. Über eine schlichte Holzbrücke gelangte man zur Hintertür. An den kleinen Fenstern hingen keine Vorhänge. Alles war still. Das Haus war wie eine Fata Morgana, das ersehnte Symbol für Sicherheit, Normalität und Frieden, das sich bei der kleinsten Berührung in Luft auflösen würde. In der Stille rauschte das Plätschern des Baches wie ein reißender Strom.

Die eisenbeschlagene Tür aus schwarzer Eiche stand einen Spaltbreit offen. Er stieß sie weiter auf, und das milde Herbstlicht sprenkelte Gold auf die Steinfliesen des Flurs, der ins Vorderhaus führte. Wieder verharrte Theo und lauschte. Aber er hörte nichts, nicht einmal das Ticken einer Uhr. Zu seiner Linken war eine Eichentür, von der er annahm, dass sie in die Küche führte. Sie war nicht eingeklinkt und er stieß sie vorsichtig auf. Im Kontrast zu der Helligkeit draußen war der Raum düster, und im ersten Moment konnte er kaum etwas erkennen, bis seine Augen sich an den Dämmer gewöhnt hatten, den die dunklen Eichenbalken und die verschmutzten kleinen Fenster noch bedrückender machten. Es war feuchtkalt, er spürte den harten Steinfußboden und ein Aroma in der Luft, furchtbar und menschlich zugleich, wie der Nachgeschmack von Angst. Er tastete an der Wand nach dem Lichtschalter, obwohl er kaum glaubte, dass noch Strom da sei. Aber das Licht ging an und dann sah er sie.

Man hatte sie erdrosselt und den Leichnam in einen großen Korbstuhl rechts vom Kamin geworfen. Sie lag ausgestreckt da, mit abgewinkelten Beinen, die Arme über den Stuhllehnen, den Kopf zurückgeworfen. Der Strang war so tief in die Haut eingedrungen, dass er kaum zu sehen war. Von Grauen gepackt, wankte Theo zum Spülbecken unter dem Fenster und würgte heftig, aber sein Magen war leer. Er wollte zu ihr gehen, ihr die Augen schließen, ihre Hand berühren, sie mit irgendeiner Geste ehren. Er schuldete ihr mehr, als sich von dem entsetzlichen Gräuel ihres Todes abzuwenden und seinen Ekel zu erbrechen. Aber er wusste, dass er sie nicht anrühren, ja dass er sie nicht einmal mehr anschauen konnte. Er presste die Stirn gegen den kalten Stein, drehte den Hahn auf, und ein Schwall kalten Wassers ergoss sich über seinen Kopf. Er ließ es fließen, als könne es den Schrecken, das Mitleid und die Scham mit sich fortspülen. Am liebsten hätte er den Kopf zurückgeworfen und seinen Zorn hinausgeheult. Ein paar Sekunden lang war er hilflos, im Bann von Gefühlen, die ihn lähmten. Dann drehte er den Hahn zu, blinzelte sich das Wasser aus den Augen und stellte sich der Realität. Er musste so rasch wie möglich zu Julian zurück. Auf dem Tisch sah er Miriams magere Ausbeute. Sie hatte einen großen Weidenkorb gefunden und drei Dosen, einen Büchsenöffner und eine Flasche Wasser hineingelegt.

Er konnte Miriam nicht so liegen lassen. Das durfte nicht sein letztes Bild von ihr sein. So dringend er auch zu Julian und dem Kind zurück musste, einen kleinen Dienst wenigstens schuldete er ihr. Also kämpfte er Entsetzen und Abscheu nieder und zwang sich, sie doch noch einmal anzusehen. Er bückte sich, löste den Strick von ihrem Hals und schloss ihr Augen und Mund. Es drängte ihn, sie aus diesem furchtbaren Raum wegzuschaffen und so hob er sie auf, trug sie aus dem Haus ins Sonnenlicht und legte sie unter einer Eberesche nieder. Deren Blätter warfen rötliche Glut auf Miriams fahle, braune Haut, so dass es aussah, als sei noch Leben in ihren Adern. Ihr Gesicht wirkte jetzt beinahe friedlich. Er kreuzte ihr die Arme über der Brust und ihm war, als könne das teilnahmslose Fleisch sich immer noch mitteilen. Der Tod, hatte Miriam gesagt, sei nicht das Schlimmste, was einem Menschen widerfahren könne; sie habe ihrem Bruder die Treue gehalten und ihre Aufgabe erfüllt. Miriam war gestorben, aber ein neues Leben war geboren worden. Während er an die Grausamkeit und den Schrecken ihres Todes dachte, wurde ihm bewusst, dass Julian bestimmt auch für diese Barbaren noch Vergebung fordern würde. Aber das war nicht Theos Kredo. Einen Moment lang verharrte er still vor dem Leichnam und schwor sich, dass Miriam gerächt werden würde. Dann nahm er den Weidenkorb und lief, ohne sich noch einmal umzusehen, aus dem Garten, über die Brücke und zurück in den Wald.

Sie waren natürlich in der Nähe. Und sie beobachteten ihn.

Er wusste das. Und als hätte das Grauen sein Hirn neu belebt, dachte er auf einmal wieder klar. Worauf warteten sie? Warum hatten sie ihn gehen lassen? Nun, sie hatten es kaum nötig, ihm zu folgen. Es lag wohl auf der Hand, dass sie fast am Ziel ihrer Suche angelangt waren. Und über noch zwei Dinge bestand für ihn kein Zweifel. Der Suchtrupp würde klein und Xan würde persönlich dabei sein. Miriams Mörder hatten nicht zu einem isolierten Spähtrupp gehört, dem befohlen worden war, die Flüchtigen aufzuspüren, aber unversehrt zu lassen und lediglich die Hauptmannschaft zu verständigen. Xan würde nie riskieren, dass eine schwangere Frau entdeckt wurde, außer von ihm selbst oder einem absolut zuverlässigen Vertrauten. Nein, nach dieser wertvollen Beute würde kein gewöhnlicher Suchtrupp fahnden. Und von Miriam hatte Xan bestimmt nichts erfahren, da war er sich ganz sicher. Was er zu finden erwartete, war nicht Mutter und Kind, sondern eine hochschwangere Frau, die erst in ein paar Wochen niederkommen sollte. Er würde sie nicht erschrecken, würde keine Frühgeburt heraufbeschwören wollen. Hatte man Miriam darum erdrosselt, statt sie zu erschießen? Weil Xan Angst hatte, dass man einen Schuss selbst auf die Entfernung hören würde?

Aber nein, das war eine unsinnige Argumentation. Wenn Xan Julian hätte schützen und ihr vor der, wie er glaubte, nahe bevorstehenden Geburt jede Aufregung ersparen wollen, warum tötete er dann ausgerechnet die Hebamme, der sie vertraute, und noch dazu auf so grausame Weise? Er musste doch wissen, dass einer von ihnen, ja vielleicht sogar beide, sich aufmachen und Miriam suchen würden. Es war nur Zufall, dass nicht Julian, sondern er, Theo, mit dem Anblick der geschwollen heraushängenden Zunge, den hervorquellenden toten Augen und dem ganzen Schrecken dieser schauerlichen Küche konfrontiert worden war. Hatte Xan sich eingeredet, dass dem Kind so kurz vor der Geburt nichts mehr, und sei es noch so entsetzlich, ernsthaft gefährlich werden könnte? Oder hatte er Miriam, ungeachtet aller Risiken, eilig loswerden müssen? Warum sie gefangen nehmen und sich mit allen daraus folgenden Komplikationen herumschlagen, wenn ein kräftiger Ruck am Strang das Problem ein für alle Mal lösen konnte? Und vielleicht war selbst das Grauen mit inszeniert. Wollte er ihm, Theo, damit sagen: «Da siehst du, was ich tun kann, was ich getan habe. Jetzt sind nur noch zwei von euch übrig, die zum Verschwörerkreis der Fünf Fische gehören, nur zwei, die die wahre Abstammung des Kindes kennen, und ihr beide seid ganz und gar und für immer in meiner Gewalt«?

Oder hatte der Warden einen noch verwegeneren Plan? Sowie das Kind geboren war, brauchte er bloß noch Julian und Theo zu töten, und dann konnte er das Baby als sein eigenes ausgeben. Hatte er sich in seinem maßlosen Egoismus tatsächlich eingeredet, dass sogar das möglich sei? Und dann fielen ihm Xans Worte wieder ein: «Ich werde tun, was getan werden muss, verlass dich drauf.»

Als Theo in den Schuppen trat, lag Julian so still, dass er im ersten Moment glaubte, sie sei eingeschlafen. Aber sie hatte die Augen offen und blickte immer noch unverwandt auf ihr Kind. Die Luft war schwer vom bittersüßen Aroma des Holzrauchs, aber das Feuer war ausgegangen. Theo stellte den Korb hin, nahm die Flasche heraus und schraubte den Deckel ab. Dann kniete er neben ihr nieder.

Sie sah ihm in die Augen und sagte: «Miriam ist tot, nicht wahr?» Und als Theo keine Antwort gab, setzte sie hinzu: «Sie starb, als sie das da für mich holen wollte.»

Er hielt ihr die Flasche an die Lippen. «Dann trink es, und sei dankbar.»

Doch sie drehte den Kopf weg und ließ das Kind so unvermittelt los, dass es, wenn er es nicht aufgefangen hätte, von ihrem Bauch heruntergerollt wäre. Sie lag ganz still, als sei sie zu erschöpft, um Schmerz zu empfinden, aber die Tränen strömten ihr übers Gesicht, und er hörte ein leises Stöhnen, fast wie ein Singsang, eine Wehklage, die das Leid der ganzen Welt beweinte. Sie grämte sich um Miriam, wie sie um den Vater ihres Kindes bis jetzt noch nicht getrauert hatte.

Er beugte sich zu ihr und nahm sie in die Arme, unbeholfen, weil das Baby zwischen ihnen war, und versuchte, sie beide zu umfangen. «Denk an das Kind», sagte er. «Der Kleine braucht dich. Denk an das, was Miriam gewollt hätte.»

Sie antwortete nicht, nickte aber und drückte das Kind an sich. Er setzte ihr die Flasche wieder an die Lippen.

Theo holte die drei Dosen aus dem Korb. Von einer war das Etikett abgefallen; die Büchse fühlte sich schwer an, aber man konnte nicht wissen, was drin war. Auf der zweiten stand PFIRSICHE IN FRUCHTSIRUP. In der dritten waren gebackene Bohnen in Tomatensoße. Dafür und für eine Flasche Wasser hatte Miriam ihr Leben gelassen. Aber nein, er wusste, dass es so einfach nicht war. Miriam hatte sterben müssen, weil sie zu dem kleinen Kreis gehörte, der die Wahrheit über das Kind wusste.

Der Dosenöffner war ein altes, angerostetes Modell mit schon ziemlich stumpfer Schneide. Aber er ließ sich noch gebrauchen. Theo raspelte die Büchse auf und bog den Deckel zurück, dann bettete er Julians Kopf in seine rechte Armbeuge, tunkte Mittel- und Zeigefinger der linken Hand in die Bohnen und fütterte sie. Sie leckte gierig. Es war wie ein Liebesakt. Keiner von beiden sprach.

Nach fünf Minuten, als die Dose halb leer war, sagte sie: «Jetzt bist du dran.»

«Ich hab keinen Hunger.»

«Aber natürlich bist du hungrig.»

Seine Hand war an den Knöcheln zu breit, als dass er mit den Fingern bis zum Boden der Dose hätte langen können, und darum musste sie jetzt ihn füttern. Sie setzte sich auf, das schlafende Kind im Schoß, steckte ihre kleine rechte Hand in die Dose und fütterte ihn.

«Das schmeckt wunderbar», sagte er.

Als die Dose leer war, legte sie sich mit einem leisen Seufzen zurück und bettete das Kind wieder an ihre Brust. Theo streckte sich neben ihr aus.

«Wie ist Miriam gestorben?», fragte sie.

Er war auf diese Frage gefasst gewesen, aber er konnte Julian nicht belügen. «Sie wurde erdrosselt. Es muss sehr schnell gegangen sein. Vielleicht hat sie ihre Mörder nicht mal gesehen. Ich glaube nicht, dass ihr Zeit blieb für Angst oder Schmerz.»

«Es kann ein, zwei Sekunden gedauert haben, vielleicht auch länger. Wir können diese Sekunden nicht an ihrer Statt erleben, können also auch nicht wissen, was sie gefühlt hat, ob Angst, ob Schmerz. In zwei Sekunden könnten Schmerz und Angst eines ganzen Lebens zusammenfließen.»

«Liebes», sagte er, «schau, sie hat es überstanden. Sie können ihr nichts mehr anhaben. Miriam, Gascoigne, Luke, sie alle sind dem Staatsrat entronnen. Der Tod jedes Opfers ist eine kleine Niederlage für die Tyrannei.»

«Das ist ein zu billiger Trost», erwiderte sie und setzte nach einer Weile hinzu: «Sie werden doch nicht versuchen, uns zu trennen, oder?»

«Nichts und niemand wird uns trennen, weder Leben noch Tod, keine höhere Gewalt und keine irdische Macht, überhaupt nichts, ob es nun vom Himmel oder von der Erde kommt.»

Sie legte die Hand an seine Wange. «Ach, Darling, das kannst du ja gar nicht versprechen, aber es ist trotzdem schön, dass du es sagst.» Und dann fragte sie: «Warum kommen sie eigentlich nicht?» Aber es klang nicht ängstlich, nur leicht verwundert.

Er griff nach ihrer Hand und schloss die Finger um das entstellte, wuchernde Fleisch, das er einmal so abstoßend gefunden hatte. Jetzt streichelte er es ganz selbstverständlich, aber er antwortete nicht. Sie lagen reglos nebeneinander. Theo nahm alles ganz deutlich wahr, den intensiven Geruch nach geschlagenem Holz und kalter Glut, das grün verschleierte Sonnenrechteck, das Schweigen, windstill, vogelstill, und ihrer beider Herzschlag. Ihre Körper waren ein einziges, angespanntes Lauschen, wunderbarerweise frei von jeglicher Angst. Empfanden so Folteropfer, wenn sie durch ein Übermaß an Schmerz zur Ruhe gelangten? Er dachte: Ich habe getan, was zu tun ich mir vorgenommen hatte. Das Kind wurde so geboren, wie sie es wünschte. Das ist unser Platz, unser Augenblick und was immer sie uns antun, das hier kann uns niemand nehmen. Es war Julian, die das Schweigen brach. «Theo, ich glaube, sie sind da. Sie sind gekommen.»

Er hatte nichts gehört, aber er stand auf und sagte: «Verhalt dich ganz still. Rühr dich nicht von der Stelle.»

Mit dem Rücken zu ihr, so dass sie es nicht sehen konnte, nahm er den Revolver aus der Tasche und setzte die Kugel ein. Dann ging er hinaus, ihnen entgegen.

Xan war allein. In seiner alten Kordhose, dem am Hals aufgeknöpften Hemd und dem dicken Pullover sah er aus wie ein Holzfäller. Aber Holzfäller kommen nicht bewaffnet, und unter Xans Pullover zeichnete sich ein Pistolenhalfter ab. Auch hätte kein Holzfäller dieses Selbstvertrauen ausgestrahlt, dieses arrogante Machtbewusstsein. An seiner Linken funkelte der Krönungsring.

«Es ist also wahr», sagte er.

«Ja, es ist wahr.»

«Wo ist sie?»

Theo antwortete nicht.

«Ich brauche gar nicht zu fragen», sagte Xan. «Ich weiß, wo sie ist. Aber geht es ihr auch gut?»

«Es geht ihr gut. Sie schläft. Uns bleiben noch ein paar Minuten, bis sie aufwacht.»

Xan warf die Schultern zurück und schnappte erleichtert nach Luft, wie ein erschöpfter Schwimmer, der an die Oberfläche kommt, um sich das Wasser aus den Augen zu blinzeln. Er atmete ein paar Mal schwer, aber dann sagte er ruhig: «Ich kann's nicht erwarten, sie zu sehen. Aber ich will ihr keine Angst machen. Ich habe einen Krankenwagen dabei, Hubschrauber, Ärzte und Hebammen, einfach alles, was sie braucht. Dieses Kind wird in Sicherheit und mit allem Komfort zur Welt kommen. Und die Mutter wird man als das Wunder behandeln, das sie ist; sie muss das wissen. Wenn sie dir vertraut, dann kannst du es ihr sagen. Beruhige sie, rede ihr gut zu, mach ihr begreiflich, dass sie von mir nichts zu befürchten hat.»

«Du irrst dich, sie hat allen Grund zur Furcht. Wo ist Rolf?»

«Tot.»

«Und Gascoigne?»

«Tot.»

«Miriams Leiche habe ich selber gesehen. Es ist also niemand mehr am Leben, der die Wahrheit über dieses Kind weiß. Du hast sie alle aus dem Weg geräumt.»

Xan versetzte ruhig: «Außer dir.» Und als Theo schwieg, fuhr er fort: «Ich habe nicht vor, dich zu töten, ich will dich nicht umbringen. Ich brauche dich. Aber wir müssen reden, jetzt, bevor ich zu ihr gehe. Ich muss wissen, wie weit ich mich auf dich verlassen kann. Du kannst mir helfen, bei ihr und bei dem, was ich tun muss.»

«Dann sag mir, was du tun musst.»

«Ja, versteht sich das denn nicht von selbst? Wenn es ein Junge wird und wenn er zeugungsfähig ist, dann wird er der Vater der neuen Menschheit sein. Wenn er mit dreizehn – oder vielleicht sogar schon mit zwölf – Samen, fruchtbaren Samen produziert, dann sind unsere weiblichen Omegas gerade erst achtunddreißig. Wir können mit ihnen Kinder zeugen, auch mit anderen ausgewählten Frauen, vielleicht sogar noch mal mit der Frau da drinnen.»

«Der Vater ihres Kindes ist tot.»

«Ich weiß. Wir haben die Wahrheit aus Rolf rausgekriegt. Aber wenn es einen zeugungsfähigen Mann gibt, dann sind vielleicht auch noch andere da. Wir werden die Testprogramme ausweiten. Wir waren zu nachlässig in letzter Zeit. Aber jetzt werden wir alle testen, die Epileptiker, die Krüppel – jeden Mann im Land. Und vielleicht wird das Kind ja ein Junge – ein zeugungsfähiger Junge. Er wird unsere größte Hoffnung sein. Die Hoffnung der ganzen Welt.»

«Und Julian?»

Xan lachte. «Wahrscheinlich werde ich sie heiraten. Auf jeden Fall wird für sie gesorgt. Geh jetzt wieder zu ihr und weck sie. Sag ihr, dass ich da bin, und zwar allein. Beruhige sie. Sag ihr, du wirst mir helfen, wir werden uns gemeinsam um sie kümmern. Du lieber Himmel, Theo, begreifst du eigentlich, welche Macht wir da in Händen halten? Komm zurück in den Staatsrat, werde mein Stellvertreter. Du kannst haben, was du willst.»

«Nein.»

Nach kurzem Schweigen fragte Xan: «Erinnerst du dich noch an die Brücke in Woolcombe?» Es war kein sentimentaler Appell an alte Treue- und Blutsbande, und Xan wollte auch keine empfangenen und erwiderten Freundschaftsdienste beschwören, nein, es war ihm nur gerade eingefallen, und er lächelte vergnügt darüber.

Theo sagte: «Ich erinnere mich an alles, was in Woolcombe passiert ist.»

«Ich will dich nicht töten.»

«Du wirst es müssen, Xan. Und du musst vielleicht auch sie umbringen.» Er griff nach seinem Revolver. Xan lachte, als er das sah.

«Ich weiß, dass er nicht geladen ist. Das hast du doch schon den beiden Alten erzählt, erinnerst du dich nicht mehr? Und du hättest Rolf nicht entkommen lassen, wenn du eine geladene Waffe gehabt hättest.»

«Wie denkst du denn, hätte ich ihn aufhalten sollen? Hätte ich ihren Mann vor ihren Augen erschießen sollen?»

«Ihren Mann? Ich wusste gar nicht, dass sie sich so viel aus ihrem Mann gemacht hat. Das entspricht nicht dem Bild, das er uns so zuvorkommend geliefert hat, bevor er starb. Theo, du bildest dir doch nicht etwa ein, dass du in sie verliebt bist, oder? Hör zu, du darfst sie nicht durch eine romantische Brille sehen. Sie ist vielleicht die wichtigste Frau der Welt, aber sie ist nicht die Jungfrau Maria. Das Kind, mit dem sie schwanger geht, ist immer noch das Kind einer Hure.»

Ihre Blicke trafen sich. Theo dachte: Worauf wartet er? Merkt er, dass er mich nicht kaltblütig erschießen kann? Geht es ihm tatsächlich genauso wie mir? Die Zeit tröpfelte dahin, Sekunde um Sekunde, eine jede endlos. Dann streckte Xan den Arm aus und zielte. Und in diesem Sekundenbruchteil schrie das Kind, ein hohes, quiekendes Wimmern, wie ein Protestschrei. Xans Kugel pfiff, ohne Schaden anzurichten, durch Theos Jackenärmel. Er wusste, dass er in dieser halben Sekunde nicht bewusst hatte sehen können, was ihm später so deutlich in Erinnerung war. Xans Gesicht, verklärt vor Freude und Triumph. Und auch den Jubelschrei, so strahlend wie damals auf der Brücke in Woolcombe, konnte er nicht gehört haben. Aber diesen Schrei hatte er im Ohr, als er Xan ins Herz schoss. Nach den beiden Schüssen nahm er zunächst nichts wahr, außer einer großen Stille. Als er und Miriam den Wagen in den See gestürzt hatten, war aus dem friedlichen Wald ein brüllender Dschungel geworden, und die Kakophonie aus wildem Kreischen, krachenden Ästen und aufgeregten Vogelrufen war erst verklungen, als die letzte zittrige Welle sich wieder geglättet hatte. Aber jetzt geschah nichts. Als er auf Xans Leiche zuging, kam er sich vor wie in Zeitlupe. Die Hände stießen ins Leere, die Füße holten weit aus, schienen kaum den Boden zu berühren, der Raum dehnte sich ins Unendliche, so dass der Leichnam zum fernen Ziel wurde, auf das er sich schleppend, in einem zeitlichen Vakuum zubewegte. Und dann machte es plötzlich Klick in seinem Hirn, die Realität hatte ihn wieder, und er nahm alles gleichzeitig wahr, die flinken Bewegungen des eigenen Körpers, jedes kleine Lebewesen, das zwischen den Bäumen wuselte, jeden Grashalm spürte er durch die Schuhsohlen, genau wie die Luft, die ihm übers Gesicht strich. Am allerdeutlichsten aber war ihm bewusst, dass Xan zu seinen Füßen lag. Er lag mit ausgebreiteten Armen auf dem Rücken, als hätte er es sich, seine Waffe beiseite legend, bequem gemacht. Sein Gesicht sah friedlich aus und gar nicht erstaunt, so als stelle er sich bloß tot, doch als er niederkniete, sah Theo, dass seine Augen zwei trübe Kiesel waren, einst meerumspült, aber jetzt nur noch leblose Überbleibsel der letzten zurückweichenden Flut. Er zog Xan den Ring vom Finger, richtete sich auf und wartete.

Sie traten geräuschlos aus dem Wald, erst Carl Inglebach, dann Martin Woolvington, gefolgt von den beiden Frauen. Hinter ihnen, in gehörigem Abstand, kamen sechs Grenadiere. Sie näherten sich dem Leichnam auf gut einen Meter und blieben dann stehen. Theo hielt den Ring hoch, steckte ihn sich an den Finger und wies ihnen seinen Handrücken.

Er sagte: «Der Warden of England ist tot, und das Kind ist geboren. Horcht.»

Und da war es wieder, das klägliche, aber fordernde Wimmern des Neugeborenen. Sie wollten auf den Holzschuppen zugehen, aber er trat ihnen in den Weg und sagte: «Wartet. Ich muss erst die Mutter fragen.»

Julian saß kerzengerade auf ihrem Lager, das Kind fest an sich gepresst. Sein offenes Mündchen wanderte suchend über ihre Brust, nuckelte. Als Theo zu ihr trat, wichen die Verzweiflung und die Angst in ihren Augen freudiger Erleichterung. Sie ließ das Kind in den Schoß gleiten und streckte ihm die Arme entgegen.

«Es waren zwei Schüsse», sagte sie schluchzend. «Ich wusste nicht, wer kommen würde, du oder er.»

Er presste ihren zitternden Körper an sich. «Der Warden of England ist tot. Doch der Staatsrat ist hier. Willst du sie empfangen? Ihnen dein Kind zeigen?»

«Aber nur kurz. Theo, was wird nun geschehen?»

Die Angst um ihn hatte ihr einen Moment lang Mut und Kraft geraubt, und zum ersten Mal seit der Geburt sah er sie furchtsam und verletzlich.

Er presste die Lippen gegen ihr Haar und flüsterte: «Wir bringen dich ins Krankenhaus, irgendwohin, wo du Ruhe hast und die richtige Pflege bekommst. Ich werde nicht zulassen, dass man dich belästigt. Du wirst auch nicht lange dort bleiben müssen, bald sind wir wieder zusammen. Ich werde dich nie verlassen. Was auch immer geschieht, wir bleiben zusammen.»

Er ließ sie los und ging wieder nach draußen. Sie standen im Halbkreis und erwarteten ihn, die Augen unverwandt auf sein Gesicht gerichtet.

«Sie können jetzt hereinkommen. Nein, die Grenadiere nicht, nur der Rat. Sie ist müde, sie braucht Ruhe.»

Woolvington sagte: «Oben auf dem Weg wartet ein Krankenwagen. Wir können die Sanitäter herrufen und sie rauftragen lassen. Der Hubschrauber steht etwa anderthalb Kilometer weit weg, vor dem Dorf.»

«Den Hubschrauber riskieren wir lieber nicht», sagte Theo. «Aber rufen Sie die Träger. Und lassen Sie den Leichnam des Warden wegschaffen. Ich will nicht, dass sie ihn sieht.» Als zwei Grenadiere beflissen vortraten und die Leiche fortschleifen wollten, sagte Theo: «Mit etwas mehr Respekt, wenn ich bitten darf. Vergesst nicht, wer er noch vor wenigen Minuten gewesen ist. Da hättet ihr nicht gewagt, ihn auch nur anzurühren.»

Damit wandte er sich um und führte den Staatsrat in den Schuppen. Ihm war, als folgten sie ihm zaghaft, beinahe widerstrebend, erst die beiden Frauen, dann Woolvington und Carl. Woolvington ging nicht direkt auf Julian zu, sondern bezog am Kopfende ihres Lagers Posten wie ein Wächter. Die beiden Frauen knieten nieder, was Theo weniger für eine Huldigung hielt als für das Bedürfnis, dem Kind nahe zu sein. Wie um Erlaubnis bittend, sahen sie Julian an. Sie lächelte und hob ihnen das Baby entgegen. Leise gurrend, halb weinend, halb lachend, streckten sie die Hände aus und berührten seinen Kopf, die Wangen, die rudernden Ärmchen. Harriet hob einen Finger und das Baby packte ihn mit erstaunlich festem Griff. Sie lachte und Julian blickte zu Theo auf und sagte: «Miriam hat mir mal erzählt, dass Neugeborene so zupacken können. Aber es bleibt nicht lange so.»

Die Frauen sagten nichts dazu. Sie lächelten unter Tränen, gluckten vor Freude, hießen das Kind willkommen. Auf Theo wirkte es wie ein Akt weiblicher Kameradschaft, unbeschwert und fröhlich. Er sah Carl an, erstaunt, dass der Todkranke die Strapazen der Fahrt überstanden hatte und sich noch auf den Beinen halten konnte. Carl sah mit stumpfem Blick auf das Kind nieder und sprach sein *Nunc Dimittis.* «Es beginnt also alles von vorn.»

Theo dachte: Ja, es beginnt von vorn, mit Eifersucht, Verrat, Gewalt, Mord, mit diesem Ring an meinem Finger. Er sah hinab auf den großen Saphir in seiner glitzernden Brillantfassung, auf das Rubinkreuz. Er drehte den Ring und spürte, wie schwer er war. Angesteckt hatte er ihn sich spontan und doch auch mit Absicht, eine Geste, die Autorität geltend machte und Schutz garantierte. Er hatte gewusst, dass die Grenadiere bewaffnet kommen würden. Der Anblick dieses gleißenden Symbols an seinem Finger würde sie zumindest innehalten lassen, ihm Zeit zum Sprechen geben. Aber brauchte er den Ring jetzt noch zu tragen? Xans ganze Macht lag zum Greifen nahe vor ihm, ja er konnte mehr erreichen, als Xan je besessen hatte. Nach Carls Tod würde der Rat führerlos sein. Zumindest eine Zeit lang musste er Xans Platz einnehmen. Missstände mussten behoben werden; aber eines nach dem anderen, schön der Reihe nach. Er konnte nicht alles auf einmal machen, man musste Prioritäten setzen. War es das, was Xan herausgefunden hatte? Und glich dieser plötzliche Machtrausch dem, was Xan jeden Tag seines Lebens empfunden hatte? Das Gefühl, dass ihm alles möglich war, dass man seinen Wünschen gehorchen und er das, was er hasste, abschaffen würde, dass er die Welt nach seinem Willen formen konnte? Er zog den Ring vom Finger, zögerte, steckte ihn wieder an. Später würde er Zeit haben zu entscheiden, ob und für wie lange er ihn brauchte.

«Geht jetzt», sagte er und bückte sich, um den Frauen aufzuhelfen. Sie gingen so still, wie sie gekommen waren.

Julian blickte zu ihm auf. Erst jetzt bemerkte sie den Ring. «Der ist nicht für deinen Finger gemacht», sagte sie.

Eine Sekunde, nicht länger, spürte er fast etwas wie Verstimmung. Er allein musste entscheiden, wann er den Ring abnehmen würde. «Im Augenblick ist er uns nützlich», sagte er. «Zur rechten Zeit werde ich ihn schon ablegen.»

Sie schien sich fürs Erste damit zufrieden zu geben, und den Schatten in ihren Augen bildete er sich vielleicht nur ein. Dann lächelte sie. «Tauf das Baby für mich. Bitte, tu es jetzt, solange wir noch allein sind. Luke hätte es so gewollt. Und ich will es auch.»

«Wie soll er denn heißen?»

«Taufe ihn nach seinem Vater und nach dir.»

«Erst will ich's dir noch ein bisschen bequemer machen.»

Das Handtuch zwischen ihren Beinen war ganz voll Blut. Er räumte es ohne Abscheu weg und legte ein anderes zusammengefaltet an seinen Platz. In der Flasche war nur noch ganz wenig Wasser, aber er brauchte wohl auch keines. Seine Tränen fielen auf die Stirn des Babys. Aus ferner Kindheitserinnerung rief er sich den Ritus ins Gedächtnis. Das Wasser musste fließen, Worte mussten gesprochen werden. Mit einem Daumen, der nass war von seinen Tränen und befleckt mit ihrem Blut, machte er dem Kind das Kreuzzeichen auf die Stirn.